A FUGA

Da autora:

Para Minhas Filhas
Juntos na Solidão
O Lugar de uma Mulher
A Estrada do Mar
Uma Mulher Traída
O Lago da Paixão
Mais que Amigos
De Repente
Uma Mulher Misteriosa
Pelo Amor de Pete
O Vinhedo
Ousadia de Verão
A Vizinha
A Felicidade Mora ao Lado
Impressões Digitais
Família
A Fuga

BARBARA DELINSKY

A FUGA

Tradução
Carolina Simmer

BERTRAND BRASIL

Rio de Janeiro | 2016

Copyright © 2011 by Barbara Delinsky

Título original: Escape

Imagem de capa: Marc Yankus

Editoração: Futura

Texto revisado segundo o novo
Acordo Ortográfico da Língua Portuguesa

2016
Impresso no Brasil
Printed in Brazil

Cip-Brasil. Catalogação na publicação.
Sindicato Nacional dos Editores de Livros, RJ.

D395f Delinsky, Barbara, 1945-

    A Fuga / Barbara Delinsky; tradução Carolina Simmer. — 1. ed. —
Rio de Janeiro: Bertrand Brasil, 2016.
    336 p.; 23 cm.

    Tradução de: Escape
    ISBN 978-85-286-1918-8

    1. Ficção americana. I. Simmer, Carolina. II. Título.

15-24907
               CDD: 813
               CDU: 821.111(73)-3

Todos os direitos reservados pela:
EDITORA BERTRAND BRASIL LTDA.
Rua Argentina, 171 — 2º andar — São Cristóvão
20921-380 — Rio de Janeiro — RJ
Tel.: (0xx21) 2585-2076 — Fax: (0xx21) 2585-2084

Não é permitida a reprodução total ou parcial desta obra, por
quaisquer meios, sem a prévia autorização por escrito da Editora.

Atendimento e venda direta ao leitor:
mdireto@record.com.br ou (0xx21) 2585-2002

Para Max, com beijos e abraços infinitos

Capítulo 1

❧

Você já acordou suando frio, pensando que seguiu pelo caminho errado e acabou tendo uma vida que não queria? Já considerou pisar no freio, dar marcha à ré e seguir para qualquer outro lugar?

E desaparecer — abandonar sua família, seus amigos, até mesmo um marido —, deixar pra trás tudo que conhece e começar de novo? Reinventar a si mesmo. Talvez, apenas talvez, voltar para um amor do passado. Já sonhou com isso?

Não. Nem eu. Nada de sonhos, nada de planos.

Era apenas mais uma sexta-feira. Acordei às 6h10 com o rádio gritando e apertei o botão para silenciá-lo. Se eu quisesse deixar meu estômago embrulhado, não precisava ouvir discursos políticos; a ideia de ir trabalhar já fazia isso por conta própria. Também não ajudou o fato de meu marido, que saíra para trabalhar havia muito tempo, me mandar uma mensagem às 6h15, sabendo que eu levaria o celular para o banheiro.

Não vou conseguir ir ao jantar hoje. Desculpe.

Fiquei perplexa. O jantar em questão, que já estava agendado havia semanas, era com os sócios majoritários do meu escritório. Era importante que James fosse comigo.

PQP, digitei. *Por que não?*

Recebi a resposta segundos antes de entrar no chuveiro. *Preciso trabalhar até tarde*, escreveu ele. Como eu poderia discutir com isso?

Nós dois éramos advogados, no mercado havia sete anos. Tínhamos decidido que agora era o momento de batalhar para depois colher os louros, e, a princípio, achara que seria mesmo melhor assim. Porém, ultimamente, nos víamos muito pouco, e a situação só estava piorando. Quando tocava no assunto com James, ele fazia cara de coitado, como se dissesse: *O que eu posso fazer?*

Tentei relaxar sob o jato de água quente, mas comecei a argumentar comigo mesma em voz alta, afirmando que poderíamos tomar certas atitudes se quiséssemos ficar juntos — que o amor devia prevalecer sobre o trabalho —, que precisávamos mudar antes de ter filhos, pois, senão, não faria sentido criar uma família — que os sonhos com o coiote haviam começado quando eu passara a receber cartas de Jude Bell. Apesar de guardá-las sob a cama e fora de vista, uma pequena parte de mim sabia onde estavam.

Eu tinha acabado de sair do banho quando o celular apitou novamente. Nenhuma surpresa nisso. Meu chefe, Walter Burbridge, sempre mandava e-mails às 6h30.

O cliente quer ser atualizado, escreveu ele. *Pode fazer isso às 10h?*

Vou dar um pouco de contexto a tudo isso. Eu costumava ser idealista. Quando entrara na faculdade de direito, sonhava em defender pessoas inocentes contra injustiças corporativas; quando me formara, estava louca para trabalhar em uma ação coletiva de verdade. E era o que fazia agora. Só que estava do lado dos vilões. O caso no qual estava envolvia uma empresa que produzira água mineral em garrafa contaminada o suficiente para causar danos irreparáveis a uma quantidade assustadora de pessoas. A empresa concordara em indenizar as vítimas. Meu trabalho era determinar quantas ficaram doentes, a intensidade das doenças e quão pouco poderíamos pagar a elas. Não trabalhava sozinha. Éramos cinquenta advogados, cada um com um cubículo, um computador e headsets. Eu era uma de cinco supervisores, todos os quais perfeitamente capazes de redigir uma mensagem de atualização, mas como Walter gostava de mulheres, ele pedia para mim.

Eu tenho 32 anos, 1,66m, peso 55 quilos. Às vezes, faço spinning, mas geralmente caminho ou participo de aulas de ioga, então estou em forma. Meu cabelo é castanho-avermelhado e longo, meus olhos, castanhos, e minha pele, clara.

Enviamos uma atualização na segunda-feira, digitei com os polegares. *Preciso que me entregue isso até as 10h,* ordenou ele.

E eu poderia recusar? Claro que não. Estava feliz por ter um emprego numa época em que a maioria dos meus colegas de faculdade só fazia distribuir currículos por aí. Eu também continuava procurando outras oportunidades, mas nada aparecia, o que significava que discutir com o sócio encarregado do *meu* trabalho não era a atitude mais sábia a se tomar.

Além do mais, refleti enquanto colocava meu relógio, se eu precisava redigir uma mensagem de atualização até as 10h, não tinha tempo a perder.

Meu celular não queria cooperar. Estava correndo para terminar de me maquiar quando ele começou a apitar. A esposa de um dos sócios de James queria que eu indicasse uma babá para seu cachorro. Não havia animais de estimação na minha casa, mas poderia perguntar para uma amiga que tinha um. Enquanto colocava uma calça social preta e pensava que não hesitaria em ter um cachorro ou um gato caso nossa vida fosse mais calma, outro e-mail chegou. *Por que tubarões não atacam advogados?*, informava o assunto, e eu cliquei imediatamente em DELETE. Lynn Fallon participara do meu grupo de estudos no primeiro ano da faculdade. Ela agora trabalhava num pequeno escritório no Kansas, com certeza tendo uma experiência mais serena e tranquila do que aqueles de nós em Nova York, e adora piadas sobre advogados. Não era o meu caso. Já me sentia mal o suficiente com meu emprego. Além disso, quando Lynn mandava uma piada, ela ia para dezenas de pessoas, e eu não gostava de correntes.

Nem de qualquer coisa diferente de blusas azuis, percebi, desanimada, ao entrar no closet. Blusas azuis eram profissionais, argumentou meu lado advogada, mas fiquei entediada só de olhar para elas. Fechando os olhos, escolhi uma — qualquer uma — e a abotoava quando o celular apitou novamente.

Certo, Emily, escreveu minha irmã. *Você fez a reserva no restaurante, mas ainda não contratou ninguém para cuidar da música, das fotos e das flores. Por que está enrolando?*

Kelly, são 7h, respondi e joguei o telefone na cama. Liguei o rádio, ouvi a palavra "terrorismo" e o desliguei. Estava prendendo meus cabelos com uma presilha grande quando sua resposta chegou.

Isso mesmo, e em dois minutos preciso ter convencido as crianças a tomar café e se vestir, e depois é minha vez de fazer isso antes de ir trabalhar. Então estou contando com você para me ajudar com a festa. Qual é o problema?

Está exagerada demais, escrevi de volta.

Nós concordamos. Você organiza tudo e eu pago.

Mamãe não quer nada disso, argumentei, mas minha irmã era implacável:

Mamãe vai adorar. Só se faz 60 anos uma vez. Preciso de ajuda, Emily. Não consigo fazer nada depois que chego do trabalho. Se você tivesse filhos, saberia como é.

Isso foi um golpe baixo. Kelly sabia que estávamos tentando. Ela sabia que tínhamos feito exames e que seguíamos uma rotina intensa de "sexo durante a ovulação". O que minha irmã não sabia era que minha menstruação, mais uma vez, tinha dado as caras, mas eu não conseguia escrever as palavras. Logo nesse momento — *ding, ding, ding* — minha caixa de entrada começou a encher. Eram 7h10. Precisava ir para o trabalho. Enterrando meu celular nos confins da minha bolsa para não escutar o barulho, peguei meu casaco e saí.

Morávamos em Gramercy Park, num condomínio que mal conseguíamos pagar, e, apesar de não termos a chave do parque em si, já havíamos esbarrado com Julia Roberts pela rua mais de uma vez. Não vi nada de interessante hoje — nem Julia nem casas bonitas nem o dia promissor de junho — enquanto me apressava pela Quinta Avenida, correndo pelo último quarteirão para pegar o ônibus que acabara de parar.

Estava sentada à minha mesa às 7h45 e não fui a primeira a chegar. Um burburinho baixo de vozes já inundava os cubículos. Liguei meu computador e fiz login, depois fiz login mais duas vezes em níveis diferentes de confidencialidade do banco de dados. Enquanto esperava pelo último, verifiquei meu celular.

Você vai à aula de ioga?, perguntou a assistente que trabalhava dois andares embaixo de mim e que odiava fazer ioga sozinha. Eu ficaria feliz em ir por conta própria, porque isso significava menos conversa e mais relaxamento, que era motivo para se fazer ioga. Mas se tivesse de ir para casa, para trocar de roupa antes do jantar, precisaria faltar à aula. *Hoje não*, digitei.

Colly quer ir a Las Vegas, enviou uma amiga do clube do livro. Colleen Parker ia se casar em setembro e, apesar de só haver dois anos que ela me conhecia, desde que eu entrara no clube, me convidara para ser madrinha. Eu seria uma de doze, e pagaríamos 300 dólares cada uma para usar vestidos iguais. E agora uma despedida de solteira em Las Vegas? Estava pensando que a situação toda era meio brega quando vi a próxima mensagem.

Oi, Emily, escreveu Ryan Mcfee. Ele trabalhava a um cubículo adiante e dois para o lado. *Não vou hoje. Estou gripado. Não quero contagiar ninguém.*

Isso deveria ser importante. Significava menos um dia de trabalho de uma pessoa. Mas o que era mais ou menos um numa sala lotada de cubículos?

Quando meu acesso foi autorizado, comecei a buscar as informações que Walter queria. Eram 7h50. Às 8h25, já tinha a lista das ligações que recebemos por causa dos anúncios em jornais na semana passada — e dava para entender o motivo de o cliente estar preocupado. O número de requerentes aumentava cada vez mais. Cada um havia sido classificado numa escala até dez pelo advogado que atendera ao telefonema; dez eram os casos mais graves e um, os menos. Também havia zeros; esses eram os mais fáceis de lidar. Quando as pessoas ligavam para pedir indenização, mas não apresentavam provas de doenças ou de terem comprado o produto, elas chamavam atenção.

Os outros casos eram os que me faziam sofrer.

Mas estatísticas são impessoais e, por isso, relativamente indolores. Atualizei a quantidade de avaliações que tínhamos feito desde segunda feira, com uma discriminação numérica e pequenos resumos das alegações. Às 8h55, enviei as planilhas por e-mail para Walter, registrei o tempo que levei para fazer tudo, dei uma olhada no relógio e desci para tomar café da manhã. Apesar de ter encontrado colegas no elevador, o fato de sermos competidores no jogo de quem trabalha mais horas só permitia que nos cumprimentássemos com acenos de cabeça.

Descer do 35º andar até o térreo e subir de novo levava tempo, então só consegui voltar para minha mesa com um copo de café e um donut às 9h10. Os cubículos já estavam todos ocupados, o som de pessoas digitando em seus teclados era mais alto, e o zumbido de vozes, mais intenso. Mal tinha conseguido comer um pedaço do donut quando o telefone começou a piscar. Prendendo o headset na minha cabeça, registrei a hora na minha folha de ponto, abri um documento em branco no computador e aceitei a ligação.

— Lane Lavash — atendi, seguindo o protocolo para chamadas vindas do 0800 disponibilizado em nossos anúncios. — Como posso ajudar?

Seguiu-se um silêncio, e então uma voz tímida começou:

— Não sei direito. Vi o número do telefone no jornal.

Impostores eram confiantes. Essa mulher parecia jovem e insegura.

— Qual jornal? — perguntei gentilmente.

— Ah, o... *Telegram*. Em Portland. No Maine.

— A senhora mora em Portland? — Meus dedos estavam prontos para registrar a informação.

— Não. Eu e meu irmão estávamos lá no último fim de semana, e vi o anúncio. Moro em Massachusetts.

Tirei os dedos do teclado. Massachusetts era a principal região de distribuição da Eagle River. Já havíamos recebidos ligações até do Oregon, de pessoas que estavam de férias na Nova Inglaterra na época em que a água contaminada fora vendida. Nesses casos, era necessário avaliar rigorosamente as provas de que a viagem fora feita antes de analisarmos qualquer documentação de danos físicos.

Entrelacei minhas mãos sobre o colo.

— A senhora tem motivo para solicitar indenização da Eagle River?

— Meu marido acha que não. — A voz permaneceu hesitante. — Ele diz que essas coisas acontecem.

— Que coisas?

— Perder um bebê.

Baixei a cabeça. Não era isso que eu queria ouvir, mas o turbilhão de vozes ao meu redor indicava que, se não fosse essa mulher, outra pessoa conseguiria uma parcela do dinheiro da Eagle River. Abortos definitivamente estavam na nossa lista de "danos".

— Isso aconteceu com a senhora? — perguntei.

— Duas vezes.

Digitei a informação no formulário na tela e, quando as palavras não apareçeram, as digitei novamente, mas o formulário continuou em branco. Sabendo que não me esqueceria disso e sem querer perder o ritmo da ligação, continuei:

— Recentemente?

— O primeiro foi há um ano e meio.

Meu coração ficou apertado.

— Você bebia a água da Eagle River? — É claro que sim.

— Sim.

— Pode provar isso? — perguntei com uma voz bondosa, apesar de me sentir fria e cruel.

— Você quer dizer, apresentando uma nota fiscal? Olhe, esse é um dos motivos pelos quais meu marido não queria que eu ligasse. Pago minhas compras em dinheiro, não *guardo* notas. Meu marido diz que eu devia ter percebido a conexão entre a água e o bebê na época, mas, bem, água em garrafa é sempre segura, não é? Além disso, nós tínhamos acabado de nos casar e outras coisas estavam acontecendo, então achei que sofri os abortos porque não era a hora certa de engravidar. — A voz ficou mais fraca. — Só que agora é, mas dizem que há algo de errado com o bebê.

Minha mente se encheu de estática. Tentei me lembrar do que a empresa queria que eu dissesse.

— O recall das garrafas da Eagle River aconteceu há 18 meses. A água está limpa desde então. Ela não faria mal ao seu bebê.

Ouvi um gemido tímido.

— O problema é que tentamos sempre comprar no atacado, porque fica mais barato. Então tínhamos alguns engradados com 24 garrafas no porão, e eu me esqueci deles. Mas aí engravidei, meu marido perdeu o emprego e precisamos economizar. Encontrei a água e achei que seria melhor usar o que já tínhamos, em vez de comprar mais. Não sabia sobre o recall.

— Estava em todos os jornais.

Não leio jornais, disse o silêncio subsequente.

— Jornais custam dinheiro.

— Água em garrafa também.

— Mas a água daqui de casa tem um gosto horrível. Pensamos em instalar um filtro, mas sairia mais caro do que comprar as garrafas, e o apartamento não é nosso.

— Talvez a água da sua casa esteja contaminada — respondi, seguindo o roteiro. — Já conversou com o proprietário sobre isso?

— Não, porque meu marido bebe a água daqui e ele está saudável. A única pessoa que tem um problema sou eu, e só bebo água em garrafa. O anúncio no jornal me chamou atenção porque sempre tomo Eagle River. — A voz dela era um gemido sussurrado. — Disseram que o bebê não ficará bem, e meu marido quer que eu faça um aborto, então preciso tomar uma decisão e não sei o que fazer. Que situação horrorosa.

Era mesmo uma situação horrorosa. *Completamente* horrorosa.

— Não sei o que fazer — repetiu ela, e percebi que queria um conselho, mas como eu poderia fazer isso?

Eu era o inimigo, um agente da empresa cujo produto causara uma deformidade em seu filho. Ela deveria estar gritando comigo, me acusando de ser a pessoa mais fria do mundo. Alguns faziam isso. Foi o caso do homem casado com uma costureira que desenvolvera tremores nas mãos e estava permanentemente inválida. E da mulher cujo marido morrera — e, sim, ele tinha uma doença preexistente, mas teria vivido por muito mais tempo se não tivesse bebido água contaminada.

Eles me chamaram de coisas horríveis, e, apesar de saber que não deveria levar para o lado pessoal, aquilo fazia eu me sentir mal. Pensando que meu trabalho *realmente* era uma droga, girei para o lado e baixei o olhar.

— Meu nome é Emily. Qual é o seu?

— Layla — respondeu ela.

Não tentei adicionar isso ao meu formulário. Nem perguntei pelo sobrenome. Aquilo havia se tornado uma conversa pessoal.

— Já conversou com seu médico sobre suas opções?

— Tenho apenas duas — disse a mulher, parecendo apavorada. Imaginei que ela estivesse na casa dos 20 anos. — Minha mãe diz que eu não devo matar o bebê. Ela diz que Deus me escolheu para proteger uma criança imperfeita, mas não é ela que vai pagar as contas do médico, nem talvez perder um marido.

Perder um marido... Isso não fazia parte da lista de "danos", mas também era um efeito colateral plausível, um que qualquer mulher casada nesta sala compreenderia.

Ou talvez não. Não falávamos muito sobre isso — não falávamos muito sobre nada, pois éramos pagos pela hora de trabalho, e as folhas de ponto só permitiam um ou dois deslizes. O que eu estava fazendo era contra as regras. Deveria ser direta e limitar o tempo das ligações. Mas Layla falava rápido, discorrendo sobre as contas que se acumulavam, e eu não poderia interrompê-la. Em algum momento, no meio de tudo, ela afirmou:

— Você é uma boa pessoa, percebi pela sua voz, e meu marido estava errado quando disse que eu falaria com um robô. Ele também falou que nós teríamos de abrir mão de todos os nossos direitos se aceitássemos dinheiro por isso. É verdade?

Eu só conseguia me focar em *boa pessoa*, que ecoava tão alto através da minha alma desonesta que precisei fazer um esforço para me concentrar na sua pergunta.

— Não, Layla. Vocês precisariam assinar um documento renunciando qualquer direito de processar a Eagle River, a sociedade controladora ou os distribuidores, mas apenas isso.

Ela ficou em silêncio por um segundo.

— Você é casada?

— Sim.

— Tem filhos?

— Pretendo ter. — Eu estava trabalhando, mas não conseguia voltar para o formulário de requerimento.

— Sou louca para ter filhos — afirmou Layla em sua voz muito jovem. — Quero dizer, você trabalha em um escritório de advocacia. Eu trabalho numa loja de ferragens. Uma criança daria significado à minha vida, sabe?

— Com certeza — respondi, sendo interrompida por uma voz irritada

— O que está acontecendo aqui, Emily? — perguntou Walter. — Ninguém está trabalhando.

Eu me virei para ele e então me levantei o suficiente de minha cadeira para enxergar o topo dos cubículos. Como meu chefe dissera, nossa equipe se encontrava de pé, em grupos espalhados pela sala, e a maioria das pessoas agora olhava para mim e Walter.

— Os computadores não funcionam — avisou uma delas. — Os formulários estão congelados.

Walter me encarou.

— Você avisou isso a alguém?

Tirei meu microfone da frente da boca.

— Não percebi que havia um problema. Estou numa ligação com um requerente. — Ajustando o microfone, voltei para Layla. — Estamos tendo problemas técnicos. Posso retornar a ligação em breve?

— Você não vai retornar — disse ela, desanimada. — E, de toda forma, não sei se devo fazer isso.

— Deve sim — respondi, confiante de que Walter não entenderia o que eu estava dizendo.

Ela me passou seu telefone. Anotei o número num Post-it e encerrei a ligação.

— Ele deveria fazer o quê? — perguntou Walter.

— Aguardar meia hora antes de sair de casa, para que eu possa retornar o telefonema.

Liguei para nosso departamento de TI.

— Você está *encorajando* as pessoas a reivindicar indenização? — quis saber Walter.

— Não. Estou ouvindo o que têm a dizer. Ela está sofrendo. Precisa que alguém a escute.

— Seu trabalho é documentar quem liga e informar sobre os formulários médicos que devem preencher caso queiram receber o dinheiro. É só isso, Emily. Você não é paga para ser psicóloga.

— Estou tentando analisar as reivindicações para sabermos quais são legítimas e quais não são. Essa é uma forma de fazer isso. — Ao ouvir uma voz familiar no meu fone, disse: — Oi, Todd, aqui é Emily. Estamos tendo problemas.

— Já estou resolvendo. — Ele desligou.

Dei o recado para Walter, que não pareceu mais tranquilo.

— Quanto tempo levará até normalizar a situação?

Eram 9h40. Calculei que tivéssemos perdido vinte minutos, trinta no máximo.

— Todd é rápido.

Walter chegou mais perto. Suas roupas eram sempre impecáveis, e ele nunca parecia descompassado. Os únicos sinais de sua irritação eram seus olhos acinzentados e sua voz. Aqueles olhos estavam rígidos agora, e a voz, baixa e tensa.

— Estou sendo pressionado, Emily. Nós só fomos encarregados dessa conciliação depois de eu ter dado minha palavra ao juiz de que lidaríamos com tudo de forma rápida e econômica. Para mim, não é viável que meus advogados percam tempo sendo compreensivos. Conto com você para dar exemplo aos outros; isso é importante para sua carreira. Anote os fatos. E só.

Com um olhar repreensivo na minha direção, ele me deixou.

Deveria ter me sentido censurada, mas só conseguia pensar que, se havia alguém perdendo tempo, eram as pessoas que ligavam para nós em busca de ajuda. Elas não receberiam o que mereciam; o sistema fora projetado para minimizar os valores. Além disso, como se coloca um preço num bebê deficiente, numa vida arruinada?

Dizia a mim mesma para não desanimar — para continuar evitando vinho e cafeína, e sempre tomar minhas vitaminas prénatais com água *de boa qualidade* — quando um zumbido surgiu, se espalhando de cubículo em cubículo enquanto os computadores voltavam a funcionar. Eu deveria ter ficado aliviada, mas, para meu horror, meus olhos se encheram de lágrimas. Precisando de uma distração, mesmo algo tão fútil quanto o papo de Las Vegas das amigas de Colly, virei na direção do meu celular quando ele apitou. Era James. *Será que vai conseguir ir hoje à noite?*, pensei esperançosa.

Acabei de ter uma ideia brilhante, escreveu ele, e, por um último instante, continuei com minha expectativa. *O jantar no domingo à noite?* Esse era o jantar do escritório *dele. Quero que você capriche — vestido novo, penteado, unhas feitas, tudo a que tem direito. Vou ter de trabalhar amanhã de qualquer jeito.* Amanhã seria sábado, o único dia em que geralmente conseguíamos passar algumas horas juntos. *Pode me fazer uns favores? Pegue meu terno azul-marinho e minhas camisas na lavanderia. E meus remédios. E dinheiro para a semana. Obrigado, querida. Você é a melhor.*

Continuei descendo a tela, pensando que deveria haver mais, porque se fosse só aquilo, ficaria furiosa.

Mas era só aquilo. *Obrigado, querida. Você é a melhor.*

Teclados faziam barulho, vozes sussurravam, aparelhos eletrônicos apitavam, retiniam e soavam, e, mesmo assim, enquanto encarava as palavras, só conseguia ouvir a voz de James. *Quero que você capriche — vestido novo, penteado, unhas feitas, tudo a que tem direito.* E eu precisaria de permissão para fazer isso tudo?

De repente, tudo pareceu subir à minha garganta, como comida ruim — casamento ruim, emprego ruim, família ruim, amigos, sentimentos —, e eu não conseguia engolir. Precisando de ar, peguei minha bolsa e, num impulso, o Post-it com o nome e o telefone de Layla.

Tessa Reid era o mais próximo de uma amiga que eu tinha no escritório, o que é uma afirmação muito triste. Nunca conversávamos fora do trabalho. Sabia que ela tinha dois filhos e dois financiamentos estudantis para pagar, e que compartilhava do meu asco pelo que fazíamos. Via nos olhos dela quando chegava ao trabalho; era o mesmo olhar de repulsa que os meus refletiam diariamente.

Ela vivia três cubículos à direita do meu. Ao entrar nele, toquei seu ombro. Tessa ouvia um requerente no fone e digitava. Bastou olhar para meu rosto e a ligação foi posta em espera.

— Você pode me fazer um favor, Tessa? — sussurrei, não por desejar privacidade, pois não havia dúvida de que minha voz não se destacaria em meio ao barulho de fundo, mas porque eu não teria fôlego para falar mais alto. Colei o Post-it na mesa dela. — Pode ligar para esta requerente? Estávamos conversando quando o sistema caiu. Ela é válida.

Estava contando com isso, talvez como uma última onda de idealismo. Porém, se havia alguém naquela sala em quem eu poderia confiar para descobrir, seria Tessa.

Ela me analisou, preocupada.

— O que houve?

— Preciso tomar um pouco de ar. Pode fazer isso para mim?

— Claro. Aonde você vai?

— Lá fora — sussurrei, e parti.

A cacofonia de cliques, apitos e murmúrios me seguiu, grudando em mim como fumaça quando a porta do elevador fechou. Desci encostada num canto, com os olhos baixos e os braços abraçando a cintura. O barulho na minha cabeça era tanto que, se alguém tivesse falado, eu provavelmente não teria escutado; era melhor assim. O que eu teria dito caso, digamos, Walter Burbridge tivesse aparecido? *Onde está indo?* Não sei. *Quando vai voltar?* Não sei. *Qual o seu problema?* Não sei.

A última resposta teria sido mentira, mas como explicar o que eu sentia quando todos os motivos pareciam interligados? Poderia dizer que ia além do trabalho, que era minha vida inteira, que as coisas estavam se acumulando havia meses, e que aquilo não era nem um pouco impulsivo. Mas era. Sobrevivência é algo impulsivo. Eu havia reprimido esse instinto por tanto tempo que agora era fraco, mas parecia ainda existir em algum lugar dentro de mim, pois, quando o elevador abriu, saí.

Mesmo às 9h57, a Quinta Avenida estava agitada. Apesar de nunca ter me importado com isso antes, o som me incomodava agora. Virei à direita para pegar o ônibus e passei um minuto excruciante sendo coberta pela fumaça dos carros antes de desistir e fugir a pé, mas o fluxo das pessoas caminhando também era pesado. Andei rápido, desviando dos passantes, correndo para atravessar a rua antes de o sinal abrir. Quando esbarrei sem querer numa mulher, virei-me para pedir desculpas, mas ela continuou andando, sem olhar para trás.

Na época em que me mudara para Nova York, adorava as multidões. Elas faziam com que eu me sentisse parte de algo grande e importante. Agora, era como se não fizesse parte de nada. Se não fosse trabalhar, outros iriam. Se esbarrasse nas pessoas, elas seguiriam em frente.

E foi isso que eu fiz, simplesmente segui em frente, quarteirão após quarteirão. Passei por uma carrocinha de cachorro-quente, mas só senti o cheiro do cano de descarga de um ônibus. Meu relógio indicava 10h21, depois 10h34, depois 10h50. Se minhas pernas se cansaram, eu não notei. A sensação de estar engasgando passou, mas eu me sentia pouco aliviada. Meus pensamentos eram confusos e nem se abalavam pelo estrondo de uma buzina ou o chacoalhar do para-choque de um caminhão fazendo uma curva.

Ao me aproximar da minha vizinhança, parei para pegar o terno e as camisas do meu marido e seus remédios, e então entrei na pequena agência do nosso banco. A caixa me reconheceu. Mas aquilo era Nova York. Se ela estranhou o fato de eu sacar mais dinheiro que o normal, não perguntou nada.

O relógio do banco indicava 11h02 quando voltei para a rua. Três minutos depois, virei à esquina da rua onde morávamos e, por um segundo histérico, me perguntei qual das casas era a nossa. Através do meu olhar desencantado, todas pareciam iguais. Mas não; uma tinha a porta marrom, a outra, cinza, e lá estava minha jardineira na janela, onde prímulas e ervilhas-de-cheiro lutavam para sobreviver.

Subi as escadas correndo, entrei, larguei tudo que carregava perto da porta e disparei para o quarto, no segundo andar. Peguei minha mala no fundo do closet, mas parei ao colocá-la sobre a cama. O que levar? Dependia do meu destino final, mas isso era um mistério para mim.

Capítulo 2

Meu destino final dependia do que eu queria, e essa parte era fácil. Queria me divertir.

Pensando em praia, peguei um biquíni. E um vestido leve.

Também gostava de fazer compras em antiquários. Eu costumava fazer isso com uma amiga do colégio e a mãe dela e, apesar de saber quase nada sobre antiguidades, lembrava-me do cheiro de história e do silêncio. As duas coisas me pareciam ideais naquele momento. Então, peguei uma bata e um short, calça jeans, camisetas e sandálias.

Mas também gostava de fazer trilhas. Pelo menos gostara naquelas férias de verão da faculdade. Jude conhecia a floresta local — cada árvore, cada riacho, cada animal — e me ensinara bem. É frio no topo de montanhas. Adicionei um suéter e um casaco de lã à pilha. Como minhas botas de caminhada tinham ido para o lixo havia muito tempo, peguei um par de tênis. E meias grossas. E calcinhas e sutiãs, camisola e escova de cabelo.

Queria levar meu laptop? Kindle? iPod? Não. Nem meu celular era desejado, mas era um telefone e, no caso de uma emergência, algo bom de ter por perto.

Maquiagem? Não queria, mas não tive coragem de deixar em casa. Ainda assim, não precisava de sombra roxa, delineador azul-marinho ou dois blushes extras. Deixei tudo isso na bancada do banheiro e coloquei a bolsa de maquiagem no topo da pilha.

Era uma grande pilha. De jeito nenhum aquilo tudo caberia na minha mala. Considerei pegar mais uma, mas abandonei a ideia. Uma segunda mala significava excesso. Se eu estava fugindo de uma vida bagunçada, simplicidade era fundamental.

Troquei a blusa azul e a calça preta por uma das camisetas e jeans, tirei meus brincos de diamantes e os substituí pelos de ouro, e olhei para o relógio. Eram 11h23.

Desviei o olhar e então o encarei de novo. Aquele não era um relógio digital. Mas eu sabia que eram 11h23 — agora 11h24 —, porque nesta vida que criara para mim mesma, cada minuto precisava ser contado.

Desafiadora, retirei o relógio e o coloquei do lado dos brincos, então coloquei na mala o que cabia e guardei o resto numa gaveta. Só após pegar a bolsa é que notei a cama desfeita por baixo dela — lençóis bege amarrotados sobre um colchão numa estrutura preta, toda moderna e minimalista, como o resto do lugar.

A cama com frequência ficava desfeita, uma concessão à correria de nossas vidas, mas eu a fiz agora, como uma pequena gentileza a James. Após resolver isso rapidamente, desci correndo até nosso hall de entrada bege e preto, deixei minha mala ali e desci mais um andar, até nossa cozinha bege e preta. Após pegar algumas barras de cereais (com embalagens coloridas) e água em garrafa (sem ser da Eagle River), corri de volta para a entrada.

A correspondência tinha acabado de ser entregue e estava espalhada pelo vão da porta, de forma que os remetentes estavam visíveis. Resignada, peguei minha conta do cartão de crédito. A operadora havia me informado que eu ultrapassara o limite, mas sabia que não fizera nada disso. Só que ver os valores estampados na conta foi como receber a punhalada final.

Estava devolvendo a conta para a confusão de correspondências, me sentindo desanimada, quando outra carta chamou minha atenção. Era de Jude.

Eu não tinha tempo para ler. Precisava ir embora.

Mas não podia *não* ler.

Como as que vieram antes dessa, o selo postal indicava Alasca. Jude estava pescando caranguejos no Mar de Bering, e escrevia extremamente bem para um homem que menosprezara cada professor que tivera na escola. As descrições detalhadas de seu barco, do mar, das redes espalhando as pilhas de corpos e patas no convés, até mesmo dos outros homens a bordo, eram cativantes.

Esta carta era apenas uma folha.

Ah, Em, a vida é engraçada. Tenho 40 anos e já saí de Bell Valley há dez, e passei seis deles pescando caranguejos. Mas um grande amigo meu acabou de falecer. Foi puxado para o mar por uma onda, simples assim. A morte nunca me incomodou antes. Mas, agora, ando pensando no que realmente importa, e tenho um monte de assuntos pendentes para resolver em casa.

Então vou voltar para Bell Valley. Ainda não contei para ninguém. As pessoas farão planos, e eu odeio planos. Mas devo chegar até o fim do mês. Talvez. Pode ser que não aguente ficar lá o verão todo. Sempre me senti sufocado naquela cidade.

Não sei por que estou lhe contando isso. Você nunca respondeu a nenhuma das minhas cartas. Talvez rasgue todas elas e as jogue fora, sem abrir; nesse caso, não vai ler isto. Mas ainda a considero como minha consciência. Gostaria de pensar que você ficaria satisfeita. JBB

Satisfeita? Jude quase me matara uma vez. *Satisfeita?*

Eu estava no meio da minha crise pessoal. Não conseguia processar essa informação agora.

Guardando a carta no bolso de trás, liguei para a garagem onde guardávamos o carro. Estaria lá em cinco minutos, avisei, e, sim, gostaria do tanque cheio, coloque na nossa conta, por favor. Que poético.

Outro pensamento poético? Se eu tivesse filhos, não poderia fazer isso. Eu nunca conseguiria deixá-los. Por outro lado, se fosse mãe, não iria querer ir embora. Então talvez tenha sido melhor não ter engravidado. Talvez houvesse um motivo para isso.

Coloquei a bolsa no ombro e já estava quase passando pela porta quando me lembrei de uma última coisa. James mal sentiria minha falta; estava sempre ocupado demais. Mas ele era meu marido.

Voltei para o aparador do hall, tirei papel e caneta da gaveta. *Estou bem*, escrevi. *Preciso de um tempo. Entrarei em contato.*

Deixando o recado à vista, sobre a pilha de contas, peguei as chaves do carro e saí pela porta sem olhar para trás. Meu humor foi piorado pelo tempo que ficava cada vez mais úmido, tornando minha fuga mais necessária do que nunca.

Fuga. A palavra era perfeita. Não queria organizar uma festa que minha mãe odiaria. Não queria ser madrinha no casamento de uma mulher que eu mal conhecia. Não queria dizer a uma cliente que seu feto deformado valeria 21.530 dólares. Não queria passar nem um minuto sorrindo no jantar do escritório, com ou sem marido.

Uma ambulância passou correndo pelo cruzamento diante de mim, sua sirene simplesmente fazendo parte do barulho diário. Após atravessar a rua, corri até o final do próximo quarteirão, onde a ponta do meu carro emergia. Para um veículo de fuga, esse era sofisticado — e em grande parte responsável pelo meu cartão de crédito estourado —, mas James o adorava. Por mim, só precisava de algo durável, então o carro sofisticado dele servia.

Guardei minha mala no bagageiro, sentei atrás do volante, liguei o ar-condicionado no máximo e segui para a estrada, mas o trânsito na cidade estava pesado. Um único caminhão parado para fazer uma entrega era suficiente para tornar tudo mais devagar. Enquanto observava o sinal adiante ficar verde, depois vermelho, e então verde de novo, tentei me acalmar, mas não estava mais acostumada a isso. Quando eu conscientemente relaxava meus membros, funcionava. Mas assim que minha mente entrava em devaneios, os músculos se retesavam.

Meu corpo estava habituado a viver tenso, e isso fazia sentido, de certo modo. Um advogado sempre deve estar alerta para cada nuance de cada argumento, de forma a conseguir bolar uma defesa para o caso de seu cliente em um segundo.

Mas eu não estava num tribunal. Não estivera em um desde que começara a trabalhar para a Lane Lavash, no verão, quando me levaram para tomar vinhos, jantar fora, e me mostraram como minha vida seria caso aceitasse trabalhar para o escritório. Ninguém mencionara um cubículo. A tensão em um cubículo era ruim também, mas por motivos diferentes.

Relaxe, Emily. Não pense nisso.

Mas sobre o que pensar, então? Sobre o belo, incontrolável, inalcançável Jude?

Não era uma boa ideia. Isso era minha fuga — de *tudo*.

Já chegando à via expressa Bruckner, liguei o rádio e depois o desliguei. Precisava de silêncio, mas também precisava de comida, pois já começava a tremer. O relógio no carro indicava 13h08. O que eu comprara para o café da manhã? Um donut. Mas eu o comera? Não conseguia lembrar.

Dirigindo com uma mão só, devorei uma barra de cereais e amassei a embalagem. Depois a estiquei novamente e a segurei ao lado do volante. Chocolate com manteiga de amendoim. Isso parecia bom. Mas fora bom? Não fazia ideia. Tinha comido rápido demais para notar.

Pelo menos eu estava fazendo progresso. Pegando a estrada na direção norte, segui as placas para a Nova Inglaterra. O caminho era familiar; já passara por ali dezenas de vezes, quando ia visitar minha mãe no Maine.

Pensando nela, peguei meu telefone, mas logo mudei de ideia. Ligá-lo significava ouvir o *ding* das mensagens que aguardavam, mas eu não queria falar, não queria digitar. Além disso, ninguém se preocuparia. Walter Burbridge ficaria irritado pela minha ausência no jantar do escritório, mas James e eu éramos apenas dois de oitenta convidados. Minha irmã ficaria irritada quando eu não ligasse de volta para falar sobre a organização da festa, mas já estava acostumada com as broncas dela. Ninguém sentiria minha falta na aula de ioga, porque eu sempre frequentava turmas diferentes, em horários diferentes. E a próxima reunião do clube do livro só seria dali a duas semanas.

Minha mãe ficaria bem. Ela era a pessoa mais compreensiva do mundo. Havíamos conversado na quinta-feira. Se não tivesse notícias minhas durante o fim de semana, aguentaria.

Meu pai, nem tanto. Uma vez, quando estava na faculdade e ele não conseguira falar comigo, ligara para um amigo policial, que ligara para a segurança do campus, que fora atrás de mim numa viagem com a minha fraternidade. Teria como não morrer de vergonha? Mas mamãe sabia lidar com ele agora. Após o divórcio, ela havia ficado mais sábia, ganhando confiança suficiente para dizer a ele quando achava que estava errado. Na verdade, o relacionamento dos dois era ótimo. Eu pensava com frequência que deviam casar novamente, mas minha mãe insistia que a chave da amizade entre eles era a distância.

E meu marido? James se preocuparia quando visse meu bilhete? Provavelmente. Eu nunca fora nem um pouco volúvel antes. Mas ele estaria ocupado com o trabalho, cercado por sócios com quem passava muito mais tempo do que comigo. Um deles era uma mulher recém-contratada que eu conhecera no último jantar do escritório de James. Ela era solteira e extremamente bonita, e demonstrara frieza e desinteresse em relação a mim ao ponto de ser mal-educada. Quando falei para meu marido que ela estava de olho nele, James me dera um abraço rápido e rira.

Eu não achara graça. Jude havia me traído, então eu sabia muito bem como era a sensação de perder o chão. Não poderia aguentar isso com James. Mas nós quase não nos víamos. Quase não conversávamos como antes. Quase não dividíamos os sonhos que já tinham sido de ambos.

Sentindo o impacto de uma tragédia, abri a janela e deixei o ar fresco acertar meu rosto. Se esta viagem era minha fuga, precisava relaxar.

Felizmente, quanto mais eu me afastava de Nova York, mais fácil ficava. O que os olhos não veem, o coração não sente? Em parte. O resto era pura vontade de ignorar meus problemas. Se não fosse tão boa nisso, talvez tivesse saído da cidade há meses. Não era irônico? A negação me prendera a um lugar ruim. Agora, me ajudaria a fugir dele.

Depois de ter passado pela agitação de Bridgeport, meus ombros começaram a ficar mais leves. Tendo menos caminhões com que me preocupar depois de New Haven, minha mente começou a se tranquilizar. Ao me aproximar de Providence, já sentia ondas de euforia. Eu estava livre! Sem trabalho, sem família, sem obrigações. Estava por conta própria e ia para a praia.

Infelizmente, o resto do mundo também parecia ter tido a mesma ideia, julgando pelo trânsito em Massachusetts. Enquanto seguia para Cape Cod, havia lentidões sem motivo aparente além do grande volume de carros. Aproximando-me da ponte de Sagamore, olhei para o relógio. O espaço vazio no meu pulso era um lembrete de que eu não estava com pressa.

Segui na direção de Chatham porque já ouvira falar que era uma cidade bonita e, ao me aproximar das árvores, das casas pitorescas gastas pela maresia e dos jardins floridos, vi que era mesmo. Encontrei um quarto num hotel simples perto da praia; o prédio tinha dois andares e formava um U ao redor da piscina. Abandonei minha mala e fui passear. O vento vindo do Atlântico era salgado e frio, e era gostoso caminhar. Com o tempo, fiquei com fome e me sentei na parte externa de um restaurante, pedindo uma salada de bacalhau. Estava com a cara ótima, eu me sentia faminta, e a comida desapareceu em minutos.

Determinada a me dedicar a conseguir apreciar minhas refeições, olhei para o relógio que não estava ali e para o sol que descia no horizonte. Imaginando que seriam umas 20h, comprei algumas revistas, voltei para o hotel e me deitei numa espreguiçadeira junto à piscina, para ler. Estava começando a me interessar por uma matéria sobre vitamina D quando um casal chegou com duas crianças birrentas. Eles foram seguidos por mais duas famílias, com um total de oito filhos, que jogavam água e gritavam enquanto brincavam na piscina.

Seria impossível ler ali. Fechando a revista, voltei para meu quarto e troquei de roupa. E lá estava a carta de Jude, no bolso de trás.

Voltando para casa? O que é que eu deveria fazer com *essa* informação?

Tentei ler, mas não consegui. Caí no sono e acordei num pulo pouco depois, confusa. O relógio na mesa de cabeceira indicava 23h04. Levei mais um minuto até me orientar.

Fiquei me perguntando se James já havia chegado em casa e lido meu recado, e encarei o relógio até não conseguir mais aguentar o suspense. Liguei meu celular. Era meia-noite.

Como assim você precisa de um tempo?, escrevera ele. *Cadê você?* Enviara uma mensagem de voz idêntica e escrevera um segundo torpedo. *Não tem graça, Emily. Onde diabos está você?* Todas as três foram enviadas na última meia hora, o que significava que tinha trabalhado até bem tarde.

Ele não dissera que estava preocupado. O que eu escutara, no meu estado mental vulnerável, era: *Pare com essa palhaçada, Em, não tenho tempo para isso.*

Decepcionada, desliguei o celular.

Só então, sabendo que James descobrira que eu partira, fiquei chocada com minhas ações. Mas não me arrependi. A resposta dele só confirmava. Eu precisava de um tempo.

Os sons lá fora agora eram adultos — risos e gritos bêbados, o balançar do trampolim da piscina, a explosão de água. Por um segundo, desejei ter trazido meu iPod. Mas esconder um barulho com outro não era a solução.

Perguntando-me qual seria ela, caí num sono profundo, mas acordei antes do amanhecer, esperando pelo sol. Coloquei uma roupa quente e fui caminhar pela cidade, em busca de um jornal e café da manhã. O jornal foi um erro — nada de notícias boas —, mas, quando descobri isso, meus ovos com torradas já tinham desaparecido, inalados como tudo o mais que eu comia.

Jurando *mais uma vez* que me dedicaria a mudar isso, voltei para o hotel para trocar de roupa e, pouco tempo depois, estava na praia. O ar do oceano gradualmente se tornou mais quente, só que junto com o sol mais forte vieram famílias, caixas de som e vôlei. Buscando tranquilidade, me distanciei para conseguir ouvir as garças e as ondas, mas quando a areia deu lugar a pedras, precisei voltar. Deitei-me sobre minha toalha novamente e comi um cachorro-quente de almoço na barraquinha da praia, mas, no meio da tarde, já estava inquieta.

Aquilo não era divertido. Não era onde eu gostaria de estar. Trocara um barulho por outro — sons da cidade por ondas batendo, crianças gritando, caixas de som aos berros.

Retornei ao hotel, fiz minha mala e paguei a conta. Então, fiquei sentada no carro, tentando decidir para onde ir. Pensei em continuar na estrada até Provincetown, a escolha mais prática, uma vez que já estava na região.

Rejeitando a praticidade, considerei ir rumo ao norte, para Ogunquit. Minha mãe vivia a uma hora de distância, tornando esta uma opção segura.

A opção mais segura, obviamente, era dirigir para o sul, para Nova York. Se voltasse agora, só James saberia o que eu fiz. Quanto mais tempo levasse, mais consequências teriam.

Ah, sim, Nova York certamente era a opção mais segura, mas opções seguras foram o que me causaram problemas. Agora, eu era uma rebelde, e aquela ainda era minha fuga.

Direcionando-me para o oeste, voltei com calma pela ponte de Sagamore até chegar à estrada Mass Pike. O trânsito estava tranquilo; os turistas de fim de semana já haviam alcançado seus destinos. Quanto mais eu me afastava, mais o terreno tornava-se aberto, os campos tornavam-se mais verdes, as florestas, mais densas. Ousei ligar o rádio, encontrei uma rádio que tocava músicas clássicas tranquilas e aumentei o volume o suficiente para sentir seus efeitos calmantes.

Quando finalmente cheguei à cordilheira de Berkshires, as sombras formadas pelo sol já eram compridas. Desejando um local calmo, evitei Stockbridge e Lenox; em vez disso, segui as placas para uma cidade menor cujo nome me era familiar. Só havia um lugar para me hospedar, uma pousada que provavelmente custaria os olhos da cara, mas isso não seria problema só por uma noite. Não havia nenhuma indicação de que haveria quartos vagos, e o estacionamento encontrava-se cheio, mas eu já estava ali e não custava perguntar. Encontrei uma vaga apertada nos fundos e peguei minha bolsa.

A pousada estava agitada, e a principal atração parecia ser uma varanda que cercava toda a construção, cheia de cadeiras de balanço, mas as pessoas sentadas nelas e aquelas que entravam no estabelecimento para jantar pareciam ser jovens trabalhadores, como James e eu. A maioria tinha filhos.

Deixando um grupo de seis pessoas passar na minha frente, entrei logo depois. A atendente na recepção tinha mais idade, era mais envelhecida que os hóspedes, e relutantemente — *Bem, nós temos uma regra de estadias de no mínimo duas noites* — me deu um quarto. Ficava sobre a cozinha, mas o ruído de panelas era moderado, e o cheiro de filé sendo frito foi tão tentador que pedi um prato para o jantar. Comi no balcão, que estava vazio e escuro. Ninguém me incomodou, e finalmente consegui saborear a refeição.

Meus sentidos pareciam estar voltando, o que era bom. Porém, junto com eles vinha minha consciência. Estava começando a me sentir culpada. E triste. Era o primeiro sábado à noite que passava sem James.

Imaginei que deviam ser 22h. Fiquei me perguntando se deveria ligar só para dizer que estava bem.

Mas e se ele estivesse trabalhando? Isso acontecia com frequência nas noites de sábado. Se não atendesse ao telefone, eu poderia me preocupar que estivesse com *ela* — e, se atendesse, iria querer saber onde eu estava e quando voltaria. Mas eu ainda não podia voltar. Mal tinha começado a relaxar.

Querendo fazer isso, fui para a varanda e me balancei numa das cadeiras por um tempo; então, peguei um livro emprestado da pequena biblioteca na sala de estar e subi. Mas não conseguia me concentrar. Ficava pensando em James. Querendo saber se ele estava pensando em mim, liguei o celular.

Você pegou meu carro! ONDE você está? Ligue, por favor, enviara no início da tarde, e, apenas uma hora depois, *Por que levou tanto dinheiro?*

Você estourou meu cartão de crédito, digitei, *então estou usando dinheiro.*

É dinheiro demais para um fim de semana, respondeu ele. *O jantar do meu escritório é amanhã à noite. Você já vai estar de volta, não é?*

Ele estava preocupado. Considerei ceder. E talvez tivesse feito isso se meu marido tivesse perguntado como eu estava e qual era o problema. Eu *com certeza* cederia se ele tivesse dito que me amava e estava com saudade. Mas não vi nenhuma dessas palavras na tela.

Darei notícias, respondi e, sentindo uma tristeza profunda, desliguei o celular antes de James ter a chance de enviar outra mensagem. Eu podia até odiar o poder dos eletrônicos, mas agora eles eram meus aliados. Poderia usá-lo ou não, poderia responder ao meu marido ou não, e, como minhas chamadas apenas indicavam o número de Nova York na tela dele, James não tinha como saber onde eu estava.

Saber disso não me ajudou a dormir. A estranheza das minhas ações e a sensação de estar andando em círculos me mantiveram acordada. E então veio o sonho com o coiote; eu sabia que aquilo devia significar alguma coisa, mas não conseguia imaginar o que seria. Remoí meus pensamentos a maior parte da noite.

Para compensar, junto com a luz do sol veio o aroma de pão sendo assado, subindo da cozinha abaixo, através do velho piso de carvalho. Não sentia o cheiro de pão havia meses — e isso era apenas o começo. Quando cheguei ao salão, o cozinheiro servia frios e waffles. Enchi meu prato com ovos, uma colherada de batatas, grossas fatias de bacon e pão de banana; comi lentamente, mastigando com calma entre goles de café. O café estava escuro e forte, a caneca quente me aquecia as mãos.

Outras famílias haviam aparecido agora, deixando raquetes de tênis e luvas de golfe em suas cadeiras e indo até o bufê. Ninguém conversava com os ocupantes de outras mesas, mas já estava acostumada a isso. Os hóspedes não eram antipáticos, simplesmente não se metiam na vida dos outros; era assim que nós, pessoas urbanas, geralmente fazíamos, e esse pessoal vinha da cidade grande, sem dúvida. Poderiam ter sido meus vizinhos, tirando uma semana para jogar tênis ou golfe agora que seus filhos estavam de férias.

Enquanto me perguntava por que eu estava numa sala com o mesmo tipo de pessoas do qual queria fugir, bebi o restante do meu café e, me desviando dos carrinhos de bebê na varanda, saí para conhecer os arredores. Para um lugar sofisticado, a cidade nada mais era que uma encruzilhada, uma mistura simples de casas coloniais e chalés, propriedades privadas e lojinhas. Passei por antiquários, visitei uma galeria de arte do tamanho de um armário, até mesmo parei diante da vitrine de uma loja que vendia novelos de lã e fiquei observando as mulheres lá dentro. Uma moça que chegou atrasada ao encontro me convidou para entrar enquanto abria a porta vermelho-escura, e, apesar de invejar o companheirismo delas, eu não sabia tricotar.

Argumentando mentalmente que o silêncio era consolador, continuei caminhando. Eu estava livre, mas não sentia a emoção que deveria acompanhar isso. Passei um tempo sentada em um banco, diante do local onde a rua se dividia. Mas a euforia não veio.

Desanimada, voltei para a pousada, peguei o jornal e uma caneta na recepção, e afundei numa poltrona fofa demais na biblioteca. Palavras cruzadas eram uma distração, apesar de eu nunca ter sido muito boa nelas. Após uma hora, desisti e fui para o coreto para pensar sobre liberdade. Mas pensar sobre liberdade me fez pensar em Jude, e eu não queria fazer isso.

Então, segui os outros hóspedes quando eles entraram para o almoço. Após esperar na fila, fiz um sanduíche com os ingredientes do bufê e me sentei numa cadeira de balanço na varanda, mas as famílias ao meu redor me lembraram da minha. Tirando o celular do bolso, procurei por mensagens dos meus pais. Não havia nenhuma. Mas minha irmã compensava isso. Ela enviara várias, e queria saber por que eu não respondia.

Imaginei que ela criaria problemas se eu não tomasse uma atitude, então mandei uma resposta rápida. *Não tenho tempo agora. Escrevo mais tarde na semana.*

Walter Burbridge enviara uma enxurrada de e-mails. Não li a remessa de sexta-feira e, em vez disso, dei tempo para ele esfriar a cabeça e li o que recebera ontem, no fim do dia. *Tessa disse que você está doente, mas não é do seu costume não responder. O que houve?* E então, hoje cedo, *Você está bem? Se eu puder ajudar, é só dizer.*

Ele realmente parecia preocupado, mas eu não me convenci. Era opcional trabalhar aos fins de semana na Lane Lavash, mas não havia nada facultativo sobre trabalho na segunda-feira. Se eu não voltasse logo para a estrada, não estaria na minha mesa pela manhã. Walter ficaria fulo. A notícia se espalharia. Meu emprego estaria em jogo.

Porém, em primeiro lugar, vinha James. Havia várias ligações perdidas dele, mas sem deixar recado, e suas mensagens de texto eram curtas.

Este jantar é importante, querida.

Então, *Por favor, responda. Eu sei que está lendo isto.*

Depois, *Se estiver tendo um colapso nervoso, podemos lidar com isso, mas você precisa me ligar. Estou começando a me preocupar.*

Finalmente, *ONDE VOCÊ ESTÁ?*

Ele parecia nervoso, e eu quase liguei. Mas sabia o quão persuasivo meu marido conseguia ser. Sabe aquela piada que diz que a diferença entre um advogado e um balde cheio de abobrinhas é o balde? James era um negociante genial e, apesar de mal ter completado 35 anos, já era reconhecido no mercado.

Não confiava em mim mesma o suficiente para ligar para ele. O homem me convenceria a voltar em dois minutos. Porém, quando me imaginei dirigindo de volta para a cidade, meu corpo inteiro se retesou.

Respirei fundo e pesarosamente, e isso deve ter acionado algo no meu cérebro, pois, sentada naquela varanda com os restos de um sanduíche comido pela metade e uma vida que já parecera promissora, percebi que minha fuga não tinha nada a ver com James. Não tinha nada a ver com o trabalho, Manhattan ou minha irmã, Kelly; não tinha nada a ver com se divertir. Não tinha nada a ver nem mesmo com Jude. Só tinha a ver comigo. Com a direção que minha vida estava tomando. Com quem eu queria ser.

Mas James merecia uma explicação, e uma mensagem de texto não seria o suficiente. Então, criei coragem e liguei para seu celular.

— Onde você está? — atendeu ele, preocupado.

— Não vou voltar a tempo, James. Sinto muito. Diga a eles que estou doente.

— *Onde* você está?

— Não importa. Preciso pensar, e não consigo fazer isso aí.

— Pensar sobre o quê? Você é minha esposa.

— Preciso de tempo.

— Para *o quê*? Estou quase tendo um ataque cardíaco, Emily. O que aconteceu? Estava tudo bem na noite de quinta.

— Estava? — perguntei, pensando em todas as vezes que considerara a ideia de que não me sentia nada bem. — Dou notícias quando souber onde vou ficar. Sinto muito sobre hoje à noite, James, de verdade.

Terminei a ligação antes que ele pudesse dizer qualquer outra coisa, e desliguei o celular me sentindo aliviada. Estava feliz por ter ligado. Após tudo que fizera de errado, aquilo fora certo.

Voltando ao meu quarto, guardei os poucos itens que retirara da mala. A cordilheira de Berkshires era melhor que Cape, mas os dois lugares eram apenas paradas temporárias. Se o objetivo era descobrir quem eu era de verdade, precisava voltar para o lugar que me fizera chegar a este ponto. E esse lugar não era Nova York.

Liguei o carro. A cada quilômetro as consequências se acumulavam, mas elas estavam no meu espelho retrovisor. Eu só queria ir para a frente.

Capítulo 3

❧

Quando finalmente saí da rodovia principal I-91 e entrei nas estradinhas de New Hampshire, as colinas eram mais altas e as florestas, mais densas. Gradualmente, os morros viraram montanhas que bloqueavam o sol, escurecendo o caminho. Mas eu não precisava de luz forte. Aquelas estradinhas — e a pequena cidade para onde eu me direcionava — estavam grudadas na minha memória. Aconchegada em um vale no meio do estado, Bell Valley era um vilarejo típico da Nova Inglaterra, com uma ponte coberta na sua entrada, uma praça gramada cercada por casas históricas e o campanário de uma igreja que despontava em meio às árvores, como um dedo ansioso que queria dizer: *Ei, me vejam, eu estou aqui!* Não havia nenhum tipo de hotel, apenas uma pequena pousada. Se ela estivesse lotada, eu poderia ficar no quartinho do jardineiro, nos fundos. Isso não seria nenhuma novidade para mim.

Já anoitecia quando eu passei pela tal ponte coberta, e os braços da cidade se abriram para mim. Bell Valley era um local cheio de banquinhos, atraindo seus convidados para a praça, a fileira de lojinhas, a igreja. Ao cair da noite, como naquele momento, também era um local cheio de luzes fracas saindo de janelas, mais brilhantes diante da churrascaria, movimentada pela hora do jantar. Havia carros estacionados na diagonal na frente do restaurante, apesar de a única movimentação na rua vir dos pedestres na calçada ao redor da praça.

Dez anos se passaram, e tudo continuava familiar. E isso era doloroso. As últimas lembranças que eu tinha daquele lugar eram do meu término com Jude. Ele fora meu primeiro amor, diferente de todos os homens que já conheci. Ao visualizá-lo naquela época, tão loiro e desenfreado, meus olhos se encheram de lágrimas, e, por um segundo, me perguntei se era loucura ter vindo.

Dez anos atrás você não veio para cá atrás de Jude, lembrei a mim mesma enquanto secava o rosto. *E também não foi por causa dele que veio agora. Você está aqui por você mesma.*

Naquela época, minha exaustão fora causada pelas provas finais, pelo trabalho de conclusão de curso, até mesmo por festas de formatura. Os motivos eram diferentes agora, mas os braços de Bell Valley ainda estavam abertos.

A cidade era um paraíso, da sua localização protegida no meio das montanhas ao clima acolhedor. Fundada pelo homônimo Jethro Bell em meados de 1700, fora concebida como um refúgio para pessoas que não pescavam, e, apesar de o objetivo agricultor nunca ter dado muito certo, sua identidade como abrigo dera. O Refúgio de Bell Valley era conhecido mundialmente por resgatar cachorrinhos de canis com péssimas condições, gatos maltratados e machucados, cavalos e burros abandonados, assim como animais de estimação vítimas de terremotos, de tsunamis e da guerra.

Eu não sofrera tanto quanto esses animais. Mas precisava de abrigo. Minhas lágrimas indicavam isso. Limpava o rosto com as duas mãos, mas não conseguia fazer com que parassem, e perder o controle dessa forma era assustador. Nos últimos dois dias, eu fora contida. Nos últimos dez anos, eu fora contida. De repente, não era mais.

E então veio o sinal. Eu mal havia começado a dar a volta na praça com meus olhos inchados quando o motor do carro — aquela maravilha moderna da engenharia importada — afogou. Direcionando-o para um canto, onde as vagas diante da mercearia agora se encontravam vazias, girei a chave e tentei dar partida uma, duas, três vezes.

Nada.

Talvez eu tivesse rido em meio às minhas lágrimas se não estivesse tão perturbada. Poderia ligar para a oficina que ficava um pouco fora da cidade, mas, se ela ainda existisse, com certeza estaria fechada. Poderia ligar para James e me gabar: *Confiável? Rá!* Mas eu preferia não falar com meu marido, especialmente com meu estado de espírito tão fragilizado.

A última coisa que queria era chamar atenção para meu retorno, mas lá estava eu, presa a um bibelô automobilístico caro, em uma cidade cheia de caminhonetes confiáveis. Ah, quanta ironia.

Mas era ali que eu precisava chegar. O carro devia saber disso.

Além do mais, a pousada ficava bem do outro lado da praça e, apesar de a minha compostura ter desaparecido, meus pés ainda funcionavam.

Eu estava tirando minhas coisas do porta-malas, lutando contra as lembranças avivadas pelo cheiro de seiva de pinheiro no ar, quando um casal se aproximou. Eles me eram estranhos, uma ótima coisa. Nem todos os meus conhecidos na cidade gostariam de ver que eu voltara.

— Enguiçou? — perguntou o homem.

— Parece que sim — respondi, pressionando as costas de uma mão ao meu nariz enquanto lançava um olhar desesperado para o carro. — Mas posso resolver isso amanhã de manhã. Só estou indo até a Raposa Vermelha.

— Precisa de ajuda com a mala?

Talvez por sua gentileza, talvez por ele se parecer com meu pai, a oferta do homem fez as lágrimas voltarem. Envergonhada, forcei um sorriso, neguei com a cabeça, peguei a bolsa e parti.

Só até a Raposa Vermelha, pensei, *só isso*; mas meu coração começou a bater mais rápido enquanto eu atravessava o gramado. Eu perdera contato com muitas pessoas desde que fora embora dali, mas o pior foi ter me afastado de minha colega de quarto da faculdade, Vicki Bell.

Tirando que ela agora não era mais Vicki Bell. Era Vicki Bell Beaudry, proprietária da Raposa Vermelha com o marido, Rob, cuja família era quase tão enraizada em Bell Valley quando o clã dos Bell, então talvez eu não fosse tão bem-vinda ali também.

Mas não podia desistir. Meu carro garantira isso. E a Raposa Vermelha me chamava. Uma casa de fazenda de verdade, ela havia sido retirada de seu lugar original na fronteira da cidade e transportada para o ponto atual no início dos anos 1900, com o tempo ganhando mais alas e se aproximando da floresta. Como a cidade, onde carpinteiros e pintores geralmente trocavam seus serviços por coisas além de dinheiro, a Raposa Vermelha, imaginava eu, deveria ter fornecido muitos cupcakes de mirtilo pela demão recente de tinta amarela em sua fachada, com faixas pintadas de branco no contorno da casa, além da placa entalhada à mão logo na entrada, que exibia um novo logotipo em vermelho e dourado. Um largo caminho de pedras levava à varanda, parcialmente escondida por um arbusto cheio de flores que pareciam prontas para abrir.

Quando pisei no primeiro degrau, fui subitamente inundada pelo cansaço. Era como se eu não tivesse passado três dias dirigindo, mas dez *anos*, e agora que estava ali, prestes a baixar minha guarda, a exaustão chegara primeiro.

Se Vicki não estivesse em casa, não saberia o que fazer.

Isso também valia para o caso de ela não me querer lá.

Após subir os degraus lentamente, atravessei a varanda, mas demorei um minuto antes de criar coragem para abrir a porta. Quando o fiz, uma campainha baixa tocou em algum lugar no interior.

O hall de entrada estava vazio. Do batente, ele parecia familiar — os mesmos móveis, o mesmo piso —, porém diferente. Não mais desmazeladas, as poltronas agora eram estofadas em vários tons de verde. Não mais velhos e poeirentos, os quadros na parede tinham cores vibrantes. E não apenas a escrivaninha vintage fora reformada, como também havia uma tela de computador entre uma luminária alta e um vaso de rosas amarelas.

Vicki Bell deixara sua marca.

Com o coração batendo forte, entrei, e, nesse momento, as emoções me dominaram. Incapaz de me mover, de até mesmo largar a mala, fiquei ali, com as mãos sobre a boca e os olhos molhados diante dos verdes da cor do mar, da grama e da floresta, até uma imagem me interromper. Lágrimas não poderiam esconder sua identidade. Apesar de Vicki ser loura, éramos tão parecidas em outros aspectos — mesma altura, mesmo tipo de corpo, ambas da Nova Inglaterra — que as pessoas achavam que éramos irmãs, coisa que poderia até ser o caso se Jude não tivesse estragado tudo.

— Emily? — perguntou ela, parecendo chocada.

Aos poucos, porque aquela única palavra não indicara se eu era bem-vinda ou não, murmurei:

— Preciso de você.

Após me encarar por outro segundo descrente, ela jogou os braços ao meu redor.

— Eu nem devia mais reconhecer você. Não vem aqui desde aquele dia com Jude, e, tudo bem, foi ao meu casamento, mas só porque a cerimônia não ocorreu em Bell Valley e, mesmo assim, só porque *ele* não estava lá. Depois disso, você parou de responder aos meus e-mails e de atender minhas ligações, e simplesmente sumiu como uma desconhecida. — Ela se afastou, fechando a cara. — É como se tivesse desaparecido da face da Terra, ou talvez como se eu tivesse desaparecido da face da *sua* Terra, e nem quero ouvir que você anda ocupada em Nova York, porque eu estou ocupada, meu marido está ocupado, meus amigos estão ocupados, nós *todos* estamos ocupados, mas isso não se faz com as pessoas que você ama. Depois de um tempo, seus amigos acham que você não se importa, que estão sendo *chatos*, então desistimos, e aí você aparece aqui sem nem avisar? *Isso* é que é ser cara de pau. — Sua expressão de tornou mais ranzinza. — Por que está sorrindo?

— Por sua causa. — Não consegui evitar. Ela continuava tão igual, tão querida. — Por você falar tanto. Por seu sotaque. — *E aí você aparece aqui sem nem avisarrr.*

— Isso não tem graça.

— Tem sim. — Era reconfortante e real suficiente para acabar com minhas lágrimas. — Você fala tudo que sente, deixando claro para todo mundo o que pensa. Sabe o quanto isso é raro?

Ela fez um som indignado.

— Todo mundo aqui fala igual. Você também falava assim, antes de desenvolver um problema com a língua junto com o problema de lealdade aos seus amigos. — Ponto por ponto, Vicki analisou meu rosto. — Você parece péssima. O que houve?

Por onde começar? Meus olhos se encheram de lágrimas novamente, mas só consegui pensar em dizer:

— Meu carro morreu.

— Seu carro?

— Na frente da mercearia.

É claro que eu não estava chorando pelo carro. Vicki Bell me conhecia bem o suficiente para saber disso. Ela me conhecia melhor do que qualquer outra pessoa, o que não era dizer muito naquele momento, mas fora a última grande amiga que eu tivera.

Ela olhou cautelosamente para a porta.

— Onde está James?

— Em Nova York. Eu fugi.

— Você não faria isso. É certinha demais.

— Mas fugi.

Os olhos castanhos de Vicki se arregalaram.

— Você o *deixou*?

Seu olhar foi para minha mão esquerda, mas minha aliança de casamento continuava no lugar. Não me ocorrera tirá-la. Não me *ocorrera*.

— Não o deixei no sentido legal da coisa. Precisava de um tempo do trabalho, da cidade, da minha vida.

— Se veio atrás de Jude...

— Não vim.

— Ótimo. Não sabemos onde ele está. Nunca mais voltou... E não a culpo por isso, foi ele quem traiu...

— E terminou comigo, Vicki. Jude não queria um compromisso sério. — E então ouvi o que minha amiga dissera. — Vocês não sabem onde ele está?

— Não. O homem desapareceu do mapa. Nada de cartões-postais, nada de telefonemas. Ele não aparece há dez anos.

Mas vai aparecer, pensei, e quis dizer isso em voz alta, mas seria necessária muita sensibilidade para escolher as palavras certas para contar tal coisa a Vicki Bell da maneira mais gentil, e eu não tinha forças.

Minha amiga me estudou por mais um minuto. Se tinha perguntas — o que, conhecendo Vicki Bell de longa data e sabendo o quanto era curiosa, era certo —, foi prudente o suficiente para não fazê-las. Em vez disso, num tom gentil, disse:

— Rob e eu estávamos jantando. Está com fome?

— Estou mais cansada do que com vontade de comer. Preciso de uma cama.

— Quando foi a última vez que dormiu?

— Ontem à noite. Talvez por uma hora. — Soltei mais um soluço choroso. — É bastante patético, não acha? Estava bem na estrada, mas parece que, agora que cheguei, não consigo nem me *mover*.

Pegando a mala do meu ombro, Vicki me guiou pelas escadas. Passamos pelo segundo andar e fomos para o terceiro, onde havia apenas um aposento. Ele tinha águas-furtadas na frente e nos fundos, e uma claraboia no teto, que fora a primeira coisa que minha amiga mandara instalar quando transformara o sótão num quarto. Ela chamava o quarto de pedacinho do céu, e, sim, quando Vicki acendeu um pequeno abajur, reparei um pouco no vasto firmamento cheio de nuvens, tudo azul e branco, mas estava fraca demais para ver qualquer outra coisa. Ela colocou minha mala num banco ao pé da cama e puxou um edredom e os lençóis.

Eu sentei hesitante no lugar que Vicki abrira.

— Isto pode ser desconfortável para você.

— Sim.

— Ainda está com raiva.

Sua expressão agora mostrava ressentimento.

— E você não estaria? Você era minha melhor amiga no mundo inteiro. Sei que Jude a magoou, mas ele também nos magoou quando desapareceu. E, certo, você não conseguia falar sobre o assunto...

— Ainda não consigo — interrompi como se a avisando, e então, sendo mais maleável, implorei: — Quem sabe mais tarde?

Minha amiga olhou para mim, suspirou e sinalizou a cama com o queixo. Tirando os pés dos chinelos, levantei as pernas e deitei. Uma vez lá, não consegui mais me mover.

Vicki deve ter ido embora, pois, quando dei por mim, ela estava colocando uma pequena bandeja ao lado da cama. Ela continha um copo de suco de laranja, doces que com certeza eram caseiros e uma jarra de água.

— Vai ser fácil de Rob identificar o carro? — sussurrou ela quando abri um olho.

— Com certeza — sussurrei de volta. — BMW preta. Não tem como errar.

Ela tocou minha cabeça.

— Durma.

Capítulo 4

Eu dormi. Se os outros hóspedes fizeram barulho, não ouvi. Também não sonhei. Estava cansada demais para isso. Quando acordei, a claraboia era uma mistura de azul-celeste com vermelho-alaranjado. Os lençóis tinham cheiro de luz do sol, e a vastidão de nuvens e céu que eu vira na noite anterior ia além do edredom volumoso, englobando um teto e paredes azuis, uma cômoda e uma cadeira brancas, e algumas almofadas xadrez sobre o piso, empilhadas em um canto, sob as vigas do telhado. A bandeja ao lado da cama agora continha uma mistura aromática de bolinhos e chá.

Aquilo era o paraíso? Com certeza.

Vicki estava sentada em uma cadeira de madeira perto da cama.

— Se demorasse mais, iria chamar os paramédicos — observou ela.

Virei de lado para olhar para minha amiga: Vicki Bell — não apenas Vicki, mas Vicki Bell, os dois nomes sendo pronunciados carinhosamente como um por todos os nossos anos de faculdade. Essencial para mim naquele momento, ela vestia um suéter e calça jeans e prendera o cabelo, mas fios escapavam do penteado, como sempre. Estava de cara lavada, outra característica prática que era tão dela. Mas suas bochechas estavam rosadas, e sua expressão era tranquila.

— Você está ótima — comentei.

— Ótima mesmo ou ótima porque sou uma cara conhecida?

— Os dois. Que horas são?

— Onze.

Onze. Sentei-me com um pulo e, após soltar um gemido, me joguei novamente na cama.

Vicki se assustou.

— Vá com calma. Como se sente?

Pesada. Cansada.

— De ressaca.

— De tanto *beber*?

— De tanto chorar. Ou talvez por dormir demais. — Fechei os olhos, mas eles tornaram a se abrir. — Onze horas de uma segunda-feira? Que droga.

— Qual o problema?

— Trabalho. — A velha tensão retornou. — Só fiquei lá por um segundo na sexta-feira. Uma amiga me cobriu, mas o sócio encarregado passou o fim de semana me mandando e-mails. Não li nenhum deles.

— Grande novidade — observou Vicki, irônica, enquanto me servia um pouco de chá.

— Não, eu leio tudo que você manda — insisti. — Mas você é minha amiga, e não posso lhe enviar uma mensagem curta. Então eu acumulo os e-mails até ter tempo de ligar, mas aí nunca... nunca arrumo tempo.

— Depois de Jude, você seguiu com sua vida. — Ela me entregou o chá.

Vicki estava tentando ser reconfortante, literal e metaforicamente. Eu ainda não queria falar sobre Jude, mas talvez esse fosse o preço a pagar por estar naquele quarto. Afofei meus travesseiros para ficarem mais altos e aceitei o chá.

— Você não desiste desse assunto.

— Não consigo. Vê-la novamente traz tudo de volta. Você mudou tanto depois daquele verão, como se quisesse repudiá-lo, a mim, a Bell Valley.

— Não queria repudiar — disse rapidamente, e então pensei na minha vida naquela época. Por mais doloroso que fosse, era por isso que eu tinha vindo, para descobrir o que acontecera comigo mesma depois que partira. — Foi ele quem saiu da minha vida. Eu precisava construir uma nova.

— Que fosse o oposto da que tinha aqui.

— Sim. Lembranças doem.

— Eu que o diga — disse ela daquele modo arrastado.

— Desculpe. Tentei outros lugares antes de voltar, mas não funcionaram. Eles me lembravam demais do que eu estava tentando escapar.

— Que seria?

Contei a Vicki sobre a manhã de sexta-feira, e terminei afirmando:

— Barulho, tanto barulho. E máquinas. E trânsito. Este é o lugar mais silencioso que conheço. Quero dizer, escute. — Fiquei quieta. A falta de sons falava por si só.

— Há vários outros lugares silenciosos, Emmie. — A voz dela era gentil.

Mas nenhum outro tem um coiote à espreita em uma clareira, eu poderia ter adicionado se quisesse falar sobre os sonhos.

— Só que não conheço pessoas em nenhum outro. O que também é parte do problema. Há momentos em Nova York em que eu sinto que não *conheço* ninguém. Preciso de contato humano. Sabia que conseguiria isso aqui.

Vicki me encarou por um minuto, então partiu um pedaço do bolinho e o colocou na minha boca.

— Os mirtilos são de Nova Jersey. Os nossos só vão amadurecer daqui a um mês.

Mastiguei o bolinho, degustando cada migalha, e tomei mais um gole de chá para finalizar.

— Viu só? — comentei, depois que meu corpo já estava se sentindo mais abastecido. — Isso acabou de provar o que eu disse. Você foi a melhor amiga que já tive. Se eu quisesse fugir, que outro lugar seria melhor? Para onde *você* iria?

— Para um hotel. — Quando lhe lancei um olhar confuso, Vicki sorriu. — Já viu *Uma Noite Fora de Série*? — Neguei com a cabeça. — Steve Carell faz o papel do marido de Tina Fey, e eles decidem passar a sair juntos uma vez por semana para apimentar a relação. Então, numa cena num restaurante, ele pergunta a ela se já quis ter um caso. Ela responde rápido que não, mas aí fica encabulada e confessa que algumas vezes, em dias muito ruins, quando o mundo está uma droga e seus filhos estão aprontando, ela daria tudo para se hospedar em um hotel e ficar sozinha. Também penso nisso. Você pode pensar que minha vida é tranquila, e com certeza é quando comparada com a sua, mas os barulhos nem sempre são audíveis. Tem dias em que o forno dá problema e os muffins não ficam dourados, os hóspedes pedem um zilhão de coisas que demoram para resolver, Rob fica me perguntando por que não coloquei flores frescas nos vasos e Charlotte quer atenção, atenção, atenção...

— Charlotte — interrompi, horrorizada. — Não lhe perguntei sobre ela.

— Não. — Os olhos de Vicki me deram uma bronca. — Não perguntou. Ela está com 3 anos agora, e é ótima... doce e adorável, e está aprendendo a falar devagar porque sempre entendemos o que ela quer, então nunca precisa pedir. Rob e eu esperamos para ter filhos, e acho que, por causa disso, damos mais valor a ela. Ser mãe é a melhor coisa no mundo. Sei que você provavelmente não quer escutar isso. Sempre disse que queria um bebê, e obviamente isso ainda não aconteceu.

— Estamos tentando.

— Ah. Que bom.

— Não, quero dizer que estamos tentando há um tempo. Muitas mulheres adiam isso enquanto constroem suas carreiras. Mas eu já queria um bebê três anos trás. Fizemos exames. Os médicos não sabem por que ainda não aconteceu.

Vicki me encarou.

— Não sou médica, mas se você acha que vai engravidar desse jeito, acho que está enganada.

— Sou patética.

Ela apertou minha mão.

— Você não é patética, só confusa. Suas prioridades estão erradas. Isso não acontecia antes de Jude.

— Não posso culpá-lo pelos últimos dez anos. Jude não estava me dizendo como agir.

— E aqui está você. O problema, Emmie, é que, se você ficar mais uma noite, encontrará com Charlotte. E com minha mãe. Ela está aqui o tempo todo, paparicando a menina.

Isso me fez sorrir, curiosa.

— Amelia? De babá?

Vicki mexeu os olhos, levantando um pouco as pálpebras, num gesto que sempre gostei.

— Estranho, não é? É legal, na verdade. Ela é uma avó muito presente; se dá bem melhor com Charlotte do que se dava com a gente.

A última vez que eu encontrara com Amelia fora no casamento de Vicki. Dizer que eu não fora bem-recebida seria um eufemismo.

— Ela ainda me culpa por Jude ter ido embora? — perguntei. O silêncio de minha amiga dizia tudo. — Mas eu não fiz nada de errado. E ele teria ido embora de toda forma. Uma parte de Jude odiava esta cidade. Eu disse que iria com ele para qualquer lugar.

— O que provavelmente o deixou apavorado, mas mamãe não aceita isso. Ela acredita que você pediu mais do que Jude poderia lhe dar, e ele foi embora porque se sentiu um fracasso.

Fiquei de boca aberta.

— Eu pedi mais do que Jude poderia me dar? Fidelidade é pedir muito?

— Não — afirmou Vicki lentamente. — Mas mães nem sempre são racionais. — Seu tom se tornou pesaroso. — Eu costumava pensar que ela era louca, mas, agora que também sou mãe, entendo o conceito de precisar culpar alguém por perder um filho. Não precisa fazer sentido. Mas, se algo acontecesse com Charlotte, eu precisaria ter uma pessoa, *qualquer pessoa*, a quem responsabilizar.

— Jude não está perdido — disse, porque eu realmente precisava contar a Vicki Bell o que sabia.

— Bem, ele não morreu, apesar de se esforçar muito para isso. Veja só o caso do Iraque. Depois que Saddam caiu do poder e o caos tomou conta do lugar, ele resolveu ir até lá resgatar animais feridos e acabou ficando no meio do fogo cruzado. Jude foi a lugares que nunca deveria ter ido.

— Era uma missão humanitária.

— Sim, mas há um jeito certo e um jeito errado de fazer essas coisas. Os soldados do Exército precisaram usar recursos valiosos para protegê-lo, e eles não ficaram felizes com isso. Jude se arriscou desnecessariamente. Ele era atrevido demais para seu próprio bem.

— Não diria atrevido — avaliei, porque não era assim que via Jude. — Confiante. Ele era comprometido com seus ideais.

— Emily, ele era rebelde.

— Aventureiro — insisti.

— Bem, que palavra bonita. Você sempre as escolhe quando se trata de Jude. Ele não era mal-educado, era sincero. Ele não era impulsivo, era ousado. Não me leve a mal. Amo meu irmão. Mas eu via os defeitos dele. Mas você? Foi cegada por seu primeiro amor.

— Mas ele era tão divertido — argumentei. — Impulsivo, ousado, chame como quiser, mas Jude tinha aquele temperamento irreverente que era extremamente criativo. Ele era a força por trás do programa de acolhimento do Refúgio, e veja quantos animais a organização ajudou. Certo, ele era impulsivo. Mas talvez — adicionei usando um tom atormentado — isso seja melhor que analisar demais cada decisão que se toma.

Vicki compreendeu. Entendi isso pela forma como me olhou.

— É isso que você fez?

— Não sei. Realmente não sei. Não foi de caso pensado, porque as coisas foram se encaixando de um jeito tão fácil. O curso de direito me levou a James, que me levou a Nova York, que me levou ao meu emprego. Mas era tudo tão *intelectual*.

— Você ama James?

— Amo — respondi rapidamente, mas então fiz uma pausa. — Eu acho que amo.

— O que isso significa?

Uma porta se fechou lá embaixo, e o som suave era um lembrete de onde eu estava e, com isso, um incentivo. Não poderia conversar com ninguém em Nova York sobre James. Eu teria me sentido uma traidora. Mas agora estava em Bell Valley, e Vicki Bell dividira um quarto comigo por quatro anos de faculdade, o que a tornava parte da minha vida bem antes do meu marido.

— Quando o conheci, caí de quatro — contei a ela. — Quero dizer, lá estava ele, com seus olhos azuis, cabelo escuro, 1,85m, bronzeado. James gostava de correr. — Jude preferia escaladas e, em contraste, tinha 1,95m, olhos dourados e uma juba de cabelo louro. — James era inteligente e dedicado. Era ambicioso, e eu também. Parecia que tinha encontrado um irmão gêmeo. Queríamos participar da revista de direito, então participamos. Queríamos nos formar com honras, então fizemos isso. Quando se tratava de sua carreira, James tinha um plano para o sucesso. Então nos dedicamos a segui-lo. — Pensei na conclusão que havia chegado naquela varanda na cordilheira de Berkshires.

— E agora? — instigou Vicki.

— Não tenho certeza de que o plano seja o ideal para mim. É para James. Ele está indo a todo vapor. Eu sou o problema. — Falar isso em voz alta tornava a situação mais verdadeira. Mas hoje era segunda-feira, o que tornava minha fuga real; assustadora, na verdade. — Sinto como se estivesse matando aula.

— Você nunca matou aula.

— Certo. Nunca odiei a escola como odeio meu emprego. O caso atual, o próximo caso, que diferença faz? A cultura da empresa é o problema, a corrida para acumular horas de trabalho, a falta de companheirismo entre os sócios mesmo nos níveis mais altos. Walter Burbridge provavelmente está furioso comigo agora, mas, quando penso em voltar, minha mente se enche de sons de estática. É *ensurdecedor*.

— Você falou sobre isso com James?

— Tentei, mas ele não quer ouvir. Além disso, se não estamos trabalhando, estamos dormindo, a menos que eu saiba que estou ovulando, e então fazemos amor, o que não é exatamente romântico quando é um evento agendado. De toda forma, estamos sempre cansados demais para discutir coisas importantes.

— Já conversou com ele desde que foi embora?

— Tivemos uma conversa rápida. Ele acha que estou sofrendo um colapso nervoso. Será que é isso mesmo?

Vicki soltou uma risada irônica.

— Acho que está vivendo uma fantasia. Simplesmente resolveu dar uma pausa nas coisas que odeia em sua vida e tirou férias. Ele viria atrás de você?

— Não poderia. James não sabe onde eu estou.

Ela pareceu surpresa com isso.

— Não seria melhor contar? James é seu marido. Você não acha que deve isso a ele?

— Mais do que eu devo um tempo para mim mesma? — perguntou minha nova personalidade argumentativa.

— E ele não vai se preocupar?

— Sim, mas está ocupado com o trabalho.

— Certo, só que há outro problema. Você o conheceu logo depois de sair daqui. Será que James não ligaria os pontos e adivinharia onde está?

— Não. Nunca contei muita coisa sobre esta cidade para ele.

— James sabe da história com Jude?

— Não.

— Você está brincando.

— Não.

— Emily! — protestou ela. — Jude era sua *vida* naquele verão. Como pôde não falar sobre ele?

— Você contou a Rob sobre todos os caras com quem saiu?

— Ele é o único cara com quem saí.

Revirei os olhos.

— Está bem. Vamos pensar de forma mais abrangente então. Um marido precisa saber tudo sobre o passado de sua esposa? Se a história já estiver morta e enterrada, *não*. Tenho certeza de que James teve namoradas na faculdade, mas não sei de nenhuma delas. Ele trabalhou por três anos antes de ir estudar direito. É claro que saiu com outras mulheres, mas não quero saber dos detalhes. Quando se tratava de Jude, bem, quando fui embora daqui, fechei essa porta. Cortei todos os laços. Foi a única forma que encontrei para lidar com a situação.

— E nunca mais falou sobre isso?

Neguei com a cabeça.

— James e eu conversamos sobre o presente e o futuro. Ele não sabe nada sobre Bell Valley.

— Uau — disse Vicki com um suspiro, mas me distraí com um movimento atrás dela, um rostinho que surgiu na fresta da porta.

Ele era instantaneamente familiar, como o de sua mãe. Senti meu peito se aquecer, respirei fundo e sussurrei:

— Minha nossa.

Vicki se virou.

— Eu que o diga — ralhou ela, gentilmente. — Quantos quartos você fuxicou antes de me encontrar aqui, Charlotte Bell? — Mas ela não estava irritada. Sabia disso. E Charlotte Bell também.

A garotinha olhou para a mãe e depois para mim, permanecendo na porta até Vicki gesticular para que entrasse. Ela andou devagar, sempre me observando com um olhar cauteloso. Pequena e perfeita, tinha os olhos cinzentos do pai, o cabelo louro da mãe e cachos quase tão longos quanto os de Jude. Usava um vestido roxo e rosa, de malha, e uma legging com a estampa contrária. Quando ela chegou perto, Vicki a pegou e a colocou no colo.

Se eu estava hipnotizada pela criança, isso era nada comparado à minha amiga. O amor nos olhos dela era algo impressionante.

— Esta aqui é Emily — disse ela com a boca encostada numa orelhinha. — Nós nos conhecemos na escola, que nem você conheceu Clara. E nós dormíamos no mesmo quarto, igualzinho como você faz na casa da vovó Amelia. Sabe, como no dia em que comeram pizza? — Ainda olhando para mim, a menina concordou timidamente com a cabeça. — Charlotte adora pizza — disse Vicki para mim. — E chocolate quente. Emmie e eu costumávamos tomar chocolate quente — esclareceu ela para a criança. — Com marshmallows. E chantili.

— Às duas da madrugada — adicionei.

— Mas só na época das provas.

— Rá! Nós duas fizemos jus aos quilos que engordamos.

Vicki apertou a filha e continuar a falar para a orelhinha:

— Você lembra que eu contei que fui estudar na Inglaterra por um tempo, onde todo mundo fala que nem Alec, seu coleguinha da escola? Emmie estava comigo. Viajamos pela Europa inteira.

Duvidava que a menina soubesse o que era Europa, mas me empolguei com a lembrança.

— Se eu tivesse de escolher o melhor momento da faculdade, seria nosso semestre em Bath. Ainda tenho aquele cachecol que comprei na ponte. Você se lembra dele?

— Como poderia esquecer? — gabou-se Vicki. — Era rosa-shocking e *horroroso*. E você usava aquilo o tempo todo.

— E aquele cara italiano lindo...

— Dante.

— Esse não era o nome dele de verdade — insisti.

— Ele disse que era, mas aquele garoto era terrível. Nunca estudava. Acho que o objetivo dele era nos levar para o *mau* caminho. Lembro-me de uma noite...

— Nas termas romanas. — Envergonhada, cobri meu rosto. — Meu Deus. Aquela cerveja. *Guinness.*

Vicki pareceu melancólica.

— Não penso naquela noite há muito tempo. Era uma outra vida.

Isso era algo para se refletir. Nossa vida era melhor? Mais livre? Com certeza tinha sido divertida.

Minha amiga pensava nas mesmas linhas.

— Devíamos ter ficado o ano inteiro lá, não só um semestre. Voltar foi um saco.

— Uso o cachecol às vezes. Ele deixa meu uniforme mais animado. Mas sempre o tiro com o casaco quando entro no escritório. Não fui muito ousada na Lane Lavash.

Não até agora. É claro que ainda estava na dúvida sobre se minhas ações eram ousadas ou simplesmente irresponsáveis. Pensei em Layla e nas outras pessoas sofrendo por beberem uma água que julgavam ser segura. Alguém precisava ajudá-las, mas, hoje, não seria eu. Talvez nem amanhã ou quarta-feira.

— Mas que cara de preocupada — observou Vicki.

— Meus problemas são preocupantes. — Mas não pensaria neles agora. Determinada, voltei para o presente, para Vicki e sua garotinha linda. — Então você vai à escola? — perguntei para Charlotte.

Ela fez que sim com a cabeça.

— Todos os dias?

— Três dias na semana, só pela manhã — disse Vicki. — Estamos nos acostumando, mas queríamos que ela convivesse com outras crianças. No outono, passará a ser cinco dias na semana. Vai ser uma boa época.

Algo no seu tom de voz e na forma como me olhava fez com que eu perdesse o ar por um instante. Mais um bebê a caminho?

— É para o início de dezembro — confirmou ela, parecendo ansiosa e assustada ao mesmo tempo, de um jeito quase cômico.

— Ah, Vicki Bell, estou tão feliz por você.

— Está mesmo? Não está falando por falar?

Eu entendi o que ela quis dizer.

— Claro que não. Achei ótimo! Já está óbvio que você é uma ótima mãe. Poderia ter *cinco* filhos e nem se abalar. Há espaço para crianças na sua vida. Talvez não haja na minha.

Charlotte se acomodou no colo de sua mãe, que disse:

— É disso que você está fugindo?

— Talvez. Estou desanimada, mas, se o que estamos fazendo agora não funcionar, temos outras opções. É só o restante que... me enlouquece.

— Não é possível que não haja nada bom.

— Há. Tenho um emprego, um marido, uma casa ótima. E saúde.

— Mas está infeliz. Então, por que veio para Bell Valley? Dez anos atrás, este lugar a deixou tão triste.

— *Jude* me deixou triste — disse —, mas eu sempre amei Bell Valley, mesmo antes daquele verão. Os fins de semana que nós duas passávamos aqui eram como férias, mesmo quando tínhamos de estudar. Eu consigo relaxar aqui. Consigo pensar. E é disso que preciso agora.

Pensei em Jude. Sua carta mudara as coisas. Mas talvez não. Calculei que deveria ter umas duas semanas antes de ele chegar.

Precisava contar isso a Vicki.

Mas ela estava pensando no que eu acabara de dizer.

— Precisa pensar sobre o que vai fazer depois que sair daqui?

— Em primeiro lugar, tenho de refletir sobre minhas ações depois que fui embora daqui. Talvez você esteja certa. Talvez eu estivesse sofrendo por causa de Jude e tenha ido longe demais. Voltar é quase um recomeço.

— Por quanto tempo pretende ficar?

Senti uma onda de nervosismo.

— Isso pode depender do meu carro.

— Não. É um problema eletrônico. Nestor disse que ele vai ficar pronto até o fim do dia. Até antes, se o filho dele não estivesse tão fascinado. O garoto tem 16 anos e é extremamente nerd. É raro ter a chance de brincar com um carro igual ao seu.

— Se ele fizer besteira, James nunca vai me perdoar — avisei.

— Não, fique tranquila. Ele é tarado por tecnologia. Montou uma loja de consertos na garagem de casa. Computadores, celulares, aparelhos pequenos... Nós não confiaríamos nossas coisas a nenhuma outra pessoa.

— Uma loja de consertos? Com 16 anos? E a escola?

— Ele diz que encontrou sua vocação, e, sabendo o quanto ele é bom nisso, acredito.

Pensei na situação.

— Bem, isso diz muito. O menino abandonou o colégio e tem um emprego que ama. Eu tenho três diplomas e um emprego que odeio.

— Consiga outro — afirmou Vicki.

— Estou tentando, mas não é tão fácil assim. Não quero ir de ruim para pior ainda, e não é como se eu pudesse buscar cargos no Oregon quando sou casada com um homem determinado a permanecer em Nova York. — Voltei para a pergunta anterior. — Não sei quanto tempo vou ficar, e isso é muito perturbador. — Sempre fui uma mulher com um objetivo. — Eu já fiquei sem rumo antes?

— No seu verão aqui. Você veio sem saber o que iria fazer.

— Certo. E tive o verão mais louco, espontâneo e passional da minha vida. É esse o tipo de pessoa que realmente sou? Ou isso foi uma aberração? Preciso descobrir.

Olhei para meu relógio, que, obviamente, não estava lá. Também não havia um na mesa de cabeceira ou na cômoda.

— Nossos hóspedes gostam de relaxar — explicou Vicki.

— Preciso aprender como fazer isso. — Emiti um som desesperado. — É difícil perder velhos hábitos. E já estamos na segunda-feira. Se eu não ligar em um ou dois dias, não terei um emprego quando voltar. Vicki, me ajude com isso. Você sempre foi tão boa em chegar ao cerne da questão. O que devo fazer?

Charlotte sussurrou algo para a mãe, que eu não consegui ouvir. Havia imaginado que nossa conversa estivesse sendo ignorada pela garotinha, e já estava me perguntando se me enganara quando Vicki anunciou:

— Certo. Hora do pipi.

Ela se levantou, e Charlotte se transformou numa macaquinha, agarrando a mãe com pernas e braços, o que foi ótimo. Caso contrário, teria caído quando Vicki se inclinou e envolveu meu pescoço com os braços.

— Não quero que vá embora — sussurrou ela de forma determinada. Vicki se esticou, segurou a filha com os dois braços e se afastou. Eu estava pensando que deveria contar sobre Jude, mas ela disse: — Fique à vontade. Há livros e jogos na sala de estar, e as bicicletas estão no quintal. Se quiser ir a algum lugar, as chaves da van estão penduradas perto da porta. A cozinha é sua. Se encontrar com uma mulher baixinha e de cabelos escuros por lá, é minha confeiteira, Lee. Ela tem uma história interessante.

Mas eu ainda estava obcecada com a minha.

— E o que faço com meu chefe? E com James?

Vicki parou sob a soleira da porta.

— Depende do que você quer, e isso ninguém mais pode responder no seu lugar.

Só que eu não sabia a resposta, e era por isso que estava ali. Nem sabia como começar a descobrir.

Mas compreendia que o que começara como um impulso — uma rebelião, talvez — se tornava pior a cada minuto. Se eu ficasse fora por mais algum tempo, não teria volta.

Assustada, me afundei no travesseiro e puxei o edredom até minhas orelhas, desejando enterrar a realidade sob a maciez da cama. Mas o cheiro de flores frescas de Vicki e o de talco da criança se fixaram na minha mente, fazendo com que eu me sentisse suja. Saí da cama, tomei um banho, coloquei uma calça jeans e um suéter, tentando parecer o máximo possível com minha amiga — a ideia era ser discreta —, e passei meus cabelos úmidos pela parte de trás do boné.

Terminei meu chá enquanto olhava pela janela, observando o quintal nos fundos da casa. Havia bancos ali, além de cadeiras de madeira posicionadas pelo gramado em duplas. Além disso, estava a floresta.

Eu conhecia aquela floresta. Ela era o lar de pinheiros e cicutas, abetos, espruces e bétulas, e suas folhagens variavam muito. Com o sol brilhando forte em primeiro plano, as cores no fundo se misturavam em um verde-floresta escuríssimo.

Nos meus sonhos, aquele verde era quase negro. Eles sempre se passavam durante a noite.

Precisava visitar aquela floresta. Mas não agora. Num momento em que me sentia fraca, fazer isso exigia mais coragem do que eu tinha.

Capítulo 5

Com meus óculos escuros em mãos, atravessei meu quarto na ponta dos pés, mas toda essa precaução foi desnecessária. Cheguei ao térreo sem encontrar vivalma. Sem querer acreditar na minha sorte, fui direto para a cozinha, que também estava vazia, e passei silenciosamente pela porta de tela, descendo os degraus que davam para os fundos da casa.

Como Vicki prometera, lá estavam as bicicletas. Achei uma que parecia ser do meu tamanho e me imaginei pedalando rápido pelas ruas de Bell Valley, pois pedalar rápido era igual a fazer aulas de spinning na academia de Nova York. Mas agora, só pensar nisso já fazia minhas pernas doerem, obviamente um sinal do meu estado emocional; nunca tive preguiça de malhar antes.

Eu precisava mesmo aprender a relaxar.

Então andei pelo estacionamento e cheguei à rua. Havia alguns veículos parados diante de lojas, e um no final da praça. Atravessei a grama e me sentei ao lado de um banco. O sol estava aconchegante. Sons flutuavam no ar — o zumbido de um cortador de grama no jardim da igreja, sussurros vindos de um casal que saía da Raposa Vermelha, o doce canto de um pássaro sobre um galho de um carvalho próximo. Respirei fundo uma vez, depois uma segunda, ciente de que, afora minhas aulas de ioga, eu estava sempre sem fôlego — correndo de um lado para o outro, me estressando sobre tudo, sempre ligada a máquinas — nos últimos dez anos. Só esse pensamento já fez minha respiração se tornar mais acelerada.

Puxando o ar mais uma vez, pensava em como Bell Valley é calma em comparação com a Lane Lavash, onde eu deveria estar naquele momento, acomodada em meu cubículo, com computador e headset, quando notei que Vicki saía da Raposa Vermelha e vinha na minha direção.

— Está disfarçada hoje? — perguntou ela, sentando-se na grama, ao meu lado.

Eu tomara a decisão certa quando resolvera me vestir como minha amiga. Jeans, suéter, óculos escuros — parecíamos irmãs, o que fazia com que eu me sentisse bem-vinda.

Sorri e concordei com um som. Nada mais era necessário com Vicki Bell.

— Conheceu minha confeiteira? — quis saber ela.

— Não. A cozinha estava vazia.

— Então mais tarde eu apresento vocês. — Minha amiga tirou os óculos e analisou minha expressão. — No que estava pensando?

Senti um nó na garganta.

— Que senti sua falta. Conversar com você me fez perceber o quanto. Posso até estar sendo injusta com Kelly, mas você é a irmã que eu teria escolhido. Até mesmo essa sua última pergunta. Você sempre se importou com o que eu penso. — No caso de ela ainda estar magoada comigo, adicionei: — Vivemos muita coisa juntas. Isso conta.

— Sei. Estamos ficando velhas. — Ela se tornou pensativa. — Aniversários irritam você?

Tirei meus óculos, depositei-os na grama e voltei o rosto para o sol. Aqueles raios calorosos eram fantásticos, mais limpos do que em Nova York, mais amigáveis do que em Chatham. Com os olhos fechados, considerei a pergunta.

— O de 30 foi marcante. James disse que deveríamos comemorar, mas nunca tivemos tempo. — Voltei a olhar para ela. Meus olhos buscaram os seus. — É isso que está acontecendo? Estou tendo uma crise de meia-idade precoce?

Vicki me lançou um sorriso divertido.

— Eu tive uma. Mais ou menos.

— Você? Não acredito! — Minha amiga era a pessoa mais estável que eu conhecia.

— Pode acreditar. Rob e eu crescemos juntos, e sou louca por ele. Mas nunca experimentei nada diferente. Só tive os quatro anos que passei na faculdade. Depois voltei para cá, com o mesmo cara e a mesma cidade.

— Não é bem assim — argumentei. — Vocês se casaram. Isso foi importante. E os pais de Rob se aposentaram, então vocês assumiram o controle da Raposa Vermelha. O lugar está ótimo, Vicki Bell.

Ela soltou uma risada.

— Era impossível ficar pior do que estava. Os pais dele abandonaram a pousada. E, sim, é bom dar um jeito nas coisas, mas não é igual a fazer algo completamente diferente. — Ela pareceu pensativa por um momento, e, então, resignada. — Cada aniversário que passa é um lembrete de que nada vai mudar. Fiquei meio deprimida por um tempo.

— Por isso o bebê?

— Ah, não. Nem pensei em ficar grávida antes de ter certeza de que estava satisfeita com minha vida aqui. O que não quer dizer que, às vezes, eu não me pegue imaginando como as coisas podiam ser diferentes.

— Você tem os mesmos genes que Jude, afinal — observei, e Vicki riu com desdém, concordando.

— Jude era rebelde.

— Aventureiro — insisti.

— Emmie, ele era *incorrigível* — afirmou ela, já impaciente comigo. — Acha mesmo que Jude teria se casado com você? Sim, sei que ele a pediu em casamento, mas fez isso com três mulheres antes, a última sendo Jenna Frye, que ficou bem magoada quando ele a trocou por você, e aí ele acabou trocando você por *ela*. Jude gostava da conquista. Tinha pavor de compromisso. Se você não tivesse aparecido, teria encontrado outra forma de terminar com Jenna, e, se ela não o amasse o suficiente para perdoá-lo, Jude daria outro jeito de terminar com *você*.

Quis argumentar. Mas Vicki o conhecia há mais tempo que eu. O que ela dissera fazia sentido.

— Ele está voltando — sussurrei.

Minha amiga franziu o cenho, incrédula.

— Jude? Para cá? Como você sabe?

— Recebi uma carta dele na sexta-feira. Deve chegar até o fim do mês.

De repente, ela parecia mal conseguir respirar.

— Aqui? É sério?

— Ele estava pescando caranguejos no Mar de Bering.

— E simplesmente... escreveu para você? Do nada?

— Ele faz isso às vezes — disse, me sentindo um pouco culpada.

— E você não nos *contou*?

— Achei que sabiam onde Jude estava. A de sexta-feira dizia que ele não contou a ninguém que estava vindo, e é por isso que estou comentando. Se vale de alguma coisa, nunca respondi às cartas.

Mas Vicki pressionava uma das mãos ao peito.

— Ai, meu Deus. O que vamos fazer? Para quem contamos? Para ninguém — decidiu ela, gesticulando como se para apagar a notícia. — Não podemos contar a ninguém. Jude é a pessoa mais irresponsável e imprevisível que conheço. Pode dizer que está vindo e depois mudar de ideia e ir para outro lugar mais interessante. Mamãe já se acostumou à ideia de ele ter ido embora. Se contar a ela que Jude vai voltar e ele não aparecer, vai ficar arrasada.

Não conseguia imaginar Amelia se sentindo arrasada, e considerei perguntar sobre isso quando Vicki apertou os olhos.

— É por *isso* que você veio. Não para me ver, mas porque *ele* está voltando?

— Não. *Não*. Estou aqui porque preciso de você e da tranquilidade desta cidade. Talvez até tenha vindo para lhe dar a notícia sobre Jude, mas não vim por ele. Vim por mim. Pode me achar egoísta. Eu sou mesmo.

— Não é não — sussurrou Vicki, relutante. — Se fosse, sua vida não seria a bagunça que é. Você teria priorizado a si mesma e suas necessidades antes. — Ela se encostou em mim. — Por que Jude está voltando? Ele não vai ficar aqui. Só vai criar problemas e ir embora. Esta cidade é um inferno para ele.

— Talvez tenha amadurecido. Você sabe, visto outros infernos.

Mas Vicki já fazia que não com a cabeça, agora parecendo mais triste do que irritada.

— Ele é um Bell. Nossa família vive aqui há quatro gerações. Jude pode lutar contra o impulso de ficar aqui, mas a atração é forte. É *isso* que está nos nossos genes. — Ele pegou minha mão. — Eu nunca fugiria da minha vida; com certeza nunca faria o que você fez. Mas suas ações não me surpreendem. Você sempre foi a mais ousada de nós duas. Aquele semestre na Europa é um exemplo disso. Eu jamais teria ido sozinha. Jamais teria a coragem de ir tão longe por tanto tempo. Você era meu lado mais corajoso.

Não conseguia me lembrar da última vez em que segurara a mão de uma amiga, mas, com Vicki Bell, parecia a coisa mais natural do mundo ter uma ligação forte com alguém, sem mencionar uma permissão para abrir o coração.

— E você era meu lado mais são. — Pensei em uma exceção. — Exceto por Jude. Você não me impediu nesse caso.

— O que eu poderia fazer? Ele é meu irmão. Achei que você seria uma boa influência. Além do mais, não havia como impedi-los. A química entre vocês era como fogo grego: *puf!*, tudo explodia em chamas num instante, puro magnetismo animal.

Eu poderia ter argumentado que nosso relacionamento ia muito além disso, mas Vicki me dera a oportunidade de puxar um novo assunto que parecia estar fixado ao meu cérebro, levando em conta meus sonhos.

— Falando em animais, havia coiotes aqui naquele verão. Eles ainda aparecem?

— Não. Não depois que Jude foi embora. Ele foi o único que os viu, ou pelo menos era o que dizia.

— Eu também vi. — Isso era uma coisa que eu podia confirmar por Jude. — Na verdade, só havia um, perto da cabana dele. Nós passávamos horas observando o animal. E ele a nós. Jude costumava sussurrar para o bicho, como se fossem amigos. Estava certo de que ele tinha uma fêmea na floresta, mas nunca os vimos juntos. Então você nunca os ouviu?

Vicki negou com a cabeça.

Não depois que Jude foi embora. Isso fez um calafrio passar por mim. Meus sonhos só tinham começado há poucos meses. Fiquei me perguntando o que significavam.

— Ele sempre atraiu bichos assim — analisou Vicki. — É como eu disse, magnetismo animal. — Os olhos dela encontraram os meus. — Jude vai mesmo voltar depois de tantos anos? Chegou a comentar por que viria ou quanto tempo pretende ficar?

— Ele mencionou assuntos pendentes, mas não entrou em detalhes. E sabia que talvez não conseguisse ficar o verão todo.

— Faz sentido. Como será que ele se parece agora?

Também queria saber. Naquele verão, bastou olhar uma vez para Jude para eu me apaixonar.

Vicki leu meus pensamentos. Ela soltou minha mão depois de apertá-la mais uma vez.

— As coisas vão bem com James?

— A parte do sexo? — Só mesmo com ela para eu ter essa conversa. — Costumava ser fantástico — disse, dobrando as pernas. — Mas tentar engravidar torna tudo menos divertido.

— James também acha isso?

— Nunca me disse nada. Mas jamais reclamaria disso.

— Ele teria um caso?

Não respondi de imediato, como se pronunciar as palavras as tornasse reais. Mas elas eram reais. Minha preocupação, pelo menos, era.

— Talvez já tenha.

— Agora?

— Não tenho certeza. Mas tem uma mulher. Eles sempre trabalham juntos. Café da manhã, almoço e todo o restante do tempo. Quando fazem hora extra, pedem o jantar e comem na sala de reunião.

— Mas não há outras pessoas no escritório com os dois?

— Às vezes.

— Você já perguntou a ele sobre isso?

— Indiretamente, fazendo piada. — Incapaz de olhá-la nos olhos, comecei a puxar a grama entre minhas pernas. — Ele ri. — Estiquei a coluna. — Mas não acho que me traia. Ele não faria isso. — Era o que eu queria acreditar, de verdade. — Talvez eu só esteja paranoica por causa do que houve com Jude.

— Nunca vou perdoá-lo por aquilo.

— Não faz mais diferença.

— Então agora fica se preocupando com James. Você o trairia?

— Nunca. Mas é claro que ele deve achar que é isso o que estou fazendo agora.

— Só porque veio para cá?

— Porque não contei onde estou.

Vicki se calou. Ela concordaria com James nesse ponto.

— Talvez seja uma questão de estar no controle — sugeri. — Passei tanto tempo me sentindo *impotente*.

— Ele é seu marido.

— Mas não quero que venha atrás de mim.

Observei o homem no final do gramado da praça. Até onde eu sabia, ele poderia ser um detetive. James não contrataria um tão rápido, mas meu pai, sim. Porém, era mais provável que ele fosse marido de uma mulher que fazia o cabelo no salão atrás da mercearia.

Suspirei.

— Tudo que sei é que preciso de um tempo sem James. Sou patética, não é? Quer dizer, estou sentada aqui, tentando não pensar. Mas, se eu não pensar, não vou conseguir entender minha vida nunca. E o que faço enquanto isso?

O sorriso de Vicki era caloroso.

— O que quiser. Não é para isso que Bell Valley serve?

Dessa vez, fui eu quem pegou a mão dela.

— Você é uma ótima amiga. Não tenho amigos em Nova York. Bem, até tenho, mas é diferente.

— Diferente como?

— É menos íntimo. Menos cara a cara. Geralmente conversamos por mensagem. Quando nos encontramos, um de nós está no telefone, digitando ou falando com qualquer outra pessoa. Estamos sempre conectados a aparelhos, então os relacionamentos são diluídos por outros. É triste. Colleen Parker me convidou para ser madrinha do seu casamento, e nem somos tão próximas. Nós nos conhecemos no clube do livro e, como nós duas somos advogadas, concluímos que deveríamos ser amigas, mas nem temos tanto em comum. As reuniões do grupo ocorrem uma vez por mês, e nós associamos as histórias dos livros às nossas vidas porque temos muita necessidade de abrir o coração. Somos dez pessoas, então não é muito íntimo, e só nos reunimos por uma hora, porque é o único tempo disponível que temos. Colly e eu costumávamos almoçar juntas, mas até isso deixamos de fazer. Nossas agendas estão cheias demais. — Eu estava começando a ficar revoltada. — Talvez Colly pense que isso é amizade, mas eu, não. Não sei do seu passado, do que quer para o futuro, dos seus sonhos. Não conheço a família dela ou seus amigos, e não quero ser sua madrinha de casamento.

— Então por que concordou?

Já havia me perguntado isso inúmeras vezes, às vezes me culpando por não ter recusado o pedido de forma educada. Explicar a situação para Vicki fez com que eu me contorcesse de vergonha.

— Porque quero ter amigas próximas, e é isso que amigas próximas fazem. Colly queria desesperadamente que eu fosse sua madrinha, sabe-se lá por quê. Ela é especializada em patentes, e eu não entendo nada disso, então não conversamos sobre trabalho. Depois do casamento, provavelmente só nos veremos no clube do livro. Não temos muito papo. — Parei para respirar. — E isso descreve bem todas as amizades que fiz.

— Então não encontrou as pessoas certas.

— Você tem razão. Mas já moro lá há sete anos. Qual o problema?

Os olhos de Vicki falaram por ela.

— Certo, o problema sou eu. Ignoro meus amigos, como ignorei você, então meus relacionamentos nunca têm chance de crescer. Isso não seria ruim se não quisesse me aproximar de ninguém, mas eu quero. — Esfreguei minha testa, refletindo sobre o dilema.

— Não faça isso — mandou Vicki. — Você veio aqui para relaxar.

— Vim para decidir o que *fazer* da vida — disse, quase histérica.

— Shh. Um passo de cada vez. Neste momento, quais são suas opções?

Havia três.

— Ficar aqui. Voltar para Nova York. Ir para outro lugar.

— Esqueça outro lugar. No fim das contas, é aqui ou Nova York. Vamos começar com Nova York. Se você voltasse, como sua vida mudaria?

— Em nada. Esse é o problema. Se eu voltar, preciso aceitar que aquela é minha vida, mas não sei se consigo fazer isso. E a alternativa, ficar aqui, cria outros problemas.

— Com Jude?

— Não. Jude não tem nada a ver com o fato de eu estar aqui. Já disse isso.

— Está bem — cedeu ela. — Então com James. Se ele soubesse que está aqui, você poderia ganhar tempo e se sentir menos culpada.

— E a Lane Lavash?

— Diga que está doente — afirmou Vicki enquanto se levantava.

— Isso funcionaria se eu pretendesse voltar até o fim da semana, mas talvez não faça isso. — Olhei para ela com cautela.

Eu já disse isso, mas sempre vale repetir: quando se tratava de mim, Vicki Bell compreendia tudo.

— O quarto é seu por quanto tempo quiser. Não odeio mais você, nem mesmo por me contar sobre Jude, pois eu preferia não saber. — Ela me analisou por um minuto, antes de se abaixar e me abraçar. — Não moro na cidade grande e tenho muitos amigos, mas você sempre foi a melhor deles.

O sentimento era mútuo. Pensei sobre isso enquanto Vicki voltava para a Raposa Vermelha. O que fazia de um amigo um melhor amigo? Precisaria ser alguém que conhecia todos ao seu redor, compartilhava das suas opiniões sobre a vida, religião ou política? Poderia ser, simplesmente, alguém com quem você pudesse conversar, ouvir e simpatizar?

Vicki e eu não nos conhecíamos até os 18 anos. Era o dia da mudança no nosso primeiro ano na faculdade. Nossos quartos ficavam em extremidades opostas do andar, e os dividiríamos com outras pessoas, mas nos esbarramos no banheiro do corredor. Eu estava penteando o cabelo, ela, escovando os dentes; nós duas realizávamos atos triviais para escapar da nova vida assustadora que começávamos.

Vicki era de New Hampshire, eu, do Maine. Ela queria estudar belas-artes, eu, letras. Mas começáramos a conversar e não paráramos até minha mãe vir atrás de mim, preocupada. Eu passara a procurar por minha nova amiga em todos os lugares que ia, e ela fazia o mesmo. Quando sua colega de quarto largara a faculdade depois de uma semana, eu imediatamente ocupara o lugar vago.

Química. Vicki e eu tínhamos isso. Desde o início.

Mas um melhor amigo também não era alguém que você sabia que nunca a magoaria? Eu magoara Vicki, e, mesmo assim, ali estava ela, abrindo sua casa e seu coração para mim mais uma vez. Talvez um melhor amigo também deva ter a capacidade de perdoar.

Aos poucos o sol se moveu, e fui coberta pela sombra sarapintada do carvalho onde o pintassilgo habitava. Pensei sobre amizade, e então sobre casamento, e então sobre sonhos enquanto me sentava na grama e observava a vida em Bell Valley passar. Era uma existência tranquila, mas tinha um propósito. Lá estava Carl Younger, dono da loja de ferragens, carregando um saco de lixo pela porta lateral e parando para verificar um comedouro de pássaros no caminho antes de ir para os fundos do estabelecimento e desaparecer. E Sara Carney, ajustando a grande placa de ABERTO diante da loja dos fios, que antes se chamava loja da costura, mas parecia que agora vendiam coisas para tricô também, a julgar pela vitrine colorida. Da mesma forma, a loja que comercializava telefones agora se chamava loja de equipamentos eletrônicos.

Simples e direto. Bell Valley era assim. As coisas são exatamente como você as vê.

Como a livraria, por exemplo. Um lançamento popular era exibido na vitrine juntamente com outros livros, mas também notei quebra-cabeças, jogos e papéis de presente. Vickie Longosz — nós a chamávamos de Vickie dos Livros — havia expandido os negócios, o que fazia sentido, dado o estado da economia. Talvez ela me considerasse uma traidora por ter um Kindle.

Estava considerando entrar e comprar alguns livros com o dinheiro que preocupava tanto meu marido quando vi o carro que estava estacionado no final da praça passar por mim. Era um pequeno veículo cinza-escuro. Sorri e me perguntei se o salão ainda fazia os mesmos permanentes de cachos apertados. E então me deparei com outro carro, desta vez o *meu*, circulando o gramado. Diminuindo a velocidade, parou no estacionamento da Raposa Vermelha. Um segundo carro veio atrás, esperando para buscar o menino desengonçado que estivera dirigindo o meu. Aquela era sua carona de volta para a garagem.

A atitude responsável a se tomar seria agir. Eu deveria agradecer ao filho de Nestor, além de pagá-lo. Mas permaneci sob a sombra do banco, observando enquanto a porta de trás do carro abria e um labrador chocolate pulava para fora. Ele atravessou a rua trotando e entrou no gramado da praça, parando para fazer xixi antes de vir na minha direção. O nariz dele estava gelado, mas seus olhos eram suplicantes. Quando cocei suas orelhas, o rabo inteiro começou a balançar. Depois foi a vez da língua se mover, me lambendo até eu rir.

Eu adorava cachorros. Sempre tivemos um durante minha juventude, primeiro Morgan, depois Dane. Eu passara semanas chorando quando Morgan morrera, e deixar Dane para trás ao ir para a faculdade fora mais difícil do que me despedir de minha mãe. Pelo menos eu poderia falar com ela por telefone. Mamãe costumava colocar o fone na orelha de Dane, e dizia que minha voz o fazia sorrir. Mas ele compreendia onde eu estava, por que estava lá e que o amava apesar de ter ido embora?

Será que James compreendia?

Ao som de um assobio, o cão voltou correndo para o carro. Quis acreditar que ele me observava da janela enquanto o veículo se afastava, agora com o filho de Nestor dentro. Quis acreditar que nós criáramos um laço e que ele viria atrás de mim sempre que sentisse meu cheiro. Quis acreditar que fora amor à primeira vista.

Meu carro morrer era um sinal de que eu estivera certa ao decidir vir para Bell Valley. Quis acreditar que conhecer aquele cachorro fora um sinal de que deveria continuar ali.

Que besteira. Aquilo realmente era um sinal — um sinal de que eu estava carente de afeto. Esse pensamento deixou minha garganta apertada, mas já estava cansada de chorar. Então fechei os olhos, apoiei a cabeça no banco e mudei de assunto.

Com um sentido desligado, os outros se apuravam. A churrascaria podia ser o único restaurante da cidade, mas a falta de competição não era um problema. A comida sempre fora ótima. Visualizei na minha mente um cheeseburguer, um sanduíche de bacon, tomate e alface, até mesmo uma salada Cobb, com suas gostosuras picadinhas.

Eu realmente estava com fome. Mas almoçar na churrascaria chamaria atenção com "A" maiúsculo. Então, voltei para a Raposa Vermelha e entrei na cozinha pela porta dos fundos; parei ao me deparar com Rob. Com seu cabelo escuro, ainda muito alto e magro, ele estava de pé ao lado da bancada, almoçando. Talvez eu até tivesse tentado fugir, voltando por onde vim, adiando o reencontro, caso ele não levantasse a cabeça e me visse.

— Oi — disse eu com um sorriso envergonhado. Sempre gostei de Rob. Ele era quieto, quiçá um pouco tedioso, mas gentil. Tirei meu boné, que parecia inadequado num ambiente tão caseiro, beijei sua bochecha. — É bom ver você, Rob.

— Você também — respondeu ele, e, apesar do seu tom cauteloso, ouvir sua voz era como voltar para casa. — Vicki levou Charlotte para tirar uma soneca. — *Charrrlotte*. Sim, realmente era como voltar para casa.

— Que bom. — Eu me apoiei na bancada. — Ela é uma graça, Rob. E mais um bebê a caminho? — Eu fiz um som, aprovando. — Isso é ótimo.

Ele me observava, esperando.

Suspirei.

— Fui uma péssima amiga, Rob. Sinto muito. Não foi de propósito.

— Vicki ficou magoada.

— Eu sei.

— Não faça isso de novo.

Eu sorri. Vicki era falante, então Rob nunca dizia muito. Porém, como a esposa, ele gostava de deixar claro o que pensava.

— Estou falando sério — disse, mas percebi que já amolecia.

— Olhe, sair da vida dela também me fez mal. Preciso consertar isso para o bem de nós duas.

Rob olhou para baixo, analisando seu garfo enquanto remexia o macarrão no prato. Quando voltou a me fitar, sua testa geralmente lisa estava franzida.

— Não se trata apenas de Vicki e eu, ou até mesmo de Charlotte. É o restante de Bell Valley. Você foi embora do nada.

— Jude também.

— Jude é um de nós. Você não.

— Mas se Bell Valley é um refúgio, todo mundo não deveria ser bem-vindo?

Talvez tenham sido minhas palavras, talvez o tom suplicante em minha voz. Com cara de quem levou uma bronca, Rob soltou o garfo e me abraçou.

— Só estou avisando, menina. Sei como as pessoas daqui pensam. Gato escaldado tem medo de água fria.

O telefone tocou. Os braços que me envolviam se afrouxaram para alcançar o fone.

— Raposa Vermelha, como posso ajudar? Ah. Meu Deus. Não, precisamos de descafeinado também. A entrega deveria ser automática. Nosso estoque está quase acabando.

Deixei Rob com os negócios e abri a geladeira. Ela estava cheia como a minha jamais estivera. Eu e James só comíamos por necessidade. Poderia colocar a culpa disso no fato de eu ser uma péssima cozinheira, mas já era assim antes de me casar e ir morar em Nova York. Minha mãe cozinhava muito bem. Eu nunca tivera necessidade de aprender. Não precisava servir café da manhã para até vinte pessoas por dia, como Vicki. Nem precisava servir lanches da tarde, e, apesar de os biscoitos e bolos provavelmente serem assados na hora, as embalagens na geladeira indicavam que a bandeja de frutas daquele dia seria enorme.

Mas não queria frutas agora. Eu basicamente *só comia* frutas — não, não era bem assim. Eu basicamente só comia *saladas.* O que significava que também não queria salada naquele momento. Analisando minhas opções, concluí que precisava de algo gostoso e reconfortante; nesse caso, o macarrão de Rob era tentador demais para ignorar. Tirei o pote da geladeira, fiz um prato pequeno e esquentei. Rob continuava ao telefone. Chamei sua atenção acenando e apontei para o quintal.

Os outros hóspedes provavelmente estavam passando o dia no Refúgio, então havia lugares sobrando. Como não queria ficar muito perto da floresta, segui na direção da cadeira de madeira que ficava ao lado do bordo norueguês que eu vira do meu quarto. Apoiei o prato em um dos braços largos do assento e afundei nele, mas mal havia cruzado as pernas quando vi uma pessoa baixa e de cabelo escuro correr do estacionamento para a porta dos fundos. Essa devia ser a confeiteira de Vicki, chegando para assar os biscoitos e bolos. Com a cabeça baixa, ela parecia não querer ser vista tanto quanto eu.

A mulher desapareceu na pousada, me deixando sozinha com a floresta.

O sol havia trocado de posição, iluminando o tronco das árvores. Observei as largas folhas de três pontas do bordo, as verde-claras da faia, e a bétula, que se destacava não por sua folhagem, mas pelo tronco branco descascando. Aos pés delas havia um colchão de folhas resultantes do último outono, que fora tão intenso quanto as nevascas do inverno. Havia espruces também, com um formato cônico, além de sempre-vivas ao fundo. Identifiquei os graciosos galhos da cicuta, as extremidades pontudas e verde-azuladas dos abetos e, acima de todo o restante, um pinheiro. As árvores se erguiam de um solo cheio de musgo, que eu não conseguia enxergar dali. Também não via os pedregulhos que se espalhavam por toda a floresta, solitários ou delimitando o riacho.

A mata era densa. Ela permanecia plana por um trecho curto, mas depois começava a subir, e, quanto mais alto ficava, mais inclinada se tornava, terminando num pico de granito desolado, onde a temperatura com certeza era uns dez graus a menos do que lá embaixo.

Além disso, aquela floresta não era para os fracos. Ela abrigava ursos-negros com garras afiadas e martas-pescadoras que emitiam gritos estridentes. Era o lar de corujas e uma ou outra águia. E coiotes. Sim, também havia eles. Podiam até não estar por perto no momento, mas eu vira um com meus próprios olhos, além de nos sonhos.

Caso tenha dado a impressão de que meus devaneios noturnos eram extremamente emocionantes, seria melhor deixar claro que não era nada disso. Não havia qualquer ação, apenas duas criaturas se olhando, uma humana e a outra, não. Eu via olhos dourados tremeluzentes, como se refletissem alguma coisa na escuridão plena da noite. Era sempre igual. Nós nos observávamos. Esperávamos.

Com o tempo eu acordava. E era aí que o sonho me afetava. Aquela floresta me assombrava. Despertava me sentindo solitária, ansiando por algo.

A sensação sempre desaparecia, esquecida na correria da minha rotina até o sonho voltar — e me deixar desejando alguma coisa. Não me parecia ser Jude. Eu amava James. Mas Jude era incontrolável e independente, como o coiote. Como não invejar isso quando minha vida era o oposto? Especialmente naquele momento. Era necessário tomar uma decisão. Num futuro próximo.

Eu precisava de outro sinal. Um sinal me mostraria para onde ir sem que a escolha fosse minha.

Então esperei, evitando a companhia de outras pessoas enquanto vegetava pelo restante da tarde. Fiquei entediada? Surpreendentemente, não. No meu terceiro dia de fuga, meu corpo começava a relaxar por conta própria. Passei um tempo sentada, caminhei, li uma revista. Montei parte do quebra-cabeça comunitário na sala de estar, e, quando Charlotte apareceu, a convenci a se sentar no meu colo e a ajudei a encaixar as peças.

Era isso que as pessoas faziam com seu tempo livre. Eu não estava completamente confortável com aquilo, em parte porque me faltava um propósito, em parte porque o peso da decisão a ser tomada continuava presente, por mais que tentasse esquecer. Ficar ou partir? Não era uma escolha simples. De toda forma, haveria consequências.

Quando Charlotte foi para a cama, o quintal já tomara vida com a orquestra de grilos. Encantada, jantei com Vicki na varanda dos fundos, enquanto Rob batia papo com os hóspedes no salão. Ela queria conversar sobre o irmão, me interrogando sobre a carta até eu finalmente ir buscá-la no quarto e deixar que lesse por conta própria. Falamos sobre as experiências duras da vida — a morte do pai de Vicki aos 16 anos dela, a da minha vó quando eu tinha 12, a do amigo de Jude aos 40. Debatemos sobre a recém-inventada consciência dele, já que nunca tivera uma enquanto vivia ali. Mas, se eu esperava por uma grande epifania, na qual algo dito por Vicki mudaria meu ponto de vista sobre o dilema atual, estava enganada.

Fui dormir no meu quarto nas nuvens, longe de chegar a uma conclusão. Então o sonho veio. Quando começou, a noite ia alta e estava muito escura.

Você já ouviu um coiote uivar? É um som horripilante, que vai do agudo ao grave. Geralmente é interrompido por latidos e ganidos, mas é o uivo que causa arrepios. Em alguns casos, outros animais se unem ao barulho. Apesar de os coiotes terem apenas um companheiro pela vida toda, geralmente andam em bandos, com outros que ajudam a criar os filhotes. Eu usara a palavra "alcateia" quando Jude me contara sobre isso, mas ele a rejeitara na mesma hora. Lobos têm alcateias, explicara, e, apesar de os coiotes descenderem deles, se juntam em grupos mais pelo fator da domesticidade do que por poder.

Na escuridão daquela noite, ouvi apenas um. Seu uivo não foi prolongado, mas, uma vez que meu sonho nunca tinha trilha sonora, foi o suficiente para me acordar.

Estava deitada na cama, de olhos arregalados, quando o som se repetiu.

Incrédula, prendi a respiração. No momento em que um terceiro uivo atravessou a noite, fui num pulo até a janela e a abri o máximo possível.

Vicki jurara que não vira coiotes desde que Jude partira, porém, ou ela estava enganada, ou algum havia voltado. Mais de um? Não conseguia identificar pelo som. Ouvi alguns ganidos e outro uivo, e, então, nada além dos latidos de um cachorro em uma casa perto da praça, e a volta do gorjeio dos grilos na floresta.

Sentei sobre meus tornozelos. Talvez estivesse forçando a barra, mas era coincidência demais. O fato de coiotes terem voltado para Bell Valley junto comigo precisava significar alguma coisa. Eu poderia partir antes de descobrir o motivo?

Ali estava meu sinal.

Agora vinha a parte difícil.

Capítulo 6

⟡

Eu precisava contar a James sobre minha decisão. Mas a premissa básica do trabalho em julgamentos é que não se começa a negociar uma delação premiada sem antes ter certeza de que o caso está ganho. Então, liguei para Walter primeiro.

Sabia que perder meu emprego era uma possibilidade. Muitos funcionários eram convidados a se retirar da Lane Lavash, geralmente por pouca produtividade, mas, às vezes, por transgressões tão bobas quanto mandar um e-mail para um colega reclamando de um dos sócios. A demissão era feita de forma gentil, com o encarregado dizendo apenas que a pessoa "não tinha futuro na empresa" e deveria procurar outras opções, mas o resultado final era o mesmo.

Qual a diferença entre um cachorro morto no meio da estrada e um advogado morto no meio da estrada? Com o cachorro, há marcas de pneus freando antes do corpo.

Infelizmente, um advogado morto na estrada significava que outros vinte vivos iriam atrás do seu emprego. E encontrar um trabalho que eu gostasse seria mais difícil com essa mancha em meu currículo. Lane Lavash não teria muitas coisas boas para dizer sobre mim.

Mesmo assim, estava pronta para me arriscar. Isso dizia muito sobre como eu me sentia em relação à vida toda errada que criara. Seria necessário desmontar tudo e depois reconstruir. Precisava manter as partes boas.

James era uma parte boa. Pelo menos era isso que eu achava, contanto que não estivesse tendo um caso, coisa que queria desesperadamente acreditar. Ele não tinha os mesmos problemas com compromisso que Jude. E, apesar de nós mal termos nos visto nos últimos meses, eu sentia falta dele. Alto e imponente, meu marido me olhava de uma forma que me causava arrepios até os dedos dos pés, me puxava contra seu peito no meio da noite de um jeito que fazia com que eu me sentisse protegida. E a conexão intelectual? Quando isso funcionava, *funcionava*.

Walter era uma parte boa? Eu detestava sua impaciência e sua compulsão por trabalho, mas o homem tinha um lado bom — ele era previsível. Como sempre mandava e-mails às 6h30, eu sabia que já estaria acordado. Sem relógio, liguei e desliguei meu celular três vezes na manhã de terça antes de chegar à hora certa. Walter atendeu depois de um toque.

— Sim? — disse ele, distraído.

Pigarreei.

— Walter?

Após os poucos segundos que levou para identificar minha voz, meu chefe irrompeu em uma raiva quase controlada:

— Bem, muito obrigado por retornar minhas ligações, sra. Aulenbach. Gostaria de me explicar o que está acontecendo? Melhor ainda, gostaria de me contar quando volta, porque temos uma porrada de trabalho aqui, e você me deixou com um funcionário a menos. Tenho um computador sendo desperdiçado. Se não dá valor ao seu emprego, há muita gente por aí que daria.

— Eu valorizo meu trabalho — respondi, pesarosa. — Mas estou passando por alguns problemas pessoais.

— Graves o suficiente para sair daqui no meio do expediente sem avisar a ninguém? — continuou ele, e não interrompi. Vendo por esse lado, Walter tinha motivos para ficar irritado. — Isso foi na manhã de sexta-feira, Emily. Estou ligando para você desde então. Não viu meus recados?

— Não.

Eu fizera questão de ignorar todos os sinais de mensagem quando ligava o celular. O céu e as nuvens do quarto do sótão tornavam isso mais fácil; lá, interrupções *realmente* não eram bem-vindas.

— *Não?* Bem, acho que isso mostra minha posição na sua lista de prioridades.

— Não é só com você, Walter. É com todo mundo. Meu celular estava desligado.

— Por quê? — perguntou ele, como se eu tivesse enlouquecido.

Seria fácil dizer que um parente estava doente, mas não conseguiria fazer isso. Eu podia até ser irresponsável, mas não era mentirosa. Além disso, sentada na cama, vestindo apenas minha camisola, me sentia exposta.

— Estou tentando entender quem eu sou e o que quero.

— Mas isso não é o que todo mundo deseja? Isso não significa que abandonamos as pessoas que contam conosco. Tenho 58 anos e *ainda* estou tentando descobrir o que quero, mas venho trabalhar todas as manhãs e faço o trabalho pelo qual me pagam.

Talvez isso se devesse à sua ética profissional ou ao fato de ter três filhos na faculdade. Talvez aquilo simplesmente fosse *diferente* para os homens.

— Já vi vários casos de Síndrome de Burnout — discursou ele. — Eu mesmo passei por isso. Mas você não pode abandonar seu emprego. Você persiste até a exaustão passar.

Era o que o instrutor da minha aula de spinning dizia.

— Isso não é um capricho.

— Está bem — disse ele imediatamente. — Quando vai voltar?

Pigarreei.

— É sobre isso que queria conversar. Vou ficar fora de Nova York por um tempo, e compreendo perfeitamente que isso o deixa numa situação complicada. Também entendo que talvez precise contratar alguém para ficar no meu lugar.

— Mas você é uma das minhas melhores funcionárias — reclamou Walter, e, então, sua voz se tornou mais gentil. — E se eu lhe der a semana de folga? Pode voltar na segunda-feira?

— Não. Preciso de mais tempo.

— Quanto? — perguntou, mas eu sabia como ele trabalhava. Já o vira discutir honorários com clientes. Walter era um mestre da arte da negociação. Eu aprendera com o melhor.

— Três meses — disse, sabendo que nunca conseguiria tanto, mas, se pedisse por mais, perderia credibilidade. Quatro meses seria um absurdo para a Lane Lavash. Três meses era um lance inicial.

Ele ficou em silêncio por um segundo.

— Está fazendo terapia?

— Não.

— Então quem disse que você precisa de três meses?

— Eu.

— Posso lhe dar duas semanas. Você tem direito a elas.

Certo. Duas semanas de licença não remunerada. A empresa chamava isso de tempo pessoal, e devia ser usado para férias, doenças e problemas familiares. Se não usasse essas duas semanas durante um ano, elas ficariam acumuladas para o próximo, e eu teria direito a mais tempo. Quase não usava minhas folgas; um dia sem trabalho era um dia sem pagamento.

— Preciso de mais que duas semanas — afirmei. No mínimo, quatro, pensei.

— Então três.

— Nove — rebati.

— Concordarei com nove se você trouxer atestados de dois médicos diferentes afirmando que precisa de tanto tempo.

Fiquei quieta, tentando decidir meu próximo passo, quando Walter voltou a falar, seu tom surpreendentemente compadecido:

— Quatro. É a melhor oferta que posso dar. Nunca fazemos isso, Emily. Só estou considerando essa possibilidade porque gosto de você. Acredito que possa resolver seus problemas e voltar ao trabalho, para se tornar uma das líderes da empresa. Você sabe lidar com pessoas. Poderia se tornar sócia-gerente um dia, mas, para isso, sua decisão agora é fundamental. Diremos que é um afastamento por licença, mas quatro é o máximo que consigo. Posso segurar seu emprego por esse tempo.

Quatro semanas não seriam suficientes, mas era melhor que nada.

— Fico com quatro então. Obrigada, Walter. Você está sendo extremamente generoso.

— Vamos manter contato? — perguntou ele, e parecia realmente preocupado.

O mais engraçado é que, se eu soubesse desse lado dele antes, teria me sentido melhor sobre a cultura da empresa. Honestamente? A ideia de ser sócia-gerente um dia era um pouco exagerada — muito exagerada, na verdade. Mesmo assim, ficava grata pela flexibilidade dele. Quatro semanas não era nem perto do que eu precisava, mas pelo menos conseguiria manter meu emprego.

Se eu ainda o quisesse. O que talvez não fosse o caso. Mas acabar com minhas chances não fazia sentido.

Então, prometi manter contato e terminei a ligação me sentindo um pouco satisfeita. Agora, era a vez de James.

Eu me apoiei nos travesseiros contra a cabeceira da cama, dobrei os joelhos e enfiei os pés gelados sob o edredom. Apertando o celular, fiz a ligação.

O telefone dele tocou uma, duas, três vezes. Estava tentando decidir se deixaria ou não um recado quando ele finalmente atendeu, mas não disse uma palavra.

— Você está aí? — perguntei timidamente.

Houve mais outro silêncio antes de James dizer:

— Estou aqui.

— Você está bem? — A voz dele não parecia igual. Não era familiar.

— Que merda de pergunta é essa? — rebateu ele, mas parecia cansado, como se estivéssemos discutindo há horas. — Minha esposa resolve juntar suas coisas e ir embora, sem dizer uma palavra e... e quer saber se estou bem? Como estaria se sentindo se eu fizesse isso com você?

— Arrasada.

— É como estou. E... e confuso. Se quer me deixar, o mínimo que deveria fazer é me contar por quê. Eu a magoei de alguma forma? É porque não fui ao jantar do seu escritório na sexta?

Fiquei quieta. James me conhecia bem o suficiente para saber que não tomaria uma atitude tão drástica por um motivo bobo.

— Emily? — chamou ele cautelosamente, parecendo temer que eu tivesse desligado.

— Estou aqui. Apenas não sei o que dizer. Não é por isso que fui embora.

— Estava tudo bem na noite de quinta.

— Você disse isso da última vez que nos falamos, e talvez eu aparentasse estar bem. Mas são as aparências que contam?

— Se essa for a única informação que tenho, sim. Converse... converse comigo, querida — implorou ele.

— Há *meses* que reclamo sobre como odeio meu emprego e sobre nós nunca nos vermos.

— Qual é, Em? — Ele parecia familiar agora, até mesmo repetindo as palavras que dizia quando estava cansado demais para se irritar. — Todo mundo fala isso. É normal.

— E se eu não gostar do normal?

— Não gosta de mim?

— Não gosto da nossa *vida* — corrigi. — Não é só uma coisa; é *tudo*. Eu me sinto como se fosse um robô, indo trabalhar, voltando, correndo para a aula de ioga, correndo para o clube do livro, correndo para a lavanderia antes que ela feche. Não consigo respirar. Foi isso que aconteceu na manhã de sexta. Estava no trabalho e não conseguia respirar.

— Onde você está?

Ignorei a pergunta.

— Vivemos dominados pelas máquinas. Nós devíamos estar ajudando pessoas com nossas carreiras, mas viramos burocratas medianos. Não temos tempo para amigos ou um para o outro. Nunca me senti tão *solitária*. Você não se sente assim?

— Estou ocupado demais para sentir qualquer coisa.

— Mas não sente *necessidade* de se aproximar de outra pessoa de uma forma mais pessoal? — perguntei, suplicante, porque ele não estava me entendendo.

O James que eu conhecera na faculdade de direito compreenderia. Aquele James sentiria solidão. Então, ou ele mudara, ou eu o julgara errado desde o princípio.

— Falando de amigos — disse ele —, Colleen Parker fica ligando para cá. Está *me* acusando de não me aproximar dos outros enquanto você... você ignora *ela*?

— Colly é um exemplo perfeito disso. Não há motivo para eu ser madrinha do casamento dela. Nós mal nos conhecemos. E isso deveria ser normal? É como se o conceito de amizade tivesse sido completamente reinventado. É totalmente superficial. Eu me sinto tão *sozinha*.

Houve um silêncio do outro lado da linha, e então James perguntou, em voz baixa:

— Essa é sua forma de me dizer que está tendo um caso?

Pensei em Jude. Eu não estava tendo um caso com ele, mas teria se ficasse aqui. Era isso o que queria? Não. Poderia resistir? Tanto quanto resistira correr até a janela para ver o coiote no dia anterior. As duas coisas estavam relacionadas. De alguma forma, eu continuava fascinada por ambas.

— E você está tendo um? — rebati.

— Ugh. Está falando de Naida de novo? Emily, não tenho um caso com Naida nem com ninguém. — Ele foi tão direto, tão *brusco*, sem repetir qualquer palavra, que acreditei nele. — Sou casado com você, apesar de não parecer agora. Você me largou. Quer se divorciar de mim?

— Eu não larguei você. Larguei uma vida que estava nos consumindo, e, *não*, não quero me divorciar. Quero resolver as coisas.

— E como isso vai acontecer se não nos falarmos cara a cara? Onde você está? Não foi para a casa da sua mãe. Eu já liguei para ela.

Pressionei os dedos contra a testa.

— Ah, James.

— Ela disse que ir embora seria algo que você só faria se estivesse desesperada. E, já que sua mãe acredita que se sente assim, por que não está preocupada se não sabe onde você está?

— Porque ela acredita em mim — respondi. — Sempre acreditou que eu tenho bom-senso.

— Eu também achava isso, mas... mas isso é loucura.

— Certo. — Resolvi tentar uma tática diferente, pois a atual obviamente não estava funcionando. — Digamos que você esteja na estrada, dirigindo para algum lugar. O que faria se entrasse no lugar errado?

— Ahh, que inferno! — praguejou James. — Lá vamos nós. Homens são de Marte, blá-blá-blá. Eu continuaria dirigindo, você pararia e pediria informações para alguém.

— Mas eu continuei dirigindo também, porque não percebi que havia entrado no lugar errado... porque não *quis* perceber até a situação chegar ao ponto em que eu não aguentava mais. Sexta-feira passada foi terrível desde a hora em que acordei, mas foi apenas uma amostra do que nossa vida é há meses, há *anos*. O que faria se entrasse no lugar errado? — repeti, retoricamente desta vez. — Você pararia. Daria meia-volta. Retornaria.

— Esqueceu da parte de pedir informações.

— E para quem eu perguntaria? Passei meses lhe dando sinais, mas você estava ocupado demais para prestar atenção. Quero um casamento, James. Quero que possamos viver juntos, mas nunca há tempo. Quero ser advogada, mas o trabalho que faço não tem nada a ver com praticar advocacia. Quero ter amigos, mas eles também parecem viver como zumbis. Pensei que ter um filho ajudaria.

— *Ajudaria?*

— A forçar uma mudança na minha vida. A me tirar da inércia. Quero ter uma pessoinha em meus braços — implorei —, alguém que precise de *mim*, não de apenas uma mulher, e quero observá-la crescer sem estar sempre com pressa. Eu deixei meu relógio em casa, você notou? Quero que o tempo pare... Bem, não precisa parar por completo, apenas ir mais devagar.

— E isso vai resolver o problema do bebê? Odeio ter de mencionar isto, mas não vai engravidar se não transarmos, e se você estiver aí e eu estiver aqui, não poderemos fazer sexo. Onde diabos está você?

Suspirei.

— Não importa.

— Claro que importa. Minha vida é aqui, Emily. Se você não for voltar, teremos um problema. — Ele parecia preocupado. — É isso que quer fazer?

— Ainda não pensei nisso.

— E seu trabalho? Não pode simplesmente largar a Lane Lavash e... e achar que eles vão segurar seu emprego enquanto você pensa se quer ou não continuar lá.

— Walter me deu quatro semanas. Conversei com ele agora há pouco... E não crie caso sobre isso — acrescentei rapidamente, com medo de danificar ainda mais o ego do meu marido. — Não nos falávamos desde sexta-feira de manhã, e só liguei para ele para saber como seria a situação antes de conversar com você. Walter não sabe de nada, só que preciso de um tempo.

James ficou mudo.

— Se vale de alguma coisa — adicionei —, ele foi muito gentil no final.

— E como foi no início?

— Irritado. Como você.

— A diferença é que sou seu marido — afirmou, mas parecia mais calmo.

Pensei em como os dois homens se encaixavam na minha vida.

— Esse é um dos problemas, James. Do jeito que nós vivemos, passo mais tempo com Walter do que com você. E você passa mais tempo com Naida do que comigo. Gastamos mais horas no trabalho do que em qualquer outro lugar, incluindo nossa casa. Por que pagamos uma hipoteca tão cara se só usamos o lugar para dormir?

— É um investimento. Tudo o que fazemos, Em, é um investimento para nosso futuro. Já conversamos sobre isso. Sabíamos onde estávamos nos metendo quando aceitamos nossos empregos. Sabíamos que, por um tempo, seríamos massacrados.

— Por dois anos, talvez quatro, mas já fazem sete, e só está piorando. Não vejo uma luz no fim do túnel; sinto muito, mas não vejo.

Nenhum de nós dois falou por um tempo.

Finalmente, parecendo derrotado, James perguntou:

— E como ficamos?

— Preciso de tempo.

— Tempo para analisar se me quer?

— Tempo para analisar o que houve com nossos sonhos.

Ele não respondeu.

— Você se lembra deles? — perguntei. — Sonhávamos em ser advogados importantes, ajudando pessoas. Em vez disso, passo meus dias num cubículo, usando um headset, digitando queixas num formulário, enquanto você passa os seus fazendo acordos. Sei que leva tempo até uma pessoa se estabelecer no mercado, mas nossos trabalhos não estão nos levando aonde queríamos. Eles podem oferecer salários bons, mas é isso que importa? Precisa haver algo mais. Nós queríamos ser o casal perfeito, brilhantes no trabalho e brilhantes em casa. Lembra?

— Talvez isso fosse ingenuidade.

— Ou nós entramos no lugar errado. Veja a situação como um todo: trabalho, amigos, comida, fins de semana. Mesmo se levarmos em conta o fato de precisarmos conquistar as coisas, não estamos nem *perto* de viver esses sonhos. *Você* está feliz com nossa vida?

Ele pareceu pensar na pergunta.

— Não. Mas consigo aguentar até as coisas melhorarem.

— É só isso que estou pedindo, James. Aguente um pouco até eu resolver as coisas.

— Mas o que faço enquanto isso?

Eu sabia do que ele estava falando. James precisava ter objetivos, o que fora uma das coisas que me atraíra no início. Compartilhávamos nossas metas na faculdade, quando aceitamos nossos empregos. Ficar sentado à toa o deixaria louco, mas ele não tinha muitas opções.

— Podemos conversar por telefone. Separar um tempo para isso, combinar um horário.

A princípio, James permaneceu em silêncio. E, então:

— Que tipo de casamento é esse?

— Um casamento melhor do que o que tínhamos — A ideia me parecia cada vez melhor. — Poderíamos conversar talvez discutir, e quem sabe achar um ponto em comum.

— Pelo *telefone*? E quem é que estava reclamando que sua vida era dominada por máquinas?

Ele prestara atenção. Isso era bom.

— Seria diferente — insisti. — Nos estaríamos no controle. Não tenho aversão a máquinas, James. Só acho que elas estão tomando uma importância grande demais em nossas vidas. Poderíamos reverter isso.

Ele grunhiu.

— Não seria mais fácil se você voltasse para que pudéssemos conversar? Por que não me diz onde está? Por que tanto segredo?

— Não há segredo nenhum. Só quero ficar sozinha.

— Sou seu *marido* — argumentou James, me deixando tão furiosa (*meu marido, onde você esteve, por que nunca nos vemos, por que tanta preocupação agora?*) que fiquei muda. Porém, ele deve ter percebido minha raiva, pois disse: — Tudo bem, podemos nos encontrar no meio do caminho.

— James — respondi, séria —, você conseguiria fazer um pombo-correio comprar um GPS. Não podemos nos encontrar ainda. Só levaria dois segundos para me convencer de que minha vida não é tão ruim.

— Mas não é.

— Para mim é. — Era simples assim.

Após um tempo, ele disse:

— Tudo bem. Entendi. Mas ainda não sei. Sexo por telefone?

— Nada de sexo.

— Estou brincando.

— Eu não. Isso é muito sério, James. Não vamos nos encontrar até eu entender o que quero. Falar por telefone funciona. Se você estiver conversando comigo, sei que está concentrado em mim, não no trabalho. E gosto de ouvir sua voz — acrescentei baixinho, porque, mesmo com a frustração, a familiaridade estava ali.

A voz de James era muito masculina. Rouca, imponente e autoritária. E, sim, sensual. Tudo isso o ajudaria diante de um júri, *se* ele algum dia conseguisse trabalhar em um tribunal.

— Não sei — afirmou aquela voz grave, mas percebi que estava amolecendo. — É estranho não podermos nos ver.

— Nós nos veremos. Mas não agora.

— Humm, não gosto disso.

Prendi a respiração. Este era o momento em que ele diria que, se eu não voltasse para Nova York, estava acabado. Da mesma forma que acontecera com a Lane Lavash, também considerara essa hipótese. Não queria me divorciar, mas não estava pronta para retornar. Talvez eu estivesse sendo egoísta. Ou teimosa. Mas ainda conseguia sentir o pânico por ser incapaz de respirar e, até essa sensação passar, precisava de espaço. Isso não era negociável.

James deve ter compreendido meu silêncio, porque disse, tentando chegar a um acordo:

— Pode deixar seu celular ligado para eu mandar mensagens?

— Se você fosse o único falando comigo, poderia fazer isso, mas todo o resto me deixa nervosa. Vou usá-lo apenas para as ligações. Hoje é terça. Que tal sexta à noite? Umas 19h?

— Qual é, querida? — reclamou ele. — Nenhum de nós chega em casa às 19h.

— Talvez isso precise mudar.

— Talvez eu não queira que mude.

Um impasse? Provavelmente. Porém, pode ser que James simplesmente quisesse impor alguns limites. Eu poderia ceder. No fim das contas, talvez isso fosse mesmo necessário. Mas ainda não.

— Então acho que você também tem muito no que pensar — afirmei, baixinho. — Ligarei na sexta, às 19h. Até logo, James.

Desliguei antes que a embaraçosa hora de dizer *eu amo você* surgisse. Porém, verdade seja dita, não falávamos essas palavras havia meses. Isso não significa que não nos sentíamos dessa forma, apenas não expressávamos nossos sentimentos.

Mas eu queria dizê-las. E queria ouvi-las.

Então, quase sem fôlego, fiz uma última ligação.

Capítulo 7

❧

— Mãe?

Ela soltou um grito.

— Emily, graças a Deus! Estava louca de preocupação desde que James ligou! Você está bem?

O som da sua voz fez um nó surgir na minha garganta. Usando o tom mais alegre que conseguia, disse:

— Estou, sim. Ele falou que você não estava preocupada.

— Bem, é claro que diria isso, James não me conhece. Ele achou que eu fosse ficar histérica? Que não entenderia de onde você tirou essa ideia? Será que não pensou que eu *saberia* o que está sentindo?

Essas palavras me surpreenderam.

— Na verdade, não. Ele não pensaria nisso. Nunca contei a James o que você fez. Nem me lembrei disso, na verdade. Uau. Que estranho.

— Tal mãe, tal filha, foi o que disse seu pai.

— Você contou ao papai? — Senti uma pontada de medo, o que era triste. Eu era uma mulher adulta, casada, uma advogada. Não tinha o que temer do meu pai.

Tirando sua decepção.

O que não era pouca coisa.

— Precisei contar — argumentou mamãe. — Você liga para ele todo domingo. Quando não telefonou nessa semana, ele me ligou, então telefonou mais três vezes para perguntar se você tinha entrado em contato. Eu entendi o que estava acontecendo assim que James falou comigo.

— E papai pôs a culpa em você? Sinto muito, mãe.

— Não sinta! Eu não sinto. Não somos mais casados e, do meu ponto de vista, quem deu um mau exemplo foi *ele*, sempre falando sobre arranjar um emprego melhor, evoluir, deixar sua marca no mundo. Eu sou dez vezes mais feliz sem essa aporrinhação. E estou deixando minha marca no mundo, mas não do jeito que seu pai aprovaria.

Claire Scott, atualmente, trabalhava como vendedora de roupas íntimas na Macy's, onde não havia chance de crescimento profissional, apenas a satisfação de descobrir o tamanho certo de sutiã para suas clientes. Tratando-se de empregos, aquele não era dos melhores, coisa que, conforme eu suspeitava, era parte da graça para mamãe. Ela só trabalhava tempo suficiente para pagar as contas, nem um minuto a mais, já que sua verdadeira paixão era cuidar de bebês. Para saciar essa vontade, era voluntária numa UTI neonatal; eu já a visitara no hospital, e ela até parecia ter um diploma em enfermagem pela forma como se comportava com as crianças.

Na verdade, após criar duas filhas, o que mamãe tinha mesmo era o equivalente a um doutorado em maternidade, além do meu eterno respeito. Ela possuía uma paciência infinita com bebês, sabia instintivamente como segurar um ou como alimentar o outro, com uma calma que nutria as crianças e um alarme interno que a alertava quando algo estava errado. Ser mãe era a única coisa que ela já quisera fazer.

Meu pai nunca aceitara isso. Assim que entramos na escola, ele começara a insistir para ela arrumar um emprego, mas não se tratava do dinheiro; era o princípio da coisa, dizia. Alegava que a inteligência dela estava sendo desperdiçada.

Como uma mulher que queria ter filhos e considerava um *luxo* ser dona de casa, eu considerava isso ofensivo.

Por outro lado, apesar de sua visão limitada, papai tinha seu lado bom. Sou advogada por causa dele, que, agora, já trabalha com advocacia há 35 anos. Sempre funcionário público, Roger Scott nunca ganhara muito, mas era excessivamente honesto — e idealista. Acreditava que até mesmo o criminoso mais abominável tinha direitos. Quando se tratava de um estuprador ou de um serial killer, eu tinha minhas dúvidas. Mas papai insistia que uma sociedade civilizada só mantém sua civilidade ao ser superior a essas pessoas.

Quando eu escolhera o direito, ele ficara orgulhoso e, quando escolhera James, gostara mais ainda. Papai acreditava que nós, como um casal, alcançaríamos tudo que ele e mamãe não conseguiram.

Ele não devia estar muito feliz comigo naquele momento. Senti uma pontada de dor so de pensar.

— Não se preocupe com seu pai — disse mamãe. — Consigo lidar com ele.

— E Kelly? — perguntei cautelosamente. — Ela também está perturbando você?

— Bem, sim, ela tem ligado bastante.

— Mãe, sobre a festa...

— Eu não quero nada disso, Emmie. Você sabe. Até teria aceitado se as duas estivessem determinadas, mas festas grandes não são para mim. Prefiro fazer o jantar para minha família.

— Não no seu aniversário.

— Sim, no meu aniversário. Eu gosto de cozinhar. Vou fazer um jantar para 12 pessoas hoje.

Aquilo era minha ideia de inferno. Cozinhar trazia à tona minhas piores inseguranças.

— Quem vai?

— Só alguns amigos, mas a vida se trata de pessoas, e pessoas precisam comer para sobreviver, e eu amo cozinhar. Sou boa nisso. Até mesmo seu pai admite. Se eu pudesse, convidaria todos vocês, filhos, netos, até mesmo meu ex-marido. — O tom dela mudou: — Mas me conte sobre o que está acontecendo.

— Você primeiro — insisti. — O que estava sentindo quando fugiu?

Nunca perguntara na época, sem querer saber os detalhes sobre o divórcio dos meus pais. E mamãe geralmente evitava reclamar de papai. Mas ela devia saber que eu precisava de honestidade no momento, pois foi direta.

— Eu me sentia inadequado. Nos olhos do seu pai, sempre fui assim. Naquele dia específico, ele fez um comentário maldoso enquanto saía para o trabalho, e eu surtei. Não com ele, mas por dentro. Você e sua irmã estavam na faculdade. De repente, percebi que estava presa a um homem que, depois de tantos anos, ainda queria que eu fosse alguém diferente.

De repente, percebi. Foi isso que aconteceu comigo na manhã de sexta. Também me identificava com *queria que eu fosse alguém diferente*, apesar de a culpa não ser de James. Eu fora responsável por essa parte. A questão era se meu marido me amaria se eu fosse outra pessoa.

— Você estava pensando em se divorciar quando foi embora? — perguntei.

— Já pensava nisso havia anos. — Ela fez uma pausa, cuidadosa. — E você?

— Não — respondi. Mexi na minha aliança de casamento e, de repente, me senti chorosa. — Amo o James com quem casei. O que odeio é nossa vida.

Comecei a chorar, soluçando, mas aquilo era diferente das minhas lágrimas com Vicki. Então, eu chorara de cansaço. Com minha mãe, eu era uma criança, pequena e confusa.

Ela me ofereceu murmúrios tranquilizadores ocasionais, esperando eu continuar. Quando minhas lágrimas diminuíram, contei sobre minha fuga de Nova York com voz de choro. Terminei a história com a oferta de Walter.

— Quatro semanas é bastante coisa — refletiu ela. — Eu só precisei de uma, mas meu problema era mais simples. Ficar com seu pai ou abandoná-lo.

— Aonde você foi? — Era inacreditável eu nunca ter perguntado isso antes, mas era outro detalhe que não quisera saber e, depois que ela voltara, já não fazia diferença.

— Cape Elizabeth.

Uau.

— Mas isso fica a vinte minutos de distância da casa.

Mamãe riu.

— Quando você deseja desaparecer, Emily, pode fazer isso em qualquer lugar. A verdade é que não tive coragem de ir muito longe. Sempre adorei Cape Elizabeth. O mar fazia eu me sentir em casa. Como seu pai não adivinhou?

— Talvez fosse óbvio demais.

— Talvez ele não me conhecesse bem o suficiente.

Eu poderia dizer o mesmo sobre James, mas também era culpada por isso. Fora eu quem deixara de mencionar certas partes do meu passado.

— Era importante para você que papai não soubesse onde estava? — perguntei, pois era isso que mais incomodava James.

Nunca pensara nele como uma pessoa controladora, certamente não comigo, mas meu marido me perguntara aquilo várias vezes.

— O fato de Roger não saber fez eu me sentir segura — disse minha mãe. — Ele sempre me julgou. Sabia que, se conversássemos, me convenceria de que partir fora uma idiotice. Mas eu não conseguia pensar em casa. Lá era tão cheio de lembranças que não era capaz de ver a floresta, só as árvores.

Ao ouvir a palavra "floresta", levantei-me da cama e fui até a janela, descalça. Havia nuvens se aproximando, tornando a mata mais escura, mas eu sabia o que havia ali. Um coiote falara comigo na noite passada. Ele poderia estar escondido agora, adormecido — ou olhando diretamente para mim. Observei os arredores dos troncos de árvores, através de samambaias, buscando um par de olhos dourados ou orelhas pontudas. O coiote de Jude era castanho-avermelhado, segundo ele, com um rabo felpudo comprido o suficiente para deixar marcas na neve; aquilo quase me fez pensar que os dois haviam corrido juntos algumas vezes. Mas eu não vira o animal durante o inverno.

E também não o via agora. Mas isso não significava que não estava ali. Coiotes sabiam se tornar invisíveis.

— Não queria que ele me convencesse a voltar até tomar minhas decisões — dizia mamãe.

Meus olhos continuaram a analisar a floresta.

— Quando você finalmente se decidiu?

— Foi por causa do furacão. Não lembra? Houve um terrível naquele ano.

Na verdade, lembrava.

— Os telefones ficaram sem funcionar. Não conseguia falar com papai.

— Humm. O mar ficou agitadíssimo. Três pessoas morreram na costa do Maine, e teria sido mais se não tivessem nos evacuado para o interior. Eu me voluntariei para cozinhar em um dos abrigos. — Um sorriso deixou a voz dela mais terna. — As pessoas ficavam me agradecendo, como se eu estivesse fazendo a diferença. Aquilo era um bálsamo para mim, me sentia tão carente... O que não quer dizer que não vivia tensa, com medo de que seu pai tivesse posto um dos detetives dele atrás de mim.

Congelei, lembrando-me do carro cinza-escuro que estivera estacionado na praça. Se o motorista ficara aguardando alguém, essa pessoa tinha sido extremamente lenta.

— Ele faria isso comigo? Peça para não fazer, mãe. Por favor? Estou num lugar completamente seguro, um lugar onde *eu* me sinto em casa. Se meu pai enviar alguém atrás de mim, juro que nunca mais falo com ele. Diga isso a papai. Avise que estou *bem*.

— E você está mesmo, querida? Sabia que isso iria acontecer.

Isso me chocou.

— Como?

— Por causa da vida que leva. Tudo é muito exagerado. E James estimula uma certa rivalidade.

Levantei a cabeça. Mamãe nunca dissera nada negativo sobre meu marido antes. Talvez eu estivesse sendo sensível demais, mas não podia não defendê-lo.

— Ele não faz isso. Nós não competimos.

— Não?

— *Não* — argumentei, me sentindo traída. — Nós dois somos uma equipe desde o início. Sempre fomos nós contra o resto do mundo. Eu faria qualquer coisa por James — insisti.

— E Jude? — perguntou mamãe.

Eu quase parei de respirar.

— O que tem ele?

— Como Jude se encaixa nisso tudo?

— Eu não o vejo há dez anos — respondi, talvez enfática demais, mas fora pega de surpresa. Ela não mencionava Jude desde que me casara com James.

— E não está com ele agora?

— É claro que não! — gritei.

— Bem, parece que acertei um ponto fraco.

— Mãe — alertei.

Ela fez uma pausa e então desistiu de Jude, mas não do resto.

— Já percebeu, Emily, que esta é a conversa mais longa que temos em meses?

Fiquei um pouco mais calma.

— Isso não é verdade. Eu visitei você em março.

— Com seu laptop e seu celular. Você ficava presa a cabos o tempo todo.

— Nada disso. Wi-Fi não tem cabos.

— Emily. Você entendeu. Estava sempre sendo interrompida.

Talvez ela tivesse razão, mas não era isso que queria ouvir.

— Você acha que James não é bom para mim.

— Não disse isso, Emily. Eu falei que ele estimula uma certa rivalidade, e você vai na onda. Juntos, são muito intensos.

— Mas você não entende — disse, desesperadamente tentando explicar — que leva essa questão de um impulsionar o outro para o lado pessoal? Isso era tudo que papai queria, e você não. Mas talvez eu queira.

— Quer mesmo?

Sim, desejei responder, mas não consegui.

— Não sei — gemi. — É isso que preciso decidir.

Diga-me o que fazer, quase adicionei, me perguntando se era isso que eu realmente precisava dela. Mas mamãe não poderia me orientar. Nossas prioridades eram diferentes.

Não que eu soubesse quais eram as minhas. Esse era o problema.

Deixamos a questão de lado. Finalmente, ela suspirou e disse, baixinho:

— Amo você, querida.

— Também amo você, mamãe, e é por isso que preciso que me apoie. James é meu marido. Você se incomoda com isso?

— Se é isso que você quer, eu também quero.

— Continuará me amando se eu decidir voltar para Nova York?

— Se é isso que você quer, eu também quero — insistiu. — Só me preocupo. Vai ligar de novo?

Esperei, torcendo para que, se eu ficasse muda, ela decidisse responder de verdade minha pergunta. Mas, conforme o silêncio se prolongava, as perguntas perderam a importância.

— Sim — disse, finalmente. — Vou ligar.

— Promete?

— Sim — repeti.

Apenas depois de desligar percebi que mamãe não perguntara onde eu estava. Imaginei que devia ter juntado as peças, já que mencionara Jude. Ou talvez ela simplesmente não *quisesse* saber, pois seria menos uma coisa para esconder de papai.

Movi o polegar sobre o celular para desligá-lo, mas então parei. Desligá-lo não seria suficiente. Já havia conversado com as três pessoas que realmente precisavam ouvir minha voz. O resto não importava.

Abrindo minha caixa de entrada, apaguei tudo que estava lá. Teria eu apagado algo importante? Provavelmente. Mas isso me deixava preocupada? Não. Ao olhar para a tela em branco, me senti livre.

No mesmo espírito de limpeza, tomei banho e, pela primeira vez desde que partira de Nova York, sequei meu cabelo com o secador para poder usá-lo solto, e passei maquiagem suficiente para não aparentar estar doente. Fiz isso por mim mesma — não por James, nem para meus colegas de trabalho —, apenas para mim.

Quando cheguei ao térreo, o café da manhã estava sendo servido na sala de jantar, onde uma grande mesa estava posta, com vários hóspedes já sentados. O bufê da Raposa Vermelha podia até ser mais modesto que o da cordilheira de Berkshires, mas não era menos atraente. Eu me servi de ovos pochê e bacon, depositei uma fatia grossa de pão de canela na torradeira, então coloquei suco de laranja fresco em um copo e peguei café da garrafa térmica. Quando a torrada ficou pronta, me uni ao grupo à mesa.

Recebi sorrisos das cinco pessoas ali, a mais próxima sendo uma mulher mais ou menos da minha idade, também sozinha.

— Bom dia — cumprimentou ela quando me acomodei na cadeira. — Veio para visitar o Refúgio?

— Sim. — No sentido mais amplo da palavra. — E você?

Ela concordou com a cabeça.

— Estou de férias, já é o terceiro ano seguido que venho. Vou ao Refúgio todos os dias. Não posso ter cachorros, não tenho espaço, então brinco com eles aqui. São animais tão carentes, que têm amor de sobra para nos dar. É uma sensação ótima.

Era mesmo. No verão que passara ali, estava determinada a trabalhar com os cachorros, mas a Cidade dos Gatos estava com dois funcionários a menos. Algumas coisas acontecem por um motivo; quando me dei conta de que minha calça jeans estava cheia de pelos, já era tarde demais para eu querer ir embora. Gatos são sutis e reservados. É mais difícil ganhar sua confiança, mas isso só a torna mais valiosa após ser conquistada.

Nos anos que se passaram desde aquele verão em Bell Valley, o simples carinho de um gato na minha perna era suficiente para me deixar louca para adotar um. Apesar de James não gostar muito de bichos, pelo menos não era alérgico.

Mas seria cruel levar um animal para uma casa onde passaria inúmeras horas sozinho. Gatos podem até ser independentes e se virarem bem com apenas uma caixa de areia e uma tigela de comida, mas continuam sendo seres sociais. A Cidade dos Gatos é prova disso. Você não será atropelado por gatos quando abrir a porta, mas, se passar uma semana lá, vai ser cumprimentado, de uma forma ou de outra, por todos os animais ali dentro.

Ao terminar de comer, a mulher depositou seus pratos na pequena bandeja ao lado da porta da cozinha, acenou para mim e partiu.

Quando finalmente acabei com as proteínas, minha torrada já estava gelada. Em casa, eu a comeria de qualquer jeito. Mas eu não estava em casa e tinha tempo para comer outra coisa; sim, a torrada seria a opção mais saudável, mas os muffins de noz-pecã no bufê pareciam deliciosos.

Satisfazendo meu desejo, peguei um bolinho e voltei para a mesa. Comia devagar, aproveitando o ato de degustar algo tão cheio de sabor e texturas, quando senti que alguém me observava. *Estou me sentindo culpada*, pensei; estiquei a coluna e coloquei a barriga para dentro. Mas a sensação permaneceu. Olhei para cima, não vi ninguém, olhei mais para cima... e prendi a respiração. Jethro Bell me encarava. Ele estava no meio de uma grande pintura emoldurada e, apesar de estar cercado por sua família, as tintas a óleo só davam vida aos olhos do homem.

A última vez que eu vira aquela pintura ela estava pendurada na casa da mãe de Vicki Bell. Jude comentara sobre a força daqueles olhos dourados penetrantes, o que era engraçado, considerando que eram iguais aos dele. Jethro morrera bem antes de Jude nascer, mas eram os olhos do seu descendente que eu via agora, tão loucamente independentes como sempre foram.

Isso me fez parar para pensar. Loucamente independentes, mas carinhosos? Eu descreveria Jude como um homem carinhoso? Passional, sim. Atraente e sensual, com certeza. Mas ele se importava de verdade com as pessoas? Estudei a pintura e encontrei paixão naqueles olhos, mas não carinho. Não vi isso em nenhum membro da família retratada.

Com um último olhar, voltei para meu café da manhã. Se eu pudesse escolher, diria que era melhor Jude me observar do que um dos espiões do meu pai; porém, após algum tempo, senti o olhar novamente. Desta vez, ele vinha de Vicki, que estava parada na porta da cozinha, obviamente feliz por me ver em público. Ela me observou por um minuto, antes de se aproximar da mesa para bater papo com os hóspedes. Escutei enquanto comia, me admirando com o quão boa ela era em criar assuntos. Beisebol, borboletas, o tempo — tudo que poderia ser considerado superficial em outro ambiente era interessante ali. Vicki fazia seus hóspedes se sentirem à vontade. Suspeitei que aqueles que retornavam com frequência para Bell Valley vinham tanto pela Raposa Vermelha quanto pelo Refúgio.

Após direcionar vários recém-chegados para o bufê, ela se agachou ao lado da minha cadeira e disse, apenas para eu ouvir:

— Você parece melhor. Dormiu bem?

Na verdade, não. Mas não queria conversar sobre isso ou sobre as ligações que fizera. Ver Vicki só me fazia ter vontade de falar sobre um assunto agora.

— Eu escutei — sussurrei. — Ontem à noite. Um coiote.

Ela pareceu duvidar.

— Devia estar sonhando.

— Pensei que fosse isso, mas então acordei e ouvi mais duas vezes. Você não escutou? — Ela negou com a cabeça. — Não foi minha imaginação, Vicki. Ele estava falando comigo.

— Emmie. — Isso foi dito em tom de pena.

— Eu juro — insisti, porque sabia o que escutara. — Há um coiote na floresta. Ouvi cachorros latindo de volta. Pergunte aos vizinhos.

— Vou perguntar, mas conheço você, Emmie, e está pensando que isso é poético. Não. Vá. Atrás. Dele. O que vive *mesmo* nessa floresta são ursos.

Eu não ia me embrenhar no meio do mato, mas isso não significava que meus pensamentos não foram nessa direção.

— O que aconteceu com a cabana de Jude?

— Ainda está lá.

— Ocupada?

— Não por ninguém que eu conheça — avisou ela —, então, se estiver considerando passar uns dias lá em comunhão com a natureza, acho melhor reconsiderar. — A voz dela voltou a sussurrar. — Soube de mais alguma coisa?

Sobre Jude. Neguei com a cabeça.

— Estou me sentindo culpada por não contar à mamãe, mas não quero que ela crie expectativas. Ele disse que chegaria até o fim do mês. Então isso significa dia 28? Dia 29? Dia 30? É tão típico de Jude não dar detalhes. Só faz o que é melhor para ele.

— Sua mãe cuidou da cabana?

— Está falando sério? Ela *odiava* aquele lugar. Era um lembrete de tudo que Jude odiava sobre nós. Além disso, a casa dá azar. Meu irmão foi a primeira pessoa a morar lá em cinquenta anos, e o homem antes dele era um ermitão que morreu congelado na neve. Jude inventou de ir morar lá e desapareceu.

— Ele não desapareceu na floresta.

— Você sabe o que quero dizer. Por favor, Emmie. Se quiser passar um tempo perto da floresta, fique no quartinho do jardineiro.

O quartinho do jardineiro era seguro, com seus toldos e fechaduras nas portas. Ele não era lar de ursos, martas-pescadoras ou raposas, apenas aranhas passeando por velhos cortadores de grama, enxadas e mangueiras. Porém, havia bastante espaço no chão para sacos de dormir. Sabia bem disso.

Mas, dez anos depois, eu queria uma cama.

— Obrigada, mas vou ficar onde estou. Meu quarto é pitoresco.

Vicki sorriu.

— O quartinho também. Às vezes, hospedamos pessoas nele.

— Vocês não fazem isso.

— Fazemos sim.

— Então também reformaram o lugar — adivinhei, e olhei mais uma vez para o quadro. — Jude ficaria desapontado.

— Ele não está naquele quadro — sussurrou Vicki.

— Seus olhos estão.

— Eu tento não olhar. — Ela se levantou, deixando uma das mãos sobre meu ombro. — Então já resolvemos que você não vai entrar na floresta? Ótimo. Em vez disso, o que fará hoje?

O quadro chamava minha atenção. Havia quinze Bells nele — oito adultos e sete crianças —, e, apesar de todos serem semelhantes, a aparência parecia ser a única coisa que os ligava. Não havia dedos entrelaçados, braços dados. Encontrei uma mão sobre um ombro, mas não era natural e carinhoso, como quando Vicki o fazia. Era um gesto formal e frio.

Frio. Essa era uma boa descrição. Independentemente dos olhos dourados, esse grupo era frio — o que era o completo oposto do que eu precisava em minha vida.

Amor incondicional. Em um segundo, senti uma necessidade urgente daquilo, e havia um lugar onde o conseguiria aos montes.

Capítulo 8

O carro cinza-escuro estava no mesmo lugar quando saí da Raposa Vermelha, mas não me seguiu. Eu saberia se tivesse. Apenas uma estrada ia para o Refúgio de Bell Valley, uma rua com duas pistas que cercavam as montanhas, mas não vi coisa alguma no meu espelho retrovisor durante a viagem de dez minutos.

Porém, havia muito para ser visto diante de mim. Com morros à minha esquerda e, à direita, belos campos que abrigavam o início das plantações de milho, lindas fileiras verdes de legumes e a primeira colheita de morangos da temporada. Além deles, havia corredores de árvores cuidadosamente podadas, que renderiam uma dezena de variedades de maçãs em setembro, e, ainda mais distante, as extremidades pontudas de futuros pinheiros de Natal.

Eu diminuí a velocidade; o cenário ao meu redor parecia dizer *Vá com calma, não há pressa*. Não havia trânsito. Os únicos veículos que encontrei foram caminhonetes indo na direção da cidade, carregando cortadores de grama, equipamentos elétricos e caixas de morangos recém-colhidos para a mercearia.

A placa anunciando que eu chegara ao Refúgio era pequena, mas a entrada, cercada por duas colunas de pedra, era bem óbvia. Os bordos ao redor tinham crescido e se tornado mais selvagens desde minha última visita, anos atrás, mas, de resto, tudo parecia igual. Estacionei na vaga ao lado de uma casa colonial parecida com as da cidade. Ali ficava a parte administrativa do Refúgio, assim como o centro de visitantes.

Eu mal tinha aberto a porta do carro quando o cheiro de cavalos e feno atingiu meu nariz, trazendo lembranças boas e me fazendo esquecer de vez da apreensão que a pintura da família Bell causara. Era realmente incrível que aquele abrigo, que esbanjava generosidade, tivesse sido criado por um homem tão frio. É claro que estou fazendo suposições. Não conheci Jethro Bell. Nem sei por que desgostava tanto dele agora. Um quadro nada mais era que a visão do artista que o pintara, que eu também não conhecia.

Mas conhecia o Refúgio. E ele me conhecia, concluí, de repente. Eu viera aqui praticamente todos os dias por três meses, sem Jude. Ele gostava de animais selvagens — selvagens de um jeito perigoso, motivo pelo qual morava no meio da floresta — e, apesar de apresentar o Refúgio para colaboradores importantes, isso se dava mais pelo dinheiro do que por interesse próprio. Seu carisma sempre os conquistava, e, é claro, se houvesse uma mulher no grupo, ele realmente se dedicava. Apesar de Amelia considerar isso uma estratégia de gerenciamento produtiva, Jude era completamente guiado pelo ego. Se pudesse, ele preferia ficar na sala de Amelia divulgando questões com as quais se importava, como enviar uma grande equipe para o desastre global mais recente.

Não, eu viera aqui sozinha naquele verão. Os funcionários provavelmente não haviam mudado, o que significa a possiblidade de reconhecimento, coisa que não me animava.

Mas eu precisava estar ali. Então, coloquei meu boné, passei meu cabelo pela parte de trás e, respirando fundo o cheiro familiar de cavalos e feno, saí do carro.

A recepcionista tinha um rosto conhecido. Mas parecia ter acabado de completar 20 anos, jovem demais para ter trabalhado comigo na época, e se parecia com Vicki; talvez fosse uma prima Bell, daí a semelhança.

Eu me cadastrei como Em Aulenbach, não como a Emily Scott que eu fora dez anos antes. Havia um formulário para preencher, com opções para marcar e assinaturas para isentar o Refúgio sobre qualquer responsabilidade caso eu fosse mordida por um animal. Isso era uma novidade e, pensei, algo positivo. O medo de ser processado fazia parte da vida moderna.

A garota mexia no iPhone e não desviou o olhar dele quando saí. A advogada dentro de mim — talvez a parte que sentia uma necessidade tão grande de proteger aquele lugar — queria lembrá-la de outro fato da vida moderna. Pessoas más. Até onde ela sabia, eu poderia ser uma louca que resolvera ir de jaula em jaula e soltar todos os bichos.

Mas Bell Valley era um lugar crédulo. Só trancara meu carro por hábito; em Nova York, nada fica aberto. Mas aquela jovem estava acostumada com pessoas gentis. Ela era mimada. Complacente, talvez — como eu, construindo a vida da qual agora fugia.

Na verdade, não era bem assim. Nunca fora complacente. Eu era decidida.

Mas tudo isso foi esquecido no segundo em que passei pela porta dos fundos e entrei no coração do Refúgio. Como o cheiro de cavalos e feno, nada ali era estressante. Os sons eram tranquilos — latidos, cacarejos, um relincho ou zurro ocasional. Os seres humanos lá dentro caminhavam sozinhos ou em duplas, sem pressa nem pressão.

O Refúgio era uma confusão de cabanas, todas construídas com madeira das árvores locais. A história do lugar podia ser contada através do desgaste daquele material, e as estruturas mais claras e mais recentes eram prova da missão crescente do abrigo. Passei pelo grupo de placas tortas que indicava a direção para o estábulo, o pasto, cachorros, coelhos ou gatos. Mas aqui, pelo menos, eu sabia onde estava indo.

A Cidade dos Gatos crescera desde minha última visita, apresentando várias alas novas e um parquinho telado nos fundos. Como o teto também era coberto por tela, os gatos podiam tomar sol em segurança, livre da ameaça de predadores — sim, predadores como coiotes, que preferiam vítimas pequenas, mas só o faziam para sobreviver, como sempre defendera Jude. Eles geralmente evitavam a cidade enquanto houvesse caça na floresta.

Ao entrar na Cidade dos Gatos, senti uma onda de nostalgia me inundar. A área da recepção era pequena; um felino estava enrolado na cadeira da recepcionista, outro, na caixa de correspondências, e mais um sobre o armário de arquivo, esticado, me observando. Este último não tinha uma perna. Imaginei que os outros dois também teriam deficiências. O fato de parecerem saudáveis e felizes era sinal dos cuidados que recebiam.

— Olá — cumprimentou uma mulher atarracada, saindo de uma sala. — Espero que tenha vindo trabalhar. Precisamos de ajuda.

— Eu também — respondi. — Por onde começo?

Ela gesticulou para outra porta.

— Vá até o fim do corredor, depois vire à direita. É onde fica o Centro de Resgate. As pessoas colocam a culpa na economia por resolverem abandonar seus bichinhos no meio da estrada, mas esses animais não conseguem sobreviver sozinhos. Chegam aqui feridos e desnutridos. Alguns dos mais novos foram resgatados de uma casa onde a polícia encontrou 22 gatos mortos. Não dá para imaginar uma coisa dessas. Os sobreviventes precisam de paciência e carinho. Aliás, meu nome é Katherine. Costumavam me chamar de Kat,* mas isso... — *Não funcionou aqui por motivos óbvios*, completei mentalmente, enquanto ela própria dizia as palavras.

Aquela fora sua conversa dez anos atrás. Algumas coisas nunca mudam. Isso, na verdade, era revigorante.

— Você me parece familiar — disse ela, analisando meu rosto.

— Já vim aqui antes — respondi de um jeito casual.

Ela fez que sim com a cabeça, parecendo satisfeita quando chegamos ao fim do corredor.

— Então sabe como tudo funciona.

— Sei.

— Não se incomoda em ficar sozinha?

— Não. — Na verdade, eu até preferia. Não fora ali pelas pessoas.

Abri a porta apenas o suficiente para me esgueirar para dentro e a fechei antes que algum gato conseguisse escapar. Pelo visto, a precaução fora desnecessária. Ninguém apareceu para me cumprimentar; aqueles gatos haviam visto o pior lado da humanidade, e eu não era confiável. Gatos são parciais mesmo. Não aceitam ninguém logo de cara.

Senti olhos me analisando, mas isso não era estranho ali. Havia gatos em todos os cantos — em pontes de madeira nas paredes, sob

---

* Trocadilho com "cat", que significa gato em inglês. (N.T.)

cadeiras, dentro de caixas deixadas ali de propósito para quem quisesse se esconder. Grandes gaiolas estavam agrupadas em um canto, com suas portas abertas e camas de fleece e cobertores velhos abrigando animais em cada uma delas. Vi um gato tigrado pequenininho com uma cicatriz no ombro; seu vizinho de cima era um felino pardo malhado com olhos vulneráveis, e o de baixo uma criatura cinza peluda, que precisava urgentemente ser escovada.

Por instinto, tentei adulá-los com "Olá, vocês são tão lindos, aaaah, olhe só pra você, como é lindo, venha falar comigo, não vou lhe machucar", mas não fez diferença. Ouvia um ou outro miado, mas não conseguia identificar quem falara. Gatos de todos os tamanhos e formas estavam imóveis, me observando com uma desconfiança tão grande que partiu meu coração. Teria muito trabalho a fazer.

Cheia de energia, peguei material no armário. Sempre falando de um jeito tranquilizador, limpei caixas de areia, enchi potes de comida, troquei a água. Limpei o chão com um esfregão, tomando cuidado para não encostá-lo em ninguém, mas, mesmo assim, muitos fugiram dele. Porém, quando acabei, alguns já tinham começado a se aproximar. Com a mão cheia de petiscos, me sentei no chão, no meio da sala. Um gato se aproximou cautelosamente, me cheirou e se afastou. Parecendo ter gostado do cheiro que sentiu, voltou e, com muito, muito cuidado, pegou o biscoito da minha mão, mal encostando seu nariz gelado em mim. Um segundo animal apareceu, seguido de um terceiro. Aos poucos, os miados se tornaram mais confiantes.

Não sei bem quanto tempo fiquei ali, mas cumprimentei cada um do mesmo jeito tranquilo. Alguns não tinham pelo em algumas partes, recebendo tratamento para infecção, enquanto outros tinham machucados nas orelhas ou membros tortos. Quando uma gatinha com manchas coloridas, provavelmente já adulta, mas desnutrida, esfregou sua cabecinha cinza, amarela e branca no meu braço, meu coração se derreteu.

— Olá, meu anjo — sussurrei, me sentindo vitoriosa quando ela me deixou coçar sua orelha. Para outro recém-chegado curioso, disse: — Mas *você* não é lindo? — E, para um terceiro, com uma cicatriz vermelha enorme no lugar de uma orelha: — Você é um *amorzinho*.

E eram mesmo. Todos eles. Precisavam de amor e, aos poucos, apesar de suas cicatrizes, machucados e mutilações, retribuíam meu carinho, cada um me mostrando como estivera certa em ir para lá. Até as tarefas mais chatas faziam com que eu me sentisse bem. Não havia apitos, zunidos ou campainhas; o cheiro de comida de gato era melhor que o do sanduíche que um colega da Lane Lavash almoçava religiosamente em seu cubículo todos os dias. E, no que se refere a carinho, os animais ganhavam disparado da gerência do escritório.

Ali, eu tinha um propósito, e me recusava a pensar em qualquer coisa além do momento. Meu futuro não estava aqui. Mas fora o último local onde me sentira realmente feliz, e isso fazia dele um bom lugar para começar.

Passei a terça-feira inteira no Centro de Resgate. *Escondida com os gatos*, acusaria Vicki naquela noite, mas não fui dissuadida. Sem um relógio, o tempo passa da forma mais natural, e o silêncio só era quebrado por miados baixinhos e pela minha própria voz.

Com exceção dos mais traumatizados, fiz progresso com todos, mas foi durante uma visita rápida à Reabilitação na quarta-feira que me apaixonei. Era uma gatinha de três meses, cinza, que caberia deitada, enroladinha, sobre o meu Kindle e ainda sobraria espaço. Menor que os outros, muitos dos quais tinham cicatrizes recentes e membros faltando, ela me observava do outro lado da sala, a uns três metros de distância, enquanto eu me sentava no chão. Aparentemente, não apresentava sinais de deficiência, mas isso foi antes de começar a se mover. A postura dela estava boa, mas seus movimentos eram instáveis. A gatinha se apoiava contra a parede, obviamente usando-a como apoio, mas seus olhos nunca saíram dos meus.

— Veja só — sussurrei, e me apoiei num cotovelo para me inclinar para a frente. — Olá. Como vai?

Tão determinada, pensei. Apesar dos tremores e de uma quase queda, ela continuou a vir, saindo da parede apenas quando chegou perto suficiente para apoiar seu peso quase inexistente no meu braço.

— Aaah, que gracinha! — cantarolei, deixando que se esfregasse em mim.

Seus olhos verdes continuavam nos meus e, assim como as orelhas, eram desproporcionalmente grandes. *Não vá embora*, diziam aquelas bolas de gude enormes, me atravessando com seu lamento. *Estou tentando, de verdade.*

Cheia de cuidado, a levantei e, acariciando seu corpo que tremia, a depositei sobre meu colo.

A mulher que cuidava do Centro de Reabilitação se ajoelhou ao meu lado.

— Ela tem hipoplasia cerebelar. Seu cérebro não se desenvolveu como devia. O cerebelo é pequeno demais.

— O que causa isso?

— Muitas coisas. Achamos que ela foi exposta a panleucopenia felina enquanto estava na barriga da mãe. Gatinhos assim parecem normais até começarem a andar. E aí, bem, é como você viu.

— Ela treme?

— Treme, não tem coordenação nem equilíbrio. Cai na caixa de areia. Cai quando tenta comer ou beber água. Ela foi encontrada se escondendo em uma prateleira no mercado. Alguém que não a queria, mas também não tinha coragem para se livrar dela, deve tê-la deixado lá.

Livrar-se dela. Meu coração se partiu. Eu me inclinei para mais perto da gatinha. O cheiro dela era aquele mesmo odor leve de celeiro que o Refúgio tinha, mas seu corpinho era quente e acolhedor.

— Quanto tempo ela vai durar?

— Ah, bastante. Não podemos fazer nada para curar o problema, mas, com alguns ajustes, ela pode viver bem. Precisa de um caixa de areia com uma entrada baixa e laterais altas, e água e comida em tigelas mais elevadas. As pontes de madeira nas paredes são um problema, já que ela poderia cair lá do alto. Esse é um dos motivos para estar nesta sala. Aqui, ela pode se mover com segurança. Quanto mais andar, mais se adaptará.

Acariciei a cabeça pequenina da gata, tão frágil sob meus dedos. Seus pelos tinham um comprimento médio e estavam arrepiados, dando a ela um ar selvagem, apesar de estar completamente dócil sobre meu colo. Com os olhos meio fechados, a gatinha se aconchegou no meio das minhas pernas, apoiando uma pata minúscula contra um joelho.

— Ela é uma maravilha — disse. — Tem nome?

— Estávamos a chamando de Bebê, porque é tão pequena, mas gostei do que você disse. Maravilha. A família achava que suas chances não eram boas, mas acho que ela vai surpreender a todos nós.

— Maravilha — sussurrei, e imaginei ter visto suas orelhas se levantando, mas os olhos estavam fechados, e ela dormia.

Outros voluntários iam e vinham. Eles me chamavam de Em e não faziam ideia da minha relação com os Bell. Às vezes, até eu me esquecia. Fazia parte da minha terapia substituir lembranças antigas por novas, e estava indo bem até a tarde de quarta-feira, quando saí do Refúgio e senti que alguém me observava. Quase esperava encontrar o carro cinza-escuro por perto, mas não era ele. Em vez disso, me voltei para a administração e encontrei Amelia Bretton Bell na varanda. Ela se apoiava na balaustrada, segurando um copo comprido, e poderia muito bem estar se refrescando com uma bebida gelada no fim do dia se não fosse pela intensidade do seu olhar.

Meu peito ficou apertado. A pessoa que deveria me ligar a Amelia seria Vicki, mas era o fantasma de Jude que estava entre nós.

Eu sorri e acenei. Quando ela não retornou nenhum dos dois, considerei entrar no carro e ir embora. Tinha planejado chegar à pousada na hora do lanche da tarde. Após um longo dia de trabalho, estava cansada.

Mas era um cansaço bom. Eu me sentia leve. E ela era a mãe de Vicki, a matriarca da família, a Grande Senhora do Refúgio. Apenas por educação, devolvi as chaves ao bolso e atravessei o estacionamento.

Quando estava quase chegando à casa, perguntei alto:

— Como vai, Amelia?

— Estou surpresa — respondeu ela naquele tom imponente de que eu me lembrava tão bem. Uma mulher atraente com cabelo grisalho e olhos castanho-claros quase dourados, ela não parecia surpresa. Parecia *irritada*. — Não esperava que voltasse aqui. Como conseguiu fugir da cidade grande? Lidar com cocô de gato parece não ser muito digno de uma advogada de Nova York.

— O cocô é só um detalhe — respondi, fazendo o jogo dela enquanto subia os degraus até a varanda. — Trabalhar com os gatos é emocionante. Eu me sinto renovada. — E também era exatamente o que eu precisava. Não havia problemas intelectuais ali, só carinho. — Além disso — adicionei, fazendo pouco caso da alfinetada dela —, lido com bastante porcaria em Nova York.

— Mas está acostumada com uma vida agitada. Sinto muito ter de lhe contar isto, querida — disse Amelia, indo direto ao assunto —, mas Jude não está aqui.

Por enquanto, pensei, da mesma forma que fizera quando Vicki comentara algo parecido. Mas minha amiga não queria que a mãe soubesse, e eu respeitava seus motivos.

— Não vim atrás de Jude — respondi.

— Claro que não. Você tem um marido. Não demorou muito para arrumar outro depois de largar meu filho.

A acusação me assustou.

— Eu não larguei ninguém, Amelia. Ele que terminou comigo.

— E você foi embora. — Pensei numa resposta enquanto ela tomava um gole do copo, mas a mulher foi mais rápida: — Devia ter lutado por ele. Mas seu plano nunca foi ficar aqui. Você sempre quis algo mais extravagante.

Soltei uma risada irônica.

— Mais do que Jude? Jude Bell era a definição de extravagante.

— Acho que quis dizer exuberante — corrigiu Amelia, e franziu o cenho enquanto olhava para o copo. — Ele era meu filho. Era o que trazia alegria à minha vida.

Quando era mais novo, sim. Quando seu futuro era cheio de possibilidades. A versão adulta de Jude tinha sido uma pedra no sapato dela, mas a mulher não se lembraria disso. A matriarca falava como se o filho tivesse morrido, e sua dor era muito real. Talvez Vicki Bell estivesse certa. Se Jude não aparecesse, ela sofreria de novo.

Pensando no quanto ele era um desgraçado egoísta, disse:

— Sinto muito, Amelia.

Os olhos dela voaram para os meus.

— Como? — perguntou de um jeito dissimulado. — Está se desculpando? Pelo quê? Por ter fugido? Por não se esforçar para mantê-lo aqui? — O rosto dela exibia a mesma frieza que eu vira no quadro da família Bell. — Você foi egoísta. Só quis saber de si mesma. Ficou pelo tempo que quis e depois fugiu. Sempre me perguntei por que seus pais nunca a visitaram aqui. Se amava tanto meu filho, imagino que fossem querer conhecê-lo.

— Aquele verão foi difícil para eles.

Mamãe havia acabado de comprar sua própria casa, e meu pai não ficara feliz com isso, enquanto eu tentava ficar em cima do muro. Naquele ano, Bell Valley também fora meu refúgio.

Talvez Amelia tivesse razão. Eu fugira da traição de Jude da mesma forma que fugira do divórcio dos meus pais. E, agora, fugira de Nova York.

Estava me perguntando o que isso dizia sobre minha personalidade quando ela perguntou:

— Por que está aqui?

Boa pergunta. Não havia problema em fugir, contanto que tivesse motivo. Sem querer explicar o quanto minha vida era ruim em Nova York, apenas disse:

— Quis retomar o contato.

— Com Vicki? Com os gatos? Com Jude? Ele não a amava, sabe? Amava Jenna Frye. Os dois teriam se casado se você não tivesse aparecido. Ele estava brincando com você, sendo impulsivo.

— Jude voltou para Jenna.

— Mas não para se casar com ela. Jenna não ia querer, depois de ter sido trocada.

Essas palavras não doíam porque eram mentira — eu fora tão incapaz de controlar Jude quanto ela —, mas porque eu aprendera a respeitar Amelia no verão que passara aqui. Ela era inteligente, a primeira mulher a dirigir o Refúgio, e uma boa administradora. Odiava o fato de eu evocar algo tão maldoso nela.

— Você prefere que eu não venha aqui? — perguntei, triste.

Não me ofereceria para sair de Bell Valley. Depois de deixá-la me acusar várias vezes de fugir dos meus problemas, não ia deixar que me expulsasse. Só Vicki poderia fazer isso.

Amelia pareceu entender isso, fez um som desdenhoso e deu as costas para mim enquanto murmurava:

— Faça o que quiser.

Ao se direcionar para o interior da casa, ela tomou mais um gole do copo. O líquido era transparente. Eu havia concluído que era água. Agora, considerei que talvez não fosse.

Claro que estava tentando criar desculpas para a mulher. Culpar a hostilidade dela no álcool tornava suas palavras mais fáceis de engolir.

Você foi egoísta. Só quis saber de si mesma. Ficou pelo tempo que quis e depois fugiu.

As palavras de Amelia me assombravam, se encaixando tão bem com o que acontecia com meu casamento e meu trabalho no presente. Agora, eu me sentia tão insegura quanto me sentira renovada ao deixar os gatos.

Queria pensar em mim mesma como uma pessoa corajosa, e foi por isso que, enquanto voltava para a cidade, decidi sair da via principal e entrar numa estrada de terra quase escondida, um caminho esburacado que já fora domado pelos pneus da caminhonete de Jude. Passados dez anos, a floresta começava a retomá-la. Enquanto meu carro enfrentava a travessia, era atingido por galhos e balançado por pedras, o que não era bem o destino que meu marido desejava para a BMW. Aquela, porém, era a forma mais fácil de chegar onde eu queria, além de a mais segura. Aquela parte da floresta era mais afastada da cidade e mais elevada do que o trecho atrás da Raposa Vermelha. Havia alces ali — inofensivos até se sentirem ameaçados, quando então talvez atacassem. Havia marta-pescadoras, linces, raposas e porcos-espinho. E ursos. *E* coiotes. Vicki ainda negava, mas eu os ouvira novamente na noite de terça. Estavam falando comigo.

Fui subindo balançando a dolorosos dez quilômetros por hora, com o sol desaparecendo do céu e os faróis acesos. Com álamos me observando e samambaias me cercando, a estrada parecia longa demais. Começava a me perguntar se a clareira que buscava havia desaparecido — retomada pela mata que nunca quisera seres humanos ali — quando a estrada se tornou mais nivelada e as plantas se afastaram.

Diminuí a velocidade e o atrito contra os pneus fez o carro parar. Meus olhos demoraram a se ajustar, separando o verde-escuro da floresta das pedras de granito. Fiquei sentada ali, com as mãos agarrando o volante, lutando contra as lembranças.

A cabana de Jude era de pedra, uma casa de um cômodo com uma varanda estreita, janelas ornamentadas de madeira e telhado pontudo. Estava quase igual ao que eu lembrava, apesar do abandono de dez anos. Trepadeiras cercavam a varanda, envergando-se mesmo com o apoio da balaustrada. Musgo ocupava grande parte do telhado. E as janelas que eu tanto tentara manter limpas agora eram cobertas por um véu de bétulas, que provavelmente foram levadas até ali pelas chuvas da primavera.

Pisei no acelerador, e o carro voltou a se mover. Estacionei na vaga de sempre, que agora mal parecia uma vaga, ao lado da caminhonete que não estava mais ali, e quase acreditei que Jude sairia por aquela grossa porta de madeira para me cumprimentar.

Na verdade, não. Ele nunca fizera isso. Podia até se apoiar no batente e me esperar, e um sorrisinho no seu belo rosto seria a única indicação de que estava feliz. Amelia dissera que Jude brincara comigo, então, sendo assim, a felicidade era divertimento. De toda forma, ele não estava ali agora. A porta permanecia fechada, seu trinco de metal coberto por pólen.

Eu estava quase abrindo a porta do carro quando parei. Ainda faltavam algumas horas antes de escurecer, mas, com o sol do outro lado da montanha, a floresta estava sombria. Havia algo assustador sobre aquele lugar. Eu com certeza senti um arrepio.

Mas estava perdendo tempo. Não poderia voltar depois que escurecesse e não poderia voltar depois que Jude retornasse. Se eu queria ser corajosa, tinha de ser agora. Além disso, aquelas janelas de madeira me observavam, me desafiavam, divertindo-se de um jeito arrogante, provavelmente da mesma forma que Jude faria.

Determinada, abri a porta e saí. O ar tinha um cheiro forte de pinheiros, tão familiar. Enquanto atravessava um monte de pinhas e gravetos, ouvi um leve farfalhar, mas o som fora baixo demais para eu me preocupar. Logo após espantar um enxame de mosquinhas, precisei matar um mosquito no meu braço com um tapa.

Havia me esquecido dos insetos. A primavera também fora bem úmida naquele verão, aumentando a quantidade de bichinhos que viviam no rio que passava logo ali, e eu era a comida favorita deles. Jude culpava meu shampoo, meu sabonete, meu hidratante, mas eu nunca abrira mão de nada daquilo.

Balançando uma das mãos acima da cabeça para afastar os mosquitos, ouvi o rio, o bater de asas de um falcão assustado, o estalo dos restos de floresta em que eu pisava. A escada que levava à varanda estava intacta, mas cheia de folhas secas. Pisei em um galho seco ao me aproximar da porta de carvalho, e abri o trinco. Precisei usar toda minha força para conseguir entrar, mas só consegui mover a porta alguns centímetros. Eu me esgueirei para dentro.

O ar estava rançoso. Isso me afetou. Depois veio a escuridão. As duas janelas da frente não permitiam a entrada de muita luz, então o lugar estava escuro. Mas não *tão* escuro assim. Ignorei a escrivaninha cheia de marcas e observei o sofá e, atrás dele, a estante cheia de livros sobre terras estrangeiras e portos distantes. As fotos presas às paredes de madeira haviam enrolado nas margens, mas lá estava ele, sobrevoando o Grand Canyon de asa-delta em uma, fincando uma bandeira na Antártica em outra.

Jude se orgulhava dessas imagens, e eu, acreditando que ele realmente fosse um aventureiro, realmente ficara impressionada. Não que aquele lugar pequeno e limitado oferecesse muitos riscos de aventura. Ele não oferecia nada além do que se via — paredes nodosas de madeira e vigas expostas. Jude cozinhava no rústico fogão a lenha e dormia no mezanino. Seu colchão ainda estava lá, com os lençóis caídos para o lado, provavelmente da mesma forma que o deixara no dia em que fizera as malas e partira.

Notei que ninguém visitava aquele local desde esse dia, o que não era nada surpreendente. Os Bell viam aquela cabana como uma afronta, mais um ato de Jude para esnobar o que eles eram, recusando-se a morar na mansão da família, recusando-se a usar roupas adequadas quando ia à igreja, recusando-se a cortar seu cabelo.

Imaginei que ainda devia haver fios daquele cabelo no travesseiro. Talvez os meus ainda estivessem ali também. E os de Jenna.

Eu não chegara ao mezanino na última vez que estivera ali. Os dois faziam amor naquela escrivaninha horrorosa, uma onda de nudez que me atingiu no segundo que passei pela porta. Ele deve ter planejado aquilo. Sabia que eu estava a caminho. Minhas mãos carregavam sacolas cheias de comida para um jantar de comemoração; no dia seguinte, eu iria para New Haven, sublocar o apartamento que não precisaria, já que desistira da faculdade de direito. As compras foram direto para o chão, mas nem uma palavra saiu de minha boca. Lembro-me de sentir como se todo o sangue tivesse sido sugado do meu corpo, e assim permaneci — sem sangue e com frio — por uma semana, trancada naquele apartamento vazio de New Haven, antes de decidir que minha vida não acabara. O que era mesmo que mamãe sempre dizia? Sucesso é a melhor vingança?

Talvez fosse por isso que me jogara na faculdade de direito com tanto entusiasmo ou que me agarrara a James, que parecia tão perfeito para mim na época.

Mas agora? Não tinha mais certeza sobre o direito nem sobre James, e a cabana de Jude parecia velha e largada. O próprio Jude poderia estar velho e largado. Pescar caranguejos no Mar de Bering devia ser desgastante, sem contar os quatro anos antes disso — que ele fizera o quê? Caçara baleias brancas na costa da África do Sul? Trabalhara com cobras na Floresta Amazônica? Se Jude não tivesse partido, agora aquelas paredes exibiriam fotos dele caminhando na Nova Orleans devastada pelo furacão Katrina, metade do corpo submersa na água, fazendo buscas no caos que era a Indonésia após o tsunami, ou liderando uma equipe pelo Haiti afetado pelo terremoto, usando sempre o Refúgio como desculpa.

Ele era mesmo uma pessoa extravagante? Talvez sim, talvez não. Talvez não fosse nem um pouco diferente do restante de nós, indo atrás do que queria, aos trancos e barrancos, sem saber muito bem o que era. Da mesma forma como eu agora — indo de Cape Cod à cordilheira de Berkshires, e de lá para Bell Valley —, mas não sentira como se estivesse vagando sem propósito nesses momentos. Respirando fundo uma última vez naquele lugar abandonado, saí para o que restava do dia e fechei a porta atrás de mim, sentindo-me mais leve. Eu enfrentara o passado e continuava inteira. Sobreviveria a Jude.

Satisfeita, atravessei a varanda estreita e comecei a descer a escada. Eu me abaixei para tirar o galho seco do caminho, mas parei. *Deixe aí,* disse a Natureza, e com razão. Aquela cabana era dela, e o galho, um sinal de sua presença. Jude o tiraria dali. Mas eu, não.

Levantei, passei por cima dele e segui em direção ao carro, mas parei novamente. Algo parecia diferente agora. A luz estava diferente, sim, mais fraca que antes. Mas havia outra coisa.

Alguém me observava. Tinha algo ali. Eu não estava sozinha.

Minha imaginação começou a funcionar, o que era até uma coisa boa depois de passar tantos anos inativa. Como o gosto da comida, imaginação era algo que recuperara, querendo ou não. Imaginei um urso. Imaginei um puma. Imaginei *Jude*.

Porém, o que senti era algo mais inofensivo, único motivo pelo qual não corri para o carro. Tudo estava silencioso. Nada de tâmias, nada de esquilos, nada de morcegos voando pela escuridão em busca de insetos. Além de uma coruja piando ao longe, não ouvia nada além do meu coração batendo.

A parte estranha era que eu não sentia medo. Estava sozinha na floresta, a mais de um quilômetro de distância da estrada principal, dois fatos que deveriam me assustar. Mas me sentia calma. Animada, na verdade. Analisei o perímetro da clareira, tentando separar fauna de flora, só que já não havia muita luz. Mais de uma vez pensei ter visto uma forma que respirava, só para encontrar um arbusto ou uma pedra.

E então meus olhos chegaram a uma espruce, passaram direto por ela e depois voltaram. Ainda assim levou um momento até eu identificar os olhos dourados que me observavam através da fronde irregular. No instante em que nos conectamos, quase parei de respirar.

O momento foi quebrado por um uivo vindo do meio da floresta, e meu coiote desapareceu de repente, evaporando silencioso pela floresta. Fiquei ali por um tempo, observando a espruce, esperando, desejando, que o coiote voltasse, mas isso não aconteceu. Também não o ouvi uivando de volta para quem o chamara, mas tinha certeza. Havia dois deles.

Ainda analisando os movimentos ao redor da árvore, me aproximei do carro. Apenas quando baixei os olhos para as chaves é que notei algo vermelho. Meu olhar voou para a lateral da clareira. O vermelho fazia parte de uma camisa xadrez, e a camisa xadrez estava em Jude.

Aquilo não era uma alucinação. Era o homem em pessoa, com seus ombros largos como sempre, parado com um pé apoiado sobre uma pedra, e os olhos, indolentes e dourados, fixados em mim. De repente, apesar da minha recém-descoberta força — ou, talvez, *por causa* dela —, quem ficou vermelha fui eu, mas não era de vergonha.

Capítulo 9

❦

— Seu *desgraçado*! — gritei, tremendo com uma raiva que devia estar se acumulando desde o dia que o encontrara com Jenna e ficara calada. — O que está fazendo aqui?

Ele sorriu de um jeito surpreendentemente dócil.

— Eu avisei que ia voltar.

— No fim do mês. E por que não contou à sua família? Isso teria sido o mínimo. Claro — completei rapidamente —, mas aí você se sentiria obrigado a vir, que é a última coisa que quer, mas por que *me* avisar? Todas aquelas cartas... *por quê*? Quando nunca nem escreveu para *elas*... Nem uma palavra em dez anos. Sabe o quanto isso é *egoísta*?

— Sim — respondeu ele.

Sua falta de arrogância diminuiu um pouco minha raiva. Ainda assim, restara o suficiente para eu dizer:

— Você magoou tanta gente, Jude. Não posso opinar sobre o que elas fazem, mas, se você fosse *meu* irmão, eu teria queimado este lugar.

— Pedra não queima.

— Então tiraria tudo daqui, deixaria o lugar desolado. Foi isso que você fez com sua mãe. — Quando ele nem piscou, adicionei: — E com sua irmã, e comigo, e com Jenna. O tempo passou, e nossas vidas agora estão cheias de outras coisas, então o que lhe faz pensar que o queremos de volta? Ahhh.

— Eu compreendi. — É justamente isso. Teve medo de que, se contasse que viria, elas diriam para não se dar ao trabalho? Teve medo de que elas *não* iriam querer você de volta. — Eu o encarei. — Por que está rindo? Se está tentando ser fofo, pode parar. Está velho demais para isso.

O sorriso continuou no lugar.

— Mas você não. Está linda, Emily. Não consigo nem imaginar um presente de boas-vindas melhor que este. Sentiu minha falta, não foi?

E lá estava ela, aquela presunção de sempre, tão fácil de detestar.

— Na verdade, não — respondi, calma. — Tenho muitas outras coisas para me preocupar.

— Mas voltou assim que soube...

— Não — interrompi para esclarecer a situação. — Voltei porque precisava descansar. Eu estava planejando ir embora antes de você aparecer. — Analisei o rosto de Jude, mais fácil de observar agora, com o cabelo curto. — Está mais magro. — Ele parecia abatido sem seus cachos, e havia uma cicatriz feia, de uns cinco centímetros, no queixo. — O que foi que aconteceu aí?

— Um soco. As pessoas se irritam fácil por lá, e alguns caras são bem estressados. Aprendi a lutar.

— Que ótimo — comentei.

— Não, mas é um jeito de sobreviver.

E Jude tinha orgulho de sempre conseguir sair de enrascadas.

— Então, cá está você.

Ele fez que sim com a cabeça.

— Assuntos pendentes.

— Bem, foi o que você disse na carta, mas desde quando Jude Bell resolve problemas?

O sorriso desapareceu.

— Desde que ele fez 40 anos. Desde que ele viu um bom amigo ser engolido pelo mar, sem ter chance nenhuma de sobreviver. — Ele parecia muito triste.

Amoleci.

— Acho estranho você não ter pulado atrás dele.

— Ah, eu pulei. Se não tivesse me amarrado ao navio antes, teria me afogado também. Nunca encontramos o corpo.

Eu imaginara que haveria proteções contra esse tipo de coisa, mas o que mais me surpreendia era seu tom pesaroso. O Jude do meu passado era passional, mas não sentimental. Nem tinha muitos amigos do sexo masculino. Todos os homens eram rivais, de acordo com seu ancestral mais rebelde. Ele se declarava parte leão, citando a juba loura como prova.

A juba se fora, mas Jude ainda era atraente. Parte do seu magnetismo resistia e, apesar de eu achar que o lado sexual não era tão forte, ainda era cativante. Fiquei parada ali, a uns cinco metros dele, incapaz de me mover.

— Eu acabei de visitar a família dele. — Jude continuava melancólico. — Tinha uma esposa e quatro filhos. Estava juntando dinheiro para eles. Então fui entregar suas coisas e dinheiro e, quando não me convidaram para ficar por lá, fui embora. — Ele pareceu ficar mais alegre. — Então é isso, cá estou, resolvendo meus assuntos pendentes.

— Tipo o quê?

— Minha mãe. O Refúgio. Meu filho.

Eu me encolhi.

— Seu filho? — Vicki não mencionara um filho. Nem Amelia.

Ele sorriu, achando graça.

— Não lhe disseram? Jenna teve um bebê depois que fui embora. E, sim, eu sabia que estava grávida, mas ela havia jurado que estava se protegendo, então a culpa não foi exatamente minha. De toda forma, ela se casou com outro cara e tem três filhos.

Sem essas últimas palavras, teria argumentado que a responsabilidade era dele simplesmente por ter participado do ato. Mas três filhos? Eu daria tudo para ter só um, e James nunca, nunca seria tão indiferente quanto Jude sobre o fato de gerar uma criança. Meu marido com certeza jamais deixaria um bebê para trás. Ele os queria tanto quanto eu.

De repente, me senti mais vulnerável, porém, se minha voz deu sinais disso, Jude estava se divertindo demais com meu choque para notar.

— Eles ainda moram aqui? — perguntei.

— Claro. Jenna jamais teria coragem de ir embora. Ela se casou com um cara daqui.

— Como sabe tudo isso?

— Google. São só alguns clique e, tá-dá, lá está o jornal local. Outros mais e, tá-dá, surge seu endereço. Então. Como vão as coisas na Lane Lavine?

— O nome é Lane Lavash, e tudo está ótimo. — Não era exatamente uma mentira. Walter estava segurando meu emprego.

Jude riu com desdém.

— Jenna também não esperou muito. Casou antes de a criança nascer. Teria sido legal ter esperado um pouco... Sabe, para ver se eu voltava e tal.

— *Esperado?* — perguntei, realmente dando razão a Jenna nesse caso. — Como ela poderia ter esperado? *Por que* ela teria esperado? Você a magoou quando a traiu comigo, depois voltou com ela para me magoar, e aí foi embora. Acho que Jenna fez muito bem.

Jude deu de ombros.

— Bem, de toda forma, o garoto tem 9 anos. Acho que é melhor nos conhecermos antes de ele virar um adolescente.

— Quer lhe dar conselhos de vida? — perguntei, cínica. — Talvez seja melhor não. Quem é o pai dele?

— Eu.

— Não. O *pai* dele. O homem que o cria.

Jude deu de ombros novamente.

— É um cara legal, trabalha no Refúgio. Jenna também, sinal de que Amelia se meteu, e nem adianta perguntar como ela descobriu que o garoto é meu filho. Ele parece comigo, já vi fotos no jornal, mas, mesmo que não fosse o caso, mamãe teria feito as contas. — De repente ele ficou sério. — Não conte a elas que estou aqui, Emily. Eu mesmo farei isso.

— Quando? — indaguei, e, se ainda não estivesse tão surpresa com a notícia do filho, talvez tivesse me perguntando se Jude estaria mesmo com medo da reação das pessoas.

Não podia nem imaginar como Amelia se sentia, vendo o rosto do filho no menino e sendo constantemente lembrada que a pessoa que levava alegria à sua vida nunca fazia questão de telefonar. Nem no Dia de Ação de Graças nem no Natal. Nem em aniversários. Se eu ignorasse o aniversário da minha mãe, ela ficaria arrasada.

Jude não respondeu à minha pergunta. Então insisti:

— Bell Valley é um lugar pequeno. Acha mesmo que ninguém viu você chegar?

— Sim, acho. Eu peguei carona desde o Leste...

— Carona — repeti, pensando que ele realmente estava fora havia tempo demais, se não sabia o quanto isso era perigoso.

Obviamente, para Jude, o perigo seria parte da graça. Como a cicatriz. Como a velha mala verde a seus pés, que eu confundira como parte da floresta. Dez anos em uma mala? Muito másculo, realmente.

— O último motorista era bem legal — dizia. — Ele me deixou na estrada antes da entrada da cidade, então subi andando. — Jude olhou para a cabana, tão obviamente abandonada. — Elas não foram lá dentro. Então ninguém vai saber.

— Você vai ficar aqui? — perguntei, querendo saber onde ele estaria.

Vê-lo teria sido pior se eu tivesse me jogado nos seus braços. Mesmo assim, Jude ainda cheirava a perigo.

Estava sendo melodramática? Sim. Mas dez anos depois ele continuava vigoroso. E não era por um detalhe ou outro, mas pelo pacote completo. Como aquelas pernas infinitas, vestindo uma calça jeans desbotada. No mosca.

Jude analisava a cabana, com uma expressão duvidosa.

— Sei lá, tudo do lado de dentro deve estar meio largado. E já cansei de largado. Quero uma cama macia, lençóis limpos e um banho quente. Quero um cozinheiro e ar-condicionado. Quero ser paparicado.

Isso era diferente, mas familiar o bastante para me fazer sorrir.

— Que foi? — perguntou ele, achando graça no meu sorriso.

— Foi por isso que vim para cá.

— Realmente não veio por minha causa? — quis saber ele, e, por um segundo, seus olhos dourados pareceram refletir o mesmo desejo, carinho e vontade de dez anos atrás.

Eu senti aquilo. Mas ignorei.

— Não — insisti. — Não vim por sua causa.

— Vai embora agora que cheguei?

— Isso depende do meu marido...

A cabeça dele foi para trás, e seus olhos se tornaram mais brilhantes.

— Ah. O marido. Esqueci. James Aulenbach, advogado. Então, onde está o bom homem?

— Nova York. Ele não conseguiu vir.

Jude sorriu.

— Que pena. Para ele, não para mim.

Não sei bem se foi aquele sorriso torto, os olhos brilhantes ou aquela força que emanava dele — ou fato de que ele parecia alternar entre sua personalidade antiga e seu novo eu, me fazendo questionar o que era real. Mas estava me sentindo desconfortável ali. Era hora de partir.

— Vá sonhando — disse enquanto abria a porta do carro e entrava nele.

Não falei mais nada, nem olhei para Jude enquanto dava marcha à ré. Dirigi pela estrada esburacada, ganhando velocidade com a descida e apertando o volante. Quanto mais rápido eu ia, mais o carro quicava, e meu corpo parecia estar ajudando. Tudo em mim tremia, uma reação retardada ao fato de tê-lo visto, e isso não melhorou quando cheguei à via principal, iluminada por fracos raios de sol.

Saia de Bell Valley, alertou uma vozinha. *Ele é perigoso, e você já tem problemas demais.* Mas para onde iria? Nada mudara em Nova York. Não queria ir para a casa da minha mãe, e ainda não estava pronta para lidar com meu pai. Estava contando com algumas semanas aqui antes de Jude aparecer. Precisava de um tempo para me sentir tranquila. Mas agora essa possibilidade se fora.

Mesmo assim, ir embora parecia uma derrota.

Coragem, Emily, enfrente o inimigo no território dele!, costumava dizer papai sempre que minha equipe de vôlei da escola, que sempre perdia, ia jogar contra os melhores times na casa deles.

Enfrente o inimigo? Jude riria disso.

Se me perguntassem, eu teria jurado que não havia pensado nele nos últimos dez anos. Mas, ao vê-lo agora, senti algo. Desejo? Não exatamente. Mas algo diferente, e, até descobrir o que era, não poderia ir embora.

Sentindo-me vagamente manipulada por Jude, fiquei irritada, e talvez tenha sido por isso que me incomodei tanto com o carro cinza-escuro estacionado do outro lado da praça, agora com a visão livre para a entrada da Raposa Vermelha. Eu teria pensado que Jude estava lá dentro, me provocando, se não o tivesse deixado na cabana, a pé.

O sol atravessava as janelas escuras, iluminando o interior, e vi seu ocupante olhar para cima e depois para baixo. Estaria enviando uma mensagem com meu paradeiro? Mas para quem? E por que apenas ali — a não ser que houvesse algum outro detetive no Refúgio. Nesse caso, aquilo poderia ser obra de Amelia, mas nem conseguia imaginar que motivos teria para isso. Mas quem mais faria aquilo? Não imaginaria isso partindo de James, e os caras do meu pai eram bem mais discretos.

Talvez eu não pudesse controlar Jude Bell. Mas aquela ainda era a minha fuga, e não queria uma sombra. Deixei o carro no estacionamento, e fui me sentindo cada vez mais irritada enquanto caminhava até a pousada.

Capítulo 10

❧

Como o lanche já estava sendo servido no salão, eu, sem vontade nenhuma de ser simpática com os hóspedes, entrei pela cozinha. A confeiteira, Lee, tirava biscoitos do forno. Vicki acabara de chegar lá da frente para reabastecer um prato. Minha aparição repentina fez as duas se voltarem para mim.

— Alguém está me seguindo — declarei, nervosa. — Tem um carro parado lá fora desde o dia que cheguei aqui. Não sei quem contratou ele, mas esse cara está me vigiando.

Vicki não parecia surpresa.

— O carro cinza?

— *Isso*, mas não reconheci o motorista. Quem está me *vigiando*?

— Não estão vigiando você — disse Lee, e me virei para ela. A mulher tinha luvas de cozinha nas mãos e uma expressão abatida. — Estão *me* vigiando.

Chocada, olhei para Vicki, só então percebendo o que ignorara enquanto estava preocupada demais comigo mesma. Desde o início, houvera algo que ela queria me contar sobre Lee.

— Acho melhor ir ver como os hóspedes estão — disse minha amiga agora, e saiu pela porta.

Lee tirou uma segunda forma cheia de biscoitos do forno e colocou outras duas dentro dele antes de se voltar para mim. Não sei se achou que eu teria me sentado à mesa para ler o jornal, desinteressada agora que sabia que não era *eu* em apuros. Mas continuei onde estava, esperando.

Soube que um advogado sofreu um acidente de carro? Uma ambulância freou do nada na frente dele.

Eu nunca fui de ir atrás de tragédias, mas, pela primeira vez, entendi por que alguns advogados faziam isso. *Dinheiro* seria a resposta mais óbvia, e isso pode até ser verdade em alguns casos. Mas, para muitos, a atração vinha daquela curiosidade mórbida despertada pela desgraça alheia, junto com o excesso de conhecimento legal, enquanto, para outros, se tratava da adrenalina.

Para mim, naquele momento, era simplesmente um escapismo. Apoiei o quadril contra a bancada, preparada para ouvir.

— Ele está me vigiando — repetiu ela, baixinho. Uma mecha de cabelo castanho cobria um olho, mas o outro estava fixado em mim.

— Por quê?

— Para me proteger.

— Ele está *protegendo* você? Do quê?

— Da família do meu marido.

Lee era casada? Jamais teria imaginado. Ela parecia ser extremamente solitária e não usava aliança.

— Mas por quê?

— Dizem que eu roubei dinheiro deles. Mas não fiz nada disso — jurou ela, e parecia tão determinada que eu acreditei.

— E o que seu marido diz?

A determinação vacilou. Era como se sua expressão fosse desmoronar de tristeza. Ela pegou uma espátula.

— Nada. Ele morreu.

— Morreu. Ah, Lee, sinto muito. Quando?

— Há três anos.

— Foi natural? — quis garantir, já que Lee não parecia ter mais de 40 anos e, dada a necessidade de um guarda-costas, a família dele parecia perigosa. Pensei em crime organizado.

— Teve um ataque cardíaco fulminante.

Então foi inesperado.

— Sinto *muito*. Quantos anos ele tinha?

— Era dezesseis anos mais velho que eu, mas me amava. Eles ficam insinuando que não era assim, e que eu só queria o dinheiro, só que não era nada disso. Nunca quis nada das coisas que ele me dava. Meu marido foi a primeira pessoa que me amou por quem eu era.

Ela foi até os biscoitos das duas primeiras formas, pegando cada um com uma espátula e colocando-os num prato. Eram de passas com aveia, e o cheiro era maravilhoso, mas pensar nisso fez com que eu me sentisse culpada, considerando o tema da nossa conversa.

— Por que dizem que você roubou?

Lee fez um som de desprezo, parecendo não querer elaborar. Não sei se foi a advogada em mim que queria se libertar, a mulher em mim que se compadeceu, ou a esposa em mim que não queria pensar em Jude, mas disse:

— Talvez eu possa ajudar.

— Foi o que Vicki falou, mas não sei se isso é possível.

— Tente me dar uma chance.

Tendo acabado de esvaziar a primeira forma, ela me entregou o prato.

— Pode levar isto para o salão?

Temi que ela fosse fugir no minuto em que eu saísse da cozinha. Mas Lee já cuidava da segunda forma quando voltei. Claramente nervosa, ela não estava sendo tão eficiente com essa. Vários biscoitos quebrados haviam sido descartados no canto da forma. Aquela fornada era de chocolate com macadâmia, e os pedaços realmente eram tentadores. Eu precisei me controlar para não pegar um, de tão bom que era o cheiro. Ou seria simplesmente meu olfato que, aposentado por tanto tempo, agora se tornava mais apurado?

A espátula se moveu novamente. Um som triste saiu da garganta de Lee, seguido por um confuso:

— Não sei nem por onde começar.

Mas eu sabia. Conversar com meu marido era um desafio, mas conversar com clientes? Nisso eu era boa. Lembrando-me de Layla, a mulher que quisera ajudar naquela manhã de sexta-feira em Nova York, perguntei:

— Por quanto tempo vocês foram casados?

— Seis anos.

— Tiveram filhos?

— Não. E ele não teve outras esposas. Fui a única.

— Como se conheceram?

Ela interrompeu o trabalho para olhar para mim, desafiadora, antes de começar a falar.

— Eu trabalhava num bar. Ele se sentou em uma das minhas mesas. Estava se sentindo solitário e queria conversar. Começou a aparecer o tempo todo para bater papo. — Tornando a olhar para baixo, sussurrou: — Garçonete pobre engana ricaço.

— Ele tinha dinheiro? — perguntei.

Lee pareceu pensar no quanto poderia me contar. Finalmente, baixinho, disse:

— A família dele tem. São donos de uma cadeia de restaurantes de junk food. Você reconheceria o nome se eu contasse.

— Imagino que não ficaram muito felizes com o casamento.

A confeiteira revirou os olhos como resposta e me entregou o segundo prato de biscoitos. Estava prestes a colocar as formas dentro da pia quando interrompi, desesperada:

— *Não!* — E segurei o canto de uma delas. — Você não pode jogar isso fora, Lee. Desculpe — juntei os pedacinhos de biscoito —, eu estou prestando atenção na sua história, de verdade, mas seria uma pena desperdiçar isto.

Depois de juntar cada um deles, depositei-os na bancada, bem longe da água. Levei o prato repleto de biscoitos perfeitos para o salão e voltei correndo, aproveitando esse tempo para organizar meus pensamentos.

Posicionando-me ao lado da pia com um pano de prato em uma mão e um pedaço de biscoito quentinho na outra, prossegui:

— Disse que ele amava você. A família não acreditava nisso?

Lee esfregava uma panela, descontando sua raiva nela.

— Acreditavam nos sentimentos *dele*, não nos meus. Dá para imaginar as coisas de que me chamavam.

Dava mesmo. Seriam as clássicas.

— E aí ele morreu.

— Sim. — A confeiteira perdeu um pouco do seu ritmo, sugerindo o que vinha a seguir.

— Sem pacto pré-nupcial?

— Isso mesmo. Só um testamento, que deixava tudo para mim. A família não gostou nada disso.

— Quanto é tudo? — perguntei, porque riqueza é algo relativo, e Lee não parecia ter muita.

Ela vestia uma calça jeans, blusão de flanela e tênis — todos velhos e gastos. Seu cabelo era castanho-escuro e parecia ser pintado em casa; o mesmo podia ser dito do corte na altura do queixo. A mulher não usava maquiagem nem joias e, se tinha um carro, eu não o vira.

Quando Lee não respondeu, percebi o quanto a pergunta fora intrusiva. A advogada em mim havia tomado o controle. Ela deve ter se sentido ameaçada.

— Não precisa responder.

— Vicki confia em você — disse ela. Lee não parecia concordar completamente com isso, mas senti que estava desesperada. Ainda assim, não foi até me entregar a primeira panela e começar a esfregar uma segunda que continuou: — Tinha a parte dele do dinheiro da família. Ainda não sei quanto é isso. Nós tínhamos duas casas, uma em Manchester-by-the-Sea, em Massachusetts, e uma na Flórida. Vendi a da Flórida depois que ele morreu. Era grande demais, e nunca me sentia confortável com os amigos dele dali. A casa de Manchester também era enorme, mas Jack amava aquele lugar, tinha valor emocional, e eu precisava morar em algum canto. Mas ela é antiga e perto do mar. É muito cara de se manter, e a hipoteca é caríssima. Jack sempre me disse que havia dinheiro suficiente no fundo fiduciário da família para manter as duas casas, e eu só tinha uma, o que devia tornar tudo mais fácil, mas o valor dos cheques que chegavam começou a diminuir, até eu não conseguir mais pagar as contas. Quando perguntei ao advogado da família sobre isso, recebi desculpas, como investimentos ruins e a quebra do mercado, e, no início, acreditei. Todos os amigos de Jack reclamavam dos investimentos deles, e eu sabia que o mercado andava mal.

Ela me passou a segunda panela e, colocando uma das luvas, pegou as duas últimas formas. Agora eram de gotas de chocolate. O cheiro era bom demais para ser verdade.

Mordiscando o que eu já tinha, esperei pacientemente.

— E aí começou a ficar difícil conseguir falar com o advogado — continuou ela, finalmente. — Ele nunca estava no escritório, não me ligava de volta. Depois de um tempo, teria sido uma estupidez muito grande continuar acreditando naquilo. Então liguei para o fiduciário. — Os olhos dela encontraram os meus, implorando para que eu acreditasse. — Tive o cuidado de não acusar ninguém de nada. Fiquei repetindo que não entendia, que não sabia o que fazer. Pensei em vender a casa, mas ninguém estava conseguindo vender nada, e algo dentro de mim dizia que o dinheiro existia. Os irmãos de Jack não estavam vendendo as casas deles, então a situação era bem óbvia. Eles só queriam me excluir.

— Você disse isso ao fiduciário?

— Claro — disse ela num tom pesaroso. — Logo depois, o advogado me ligou. Ele disse que achava que eu estava roubando do fundo, que era melhor eu contratar um advogado, que estava com problemas sérios.

— E você negou.

— Nossa, e *como*. Chega a ser engraçado ele achar que eu faria uma coisa dessas. Não tenho noção alguma de como um fundo funciona, e nem se passa pela minha cabeça como roubar um.

— E disse isso a ele?

— Sim. — A voz dela ficou mais baixa, mas seus olhos continuaram nos meus, novamente desafiadores. — Ele me perguntou se um juiz iria preferir a palavra de uma criminosa à de uma família conhecida e respeitável. — Lee pareceu ter algo ruim preso na garganta.

— Você já foi presa — disse.

Ela confirmou com a cabeça.

— Quando?

— Vinte anos atrás — respondeu com uma voz trêmula, e, pegando a espátula, começou a tirar os biscoitos recém-assados da forma. — Eu trabalhava como cozinheira na casa de uma família como a de Jack. A esposa sempre perdia suas joias. Ela as largava pela casa e, quando ninguém as encontrava, acionava a seguradora. Era quase uma piada da família. Daquela vez, foi uma pulseira de diamantes. Ela a largou ao lado da torradeira, e aquela cobrinha brilhante ficava me tentando, que nem os biscoitos com você. Eu a deixei ali por um milênio. Geralmente, ela vinha procurar. Mas não daquela vez.

— Você contou onde estava?

— Não — respondeu Lee, pegando outro biscoito, depositando-o no prato.

— Por quê?

— Queria saber quanto tempo levaria até ela procurar. Finalmente, acabei pegando. Não tive coragem de vender, então a encontraram no meu quarto. E aí disseram que fui eu quem peguei as outras coisas que sumiram. Mas como só encontraram a pulseira, peguei 14 meses. Mas uma ficha criminal dura para sempre.

Liguei os pontos.

— E a família dele descobriu.

— Mas Jack sabia. Eu contei assim que nos conhecemos. Ele não se importava.

— Lee trabalha aqui há 18 meses — disse Vicki, juntando-se a nós. — Nunca tive motivo para desconfiar dela.

Não me surpreendi. A forma como Lee falava, a maneira como olhava ou deixava de olhar para mim, até mesmo sua postura, indicavam inocência. E eu era boa em julgar os outros.

É claro que eu estivera errada quando se tratava de Jude, e James ainda estava com a corda no pescoço.

Mesmo assim.

— E como veio parar aqui? — perguntei.

Parecendo incerta sobre o quanto contar, Lee olhou para Vicki, que disse:

— Mamãe a trouxe. Elas são primas.

Eu sorri, intrigada.

— É mesmo? — Não conhecia aquele lado da rainha Amelia. — Você foi ao casamento de Vicki?

Lee negou com a cabeça.

— Não sou o tipo de parente que é convidado para as coisas.

— O problema é mais mamãe do que Lee — esclareceu Vicki. — Conhece a história dela?

— Não.

— Hum. Ela nunca fala sobre essas coisas. Gosta de pensar que nasceu na alta sociedade, mas a família dela é bem... normal.

— Vicki está sendo generosa — disse a confeiteira, triste. — Não sou a única criminosa na família. Não somos assassinos nem drogados, mas roubamos. Mamãe era a pior. Conseguiu se safar de muita coisa antes de ser pega. De onde eu venho, o diferente é ser honesto, mas alguns de nós tentamos. — O rosto dela ficou sério, em defesa de sua inocência. — Eu cometi um erro e paguei por ele, mas não roubei dinheiro de fundo nenhum.

— Amelia deve acreditar nisso se a trouxe para cá — respondi, e liguei mais alguns pontos. — Foi ela quem contratou o guarda-costas.

Vicki confirmou.

— Ele trabalha para a polícia daqui e está se recuperando de uma perna quebrada, então prefere fazer isso a ficar mexendo na papelada da delegacia. O restante da cidade acha que está vigiando a praça.

— Mas qual é a ameaça? — perguntei a Lee, querendo saber o resto da história.

Mas Vicki interferiu, defendendo a confeiteira com veemência.

— Mandaram capangas atrás dela. Colocam bilhetinhos horrorosos na caixa de correio, cocô de cachorro na frente da porta de casa e aparecem em horários estranhos, parando num canto do quintal e observando tudo. Às vezes, trazem uma câmera, como se estivessem coletando provas de um crime.

— Tem certeza de que não é só um maluco daqui?

— São sempre caras diferentes, ninguém os conhece, e sempre vão embora antes de a polícia chegar.

— Há duas semanas — contou Lee —, dois deles bateram à minha porta com uns documentos, dizendo que eu precisava ir à Defensoria para dar um depoimento.

— Os documentos eram falsificados — adicionou Vicki. — Mamãe verificou.

— Como encontraram você?

Quase chorando agora, Lee deu de ombros.

— Ela não sai muito de casa — explicou minha amiga —, nunca fala seu sobrenome, nunca liga para a família, apesar de termos lhe dado um telefone. Não conversa com o pessoal da cidade, então não é como se sua presença aqui fosse óbvia. Concluímos que devem ter descoberto buscando por Amelia.

Pensei em Jude. Lá estava ele no Mar de Bering e — *tá-dá* — não tinha problema nenhum em encontrar o que queria na internet. A ligação de Lee e Amelia não seria um mistério por muito tempo.

— Mas por que se dariam ao trabalho?

— Nós achamos — disse Vicki — que alguém realmente está roubando do fundo, provavelmente os próprios irmãos. Talvez coloquem o dinheiro em uma conta que ela não consegue acessar. Então devem estar procurando um bode expiatório. E Lee é a candidata perfeita. Pode ser que não consigam colocar a culpa nela, porque ninguém vai achar o dinheiro, mas estão achando divertido assustá-la. Querem mostrar que são poderosos. Sentem cheiro de vulnerabilidade.

— Por causa da ficha criminal?

— Porque eu fugi — disse Lee, seu tom mais uma vez suplicante. — Não devia, mas não sabia o que fazer. Vendi as joias que Jack me deu para pagar as contas, mas não estava mais conseguindo arcar com as dívidas, e o cheque do fundo mal dava para pagar o aquecimento da casa. Teria alugado o imóvel, mas isso é contra as leis de lá, e, se tentasse fazer alguma coisa por baixo dos panos, com certeza me pegariam. Conversei com três corretores sobre vender. Todos me disseram para não fazer isso. E aquelas pessoas ficavam batendo à minha porta, perguntando sobre minha conta bancária...

— Também eram capangas — acrescentou Vicki.

— Mas o que eu podia fazer? — gemeu Lee. — Falei com um advogado local, mas não tinha como pagar os honorários dele. Além disso, ele era um zé-ninguém, e teria de enfrentar os melhores da cidade...

— Que cidade? — perguntei. Eu conhecia as leis de Nova York, mas cada estado era diferente.

— Os irmãos moram em Connecticut — respondeu Vicki. — Mas o pai deles era de Boston. A firma que administra o fundo é de lá.

Lee parecia arrasada.

— Eles têm advogados por todo canto, e dinheiro para gastar. Eu não tenho um tostão, só uma ficha criminal. Não podia ganhar. Então fugi.

Como eu. Só que não.

Pensei naqueles pães fantásticos que comera no café da manhã.

— Onde aprendeu a cozinhar?

— Aprendi quando era pequena. Era uma das poucas coisas que fazia direito. — Ela ficou chorosa. — Era nosso sonho. Jack passou a vida inteira imerso nos negócios da família, mas gostava mesmo de cozinhar. Era algo que fazíamos juntos... Tipo, em vez de ir ao cinema, escolhíamos uma receita e cozinhávamos algo delicioso. Queríamos abrir uma padaria em um lugar legal, que as pessoas frequentariam pela manhã ou nos fins de semana. Não ia ser nada de mais, só um hobby para ele, mas estava animado com a ideia. Quer dizer, as pessoas ficam entediadas quando são cheias de dinheiro. Se a sua família for uma megacorporação, não há muito para ocupar seus dias. Os irmãos dele jogam golfe e tênis. Passeiam no iate da família, mas, mesmo assim, há uma tripulação completa, sabe? Você convida todos os seus amigos para dar uma volta, mas eles não seriam seus amigos se você não pudesse convidá-los... — Ela se calou. — Pelo menos era isso que Jack dizia. Falava que eu era a forma que ele tinha de fugir, e eu acreditava. Sua vida melhorou comigo. Perdeu peso, sua pressão diminuiu. Nós íamos abrir a confeitaria e passaríamos a vida toda juntos.

Lee secou as lágrimas e, no processo, tirou uma mecha de cabelo do rosto, deixando seu rosto exposto e vulnerável. Pela primeira vez, observei as sobrancelhas grossas, as maçãs do rosto altas e os olhos castanhos cheios de bondade e sofrimento, duas coisas que atrairiam um solteirão solitário na meia-idade.

— Mas não aconteceu assim — concluiu Vicki, indo direto ao assunto. — Podemos ajudá-la?

O plural na verdade significava apenas eu, a advogada. Sim, Vicki queria que eu ouvisse a história de uma mulher que fugira em circunstâncias mais trágicas que as minhas — e, sim, isso colocava as coisas em perspectiva. Mas também queria aconselhamento jurídico.

Não era engraçado? Apesar de todas as piadas, nós, advogados, servíamos para alguma coisa.

— Uma medida liminar impedindo que se aproximem de você seria a solução mais óbvia — arrisquei —, mas, sem provas de que alguém assediou Lee aqui na cidade, não podemos fazer nada. Precisamos que um detetive identifique a pessoa que está rondando sua casa e descubra como ela está ligada aos irmãos. Também podemos pedir a um contador para analisar o fundo. Isso deixaria esses caras preocupados.

Os olhos de Vicki reluziam de felicidade.

— Gostei!

Lee não tinha tanta certeza.

— Eles vão contra-atacar.

— O que significa que faremos uma armadilha para que eles possam morder a isca, e aí pegamos *mesmo* eles — prometeu Vicki, e virou-se para mim. — Vá com tudo, Emmie.

— Ahh, não posso. — Não podia ser uma advogada agora.

— Claro que pode. Eu conheço você. Você sempre resolve as coisas.

Apesar de amá-la pelo voto de confiança, não era como se tivesse feito por merecer aquilo. Sim, eu podia resolver as coisas. Mas resolveria do jeito certo? Meu histórico no momento não era dos melhores — e isso *antes* de Jude aparecer e ferrar ainda mais com minha mente.

— Para início de conversa — argumentei —, tem o problema da jurisdição. Não posso praticar advocacia em Massachusetts.

— Não pode trabalhar com alguém que possa?

— Não conheço ninguém que lide com testamentos. — Um pensamento surgiu. Sorri. — Mas James conhece. Um dos colegas dele da faculdade trabalha com o tipo de escritório de que você precisa.

— James pode falar com ele?

Mantive o sorriso no rosto.

— Não sei. Vou perguntar.

Não perguntei naquela noite. Ligar para James pedindo um favor quando eu não estava fazendo nada por ele — deixando meu celular ligado, por exemplo — era forçar demais a barra.

Então me senti culpada por não ajudar Lee, culpada por não contar a Vicki que Jude voltara, e, quando ela sugeriu que jantássemos na churrascaria, a única vontade que tive foi de me esconder.

Mas Vicki era minha salvadora em Bell Valley. E a churrascaria tinha torradas de abobrinha fantásticas. Então eu fui.

Capítulo 11

❦

Eu não me dei conta de onde estava me metendo. Todo mundo em Bell Valley comia na churrascaria, e, apesar de eu já ter aparecido em público, passando um tempo na praça, aquela realmente era minha noite de estreia. O lugar — as paredes, o teto, as mesas — era todo feito de madeira e pouco iluminado, de um jeito aconchegante, mas um monte de locais apareceu para nos cumprimentar. Alguns se lembravam de mim como a namorada de Jude alguns anos atrás. Outros só sabiam que eu parecia conhecida e, já que viera com Vicki, vinham até nós por curiosidade.

Nem todos eram simpáticos, nosso garçom sendo o principal exemplo. Nós nos reconhecemos imediatamente. Apesar de ele ser um velho amigo de Jude, era primo de Jenna, então nunca nos déramos muito bem. Agora, apesar de ter se voltado para mim rapidamente para anotar meu pedido, nem olhava na minha direção.

Aquilo me deixou desconfortável — não a parte de ele ser parente de Jenna, mas sua amizade com Jude. Eu me senti culpada por saber que seu amigo estava de volta, e ele não. É claro que não contar para Vicki era bem pior.

E então surgiu Amelia — era a cereja no topo do bolo. Eu devia ter imaginado que ela estaria ali. A mulher estava *sempre* ali, já que não cozinhava. Pelo menos nós tínhamos isso em comum, apesar de não ser vantagem nenhuma naquele momento. Eu me encolhi quando ela apareceu, e pensei que fosse morrer quando se sentou ao lado de Vicki.

Provavelmente imaginando como eu me sentia, a matriarca me lançou um sorriso largo e disse:

— Mas que divertido. — E aconchegou-se na cadeira, como se sua presença fosse esperada.

O garçom só precisou de um olhar para aparecer.

— O especial do dia? — perguntou ele, ao que Amelia confirmou com a cabeça e fez sinal de positivo com o dedão.

Vicki permaneceu em silêncio, o único sinal de que gostava menos da situação do que eu. Não que sua mãe lhe tenha dado a chance de falar. Ela dominava a conversa, perguntando sobre meu trabalho em Nova York e sobre como poderia ajudar Lee, e, apesar de ter ganho tempo afirmando que poderia demorar até James conseguir entrar em contato com o amigo, a culpa causada por isso não era nada comparada à que sentia por causa de Jude.

Amelia não deu sinais de ter sido afetada pelo que bebera mais cedo e, quando seu Cosmopolitan chegou, bebericou-o de forma apropriada. Então, enquanto estava no meio de uma frase, levantou um braço e acenou com uma das mãos.

— Bob! Aqui! — chamou em uma voz autoritária.

Um casal se aproximou. Eles pareciam muitos anos mais velhos que Amelia, que eu imaginava ter 62 anos. Ela mal cumprimentou a esposa do homem.

— Bob, quero que conheça Emily Aulenbach, uma amiga de Vicki. Emily, Bob Bixby. Bob é o chefe do departamento jurídico do Refúgio. Emily também é advogada.

— Onde trabalha? — perguntou ele.

— Nova York — respondeu a matriarca antes de mim.

— Atua com direito empresarial? — quis saber logo depois e, como estava olhando diretamente para mim, já gostei mais dele.

— Contencioso empresarial, na verdade. — Que era mais específico.

— Em que escritório?

— Lane Lavash.

Ele franziu o cenho, pensando na minha resposta.

— Não conheço. Eu trabalhava com direito penal antes de vir para cá.

Logo me ocorreu que Amelia poderia ter conversado com Bob sobre Lee. Um advogado criminalista entenderia de assédio. Mas ela não gostaria que o homem soubesse que era parente de alguém que já estivera na prisão.

— Emily está trabalhando com os gatos — informou Amelia —, então você sabe onde encontrá-la, caso precise de ajuda.

— Sempre precisamos de ajuda — avisou Bob, mas as palavras mal tinham saído de sua boca quando a matriarca sinalizou que deviam ir.

— Nossa comida chegou — disse ela. — Estou faminta. Vão comer! Aproveitem o jantar.

Fiquei feliz por ter incluído a esposa no fim, mas, assim que os dois se foram, mesmo com o garçom servindo os pratos, ela murmurou:

— *Detesto* aquela mulher.

— Por quê? — perguntei.

— É uma chata — respondeu cantarolando, direcionando um sorriso brilhante para o garçom. — Tudo parece maravilhoso, Jake. Como sempre.

O especial do dia era hadoque assado. Vicki e eu pedíramos hambúrgueres com palitos de abobrinha — provavelmente teríamos comido as abobrinhas como entrada caso Amelia não tivesse aparecido. Mas o garçom sabia que ela gostava que a comida fosse servida toda ao mesmo tempo, e, já que seria ela a pagar a gorjeta, deixá-la feliz era o que importava.

Enquanto comíamos, Amelia me contou mais sobre Bob e outros funcionários novos que considerava importantes. Em determinado momento, olhou para a filha.

— Você está quieta demais.

— E quando é que eu falaria? — perguntou Vicki educadamente. — Quando você se cala para dar um gole?

— Ih — disse Amelia. Ela bebia seu segundo Cosmopolitan, mas continuava perfeitamente normal. Inabalada, virou-se para mim. — Mães e filhas sempre têm problemas. E você, Emily? É a melhor amiga de sua mãe?

Eu estava tentando bolar uma resposta quando o clima do restaurante mudou. As conversas ao redor não pararam, mas foram interrompidas por um silêncio palpitante.

Vi de relance Jude andando em nossa direção, recebendo abraços e tapinhas nas costas, acenando uma mão, indulgente, para que as pessoas voltassem às suas conversas, antes de chegar à nossa mesa.

— Olá, mamãe — disse, inclinando-se para beijar o rosto dela antes de se sentar ao meu lado. — E aí, Vicki, como vai a vida?

Em outra situação, talvez tivesse visto graça no choque de Amelia. Mas eu mesma estava chocada — por ele ter escolhido aquele lugar tão público para contar que estava de volta, por sentar-se ao meu lado como se eu soubesse que ele vinha, como se fossemos um casal.

E Jude só tornou as coisas piores quando olhou da mãe para a irmã, antes de se virar para mim e sussurrar:

— Adoro uma surpresa.

De repente, Vicki estava me encarando. Eu bufei e mostrei a palma de uma mão, como que dizendo que não sabia de nada daquilo (o que, se tratando de ele aparecer *ali*, era a verdade), e me afastei de Jude, me esgueirando até o outro canto da mesa.

Ele tomara banho — provavelmente, conhecendo Jude, fora nadar pelado no riacho — e vestia calça jeans e uma camiseta com a propaganda: PESCA DE CARANGUEJOS EM DUTCH HARBOR. A iluminação artificial mostrava que seu cabelo louro estava salpicado de um branco que não notara antes.

— O que você fez com seu *rosto*? — perguntou Vicki.

Jude tocou a cicatriz.

— Não fiz nada. Foi um amigo.

— Você parece velho — disse a irmã. — *Mais* velho.

— E você, mais maternal — respondeu Jude, preguiçosamente esticando os braços na mesa.

— Jude, meu chapa! — veio o grito de um amigo que estendia a mão para um cumprimento vigoroso.

Imediatamente depois que ele se foi, uma mulher apareceu, outra antiga namorada. Jude a abraçou e falou com ela por alguns minutos antes de se despedir.

Parecendo confusa de um jeito que não parecia ser culpa do álcool, Amelia continuou encarando o filho por mais um minuto. Quando finalmente se pronunciou, sua voz era menos ousada, mais baixa, e cheia de sentimentos.

— Dez anos sem dar notícias e de repente aparece aqui deste jeito? Onde esteve? Por que não ligou? Sabe o quanto me deixou preocupada? Eu já me perguntei se você ainda estava *vivo*. — Virou-se para mim. — Você sabia, não é? Voltou por causa dele.

Antes que eu pudesse negar, outro amigo de Jude apareceu na mesa. Quando ele se levantou para lhe dar um abraço, aproveitei a oportunidade para escapar, parando apenas para sussurrar para Amelia:

— Não estou aqui atrás de Jude, e pode me chamar de covarde se quiser, mas ele vai me meter no meio disso se eu ficar. Vocês precisam lidar com a situação como uma família, e eu não sou nada disso.

Saí da mesa e do restaurante antes que ela conseguisse responder.

Vicki deve ter avisado a Rob que chegaria tarde, porque a churrascaria fechava às 22h, mas já passava de meia-noite quando abriu minha porta e sussurrou:

— Você está dormindo?

— Até parece — sussurrei de volta, enquanto ela se aproximava da cama ainda usando as mesmas roupas. Eu me sentei, apoiando-me nos travesseiros, mas não acendi o abajur. Conseguia enxergá-la bem o suficiente, e o que não via, sentia, e sabia que minha amiga estava chateada. — Como ele pôde fazer aquilo, Vicki Bell? Com sua mãe? Com você? E comigo ali? Jude deve ter ficado vigiando... achou que minha presença deixaria Amelia menos nervosa. Era lá que você estava? Na casa dela?

— É. Não foi nada divertido.

— Por que não? Ela não está feliz por Jude ter voltado?

— Está. Chega a ser nojento. — Ela afundou no edredom. — Mamãe parecia irritada na churrascaria por ele não ter ligado, escrito, dado sinal de vida? *Bem* — Vicki respirou fundo —, isso tudo foi esquecido. Ficou paparicando ele. — A voz dela se tornou mais grave, imitando Amelia: — "Quer alguma coisa para beber, Jude? Ah, *estou sem* Red Bull, mas Vicki pode ir comprar. Não? Tem certeza? Vai ser tão bom ter você em casa de novo. Bem, sim, Emma Ruth ainda é a cozinheira. Carne e batatas no café da manhã? Com *beterraba*? É *claro* que ela pode fazer isso. Sim, também pode lavar suas roupas. Mas é *claro* que não ligo para os furos. Suas roupas estão *sempre* furadas."

Ela fingiu que ia vomitar. Virei-me para o lado, deixando minha amiga desabafar.

— Eu devia estar feliz por ele ter voltado — disse Vicki. — Não é? Bem, parte de mim não está. Ele é meu irmão, e eu o amo, mas não é como se ele fosse um cara superlegal dez anos atrás. Vivia para irritar a mamãe, mas lá está ela agora, agindo como se o cara fosse um herói. Por quê? Por conseguir sobreviver no Mar de Bering? Eu trabalho 14 horas por dia lavando roupas, fazendo camas, limpando banheiros, e ela chega aqui e mal me cumprimenta antes de reclamar que educo Charlotte de um jeito inconsistente, ou que a Raposa Vermelha deveria ter um cardápio de café da manhã, porque, afinal de contas, não posso esperar que as pessoas queiram comer o que *eu* decido servir, *ainda mais* com tanta gente seguindo dietas específicas, e, se queremos ter um negócio bem-sucedido, precisamos estar *cientes* dessas coisas. Como se eu fosse idiota.

— Você não é idiota.

— E tem outra coisa — continuou Vicki. — Noé.

— Noé?

— O *filho* dele. Dá para acreditar nesse nome? É uma homenagem ao pai de Jenna, mas precisava ser tão bíblico? Mamãe quer passar o Refúgio para ele. Mas e Charlotte? Minha filha é *legítima*, mas Amelia alguma vez já sugeriu que *ela* ficasse com o Refúgio? Não! Então... então... é uma questão *paternalista*? — questionou Vicki, parecendo horrorizada.

— É uma questão de Jude ser Jude.

— Ela o ama mais do que a mim?

— Não. Jude é assim. Ele tem esse poder estranho de atrair as pessoas.

— E *antes* de ir pescar caranguejos — continuou Vicki —, sabe o que ele estava fazendo? Participando de corridas em dunas no Egito. E era pago por isso! As pessoas apostavam, e Jude ganhava uma porcentagem das apostas. E aí foi dar tours de geleiras na Nova Zelândia. Eu nem sabia que *existem* geleiras na Nova Zelândia. Mas as histórias são ótimas. Aposto que aquela cicatriz tem uma boa também. E ele fala, fala, e você presta atenção em cada palavra. Meu irmão faz coisas que a maioria de nós nem sonharia em fazer. Ele é completamente desapegado a tudo. E Amelia acha que ele vai ficar em Bell Valley? — Vicki estalou a língua. — Só no Dia de São Nunca.

Eu pensava na ousadia de Jude. O restante de nós gostava de se imaginar no lugar dele. Seria isso parte da sua graça?

Vicki se concentrou em mim.

— Você está quieta demais. Sentiu alguma coisa por ele, não foi?

— Ninguém sente *nada* por Jude Bell — esclareci. — Ou você o ama, ou você o odeia. Não existe meio-termo.

— E em qual dos extremos você está?

— Nos dois — respondi, me surpreendendo. — Eu o odeio pela forma como ignora completamente o sentimento dos outros. Mas é impossível não amar aquela independência toda.

— Ainda acha que ele é atraente?

— Ninguém vivo acharia outra coisa — disse, tentando fazer piada.

— Fiquei pensando nisso também depois que saí da churrascaria. Jude parece uma celebridade. Pode até estar mais velho agora, mas ele tem carisma.

— Isso se chama *sex appeal*.

— Ou talvez seja porque ele é tão másculo. É impossível olhar só uma vez para ele.

Ela ficou em silêncio por um minuto.

— Jude disse que encontrou com você hoje à tarde. Aqueles sentimentos todos voltaram?

— Sim, incluindo a dor da traição.

— E a atração sexual também?

— Não. — Tentei explicar tanto para minha amiga quanto para mim.

— Era mais uma coisa mental. Parece loucura, Vicki, mas logo antes de o ver, eu vi o coiote. Quando Jude apareceu, o coiote havia sumido. Parece até que o animal é *ele*. É um bicho completamente selvagem, e isso me fascina. E está assombrando meus sonhos, então, talvez, Jude seja um assunto que eu preciso resolver.

— Resolver de que forma? — Ela parecia preocupada.

— Preciso entender quais as partes dele que quero... absorver.

— Tipo?

— Tipo desafiar as convenções. Ter coragem para ser diferente.

— Mas você já fez isso tudo quando resolveu sair de Nova York.

— E agora? Como mantenho isso? Que partes eu *quero* manter? É muito complicado.

Vicki exalou o ar.

— Mais um motivo para eu detestar que ele tenha voltado. Agora está estragando sua fuga. — A voz dela tornou-se mais baixa. — Você não vai embora agora que Jude voltou, não é?

— E a abandonar quando mais precisa de mim?

— Estou falando sério, Emmie.

— Eu também. Para onde mais eu iria?

— Qualquer outro lugar seria mais tranquilo.

— Mas você não estaria lá.

Vicki encostou a testa na minha.

— Que fofa. E no que mais pensou depois que saiu da churrascaria?

Precisei me esforçar para me lembrar daquela parte da conversa. Então sorri. Talvez eu estivesse tentando ser otimista demais — e pouco esperta, se Jude fosse mesmo alguém com quem precisava lidar —, mas agora, naquele momento, com certeza até a hora de eu precisar conversar com James, aquilo me parecia certo.

— Jude Bell não é problema meu — jurei.

Não era problema meu. Amelia podia ficar com ele. Eu tinha minhas próprias cruzes para carregar, e a mais imediata era Colleen Parker.

Por que estava pensando em Colleen quando acordei na manhã de quinta-feira? Por causa de Vicki. Por causa de como ajudamos uma à outra no dia anterior. Por causa de como era fácil, da confiança e dos interesses que tínhamos em comum.

Esperei até a hora do café da manhã passar e então, sentada no meu carro, liguei para Colly. Ela não ficou feliz comigo — primeiro porque eu não respondia aos e-mails das outras madrinhas, depois pelo que falei.

— Você não pode desistir agora! — gritou ela, horrorizada. — Os vestidos já chegaram!

— Eu pago pelo meu — ofereci.

— Não, não, você não entendeu. Já montamos a coreografia com a música e tudo o mais, e cada um tinha seu lugar, madrinhas e padrinhos. E agora vai faltar uma pessoa.

De forma gentil, disse:

— Peça para outra amiga, e ela ainda vai receber meu vestido de graça.

Em outro tom, para outra mulher, minha frase poderia ser interpretada como grosseira, mas sabia com quem estava falando, e Colleen estava furiosa. Não triste. Não preocupada. Só furiosa. Tentei sentir empatia pela pressão que devia estar sentindo, mas era difícil. Meu casamento fora pequeno — só os membros mais próximos da família e poucos amigos —, então não tivera a experiência de organizar um espetáculo.

— Eu pedi para você participar do meu casamento — disse Colly —, e você aceitou. Não pode mudar de ideia agora.

— Não estarei aí.

— Por que *não*, Emily? Certo, você está tirando um tempo de folga, mas o que pode ser tão importante que não possa voltar por um dia? Só um diazinho. Quer dizer, você está numa clínica de reabilitação ou coisa assim?

— Não, não é uma clínica de reabilitação. — Não exatamente, mas não ia explicar isso.

E, sim, eu poderia voltar por um dia. Eu provavelmente *já* teria voltado, já que o mês de Walter terminaria bem antes do casamento. Mas, dado o tamanho de Nova York e o fato de nossas vidas nunca se encontrarem, com exceção do clube do livro, que eu poderia muito bem faltar, Colleen jamais saberia se eu estaria lá ou não.

Eu não queria ir, pelo bem do casamento. Se aparecesse como convidada, em vez de madrinha, isso causaria perguntas, e a verdade era que eu não queria estar presente de forma alguma. E as coisas que ela falava ao telefone só reforçaram minha decisão.

— Isso não está certo — dizia.

Mas, para mim, estava. Colleen colecionava amigos como se fossem pulseiras para acumular nos braços, e eu não seria uma delas. Isso seria trair o que estava descobrindo sobre mim mesma — mais precisamente, que queria qualidade, não quantidade.

— Sinto muito, Colly — disse, baixinho. — Mas estarei pensando em você.

Estarei pensando em você também, poderia ter dito ela. *Sinto muito que esteja passando por um momento difícil. Quero saber como você está. Não suma.* Em vez disso, suspirou.

— Tudo bem. Posso ligar para algumas pessoas. Tenho uma prima que talvez possa substituir você.

Repeti meu pedido de desculpas, mas terminei a ligação sem sentir um pingo de remorso.

Mas eu me sentia culpada quando se tratava de Lee. Sabia que deveria ligar para James. E a confeiteira era a desculpa perfeita, não?

Só que não conseguia fazê-lo. Desliguei o celular, joguei-o sobre o banco do passageiro e saí da Raposa Vermelha. O carro cinza-escuro estava do outro lado da praça, protegendo Lee enquanto eu a ignorava. Então isso era bom, apesar de não ser.

Pelo menos não fiquei checando o espelho retrovisor o tempo todo enquanto saía da cidade; porém, quando cheguei ao Refúgio e estacionei minha discreta BMW, outra pessoa me observava.

Jenna Frye.

Uma mulher pequena, com cabelo louro longo e calça jeans gasta, ela parecia combinar muito mais com Jude do que eu. E já deveria saber que ele estava de volta. Eu me perguntei se seu marido sabia, e o que estaria sentindo. Jude não era o tipo de homem com quem se queria competir.

Saí do carro, observando Jenna me observar enquanto cruzava a varanda da casa colonial. Ela parecia chocada. Será que achava que eu viera atrás de Jude? Por um instante louco, pensei que tínhamos muito que dizer uma à outra.

Voltei para dentro do carro, peguei meus óculos escuros sobre o painel, mas, quando voltei a sair, ela já se fora.

Precisavam de ajuda na lavanderia, então passei a manhã lavando toalhas, caminhas e aventais. Eu me perguntei se Amelia teria me mandado para lá como punição por não ter contado que Jude estava de volta. Mas a tarefa poderia ser pior. Se ela quisesse mesmo ser má, teria me obrigado a limpar a estrebaria.

Mas não reclamaria. Os voluntários chegavam ali sabendo que precisariam fazer de tudo, e eu não era diferente dos outros. Jude não estava ali; ele quase nunca vinha, e deixara bem claro para Vicki que só queria dormir, comer a carne com batatas e beterrabas de Ruth e assistir futebol na televisão. Então, era apenas eu, os funcionários de sempre e alguns outros visitantes.

Minha recompensa, é claro, foi passar a tarde com os gatos. A gatinha bamba me reconheceu; tenho certeza. Ela estava afastada dos outros quando cheguei e, em segundos, já cambaleava na minha direção. Havia outros dois voluntários lá dentro, mas ela veio determinada até mim. Quis acreditar que me esperava.

Erguendo-a, aproximei o rosto do focinho dela antes de aconchegá-la no meio das minhas pernas. A gatinha era tão leve, tão frágil, que temi que não estivesse se alimentando direito, então quebrei a regra e lhe dei comida na minha mão até outros gatos começarem a se aglomerar ao redor. Desde a última vez que eu viera, vários moradores novos haviam chegado, incluindo um *maine coon* emburrado e sem uma pata traseira, e, apesar de ele nem chegar perto da fofura que era minha Maravilhosa, gostei dele. Mal-humorado e pomposo, me lembrou de Amelia. Estava acomodado, com uma cara infeliz, numa caixa que, mais cedo naquela semana, abrigara um siamês que se recuperava de uma cirurgia. Não vi este por ali agora, o que significava que, ou mudara de cômodo, ou fora adotado, ou morrera.

Eu não conhecera o siamês, mas só de pensar nele morrendo — só de pensar na gatinha indefesa no meu colo morrendo — fez com que lágrimas viessem aos olhos. Mas, sim, os gatos ali morriam. Assim como cachorros, cavalos e quaisquer outros animais que estivessem machucados ou velhos demais para se recuperar de seja lá o que fosse que os levara ao Refúgio. Cremados, suas cinzas eram enterradas em latinhas, em um cemitério perto da plantação de milho. Era um lugar lindíssimo e devastador ao mesmo tempo. Pensando nisso, eu me encolhi sobre a gatinha, apoiando a cabeça na dela.

— Emily?

Olhei para cima e encontrei o rosto do homem que conhecera ontem na churrascaria.

— Bob Bixby? — lembrou-me ele.

Sorri.

— Não esqueci. O advogado. — Eu teria dito a palavra de forma mais espirituosa, uma piada interna entre profissionais, caso ele fosse mais novo ou descolado. A camisa polo que usava era perfeita. Mas a calça jeans curta demais lhe emprestava um ar frágil.

Ele se sentou num banquinho ali perto, e logo foi cercado por alguns gatos, o que indicava que já estivera ali antes.

— Não estava brincando ontem — disse ele, enquanto coçava a cabeça deles com mãos experientes. — Precisamos mesmo de ajuda.

— Ahhh, não sei — objetei.

Ele parecia um cara legal, e não queria ofendê-lo, mas não viera ali para ser advogada.

— Não é nada muito complicado — insistiu ele. — Só alguns contratos e outras coisinhas que gostaria de ter uma segunda opinião.

— Você não tem ninguém para o ajudar?

— Só uma pessoa que faz um pouco de tudo, quase uma escrivã, mas, quando se trata de direito, sou só eu. O que diz? Faça um favor a este velho.

— Você não é velho — respondi num instante, porque a idade está na mente, como meu pai sempre diz, e Amelia não o contrataria se não fosse capaz de fazer o trabalho. E isso colocou uma pulga atrás da minha orelha. — Amelia provavelmente iria preferir que eu catasse lixo.

— Nada disso. Ela me disse para conversar com você. Falou que qualquer um que consegue sobreviver num escritório de Nova York se daria bem aqui.

Um elogio? Se fosse, não era um que me deixava feliz. O que eu fizera no escritório de Nova York não era exatamente "sobreviver". O fato de eu ainda ter um emprego lá se devia apenas ao fato de um homem gostar de mim. Ou ir com a minha cara.

Dito isso, não fazia ideia de como ajudar Bob Bixby.

— Minha especialidade é contencioso empresarial — disse.

Isso foi um erro.

— A minha também era algo diferente — disse Bob, animado. — Quando me aposentei, vim para cá e descobri que podia ajudar. Estamos falando sobre questões trabalhistas, gerenciamento de riscos, cobertura de marca registrada. Estudei essas coisas na faculdade. E você também, só que bem depois de mim. Se eu consigo, você também consegue.

— Posso? — perguntei a Vicki naquela noite.

Estávamos jogadas uma ao lado da outra num banco atrás da Raposa Vermelha, com as solas de nossos pés apontando para a floresta. A lua estava alta no céu, e a floresta, escura, com a exceção de um ou outro vaga-lume ocasional, seu silêncio interrompido apenas pelos grilos. A umidade estava baixa, deixando o ar mais frio.

— Sabe que sim. Pode fazer o que quiser, Emily.

— Mas deveria? Quando estou com os gatos, não chamo atenção. Isso seria diferente.

— Você quer dizer que talvez encontre Jude. — Ela balançou a cabeça em negativa rapidamente, mexendo o cabelo louro. — Ele vai lá amanhã. Amelia quer que almoce com um grupo de doadores em Concord. Comprou até roupas novas para o filhinho.

— E ele vai usar? — perguntei.

Ela soltou uma risada irônica.

— Duvido. Jude tem 40 anos, e a mulher ainda está comprando roupas para ele. Isso não é patético? Ela disse que não precisa usá-las, se não quiser. Sabia que minha mãe é uma hipócrita?

— Tive a impressão.

— É o fim do mundo se Charlotte usar uma calça jeans para ir a uma festinha de criança na livraria. Não. É. Apropriado. Diz a rainha. Mas Jude? Ele pode fazer o que quiser. Talvez seja uma pessoa tão impossível porque foi mimado. Foi ela quem criou o monstro.

Apertando o suéter contra meu corpo, observei a floresta. Monstros? Não aqui. Aquela parte da floresta era muito distante da de Jude. Era mais inofensiva.

Suspirei.

— Este lugar não parece de verdade. É lindo. Tão calmo.

— Igualzinho a Nova York.

Eu ri.

— Claro.

— Você vai voltar?

— Depende de James. Não posso morar em Nova York sem ele.

Vicki virou a cabeça, apoiada na viga de madeira, para mim.

— Claro que pode. Você é uma mulher forte. Sair de lá na semana passada foi muito corajoso.

Eu ainda não tinha certeza de que concordava, mas ouvi-la dizer aquilo era reconfortante.

— Vou colocar a situação de outra forma então. Não *quero* morar em Nova York sem James.

— Você quer mesmo morar em Nova York?

— Pois é.

— Para onde iria?

Eu observei a escuridão. Aquele lugar era mais meu do que de Jude, e a atração continuava.

— Para a floresta.

— No futuro, quero dizer.

— Para a floresta — repeti. — Elas são o esconderijo perfeito.

Meus olhos ficavam analisando os limites da vegetação, indo da esquerda para a direita, do estacionamento ao quartinho do jardineiro. Senti Vicki me observar e seguir meu olhar.

— O quartinho tem seu charme — admitiu ela —, mas é perto demais da mata. Algumas pessoas ficam com medo.

— De um urso derrubar as paredes? — questionei, mas a pergunta era retórica.

O quartinho era pequeno, não muito maior que a cozinha da minha casa, mas até mesmo a pessoa mais despreparada poderia ver que era resistente. A base era formada por troncos enormes, enquanto tábuas grossas cobriam as laterais. A porta era de carvalho, e as janelas pequenas tinham grades até a metade. As grades eram trabalho de um ferreiro local, e, sim, impediriam um urso de arrombar o lugar, mas não era por isso que estavam ali. A ideia era de que servissem de apoio para as trepadeiras, além de mostrar o trabalho do ferreiro, que era um Beaudry.

— Quer ficar com ele? — perguntou Vicki.

— Seria uma escolha difícil. O quartinho do jardineiro ou o paraíso.

— Vou tornar as coisas mais fáceis então. Preciso do seu quarto — disse ela, pesarosa. — Tem um casal chegando na segunda-feira. Este vai ser o quarto verão deles aqui, e sempre ficam no sótão. Fizeram a reserva há três meses. Desculpe, querida. Não posso dizer para eles que uma amiga chegou de última hora e quer ficar lá, ainda mais tendo outros quartos vagos. Você pode ficar num dos outros.

Continuei a observar o quartinho. Eu passara parte do verão morando ali, e realmente era um quartinho de jardineiro. Mais de uma vez eu imaginara que a mangueira enrolada num canto era uma cobra, mas, mesmo assim, não surtara.

Então o que estava me preocupando? Era a mesma coisa que me fazia não querer andar sozinha pela floresta, apesar de eu não conseguir identificar o que era. Animais selvagens? Coiotes? *Eu mesma?* Estava com medo de entrar lá e nunca mais querer sair?

Mas eu não fora até a cabana de Jude e voltara?

Quanto mais pensava no assunto, mais resolvia que o quartinho do jardineiro seria uma boa solução. Não podia ficar nas nuvens para sempre. Sair da euforia sonhadora do quarto do sótão para a realidade dura do quartinho podia até ser algo bobo e simbólico, mas já era um começo.

Além disso, parte de mim queria ficar mais perto da floresta.

Sonhei com James naquela noite, que ele estava deitado comigo, me segurando em seus braços. Senti os pelos das suas pernas enquanto elas se moviam contra as minhas, ouvi o som da sua respiração enquanto dormia, absorvi aquele cheiro masculino que era só dele.

Não sonhei com sexo; meu sonho já era erótico o suficiente sem isso. Nós sempre dormíamos assim, tão perto um do outro que acordávamos loucos para transar. Ultimamente, parecia que só acordávamos loucos para dormir mais.

Quando despertei naquela noite, foi para encontrar os uivos do coiote e a figura de Jude. Dando um pulo, esfreguei os olhos, e o Jude do outro lado do quarto desapareceu. Os sons do coiote continuaram.

Voltando a deitar, deixei os batimentos do meu coração se acalmarem enquanto eu ouvia, e, com o tempo, os sons também desapareceram.

Capítulo 12

Eu não queria trabalhar com Bob Bixby. Fiquei me repetindo isso enquanto dirigia para o Refúgio na manhã de sexta-feira. Estava tirando férias da advocacia — de tudo que exigia raciocinar muito.

Infelizmente, não raciocinar muito fazia com que eu me obcecasse com meu telefonema para James — e com o rosto de Jude aparecendo no meu quarto — e com minha relação com aquele coiote. Mas não conseguia solucionar nenhuma dessas questões.

Então voltei a pensar em Bob e no trabalho de caridade do Refúgio, e decidi que uma hora ou duas não iam doer. Além disso, era interessante Amelia ter encorajado aquilo. Ela me desafiara, e, como no dia em que encarara a cabana de Jude, eu não conseguia me conter.

Só quando cheguei ao segundo andar da administração e entrei no departamento jurídico é que entendi o que Amelia queria. A pessoa de Bob que fazia um pouco de tudo e era quase uma escrivã era Jenna Frye.

Amelia deve ter achado que isso me aborreceria, mas, como fora o caso no dia anterior, no estacionamento, Jenna era quem parecia estar mais nervosa. Isso me acalmou um pouco.

— Olá — disse um pouco sem fôlego, e dei um sorriso. — Como vai, Jenna?

— Estou bem.

Ela parecia assustada, apesar de eu não entender o porquê. Fora ela quem dera à luz o herdeiro — não que eu já tivesse desejado isso.

Meus sonhos com Jude não chegaram à parte de filhos. Nós vivíamos o momento — não apenas ele, como eu também. Passara minha vida tão concentrada no futuro que minha fuga naquele verão se tratara de só me preocupar com o presente.

Passou pela minha cabeça que toda a situação poderia ter acabado de um jeito bem pior, e Jenna Frye me salvara. Eu queria filhos, mas não de um pai que vivia de perseguir seus sonhos pelo mundo.

Certa disso, me inclinei para observar as fotos de família sobre a mesa dela. Todos os três filhos de Jenna eram louros, mas Noé se destacava — não por ser o mais alto, mas porque parecia mesmo com Jude.

Independentemente das minhas conclusões, devia ter me sentido traída. Aquela criança não fora concebida mais ou menos enquanto eu aparecia cheia de sacolas de compras?

Porém, de repente, toda aquela situação me parecia um dramalhão mexicano sobre um menino com o mesmo cabelo cacheado, os mesmos olhos e o mesmo sorriso confiante de Jude.

Eu ri.

— É impressionante.

Ela pareceu entender o que quis dizer.

— É mesmo.

— Seus filhos são lindos — comentei, e indiquei a foto onde o marido de Jenna aparecia. — Ele é bem bonito. Acho que não o conheci.

— Não. Ele é tímido.

— O meu também. Bem diferente de Jude. — De repente, senti que tinha mais a ser dito. — Jenna, se eu a magoei dez anos atrás, sinto muito. Não sabia que o relacionamento de vocês era sério.

— Não era.

— Amelia disse...

— Não era. Ele disse que o de vocês também não.

Jude mentira, pensei. Mas não parecia mais fazer diferença. Suspirei.

— Acho que nós duas encontramos homens melhores.

Fui salva da conversa por Bob, que apareceu e me olhou com gratidão antes de me convidar para entrar. Ele me mostrou tudo que precisava ser feito, e tinha razão, não havia nada muito difícil. Foi fácil ler o currículo de uma mulher prestes a ser contratada e ajustar o contrato para suas necessidades específicas. A mesma coisa com a rescisão de um funcionário da construção que estava se aposentando. Havia documentos padrões, redigidos por um especialista em Concord, que só necessitavam de ajustes. A edição de um esboço de manual de convivência entre funcionários foi até divertido de fazer. Assim como analisar o depoimento de uma testemunha sobre um caso de crueldade com animais, bolando perguntas para refutá-lo.

Certo, o depoimento estava dentro das minhas especialidades, mas me lembrei de como fazer o resto com bastante facilidade. Queria passar a vida trabalhando com contratos? Não. Um contrato era uma folha de papel. Um manual para funcionários não ronronava. E dividir a mesma sala com alguém que machucara animais enquanto o interrogava não era algo que me interessava.

Até mesmo o criminoso mais abominável tinha direitos, era o que meu pai dizia. Mas eu poderia escolher com que tipo de criminosos eu trabalharia, certo? Se voltasse para a advocacia — não quando, mas se, porque, apesar da minha relutância em trabalhar ali, ainda sentia uma conexão —, precisaria ser mais criteriosa. Estava começando a entender o quanto isso era importante. A vida se tratava de critérios.

Dito isso, ajudei Bob em tudo que ele pedia, e não me restou muito tempo para pensar em James, então estava me sentindo um pouco nervosa quando saí do Refúgio e percebi que, em menos de três horas, estaríamos conversando.

Imaginei tudo que poderia dar errado. Ele exigiria saber sobre tudo que eu não contara sobre o passado e me acusaria de ter mentido. Diria que iria se tornar sócio mais cedo do que esperava, e não havia jeito *algum* de diminuir seu ritmo agora. Pediria o divórcio.

Quando finalmente cheguei à cidade, estava enlouquecendo.

E lá estava Jude no banco da praça, levantando-se quando meu carro apareceu e seguindo-o até o estacionamento da Raposa Vermelha. Do alto dos seus 1,95m, ele parecia irritado quando finalmente abri a porta.

— Até que enfim você apareceu — reclamou, como se tivéssemos combinado alguma coisa.

Não estando no melhor dos humores, fui ríspida:

— Você não estava em Concord?

— Ah, é. Sempre as mesmas pessoas, a mesma conversa. Algumas coisas não mudam.

— Ainda bem — declarei, porque aquelas "mesmas pessoas" eram quem mantinham o Refúgio funcionando.

Mas Jude tinha seus próprios planos.

— Preciso falar com você. Vamos para outro lugar?

— Aqui está bom. — Não queria passar muito tempo com ele.

— Mas é pessoal. Preciso de um conselho.

— Aqui está bom — repeti, ao que ele pareceu refletir e inclinou a cabeça.

— Está com medo de ficar sozinha comigo? Está com medo de perder o controle?

— Na verdade, não — respondi. Eu ainda sentia muitas coisas por Jude, mas paixão não era uma delas. Ou, se fosse, estava enterrada sob todos os meus sentimentos por James. — Isso pode até o surpreender — disse —, mas você não foi o único homem na minha vida.

— Teve outro tão bom? — perguntou, brincando, mas nem tanto.

— Melhor. Meu marido é fantástico na cama.

Parecendo não querer entrar em detalhes sobre *isso*, ele olhou para a BMW.

— Se tivéssemos ficado juntos, você jamais teria um carro importado.

— E isso vem de um homem que passou anos recebendo dinheiro de estrangeiros.

Jude levantou as mãos, sinalizando uma trégua.

— Tudo bem, mas você continua sendo minha consciência, e tenho um problema sério. Preciso saber o que fazer com o menino.

— O nome dele é Noé. — E eu não queria conversar sobre ele ou qualquer outro problema de Jude no momento. Mas a palavra "consciência" fez com que eu me sentisse poderosa. — Encontrei com Jenna no Refúgio.

— Isso deve ter sido interessante.

— Bastante. — Senti que as coisas estavam saindo um pouco de controle, apesar do que dissera antes. — Ela me contou que *você* disse que o que nós tínhamos não era sério. Você mente, Jude. Você usa as pessoas.

— Bem, estou tentando não fazer mais isso — ele realmente parecia arrependido —, então me ajude. Minha mãe disse que eu devia pedir a guarda de Noé. O que acha?

Não precisei pensar muito.

— Que ideia horrorosa.

— Por quê?

— Já conheceu o menino? — perguntei, seguindo meu instinto.

— Não.

— Por isso mesmo. Se quisesse ser o pai dele, já teria entrado em contato. Mas você não se interessa por essas coisas. Sempre me disse que seu próprio pai era um idiota, então não tem em quem se inspirar. Além disso, é extremamente egoísta. O mundo gira em torno de você. Não há espaço para um garotinho que tem necessidades diferentes das suas.

Jude parecia irritado:

— Você realmente não mede as palavras.

Não. Não com ele. Com qualquer outra pessoa, talvez tivesse sido mais diplomática, mas Jude pedia por todo aquele drama.

Porém, me senti um pouco mal. Num tom mais gentil, perguntei:

— E deveria? Que tipo de consciência eu seria se só dissesse coisas legais? E você concorda comigo, Jude. Seja sincero, só pra variar. Essa coisa de guarda deve ter sido ideia de Amelia. Você não quer nada disso. Não quer ficar preso a ninguém.

— Só quero o que for melhor para o garoto.

— Você ficar entrando e saindo da vida dele não seria o melhor.

— Mesmo que isso viesse com alguns benefícios?

— Tipo o quê?

— O Refúgio.

Olhei para ele, séria.

— Só que Amelia já está mexendo os pauzinhos para deixar tudo para ele. Sua mãe não precisa que você tenha a guarda. Só quer dar um jeito de conseguir o que *ela* quer, que é manter você aqui. Mas você não vai ficar.

— Como sabe?

— Estou adivinhando.

Jude me olhou por um longo momento.

— Você é sempre tão dura com as pessoas?

Eu sorri.

— Não. Só com você.

— Ahh. Então é uma questão de vingança.

— Talvez. — Não tinha como negar.

Os olhos de Jude brilharam.

— Que ótimo. — Ele levantou as mãos, com as palmas para cima, gesticulando os dedos para me chamar. — Pode vir com tudo, Emily. Eu aguento.

Mas eu não aguentaria. Ainda não.

— Sinto muito — disse, ainda sorrindo —, mas tenho coisas mais importantes para fazer.

Seus braços desceram lentamente, seus olhos perderam a animação. Não sei se ele se sentia ofendido de verdade, mas Jude acabou por dar de ombros.

— Tudo bem. Eu tenho um encontro, de toda forma.

— Com alguém que eu conheça? — quis saber.

— Por quê? Ia falar mal de mim se conhecesse? Sinto muito, querida, mas ela mora em Hanover, e estou ansioso para passar a noite toda me divertindo. Então, pense em mim enquanto estiver sozinha na sua cama. Fui.

Jude saiu andando, deixando-me observá-lo se afastar, da mesma forma que eu fizera no dia anterior. Mas me parecia que era eu quem tinha ganho.

Não que aquilo fosse um jogo.

Ou seria? Se o desafio fosse comparar James e Jude, o último estava perdendo. Consideremos aquela questão de perder o controle, que ele próprio mencionara. A química entre James e eu estivera lá desde o início. Talvez tenha sido um pouco abalada com a batalha pela gravidez, mas ainda era ardente. Pode ser até que eu só estivesse me lembrando das coisas boas — sentindo a falta de James, até mesmo me sentindo renovada agora que conseguira dormir, comer e relaxar —, mas as coisas boas realmente eram fantásticas. James, sem sombra de dúvidas, me fizera esquecer Jude.

E estava fazendo isso agora de novo, porque, em vez de pensar no meu ex-namorado em Hanover, me concentrei em pensar bobagens sobre meu marido, me perguntando se fora trabalhar com roupas casuais ou de terno, se seu celular estava guardado no bolso ou depositado sobre a mesa, se seu café estava quente ou frio. Durante toda a semana, evitara imaginá-lo por completo, temendo me afundar na culpa por ter fugido ou, pior, sucumbir à saudade. Sim, de longe, tudo parece melhor, mas esse tipo de nostalgia não duraria. Nem me ajudaria a seguir em frente.

Porém, naquele momento, com a hora da nossa conversa se aproximando, como poderia *não* pensar em James? Eu me perguntei se estaria no trabalho, passando os dedos pela testa como sempre fazia ao analisar um caso. Se estivesse tão nervoso quanto eu, poderia já estar em casa, esperando minha ligação. Ou poderia estar lanchando com Nadia.

James negara ter um caso, e eu acreditara na hora, mas é difícil esquecer as desconfianças.

Então, lá estava outra coisa ruim que poderia invadir nossa conversa. Meu marido diria que estava apaixonado por ela.

A hora da conversa se aproximava cada vez mais. Não consegui comer muito no jantar, apesar de Vicki, na cozinha com Rob e Charlotte, ter enchido meu prato com frango frito. Para passar o tempo, tomei uma chuveirada para tirar o suor do dia, então joguei o banho pelos ares ao decidir fazer uma caminhada vigorosa pela cidade, agitando os braços. Um carro azul-escuro estava no lugar do cinza hoje, mas saber que o homem lá dentro não me vigiava só me tornou mais confiante. Ou talvez fosse só o escapismo da situação. Quanto mais rápido eu andava e mais rápido respirava, menos pensava em James.

Às 19h, estava nos fundos da Raposa Vermelha, sentada no que já considerava o "meu" banco de frente para a floresta. Liguei o celular, vi que tinha sinal e selecionei James na discagem rápida. O telefone tocou uma, duas, três vezes. Inquieta, desliguei antes de a caixa de mensagens atender.

Pensei que minha agenda talvez tivesse enlouquecido depois de o celular passar tanto tempo desligado — uma ideia besta, mas James não teria me dado um bolo —, então disquei o número à mão.

O telefone tocou várias vezes. Desta vez deixei a caixa de mensagens atender, pensando que, se ouvisse uma voz desconhecida, saberia que o erro era da rede.

Mas lá estava sua voz grave e rouca, se desculpando por não poder atender no momento, prometendo retornar assim que possível.

Confusa, apertei DESLIGAR.

Fiquei sentada ali por um minuto, pensando nas possibilidades. Ainda podia haver algum problema com a linha, mas ele sabia que eu ligaria às 19h, então, se o telefone não estava funcionando, não poderia me ligar do trabalho? A não ser que estivesse numa reunião com algum dos sócios majoritários. Ou em uma chamada em conferência. Mas, nesses casos, mandaria uma mensagem.

Rapidamente, verifiquei, mas não havia nada de James. Na verdade, havia poucas mensagens. Era incrível a diferença que uma semana fazia — incrível quanto tempo levava para uma pessoa ser esquecida por seus supostos amigos. A maioria deles não fazia diferença alguma na minha vida, mas eu me importava com meu marido, e era por isso que meu estômago começou a dar nós.

Com o celular apertado nas mãos, fiquei ali por vários minutos, aguardando. Aquela noite estava mais quente e úmida do que as últimas; o mosquito que zumbia ao meu redor parecia atordoado. Eu já estava só de top, mas, sentindo calor, tirei meu casaco. Mesmo assim, continuei suando — com certeza era o nervosismo.

O celular permaneceu em silêncio. *Cuidado com o que deseja*, pensei, inundada por uma breve onda de histeria enquanto apertava os números novamente. Havia várias explicações para James não atender, tipo estar num lugar sem sinal ou no banheiro. Mas o único motivo que eu considerava de verdade, é claro, era ele não querer falar comigo.

Um toque, dois, três. Mais uma vez, apertei O DESLIGAR, mas os nós no meu estômago ficaram mais apertados. Eu conhecia James. O telefone dele era sua mão direita. Se não estava atendendo, era porque não queria.

A dor viria depois. Primeiro, pelo fato de sermos casados e termos combinado, fiquei furiosa.

Talvez aquilo fosse justo e merecido, já que fora eu quem partira. Mas não resolvera ir embora por motivo nenhum. Não saíra da cidade num capricho. Estava passando por uma crise e, se meu marido não conseguia entender isso, não conseguia me amar o suficiente para enfrentar o problema comigo, estávamos perdidos.

Conforme os minutos passavam e meu telefone não tocava, foi só nisso que pensei. Parecia que James estava irritado demais para ser justo, ou decidira que eu não valia o esforço. De toda forma, nosso futuro juntos não parecia dos melhores.

A ideia de tudo terminar assim me deixou paralisada. O tempo passava, 19h30 chegou e passou, um casal de hóspedes entrou na Raposa Vermelha, e mesmo assim continuei no banco. Sentindo-me vazia por dentro, fiquei ali, segurando o celular que brilhava, cruel, sem nada para marcar além do tempo, nada para falar além do que eu já sabia, e, durante esse tempo todo, a floresta estava diante de mim, se tornando mais sombria, escura e *atraente* a cada segundo.

Com a atração veio o velho medo — como se a floresta fosse um vício que eu não conseguia controlar.

Sempre associara a floresta, no todo, a Jude. Mas ele preferia as cachoeiras do norte, um local onde era necessário ficar de quatro e se sujar para chegar. Esse trecho atrás da pousada sempre fora meu. Eu costumava ir ali sem ele, sentindo uma atração completamente diferente por ela.

Seria isso prova, então, de que havia algo selvagem dentro de *mim*? Se fosse o caso, seria algo tão misterioso quanto a luz arroxeada do anoitecer. Quanto mais o sol descia no céu, mais escuro ficava o roxo, e mais ousada eu me sentia. E a escuridão só aumentava isso. O silêncio de James fez eu sentir como se ninguém me desejasse ou me amasse. Se aquela floresta era obscura, até mesmo perigosa, e daí? Eu não tinha nada a perder.

Desafiando a escuridão, atravessei o gramado até o velho portão de madeira atrás do quartinho do jardineiro. Passei por cima de um poste apodrecido, me embrenhei pelas samambaias e comecei a subir. Qualquer coisa mais íngreme que aquela leve inclinação seria um desafio para meus chinelos, e eu sentia a terra encostar nos meus pés expostos, mas não era uma experiência assustadora, era simplesmente... real. Não havia marcações nas árvores para mostrar o caminho, apenas um muro baixo de pedra, mas o que eu não conseguia enxergar com a pouca luz continuava na minha memória — um carvalho velho ali, um arco de pedras lá.

Uma dupla de mosquitos zumbia. Eu estava abanando as mãos para me livrar deles quando ouvi um som atrás de mim e parei. Com cuidado, virei para trás, prendendo a respiração, e analisei a mata, procurando alguma criatura que pudesse estar me observando, mas não encontrei nada.

Dizendo a mim mesma para não ficar com medo, voltei a andar, mas não dera nem dois passos quando, com o farfalhar de asas, algo cruzou meu caminho. Por instinto, me abaixei.

Mas era uma coruja. Só uma coruja.

Segui em frente. Quando passava por uma bétula ou por uma faia, o caminho estava coberto por folhas comprimidas pela neve do inverno; ao passar por um pinheiro ou espruce, as pinhas deixavam o chão escorregadio. Meus passos eram menos seguros nesses lugares. Um par de tênis seria melhor, mas eu não ia voltar.

Ouvindo outro som, parei, mas, mesmo antes de me virar, vi o cervo através de troncos baixos e sem galhos. Com uma pelugem que o pôr do sol tornava cor de canela, o animal ficou imóvel, me observando por um longo tempo, antes de continuar sua corrida graciosa.

Os troncos das árvores se tornavam mais escuros com o cair da noite, e o muro de pedra se tornava mais difícil de encontrar, coberto por mato em alguns pontos, quebrado em outros. A cada minuto eu precisava atravessar uma árvore caída, pisando nos galhos que se espalhavam pelo caminho. Aquela era a forma de a natureza se ajeitar: os fracos davam a vez aos fortes.

Desesperadamente desejando ser forte, e também querendo sobreviver, ignorei a escuridão assustadora que me envolvia e continuei andando. Os cheiros ficaram mais pungentes, um aroma de terra penetrante, tornado mais intenso pelo ar úmido que cercava tudo. A luz do sol não batia mais ali; apenas um brilho amarelado, vindo do oeste, conseguia atravessar as árvores.

Tropecei uma vez, fazendo um som ecoar, o que fez alguns animais fora da minha visão correrem. A umidade deveria absorver os sons, mas, naquela floresta deserta, esse não era o caso. Na verdade, eles eram amplificados — o barulho de um galho se quebrando sob meu pé, o sussurro de uma samambaia enquanto eu passava por ela.

Outro farfalhar me fez parar novamente, virar novamente. Nervosa, observei a floresta ao meu redor, mas, se havia alguma ameaça, as sombras a escondiam bem. Eu disse a mim mesma que estava imaginando coisas. Mas Jude não era o único predador por ali. Havia pessoas caminhando, tarados, *ursos*.

Tive a sensação esquisita de que havia mais alguém ali. Atrás de mim? Não sabia.

Mas não podia voltar. Se houvesse algo ruim ali, eu estava me sentindo impetuosa o bastante para me arriscar. Ou talvez só quisesse ser consolada, e era isso que a floresta me oferecia. Só podia ser esse o motivo de tanta atração. Estava indo para um lugar mágico, e era disso que precisava agora.

O muro de pedra desapareceu de repente, interrompido onde um intruso antigo encerrara sua reivindicação por terreno. Mas não precisava de orientação visual. Dali, conseguia seguir apenas ouvindo os sons. Já ouvira o riacho correndo cheio após uma tempestade, ou fazendo quase nenhum som nos dias secos de agosto, mas estávamos em junho, depois de uma primavera chuvosa, e a água borbulhava calmamente sobre a camada de pedras, um coro de sinos que me guiavam.

O crepúsculo tornara a água cinza-arroxeada, enquanto mudas e árvores antigas se misturavam nas margens do rio. O aroma de resina parecia inundar o ar, mas também havia outra coisa. Fiquei imóvel, ouvindo os sons, sentindo os cheiros, sabendo que alguém também fazia o mesmo comigo.

Sempre achara aquele lugar mágico. Agora, sentia alívio ao encontrar meu pinheiro favorito. A noite escondia sua textura, mas a largura não podia ser ignorada. Eu me apoiei contra ele, me sentindo melhor por ter algo às minhas costas, e olhei para o riacho. Os coiotes costumavam ficar por aqui dez anos atrás, e os sons que eu ouvira tinham vindo dessa direção. Apesar de não vê-los agora, sentia aquele odor almiscarado animal carregado pelo ar úmido. Com certeza estavam por perto.

Ao ouvir o som de um passo, congelei, prendi a respiração e prestei atenção, mas não escutei nada além do meu coração. Avançando devagar, voltei o olhar para a trilha, mas, se havia alguém ali — *algo* ali —, estava fora do meu campo de visão. A floresta não era densa, mas a escuridão, sim, e o nervosismo que sentira antes retornou, mas só quando virei para a frente e a vi, imóvel como uma estátua e estranhamente luminescente no meio da noite. Ela se sentava sobre suas esbeltas pernas na margem oposta, com orelhas e focinho alongados, me encarando.

Era uma fêmea, menor do que seu companheiro, mas majestosa. Aquilo não era um fantasma de Jude; estivera completamente errada ao acreditar nisso. Aquela criatura, com sua pelugem castanho-avermelhada e cinza, seu rosto mais claro, creme, e olhos gentis que penetravam a escuridão da noite, estava ali por minha causa.

Deveria ter sentido medo, mas não senti. Meu passado, meu sonho — eu e aquela loba estávamos conectadas. Talvez meu medo de ir até a floresta estivesse relacionado a isso, como se ela representasse o fundo do poço da minha vida, a fonte principal de seja lá o que fosse que eu deveria me tornar agora. A história dos coiotes se tratava de sobrevivência. Era algo com que eu me identificava.

A fêmea me observava sem emitir som algum, talvez se sentindo tão curiosa para saber sobre mim quanto eu sentia por ela, mas não havia nada ameaçador em seu olhar. Em vez disso, uma profunda sensação de paz se abateu sobre mim. Não sabia ao certo se era o gorgolejo da água, o calor aconchegante da noite, o cheiro de pinheiros e terra, ou a companhia da criatura que assombrava meus sonhos. Mas ali, agora, aquele momento era o antídoto perfeito para a vida que eu abandonara uma semana antes.

De repente a paz foi interrompida pelo som de passos pesados, reais desta vez, e se aproximando. Eu me virei e encontrei um vulto alto, tão nas sombras quanto a fêmea estivera iluminada, tão humano quanto a coiote era animal. Soltei um grito assustado, e teria corrido se ele não tivesse agarrado meu braço.

— Sou *eu*, Emily, *eu*!

James? Mas James estava em Nova York. James não sabia onde eu estava. James nunca ficava sem fazer a barba ou deixava seu cabelo se tornar tão despenteado. James nunca usava camisetas ou cheirava a suor, e esse homem fazia as duas coisas. James nunca parecia *selvagem*.

Mas, apesar do que eu vi, cheirei e senti na escuridão — mesmo com aquele tom irritado que deixava sua voz um pouco mais grave, aquela rouquidão era familiar demais para ignorar.

— Eu liguei para você! — gritei, talvez irritada de uma forma irracional, mas ele fizera com que me sentisse desolada antes, e quase me deixara *morta de medo* agora. — Eu liguei, e você não atendeu! Nós tínhamos combinado, James. Você. Me. Deu. Um. Bolo! — gritei, usando meu braço livre para bater nele a cada palavra.

Ele grunhiu, mas permaneceu inabalado. Pressionando-me contra a árvore, onde conseguia imobilizar meu corpo com o dele, segurou meu rosto com uma mão e me beijou com vontade. *Lute, lute, lute*, insistia parte de mim, e, por um segundo, não consegui respirar. Mas o gosto de James, a forma como sua boca se movia, me diziam que seu desejo era enorme.

A verdade era que Jude perdia de *longe* naquele jogo. Minha atração por James se acendera na primeira vez que nos encontramos, dois desconhecidos sentados lado a lado no fundo da sala de direito constitucional. Dormíramos juntos naquela mesma noite. Eu nunca fizera isso com Jude nem com ninguém. Mas algo se encaixava com James — algo tão básico e, sim, primitivo, quanto o que eu sentia naquela floresta. Eu soubera que tudo daria certo.

Como eu soubera?

Não conseguia pensar, não com ele me beijando como se não fizesse isso há meses. Nós estávamos fazendo amor segundo um cronograma, colocando a ovulação antes da paixão, mas nada daquilo tinha importância agora. Meu coração continuava disparado do susto — e do choque de *James* estar ali —, e ainda havia o desejo, que fora de nulo a surreal num piscar de olhos. Minha boca sentira falta da dele. E meu corpo também, a julgar pela forma maníaca com que eu puxava suas roupas. As mãos encontraram meus seios, minha barriga, o ponto entre minhas pernas que chorava por ele. Quando me penetrou, eu estava mais do que pronta, puxando-o para mais perto e segurando-o ali antes de ele recuar e me penetrar novamente.

Gritei seu nome, querendo convencer a mim mesma de que meu marido estava mesmo ali, e ele ficou fora de si — me punindo, talvez, mas qualquer raiva inicial que pudesse ter existido já fora substituída por desejo animal. James prendeu meu cabelo em seu punho e expôs minha boca, tomando-a, mas, apesar disso, era apenas uma questão de fricção — mãos e quadris se emaranhando, se esfregando, criando calor. O suor dele já se misturara ao meu, produzindo um cheiro almiscarado tão selvagem quanto todo o restante. Nossa nudez aumentava o fogo, e, apesar de a casca da árvore arranhar minhas costas enquanto James me invadia, a dor era sensual.

Nossa paixão pode ter sido induzida pela distância e por nossos estados de espírito, mas o motivo era irrelevante. James estava mostrando que me possuía da forma mais primitiva possível, e, apesar de saber que aquilo não resolveria nada, era o que eu queria. A emoção de fazer amor era o perfeito oposto do vazio que estivera sentindo.

Atingimos o clímax com segundos de diferença, e eu sussurrava seu nome em fragmentos agora. Eu teria descido a árvore escorregando, derretido numa poça no chão, caso meu marido não tivesse me segurado. O hálito dele estava quente no meu ouvido, seus braços e suas pernas tremiam, mas permaneceram firmes. James sempre tinha um plano, e, se o daquela noite fora preencher todos os meus sentidos com ele, então fora bem-sucedido.

Fizemos amor mais uma vez, no chão desta vez, com ele deitado na terra e suas mãos em meus seios. A ascensão foi mais lenta, mas o ápice foi tão fenomenal quanto o anterior. Nossos corpos estavam encharcados quando terminamos.

Não conseguia falar. E mesmo se eu *conseguisse* pensar, o que não era o caso, havia perguntas demais, e qualquer uma delas estragaria o momento, então me agarrei àqueles últimos momentos, enquanto ainda estávamos em total sintonia.

Minha coiote se fora, é claro. Imagino que tenha partido assim que James aparecera, assustada por sua abordagem pouco sutil e nossos gemidos. Se eu quisesse falar, teria perguntado se ele a vira.

Com o tempo, fomos até o rio nos refrescar e, eventualmente, colocamos as roupas de volta. Ainda sem trocar uma palavra, eu o guiei pela floresta até a Raposa Vermelha, mas não fizemos amor no quarto do sótão. James mal deitara na cama, com um dos braços sobre minha perna enquanto eu me sentava, quando caiu no sono.

Eu o observei, mais uma vez surpresa com sua aparência estranha. Sua barba sempre fora grossa, mas o tamanho dela agora sugeria que não a fazia há vários dias, o que não fazia sentido se estivesse trabalhando. E, apesar de meus dedos terem bagunçado seu cabelo, puxando-o enquanto fazíamos amor, ele já estava emaranhado antes. Despenteado, parecia mais grosso do que o normal. E o corpo dele? Eu via James pelado o tempo todo, mas nunca cheirando a suor e desejo, nunca espalhado sobre os lençóis sob a luz suave de um lugar novo. Sem roupas ali, ele parecia vigoroso.

E como tinha me encontrado? De todas as perguntas que queria fazer, essa era a primeira. Mas não descobriria nada enquanto ele estava desmaiado, e, quando finalmente se mexeu, enquanto ainda estava escuro, era eu quem dormia. Lembro-me de ter murmurado um *Precisamos conversar* sonolento, mas nada após isso. Quando acordei, meu marido não estava mais ali.

Capítulo 13

❧

Levantando-me num pulo, olhei ao meu redor, procurando, mas ele não deixara nada para trás. Talvez eu mesma tivesse duvidado de sua visita, se não fosse pela dor entre minhas pernas.

Meu celular dizia que eram 9h. Horrorizada por ter dormido tanto — por ter, pelo visto, dormido enquanto ele ia embora —, liguei para o telefone de James.

— Olá — atendeu ele após um toque, sua voz rouca e grave.

Meus dedinhos dos pés se enroscaram. Sentei sobre eles, na cama.

— Diga que está tomando café da manhã lá embaixo.

Houve uma pausa, seguida por um culpado:

— Não.

— Você está na estrada.

— Desde as 4h. Estou quase chegando à ponte Tappan Zee. Preciso trabalhar. — Agora, não parecia mais culpado. Só prático. O que me levava de volta ao nosso problema.

— Hoje é sábado. — *Odiava* esse aspecto de nossas vidas. — Você não merece uma folga?

— Eu tirei uma folga. Dois dias para encontrar minha esposa teimosa.

Se James queria que *eu* me sentisse culpada, ia se decepcionar.

— Você não levou dois dias para chegar aqui.

— Não diretamente. Parei em outros lugares antes.

— Que lugares?

— Lugares que já foram importantes para você.

O lago George? Acádia? Ambos eram locais onde eu passara férias na infância, na época em que minha família era tranquila e intacta. James já ouvira muitas histórias sobre essas viagens; nós, os Scott, nos agarramos às lembranças boas.

— Mas como veio parar aqui? Nunca lhe contei sobre Bell Valley.

— Não — respondeu ele, pensativo. — O que já diz muito.

— Mas como descobriu o *nome* deste lugar?

Meu marido demorou a responder, e então pareceu relutante, como se estivesse confessando algo do qual não se orgulhava.

— Você sonha, querida. Fala enquanto dorme.

Eu prendi o ar.

— Sobre o quê?

— Coiotes. E um cara chamado Jude.

Meu silêncio foi incriminador. Finalmente, disse:

— Você nunca me perguntou sobre isso.

— Resolvi que, se você não queria me contar, eu não queria saber. É por isso que não fui direto para Bell Valley. Todos nós gostamos de nos enganar às vezes. Dizemos a nós mesmos que tudo está às mil maravilhas, quando não é o caso.

Lá estava meu James, sempre tão perspicaz, aparentemente ainda vivo por baixo da correria louca de nossas vidas. Isso me deu esperança.

— Você não tem nada a temer daqui — garanti, baixinho.

— Nem Jude?

— Nem Jude.

Eu odiava celulares. Se tivesse visto a expressão no rosto dele se tornar séria, poderia ter me preparado para sua raiva. Mas aquele tom de voz mais grave, afiado, me pegou desprevenida.

— Encontrei as cartas, Emily. Elas estavam debaixo da cama, onde nunca teria olhado se não estivesse desesperado. Eu já tinha revirados suas gavetas, me sentindo um lixo. Muito obrigado. JBB. — A forma como Jude geralmente assinava. — Ele deve ter sido bem importante se você resolveu guardar as cartas. Mas as datas de envio não são antigas. Nem os sonhos.

— Se você leu as cartas, sabe que ele estava no Alasca — argumentei. A única menção à volta de Jude estava na correspondência que eu levara comigo. — Não vim aqui atrás dele.

— E o que ele era seu?

— É irmão da minha colega de quarto da faculdade. Já lhe falei de Vicki Bell.

— Mas nunca falou de um irmão.

— Porque as coisas não terminaram bem. Jude me traiu, eu fui embora. Fim da história.

— Nem tanto, se continua sonhando com ele.

— Os sonhos são sobre *coiotes*. Jude foi quem me falou sobre eles.

— Então meu rival é um coiote? Fala sério, Em.

— A coiote não tem nada a ver com você. É uma fêmea, e tem a ver comigo... sobre ser selvagem e livre. Quer dizer — tentei melhorar a situação —, pense em ontem à noite. Não foi fantástico?

Mas James não ia se distrair com tanta facilidade.

— Você ainda não quer falar sobre Jude.

— Ele não *importa*, James. O que tivemos acabou antes de nos conhecermos.

— Tipo o quê? Dias antes? Quantos? Dois? Três? Você queria alguém para a consolar.

— Como é? Já teve alguma época, mesmo naqueles primeiros dias, que eu não fosse completamente obcecada por *você*?

— Estava atrás de consolo — repetiu ele. — Eu a conheço há quase dez anos, estamos casados há sete, e ainda há um monte de coisas que você nunca me contou.

— E quando é que nós *conversamos*? — bradei.

— Nós conversávamos. Você teve muita oportunidade. Droga, Emily, eu sabia que você não era virgem. Eu também não era. Claro, houve um cara antes de mim, mas isso nunca faria diferença se não tivesse descoberto como descobri. — Ele xingou, irritado. — Fiquei sentado no carro ontem, esperando ver os dois juntos. Eu segui você floresta adentro, achando que iam se encontrar.

Eu me senti mal, mas só até certo ponto. Estava faltando algo. Parando para pensar, era algo bem importante. Eu não sonhara com Jude. Com o coiote, sim. Mas não com Jude, e não me lembro do nome dele ou de Bell Valley aparecer em nenhuma das cartas.

— Você contratou um detetive? — perguntei.

Apesar de o homem no carro cinza-escuro não ter nada a ver comigo, ele podia ter me distraído de prestar atenção em outra pessoa.

— Não. — A raiva dele pareceu sumir, a rispidez em sua voz desaparecendo. — Meu Deus, Em — disse, com um suspiro frustrado. — Estou cansado demais para discutir. Não importa como... como encontrei você, só que encontrei. Não gostou de ontem à noite?

— Eu *amei* ontem à noite, mas faltou uma coisa. Nós não conversamos.

— Mas nos aproximamos.

— Nós não *conversamos*. Precisamos conversar, James.

— Nada de telefone — avisou meu marido, mas então continuou, sua voz rouca tendo um tom suplicante. — Volte. Preciso de você aqui.

O pedido quase me convenceu. Pensei no seu cabelo despenteado e naquela barba. Imaginei James dirigindo por dois dias, procurando, se preocupando, pensando em mim com outro homem que nunca soubera que existia, sentindo-se sozinho. E agora, exausto, estava voltando para o trabalho.

Eu me importava com os sentimentos dele — me importava mais do que gostaria. Mas não podia viver por James. Não podia voltar só porque ele queria. Era eu quem precisava querer, e esse não era o caso. Ainda não.

Meu silêncio deve ter dito isso, porque ele disse, derrotado:

— Bem, pelo menos sei onde você está. Cuide-se, querida. — E desligou.

O "querida" fez meu coração bater mais forte. Prendendo a respiração, liguei novamente.

Ele não atendeu. Provavelmente era melhor assim. Porque talvez eu mudasse de ideia. O que seria ruim. Apesar do que Vicki dissera sobre eu ser a mais ousada de nós duas, dez anos se haviam se passado comigo seguindo o fluxo. Se minha rebelião tivera motivo, seria um absurdo voltar atrás agora.

— James veio *aqui*? — perguntou Vicki, surpresa.

Ela estava na cozinha, terminando de devorar um muffin de café da manhã.

Eu me sentei ao seu lado à mesa, tão perto quanto poderia, e olhei em seus olhos.

— Por pouco tempo. Você contou a ele onde eu estava, Vicki Bell?

Ela se encolheu.

— Eu? Claro que não. Seu casamento é problema *seu*. Jamais me meteria. Quando ele chegou?

Eu conhecia Vicki. Se estivesse mentindo, estaria inquieta, piscando. Mas parecia curiosa, talvez empolgada por mim, e nada além disso — tudo provava sua inocência.

— Ontem, não sei quando. — *Fiquei sentado no carro ontem, esperando ver os dois juntos.* — Ai, meu Deus — percebi, de repente —, o carro azul que eu vi lá fora era dele! Pensei que fosse o guarda-costas de Lee. — A mulher não estava por ali agora. — Ela está de folga?

— Não. Trabalha o tempo todo. Está cortando o cabelo. Logo vai aparecer.

— Não tenho nenhuma novidade — me desculpei. — James e eu não tivemos muito tempo para conversar.

Vicki riu.

— Que foi?

— Seu rosto está todo arranhado de barba.

Eu poderia ter dito que era culpa do sol. Meus seios também estavam vermelhos. Não que ela fosse ver isso. Mas parecia desnecessário negar. James era meu marido. O que ela achava que faríamos depois de uma semana separados?

— Você está corando? — perguntou Vicki docemente, apoiando o queixo numa mão.

Bufei e peguei mais café, com calma, sabendo que ela esperaria. Mulheres adoram conversar sobre sexo quando a oportunidade aparece, e eu confiava na minha amiga.

— Ele geralmente não tem barba, não é? — perguntou ela, quando tornei a me sentar.

Escondida atrás do vapor que saía da xícara, beberiquei o café por um minuto, antes de abaixá-la.

— Ele não se barbeou nos dois dias que levou para chegar aqui. Era — procurei as palavras certas — um James diferente, e não só pela barba. Não se barbeou, não tomou banho...

Vicki enrugou o nariz.

— Não. Foi fantástico, na verdade. Instintivo. *Real.* — Descrevi meu passeio na floresta, que também fazia parte do clima. — Eu ficava ouvindo sons atrás de mim, mas não o *via*, e várias coisas fazem som no meio do mato. Então parei para ver minha coiote...

— Sua *coiote*? — gritou Vicki, assustada.

Não planejava contar essa parte. Não tinha problema falar sobre James, mas a coiote era diferente. Ela era minha. Eu me sentia protetora.

— Ela fugiu. Nem sei se James a viu, ou se apenas esperou tempo suficiente para garantir que não estava me encontrando com outro homem. No início, nem acreditei que fosse mesmo meu marido. Ele parecia *selvagem.* — Minha voz indicava que isso não era algo ruim.

— Ele ficou com ciúme — decidiu Vicki. — Faltou a dois dias de trabalho por você, a atacou no mato, a carregou de volta para casa, e aí acordou no meio da noite para passar seis horas dirigindo até o trabalho. Que romântico!

— É meio louco — corrigi, ignorando a parte do "carregou de volta", que me pareceu meio exagerada, mas soava bem.

Em uma reviravolta inesperada, Vicki fez uma cara feia.

— Espero que tenha brigado com ele.

— Com James? Por quê?

— Porque você teve bons motivos para ir embora, e uma mulher forte não cederia.

— Eu não fui nem um pouco submissa — disse, corando novamente, mas como me lembrar do que fizéramos sem corar?

— O que contou a ele sobre Jude?

— Só disse que não temos nada um com o outro.

— James vai continuar preocupado, sabe, sabendo que ele está aqui.

Comecei a falar, mas parei.

— Ih. Você não contou essa parte? Como não contou, Em? Isso é importante.

— Não em termos de quem eu amo.

— Mas você ainda sente alguma coisa por Jude. Já me disse isso.

— Não é um sentimento romântico. Nem *sexual.* É espiritual.

Vicki se recostou na cadeira.

— Precisa contar a James.

— Não posso — argumentei. — Ele quer que eu volte para Nova York, mas não estou pronta para isso. Se souber que Jude está aqui, vai insistir.

— Ele vai acabar descobrindo.

— Como descobriu sobre Jude e Bell Valley? — indaguei. — Como ele *descobriu*?

James não me contara isso. Pouco tempo depois, enquanto ajudava Vicki a limpar os quartos e o aspirador de pó impedia qualquer conversa, fiquei pensando nisso. Ainda estava convencida de que não mencionara Jude enquanto dormia. Ele não era o motivo por trás do meu amor por James, e eu fora aceita na faculdade de direito bem antes de conhecer Jude. Não me lembro de pensar nele quando aceitara me casar, quando assinara meu contrato de trabalho na Lane Lavash ou quando comprara meu quarto BlackBerry seguido, cada qual sendo uma geração mais moderna que o anterior. Não podia culpar Jude por nada disso. Eu passara dos limites por conta própria.

Mas, conforme os minutos passavam, uma coisa era certa: eu me sentia melhor naquela manhã. Teria sido o sexo? Uma reafirmação do que James e eu éramos e poderíamos voltar a ser? Ou era o simples fato de ele se importar o suficiente a ponto de ter vindo?

De toda forma, eu ainda me perguntava como meu marido descobrira sobre Jude. Só três pessoas poderiam ter contado. Mas eu não ia começar a interrogar os suspeitos por telefone, porque sabia que isso levaria a outras discussões, e queria me concentrar apenas em James.

Então, fui para o Refúgio. Já que os voluntários do fim de semana estavam por todos os cantos, consegui passar despercebida pela recepção; quando cheguei à Reabilitação, minha gatinha trêmula rapidamente me encontrou. Precisando cuidar de alguém, dei comida na sua boca, mas ela, apesar de estar parecendo mais frágil do que nunca, comeu pouco. Eu disse a mim mesma que estava imaginando coisas, que *qualquer* gato pareceria pequeno em comparação ao *Maine coon* enorme que se aboletara em meu colo, robusto, mesmo sem uma perna. Ainda assim, fiquei preocupada. Se os funcionários habituais estivessem por perto, teria perguntado, mas eles só trabalhavam nos dias úteis, deixando os cuidados diários para os guerreiros do fim de semana. Alguns vinham passar o dia, fazendo peregrinações regulares de lugares como Concord e Portsmouth. Outros estavam indo para destinos diferentes, mas paravam no caminho.

Havia gente suficiente para suprir a demanda; então, me sentei num canto com Maravilhosa no colo, peguei meu celular e liguei para James. Eu tinha quatro barrinhas de sinal, então sei que minha ligação completou. Ele simplesmente não queria atender.

Eu não tinha o direito de ficar magoada. Mas fiquei. Sabia que meu marido estava no trabalho. Mas queria que estivesse pensando em mim também.

Nada de telefone, dissera a ele quando partira. Minha regra. Então aquilo era sua vingança.

Ou talvez ele tivesse conseguido o que queria ontem e agora estava satisfeito. Ou estava tão exausto que não conseguia falar. Ou estava *dormindo*, desmaiado em sua mesa.

O mais provável, decidi, resignada, era que estivesse apenas trabalhando, atolado para compensar as horas que perdera atrás de mim. Imaginei se estaria gostando do que fazia. Não perguntava isso a ele fazia um tempo. Nossas conversas geralmente eram apenas reclamações — um colega que não fazia sua parte, um sócio que culpava as pessoas erradas pelos problemas, um cliente que achava que era o dono do mundo só porque estava pagando caro. Fazia anos que eu não associava trabalho a diversão.

Não sentia falta da Lane Lavash. Mas sentia falta da advocacia. Depois de passar um bom tempo sentada com a gatinha, afagando sua cabeça enquanto dormia, eu a depositei cuidadosamente sobre uma caminha de fleece e voltei para a Raposa Vermelha. Usando o computador de Vicki, que ficava num escritório pequeno, cheio de livros de colorir, Legos e uma minhoca de massinha perto do mouse cujo cheiro infestava tudo, entrei no meu e-mail e enviei um para James. No assunto, digitei *Dúvida Jurídica*, torcendo para ele não conseguir resistir.

Olá, comecei. *Tudo bem? Eu queria conversar, mas você não atende ao telefone. Não o culpo, James. Eu realmente compliquei tudo. Mas também está sendo difícil para mim, pode ter certeza.* Parei. Ter pena de mim mesma era errado. Apaguei a última frase e escrevi: *Sei que magoei você. Sinto muito. Se não tivesse saído correndo, teria lhe dito isso pessoalmente.* Opa. Não devia reclamar. Apagando mais uma vez, reformulei a frase: *Se tivéssemos tido mais tempo, teria lhe dito isso pessoalmente. E adorei nossos momentos juntos, mas realmente precisamos conversar. Meus pensamentos estão ficando mais claros. Estou começando a compreender melhor minhas motivações, mas nada disso faz diferença se não puder compartilhar com você.*

Meus dedos fizeram uma pausa, suspensos sobre o teclado. *Dúvida Jurídica.* Era disso que planejara escrever, não ficar discorrendo sobre nossos problemas amorosos. Eu não jurara que não me comunicaria mais por meio de máquinas? Não estava me rebelando contra uma vida de relacionamentos a distância?

Mas a tecnologia não iria embora. Ela só se tornaria mais rápida, fácil, comum. E esta era a verdade: agora, entre James e eu, ou era e-mail, ou era nada.

Além do mais, digitar uma mensagem para meu marido sobre meus pensamentos não era muito diferente de a minha vó escrevendo uma carta de amor para meu avô enquanto ele lutava na Guerra da Coreia. Cara a cara podia até ser o ideal, mas nem sempre era possível.

O uso do computador naquele momento era uma concessão à praticidade — ou foi o que disse para mim mesma enquanto decidia deixar aqueles pensamentos na tela.

Mas precisava ir direto ao ponto. A paciência de James comigo podia ser limitada, e eu queria ter algo para dizer a Lee.

Então, digitei: *Preciso de seu conselho sobre um problema aqui. É sobre uma funcionária da pousada. Ela é uma mulher legal, que faz biscoitos fantásticos, mas a família do seu falecido marido não pensa assim, então está tentando estragar sua vida. A questão mais imediata envolve ameaça física, mas o caso em si é bem interessante.*

Parei. Sabia o que James estaria pensando. *Não se preocupe. Não estou abrindo um escritório aqui nem nada. Meu emprego na Lane Lavash está me esperando.* Mas não disse que eu o queria de volta. Isso só incentivaria meu marido.

Mas o James por quem eu me apaixonara tinha um fraco por pessoas que precisavam de ajuda, e, mesmo que esse homem estivesse desaparecendo, o que me restara adorava um bom caso. No ano passado, ele trabalhara em um em que uma empresa de família estava dividida e em guerra. Apesar de os clientes terem chegado a um acordo, James ficara frenético. O caso de Lee era pequeno em comparação, mas parecido.

Ela está se escondendo aqui, digitei, *então talvez tenha sido por isso que me compadeci, mas a família a encontrou, e não está sendo agradável.* Dei um resumo da situação — garçonete criminosa que vira herdeira, um fundo fiduciário que parece estar secando, ameaças — e comentei as possibilidades que considerara na cozinha com Vicki e Lee. *Dinheiro não é um problema,* concluí. *Ela tem uma parente que pagará as contas, mas a questão é a jurisdição do caso. Você conhece a legislação de Massachusetts melhor do que eu, e tem um contato lá. Acha que Sean Alexander poderia cuidar disso? Ou alguma outra pessoa do escritório dele?*

Fiz uma pausa para decidir como terminar a mensagem, e então digitei: *Sei que estou pedindo muito, James. Talvez você ainda esteja irritado demais comigo para querer se meter nisso. Mas nós costumávamos conversar sobre ajudar as pessoas que precisam, e você sempre foi muito melhor nisso do que eu.* Estava pensando na faculdade de direito novamente, comparando o James promissor com o homem em que se transformara, e me perguntei se ele, assim como eu, só agia daquela forma porque era o que nossa vida exigia. Quis acreditar que o velho James ainda estava lá, escondido, porém vivo. *Fico pensando nos julgamentos simulados da faculdade. Por que será que acho que aquilo foi o ponto alto da nossa vida profissional?* Descansando a base das mãos no teclado, suspirei. Então, ao imaginá-lo lendo aquelas palavras, continuei: *Consigo imaginá-lo pressionando a testa, pensando que precisa voltar ao trabalho e que não tem tempo para minhas bobagens. Mas talvez consiga se lembrar de alguma coisa para ajudar minha amiga. Se pensar em algo, pode me dizer?*

Minhas mãos hesitaram. Queria terminar com *Amo você,* mas temi que ele achasse que só escrevera isso porque queria alguma coisa. Em vez disso, como que tentando me redimir, digitei: *Vou deixar o celular ligado.*

* * *

Isso causou dois problemas. O primeiro foi que, quando James não respondeu imediatamente, me senti desanimada. Disse a mim mesma que ele estava com dois dias de trabalho atrasado e não largaria tudo só para resolver minhas coisas, e que nada poderia ser resolvido no fim de semana. Pensei que Sean provavelmente não estaria no escritório, já teria saído da firma, ou talvez não atendesse ao telefone. Garanti a mim mesma que seria *normal* James me responder no fim do dia ou amanhã.

O segundo problema foi que, ao deixar meu celular ligado, li outros e-mails. Mamãe escrevera dizendo que queria conversar, e papai entrara em contato para falar que eu estava sendo irresponsável e deixando minha mãe triste. Por outro lado, minha irmã enviara uma mensagem surpreendentemente compreensiva, afirmando que estava morrendo de inveja, enquanto Tessa, minha colega de cubículo, dizia que sentia minha falta.

Mas então veio Walter:

Aqui vão as boas notícias, Emily. Você foi traída por um dos seus colegas, que ficou tão irritado por eu ter lhe dado uma licença de quatro semanas que a dedurou para o sócio-gerente, que reclamou com sócios suficientes para ferrar com minha vida. Tentei argumentar que devemos entender que nossos funcionários são pessoas também, mas eles não querem nem saber. Diga que você está na terapia. Diga que já está melhor e que vou encontrá-la na sua mesa na segunda-feira. Diga qualquer coisa. Você prometeu manter contato, mas não ouvi uma palavra sua. Quebre sua promessa, e talvez eu quebre a minha.

Eu me arrependi por ter lido aquilo. Minhas mãos se tornaram subitamente tensas, meus ouvidos foram inundados com os velhos zumbidos e tinidos. Naquele momento, Walter Burbridge era um símbolo de tudo que odiava no meu trabalho. Tentei pensar em outra coisa, mas não importava quantas vezes eu dizia a mim mesma que ainda restavam três semanas de licença, continuava ouvindo as palavras de Walter. *Quebre sua promessa, e talvez eu quebre a minha.* Aquela ameaça era um trovão que atravessava a clareza do meu céu ensolarado.

Desesperada para tirar aquilo da cabeça, fui caminhar pela floresta. Não havia medo agora. Não fora devorada por um esquilo ou atacada por um cervo. Não fora atacada por Jude, mas por James, que me amava e era verdadeiro. Saber que meu marido passara por aquele caminho, que nós andáramos por ali juntos, dava àquele lugar um novo significado. Além do mais, concluí que, se o que eu temia antes era o poder da atração, agora já estava viciada. Não havia mais volta.

E também estava em plena luz do dia. Atravessei as samambaias e segui o velho muro de pedra que era meu GPS. E uma cobra surgiu. Deitada sob o sol. Eu odiava cobras. Cheia de repulsa, parei.

Era uma cobra *garter*. Como eu sabia disso? Jude. Sempre que encontrávamos uma, ele a balançava na minha cara, sua forma de me provocar — ou de me ensinar, que era a interpretação que ele preferia. Minha primeira lição fora parar de ter ânsia de vômito.

Também aprendera que cobras *garter* eram inofensivas, motivo pelo qual passei direto por ela, deixando o animal em sua pedra e seguindo em frente. Ouvindo os sons da água do riacho, o segui. O ar agora estava menos úmido, daí aquele céu azul sem nuvens, mas já estava suando quando cheguei à minha coiote — ou melhor, ao lugar onde a encontrara ontem.

Ela não estava ali agora. Mas eu não precisei procurar muito além das margens do rio para saber disso. Não sentia sua presença nem seu cheiro. Enquanto estava parada sobre uma pedra próxima às águas rasas do rio, um cardume de peixes passou, flashes prateados descendo a corrente. Ajoelhei-me para molhar uma mão na água gelada, lembrando-me de como eu e James nos banháramos ali. Meus olhos correram para a árvore onde ele me apoiara na primeira vez, então para o chão sob ela. As pinhas pareciam amassadas, como um lençol estaria. Eu corei, sorri enquanto a lembrança invadia minha mente, oscilei um pouco.

E aí congelei, ouvindo meus arredores. Não tinha certeza se ouvira alguma coisa. Ela teria se movido silenciosamente pela mata, quaisquer sons escondidos pelo riacho gorgolejante. Mas senti seu cheiro, um pingo de algo selvagem misturado ao aroma de pinho. Olhei para a frente.

Ela não estava na beira do rio, mas uns três metros dentro dele, me observando sobre uma pedra. Sentada com a coluna ereta sob a luz do sol, era deslumbrante. Seus pelos eram cinza e brancos, as pernas amareladas, iguais ao focinho pontudo que vira na noite anterior. Agora, também conseguia enxergar um tom adamascado no topo da cabeça, das orelhas peludas, na parte superior de seu pescoço.

Eu achava que coiotes eram animais noturnos, já que seus uivos só eram ouvidos após o pôr do sol. Mas Jude me contara que não era assim. Eles circulavam durante o dia, mas sabiam que havia mais risco de serem vistos, então tomavam cuidado. A escuridão era o único momento em que se comunicar falar sem atrair atenção indesejada. Sobreviviam porque eram discretos.

Porém, lá estava ela, obviamente me observando, confiando que eu não ergueria um rifle e atiraria. Dito isso, não estava rolando no sol, mas sentava com suas orelhas extraordinariamente longas de pé. Se eu não estivesse agachada, seus olhos ainda assim estariam mais altos que os meus. Mas não me levantei. Ela estava alerta, com seu nariz se franzindo quase imperceptivelmente enquanto cheirava o ar.

Por um segundo, tive a ideia louca de que James poderia ter voltado. Mas James não dava passos silenciosos como um coiote. Hoje, não escutara nenhum som na floresta atrás de mim.

Na minha frente, porém, vi um movimento na base da pedra em que a fêmea estava. Olhei para baixo na mesma hora que ela, esperando ver seu almoço aparecer. Mas a criatura em ação era tão fofa quanto o *bichon frisé* de minha irmã, porém cinza, e não havia apenas um, mas dois, depois três e quatro.

Os filhotes dela. Quis pensar que a fêmea os trouxera para me mostrar, mas imaginei que sua toca ficasse por ali.

Afastando-me até o pinheiro gordo para deixá-los mais à vontade, observei os filhotes brincando com algo. Tarde demais, descobri que estivera quase certa. Seu brinquedo era uma tâmia, mas não estava claro se planejavam comê-la no almoço.

A tâmia escapou, o que me surpreendeu. Era de imaginar que, se os filhotes não a desejavam, a mãe iria querer. Mas ela continuou a me observar enquanto eu os observava, e seus olhos dourados brilhavam com orgulho.

Ocorreu-me que um coiote era selvagem demais para exibir orgulho — que eu estava enxergando fantasias naqueles olhos fixos, naquele focinho estreito, naquelas orelhas pontudas, simplesmente por querer me conectar com aquela floresta —, que as lágrimas em meus olhos se deviam ao fato de eu me identificar com ela, por querer tanto ter um filho. Aquele anseio. Não era isso que os sonhos causavam?

No instante seguinte, percebi que o olhar poderia significar um aviso. *Dê só um passo em direção aos meus filhotes*, dizia ela, *e eu ataco.*

Além disso, se eu *precisava* me conectar com aquela floresta, não fazia a menor ideia do motivo para isso. *Querer* seria diferente. A selvageria dos animais era algo curioso para nós, humanos. Não era por isso que as pessoas assistiam ao *Animal Planet*?

Era uma fuga. Quem sabe fosse por isso que assistíamos. O comportamento animal é instintivo. É algo que nos transporta para um tempo mais simples.

Então talvez a fuga fosse o motivo para minha obsessão pela floresta, o completo oposto do lugar onde eu vivera, e não queria dizer apenas Nova York. Dez anos atrás, era New Haven, nem de perto tão grande quanto Nova York, mas, para mim, era uma cidade lotada, cheia de estudantes em todos os cantos, mal havendo espaço para se levantar nas salas de aula, e três pessoas dividindo um apartamento apertado; apesar de passar quase todas as minhas noites na casa de James, a cidade não nos dava espaço.

Aquela floresta era primitiva. Era exatamente igual há centenas de anos, calma e estável. Havia uma paz ali que eu não sentia em nenhum outro lugar. Conseguia pensar com clareza naquele lugar. Conseguia respirar.

Fiquei encostada na árvore por um tempo, assistindo aos filhotes de coiote tropeçarem uns sobre os outros. Às vezes, um deles me via, talvez atraído pelo meu cheiro, e olhava nos meus olhos por um instante antes de voltar a brincar — e me ocorreu que a mãe, deixando-me ficar ali, sem me desafiar, estava lhes ensinando a coisa errada. Humanos deviam ser temidos.

Mas não eu. Juro que ela sabia que não machucaria seus filhotes. A fêmea entendia que eu me sentia protetora, talvez até percebesse minha inveja. Havia quatro filhotes ali. Geralmente, um coiote dava à luz seis, mas — de acordo com Jude — uma ninhada poderia render até dezoito.

Ai.

Sorri. Quatro estava de bom tamanho. Eu ficaria feliz com um. Pensar nisso doía no âmago do meu ser, causava uma ânsia.

Era diferente da ânsia que sentia pela advocacia. Sentia falta do desafio intelectual. Sentia falta da satisfação emocional causada por ajudar alguém que não conseguia se ajudar. Mas não era nem de perto parecido com querer um filho. E não era como a falta que sentia de James.

Oi, Walter, digitei quando voltei à pousada. *Sinto muito. Semana que vem não vai ser possível. Estou melhorando, mas é um processo demorado. Obrigada por sua paciência.*

Enviei o e-mail e desliguei o computador de Vicki.

Capítulo 14

❧

James respondeu ao meu e-mail sábado à noite, bem tarde.

Você tem razão, escrevera. A primeira coisa que pensei foi que estava querendo começar a trabalhar aí, mas se diz que não é o caso, vou acreditar. Parece que sua amiga tem uma vida complicada. Rá. Isso me parece familiar. E você tem razão sobre os detetives. Ela precisa identificar a pessoa que a segue para descobrir quem a contratou. Sim sobre o contador forense. Sim sobre a necessidade de um advogado de Boston. Conflito de interesses pode ser um problema. Ela não pode usar ninguém ligado à empresa que administra o fundo. Preciso do nome dela e da empresa da família para falar com Sean. Se o escritório dele não tiver ligação com o caso, talvez concorde em ajudar. Que tipo de biscoitos ela faz?

Quando perguntei a Lee sobre isso na manhã de sábado, ela me disse que seu sobrenome era Manteiga.

Uma confeiteira que se chamava Manteiga? Eu reconhecia um nome falso quando o ouvia.

Expliquei sobre a confidencialidade entre advogado e cliente e garanti que James estava ciente do perigo que ela enfrentava, mas, depois de passar tanto tempo impotente, Lee se sentia desconfiada. Fugira para se esconder e, sim, fora encontrada. Mas suas chances de ser pega aumentavam a cada pessoa nova que conhecia sua história. Já tendo sido presa uma vez, ficou pálida só de pensar nisso acontecendo de novo — e, sinceramente, eu não podia prometer que a família de seu marido não iria entrar na defensiva quando descobrisse que ela planejava enfrentá-la. Será que os parentes iriam querer chamar atenção para si mesmos sabendo que as acusações eram falsas? Se fossem arrogantes o suficiente, sim. O máximo que eu poderia prometer é que ela não estaria sozinha.

Foi necessário um pouco de persuasão, mas a mulher finalmente cedeu. Lee Cray. O marido era Jack, e os cunhados, Raymond e Duane. Todos beneficiários do Fundo Fiduciário da Família Cray.

Feliz com essa pequena vitória, mandei as informações para James, acrescentando: *Passas com aveia e gotas de chocolate, mas os de chocolate com macadâmia são os melhores.*

Biscoitos de chocolate com macadâmia eram os prediletos dele.

Amelia veio tomar o brunch, arrastando Jude com ela; o homem parecia ter acabado de sair da cama. Não se barbeara, não penteara o cabelo.

Estava maravilhoso.

Maravilhoso como Brett Favre.

Mas eu não queria dormir nem com Brett Favre nem com Jude, apesar de ele me olhar como se eu devesse — como se eu precisasse me lembrar de como era acordar ao lado dele, sexy e rijo, como se eu devesse sentir ciúmes da mulher em Hanover, e precisasse reivindicar minha posse.

Mas eu não queria nada disso. Tinha acabado de falar com James, estava imune.

Lee sentou-se conosco. Seu cabelo castanho cobria a testa, mas as laterais e a parte de trás agora moldavam seu rosto, e percebi o quanto era bonita.

O primeiro argumento de Amelia, muito justo por sinal, era de que desejava proteger Lee. Além do carro na praça, mandara instalar trancas nas janelas e portas da prima, conforme nos explicava, orgulhosa.

— Isso é ótimo — disse, incentivando-a. — Agora precisamos montar o caso. Os policiais conseguiram alguma coisa? Fotos, impressões digitais, pegadas?

— Eles estão com os bilhetes que encontramos na caixa de correio e têm fotos da porcaria que deixaram na porta.

— Chamamos isso de bosta de cachorro — disse Jude com um sorriso.

— Não enquanto comemos. — Amelia sorriu.

— E usaram isso para alguma coisa? — perguntei, ignorando Jude, que continuava a me encarar.

— Não há muito que possam fazer além de arquivar as provas — argumentou Amelia, mas ela era do tipo que gostava de tomar iniciativa, e seguiu em frente: — Do que precisamos?

— Fotos pegando alguém em flagrante. Lee precisa carregar uma máquina fotográfica o tempo todo, para registrar qualquer pessoa estranha que aparecer, mas também precisamos de câmeras acionadas por movimento no telhado da casa. A maioria das imagens vai acabar sendo de cervos ou alces, mas só precisamos de uma foto de alguém fazendo algo errado.

— Vou mandar instalá-las hoje mesmo, na frente e nos fundos — prometeu a matriarca. — Soube que o seu marido esteve aqui.

— Sim. Foi uma visita rápida.

— Gostaria de conhecê-lo da próxima vez.

— Eu também — observou Jude.

Aposto que sim, pensei. Já podia até imaginá-lo dando tapinhas nas costas de James, tendo uma conversa de homem para homem sobre como era transar comigo. Vicki tinha razão. Eu precisava contar ao meu marido que Jude voltara — precisava explicar meus sentimentos, no passado e no presente. Eu só estaria sendo proativa, porque um dia, de alguma forma, ele descobriria sobre meu ex-namorado, e seria melhor se soubesse por mim.

— Mas não posso falar disso por e-mail — disse no instante em que eu e Vicki ficamos sozinhas.

— Pelo telefone, então?

— Melhor não.

— Mas precisa fazer isso logo. Vi a forma como Jude olhava para você. Ele está louco para criar caso.

— Por que *comigo*?

— Porque você não está atrás dele. E se *Jude* ligar para James? Acho que vale a pena você ir até Nova York para contar.

— Não posso.

— Nem uma visitinha rápida? Como a dele?

Parecia simples — dirigiria até lá, contaria a James sobre Jude, faríamos amor para meu marido entender que era *ele* quem eu amava, e voltaria.

E considerei a ideia enquanto ajudava Vicki a tirar os pratos do salão. Mas tive medo de que, se fosse até lá, talvez não conseguisse ir embora — que James não me *deixaria* ir embora depois de saber sobre Jude, que eu seria mais uma vez anestesiada pela minha vida ali, incapaz de pensar até a próxima crise me fazer surtar. Também me ocorreu que a parte do sexo poderia dar errado se parecesse ser uma manipulação, e aí eu arriscaria aquela ligação íntima que eu e meu marido compartilhávamos.

Poderia ter ficado mais angustiada se eu não tivesse algo novo com que me preocupar. Lee fora embora, e Vicki e eu estávamos limpando as bancadas da cozinha quando ela saiu para atender o toque da campainha na recepção. Ouvi um gritinho animado, mas a lava-louça estava ligada, abafando as palavras. Mas escutei claramente quando Vicki retornou e anunciou, numa voz que parecia alegre demais:

— Veja só quem está aqui!

Atrás dela, estavam meus pais.

Meus *pais*.

A primeira coisa que senti, absurda, foi alívio. Meia hora antes e eles teriam encontrado com Amelia e Jude. *Cinco* minutos antes e teriam encontrado Lee.

A segunda coisa que senti foi culpa. Claire e Roger Scott, divorciados, mas unidos numa missão de resgate, dirigiram por duas horas desde Portland para me levarem para casa, ou pelo menos foi isso que minha mente infantil considerou num momento de regressão.

A última coisa que senti foi desânimo. Não estava pronta para eles.

Abri a boca, mas nenhuma palavra saiu. Dividida entre felicidade e receio, só consegui secar minhas mãos num pano de prato. Meus pais formavam um casal bonito — mamãe com suas rugas nos olhos e um longo cabelo ruivo, preso atrás das orelhas por uma fina fita amarela que provavelmente saíra de um embrulho de presente, papai com pouco cabelo, mas uma pele surpreendentemente lisa. Ambos pesavam uns cinco quilos a mais do que seus médicos gostariam, mas estavam ótimos em suas calças jeans e camisetas. Tão familiares. Tão queridos. Tão problemáticos.

Engoli.

— Mãe. Pai. Como souberam que eu estava aqui?

Eu sabia que mamãe tinha suas suspeitas, mas me surpreendi quando disse:

— James ligou. Falou que você estava bem, mas queria ver por mim mesma, e aí seu pai disse que não queria ficar de fora, então aqui estamos.

— James ligou para *você*?

— Ele a ama, Emily — afirmou papai. — Ligou para sua mãe mais de uma vez.

Ahh.

— Foi *você* quem falou para ele sobre Bell Valley.

— Bem, o que eu ia fazer? — perguntou Claire. — Disse para que fosse a outros lugares primeiro, porque não tinha certeza *absoluta* de onde você estava, e acho mesmo que a culpa disso tudo é dele.

— A culpa não é dele — disse papai. — James é uma pessoa que tem responsabilidades.

— Achei que nós tínhamos concordado que pensávamos diferente sobre isso, Roger.

— Sim, mas eu e Emily não concordamos com nada.

— Então James ligou de novo — continuou mamãe, ignorando meu pai —, e ele parecia tão cansado e preocupado que me senti culpada. Sabia o quanto você adorou passar aquele verão aqui, e, quando conversamos no outro dia, você ficou nervosa. — Ela estava quase mencionando Jude, mas parou e sorriu para Vicki. — Você está *linda*. Ser mãe realmente combina com você. Sua filha está por aqui?

— Como sabe que ela tem uma filha? — perguntei.

Assim como os sonhos com Jude, eu tinha certeza de que nunca mencionara Charlotte.

Mamãe olhou para uma foto presa no quadro de cortiça sobre o telefone.

— Porque aquela garotinha é a cara de Vicki Bell.

Erguendo as sobrancelhas de modo questionador, ela se voltou para minha amiga, que disse:

— Ela foi ao Refúgio com o pai. Adora os gatos.

De repente, tive uma ideia.

— Você quer um? — perguntei a Vicki. — Tem uma gatinha com um problema neurológico. Precisa de lugares pequenos, tipo o quarto de uma garotinha. Acho que deveria ficar com ela.

Minha amiga estava negando com a cabeça antes de eu terminar.

— Faria isso num piscar de olhos. Charlotte iria adorar, mas nem todos os meus hóspedes vêm aqui para visitar o Refúgio. As pessoas alérgicas não podem ficar numa pousada com animais.

— E tem outro bebê vindo aí? — perguntou mamãe.

Aquilo era fantástico, porque a barriga dela mal crescera, mas Claire tinha um sexto sentido quando se tratava de assuntos maternos. Ela nunca me perguntara se eu estava grávida. Saberia na hora, se fosse o caso.

— Tem, sim — respondeu Vicki. — Bem, vocês precisam conversar. Querem ir para a sala de estar? — perguntou para mim.

— Ah, não — respondeu mamãe, olhando para a cozinha. — Adorei este lugar. Parece a cozinha de uma fazenda antiga. Os armários são de carvalho?

— São — confirmou Vicki. — São originais da construção.

Era típico de minha mãe apreciar algo que eu nem reparara. Era uma pessoa detalhista. Eu costumava achar que também era, até minha vida se tornar tão cheia de coisas que não conseguia mais reparar em nenhuma.

— Mas aquele fogão não é original — dizia mamãe.

— Não, é novinho em folha. Ou pelo menos era, quatro anos atrás.

— Bem, ele parece ótimo. E esta mesa. — Ela passou uma mão pela madeira ondulada. — Tão aconchegante. — Claire puxou uma cadeira e, radiante, se sentou. — Adoraria uma xícara de café. Na verdade, eu mesma faço.

Ela começou a se levantar, mas eu pressionei seu ombro para baixo.

— Pode deixar comigo.

— E, quem sabe, alguma coisa para petiscar? Seu pai está com fome.

— Sua mãe está com fome — rebateu papai, mas não parecia se importar.

Fiquei feliz por ter algo para me ocupar. Enquanto Vicki foi resolver os check-outs de domingo, montei um brunch com o que acabáramos de guardar na geladeira.

— Estou impressionada — comentou mamãe quando servi quiche com linguiças, aspargos e bolinhos de milho.

— Requentar comida é minha especialidade.

— Pensei que sua especialidade fosse contencioso empresarial — disse papai. — Está planejando desistir de tudo por... seja lá quem for esse cara?

Eu o encarei por um minuto, antes de revirar os olhos.

— Você está tão distante da realidade que estou chocada. O nome do cara é Jude, pai, e o que está acontecendo comigo não tem nada a ver com ele.

Ainda segurando o garfo e a faca, papai fincou os punhos na beirada da mesa.

— Querida, por favor. Eu sei como essas coisas funcionam. Você se casa, tudo está indo bem, e aí a rotina fica chata e você começa a romantizar o passado.

— Não foi isso que aconteceu comigo — argumentou mamãe.

— Não estou falando com você, Claire. Estou falando com Emily.

— Mas comigo também não — afirmei. — Tive uma overdose da minha vida em Nova York e precisava de um tempo.

— Aham — murmurou papai, e comeu vários bocados de comida enquanto eu e minha mãe trocávamos olhares.

Ainda não estava certa de que ela era minha aliada, tendo suas dúvidas sobre James. Mas sua presença fazia com que me sentisse melhor.

Papai baixou o garfo.

— Você dizia que amava Jude, mas nunca nos apresentou ao homem. Sabia que eu o detestaria, não é, porque era evidente que ele não tinha futuro.

— E por que é que acha isso?

— Ele vivia aqui. E não há nada aqui.

Fiquei ofendida.

— Você nunca ouviu falar do Refúgio de Animais de Bell Valley? O negócio vai ficar nas mãos de Jude um dia. Ele viaja o mundo inteiro a trabalho. — Isso era na teoria, obviamente, já que Jude só viajava porque queria. Mas papai não tinha direito de esnobar um lugar sobre o qual não sabia nada. — E quanto a esta cidade, ela tem a tradição de acolher pessoas que não se adequam ao sistema, o que, sinceramente, me descreve muito bem no momento.

— O sistema, no caso, seria representado por James.

— Por *você* — gemi.

— Na verdade, é por James — insistiu. — Você o abandonou. Isso é um erro, Emily. Ele é a melhor coisa na sua vida. É o que mantém você na linha.

— E por acaso eu não consigo fazer isso por conta própria?

— Não no momento. *Olhe* só para você.

Fiz isso — olhei para o vestido leve que usara para o brunch, então encarei minhas mãos, que estavam firmes e relaxadas — e me voltei para meu pai.

— Há meses que não fico bem assim.

— É verdade, Roger.

— Bem, é claro que você tomaria as dores dela, Claire. Também nunca quis trabalhar.

— Isso é muito injusto, pai. Mamãe trabalhava feito louca cuidando de nós. Bem, talvez eu queira fazer a mesma coisa. Talvez eu queira ter filhos e ficar em casa com eles.

— Mas você tem uma *carreira* — argumentou ele. — Que *motivo* teria para desistir de tudo?

— O motivo — disse eu, motivada — seria ter algo para fazer antes de os filhos chegarem. E algo para fazer depois que eles crescerem.

Ele soltou uma risada irônica.

— Quer virar uma dona de casa?

— Sim.

— E desperdiçar todo seu potencial?

— Potencial para ser o quê? — questionei. — Advogada? E meu potencial de ser mãe? Amiga? Um ser *humano*.

Papai apontou o garfo para mim.

— Você se esqueceu de "esposa". — O garfo espetou um bolinho de milho, que rapidamente desapareceu na sua boca.

Mamãe estava fumegando:

— Mas que coisa conservadora, Roger.

Ele deu de ombros.

— Meu mundo funciona assim.

— E é por isso que fui embora dele — disse minha mãe, e, levantando-se, saiu da cozinha.

Ficamos sentados em silêncio por um tempo, com papai comendo lentamente. Enchi nossas xícaras com mais café. Finalmente, ele soltou o garfo. Parecia estar pensando em como continuar quando mamãe voltou e disse:

— Acho que deveríamos dar uma volta. Preciso tomar um ar.

Meu pai concordou prontamente. Mandei os dois irem antes e limpei a cozinha, encontrando-os logo depois na mercearia. Mamãe ainda estava analisando as prateleiras, apesar de a cesta de vime em seu braço estar apinhada de pequenos objetos de cozinha, velas e queijo. Fiquei com ela por alguns minutos, mas a abandonei quando se direcionou ao caixa para pagar, e fui procurar papai. Ele estava num banco junto à entrada; sentei-me ao seu lado.

— Bem, aqui é um lugar tranquilo — comentou, olhando para a praça.

— Independentemente do que está acontecendo agora — disse, para tranquilizá-lo —, não vou abandonar James.

— Você ainda está usando sua aliança.

— Nós nos amamos.

— Sua mãe e eu também, mas não conseguimos viver juntos. Fico triste em pensar que você aprendeu isso com a gente. Queria que sua vida fosse melhor que a nossa.

— Entendo.

— Eu tinha tantos sonhos para você.

— Mas eram *seus* sonhos.

— Achei que fossem seus também. — Os olhos dele encontraram os meus. — Quando foi que isso mudou?

— Uma semana atrás, na sexta-feira, quando percebi que meu sonho não estava mais dando certo.

— Você estava cansada. Foi o estresse falando.

— Não estou cansada agora e continuo pensando igual. Esta é a minha vida, pai. A *minha* vida. Não é sua nem de mamãe. Sou eu quem faz as escolhas.

Os olhos dele retornaram para a praça. Respirou fundo, balançou a cabeça em negativa lentamente.

— Bem, sim. Mas não posso aprovar suas escolhas, se é isso que quer.

Mamãe juntou-se a nós então, olhando para o relógio. Ela iria a uma festa beneficente no hospital naquela noite, o que significava que precisavam partir. Abracei os dois, acenando quando minha mãe se virou para me olhar, ela própria dando tchau até o carro desaparecer. Papai não se virou para trás nem acenou.

Mas estava certo. Queria que ele aprovasse minhas escolhas.

Só que eu também tinha razão. Aquela era *minha* vida, então eu estava no controle.

Como conciliar as duas coisas — tomar minhas decisões e obter o apoio dele?

E como não me incomodar com isso?

A solução era me distrair.

Na segunda-feira, me mudei para o quartinho do jardineiro. O lugar era menor que meu pedacinho do céu, e suas paredes eram verdes como a floresta, em vez de azuis e brancas. Depois de desfazer as malas, fiquei sentada por um tempo no banco virado para a mata, mas, quando a atração ficou forte demais, resolvi dar um passeio por lá. Os sons ao meu redor eram inocentes; os cheiros, frescos; e o sol atravessava as árvores. Eu andei sem rumo por um tempo, sentindo os aromas de resina e terra, absorvendo a paz. Inevitavelmente, acabei seguindo o caminho do muro de pedra. Felizmente, não havia cobras naquele dia, mas fiquei atenta. Sem encontrar nada além de uma dupla de esquilos castanho-avermelhados, um falcão e vários mosquitos, continuei até o riacho.

James estava em Nova York. Não tivera mais notícias dele.

E a coiote? Também não estava ali.

Sozinha com meus pensamentos, fiquei me lembrando de nosso encontro. Talvez estivesse me agarrando à como prova de que eu e meu marido ainda tínhamos algum tipo de ligação.

Mas... e se sexo fosse tudo que nos restava? E se estávamos nos enganando achando que havia mais? E se meu pai estivesse certo ao dizer que é possível amar alguém e não conseguir conviver com a pessoa? E se fugir tivesse deixado tudo mais claro? Nós nos sentíamos atraídos um pelo outro. E só.

Essa possibilidade me assombrou enquanto a segunda-feira passava sem nenhum contato do meu marido. Estivera torcendo para Lee ser um interesse comum. Afinal de contas, James e eu nos conhecêramos por causa do direito. Era nossa base.

Mandei uma mensagem na terça-feira. *Como você está?*

Trabalhando foi a resposta, que nada me dizia e só servia para me lembrar da pior parte da comunicação por meios eletrônicos. Na falta de expressões faciais, tom de voz ou contexto, comentários podem ser interpretados de inúmeras formas. Receber apenas uma palavra ambígua me deixou desanimada.

Por outro lado, a tecnologia era genial quando não se queria ter uma conversa de verdade. Então, mandei uma mensagem para minha mãe, agradecendo pela visita. Ela respondeu dizendo que me amava.

Também agradeci ao meu pai por mensagem. Ele não enviou nada de volta. Na verdade, o homem não se comunicava por mensagens de texto, mas eu estivera torcendo para isso mudar. Mas, pelo visto, isso era só um sonho meu. Não dele.

Eu me mantive ocupada.

Na verdade, isso não dá a ideia do quanto realmente fiz. Depois de passar os últimos dez anos sem tempo para fazer nada divertido, estava redescobrindo o prazer de ter tempo para matar. E havia um monte de coisas para fazer. Quando ia ao Refúgio, se não estava na reabilitação, convencendo minha gatinha a comer, estava dando banho em cachorros ou cuidando dos cavalos; e, se não estava com os animais, estava com Bob Bixby. Se não estava no Refúgio, estava ajudando Vicki na pousada, ou fazendo hora na livraria, ou — mas que surpresa! — recebendo uma massagem no spa, antes conhecido como o salão de beleza, agora ampliado para incluir outros tratamentos de estética.

James não telefonou, nem enviou e-mails ou mensagens.

Então, fiquei cuidando de Charlotte, coisa que me ajudou muito, não somente por ser uma distração. Já que Vicki se recusava a cobrar a minha estadia, e já que sua gravidez causava dores de cabeça ocasionais, eu ajudava com a menina no final da tarde. Charlotte ficou um pouco desconfiada, até descobrir que eu estava disposta a ler livros de princesa para ela várias vezes seguidas, coisa que sua mãe, pelo visto, não gostava muito de fazer. Depois, veio um livro de fantasia, que li até nós duas decorarmos todas as palavras.

Na noite de segunda-feira, eu jantei churrasco de costela com meus anfitriões, receita que Rob afirmava ser sua especialidade, enquanto Vicki comentava afetuosamente que era a única que ele sabia. Na terça-feira, jantei na churrascaria com Lee, que parecia estar vivendo em modo de espera, apenas aguardando a câmera no seu telhado ser ativada. E na quarta-feira? Não jantei, mas fui tomar um cappuccino noturno com a dona da livraria.

Na verdade, não só com ela. Pelo visto, as noites de quarta-feira eram um dia especial para o lugar, onde várias pessoas se reuniam espontaneamente depois do trabalho para conversar sobre livros. Eu viera por curiosidade, para observar como esse grupo funcionava em comparação com o clube de Nova York, e, já que estava acordando cada vez mais tarde, nem precisei do cappuccino para me manter acordada.

O grupo era considerado bem tranquilo, aberto a qualquer pessoa da cidade que quisesse participar. Eu estava preparada para uma discussão séria sobre literatura, que era, aparentemente, o que acontecia quando homens participavam. Porém, só havia mulheres naquela noite; éramos sete, com idades variando entre 30 e 60 anos. Já conhecera algumas delas dez anos atrás, mas nunca fôramos íntimas, apesar de isso não ter importância. Eu fui instantaneamente sugada pela conversa, que começou com o fato de eu ser advogada e se desenvolveu rapidamente para a discussão de um thriller jurídico que uma das mulheres lera, e então para um thriller paranormal que interessara a outra pessoa, e finalmente para um livro de não ficção que tratava sobre o apelo desses tipos de história.

Pelo visto, o motivo pelo qual líamos thrillers era o mesmo que nos levara ali naquela noite.

A loja estava fechada, e, apesar de termos iniciado a noite sentadas num canto, começamos a nos levantar e buscar nas prateleiras um livro ou outro para ilustrar nossos argumentos. Estávamos na seção de biografias, cercadas por Thomas Jefferson, o almirante Robert Peary e Coco Chanel, sentadas no chão com nossas xícaras de café, quando a campainha da porta da frente soou.

Nossa líder olhou na direção do som e depois se voltou para nós. Com os olhos arregalados, levou um dedo aos lábios.

— Não estamos aqui.

— Tem alguém aí? — chamou uma voz masculina, tão grave quanto familiar.

Capítulo 15

❧

Em um segundo, já estava de pé; em dois, chegava à porta. Jogando meus braços ao redor dele, abracei-o por um tempo, antes de me afastar. Seu rosto exibia uma barba menos espessa desta vez, mas sua calça social estava amassada da viagem, e as mangas da camisa, dobradas de forma desajeitada. Apesar do corte perfeito, seu cabelo estava uma bagunça, e seus olhos exibiam cansaço. Eu busquei um brilho de prazer neles, mas não vi nada além de exaustão. Mas os braços dele estavam ao redor da minha cintura. Isso era um bom sinal. Porém, pareciam pesados e, uma vez alojados ali, não se moveram.

— Olá — sussurrei. — Como sabia que nós estávamos aqui?

— Nós quem? — sussurrou ele de volta.

Eu poderia ter dito que eram minhas amigas do grupo do livro e deixado por isso mesmo, mas algo em mim quis que ele visse — na verdade, que *elas* vissem. Mais tarde, perceberia que James estar ali de uma forma tão pública era algo bom. Naquele momento, porém, só conseguia pensar que, mesmo cansado, ele era lindo e era meu.

Pegando sua mão, levei-o até as outras.

— Pessoal, este é meu marido. James, essas são Monica, Shelly, Jill, Angela e Jane... e Vickie, a Vickie dos Livros, que é a dona da loja.

Ele lançou um sorriso educado para cada uma, mas rapidamente sussurrou ao meu ouvido:

— Estou dormindo em pé. Preciso de uma cama.

Tenho certeza de que me despedi com alguns sorrisos, mas meus olhos ficaram pregados em James. Acenando com a mão livre para me despedir, guiei-o de volta para a porta. A noite estava quente sob um céu coberto de nuvens, mas a lua e as estrelas não me interessavam. Estava preocupada; James realmente parecia exausto. Estava encantada; ele dirigira até lá *mais uma vez*. E estava curiosa.

— Vicki contou onde eu estava? — perguntei, passando um braço pelo dele para mantê-lo próximo a mim, direcionando-o para a pousada.

— Sim.

A mão de James encontrou a minha, e nossos dedos se entrelaçaram. Queria pensar que ele precisava daquela proximidade tanto quanto eu. Mas seus dedos estavam tensos, lembrando-me do meu próprio corpo quando saíra de Nova York.

— Você veio direto do trabalho?

— Saí às 16h — disse ele numa voz mais baixa que o normal, como se ela também estivesse morta de cansaço. — Foi uma ideia idiota com a hora... a hora do rush e tal.

— O trabalho anda difícil?

— Pode-se dizer que sim.

Não perguntei mais. *Não* perguntaria mais. O trabalho era o vilão desta história, ou pelo menos um deles.

E o outro? Ao som de uma vibração baixinha, James tirou o telefone do bolso. Não parou de andar enquanto olhava para a tela, digitava algo com o polegar e voltava a guardar o aparelho.

— É novo? — perguntei.

— O escritório conseguiu um novo acordo. É de última geração.

Última geração. Que maravilha. Mas não falei nada, pois sabia que meu sarcasmo seria aparente, e não queria que aquela visita começasse assim. Além disso, ele parecia cansado demais para conversar.

Andamos o trecho final em silêncio. Quando o direcionei para o estacionamento, James perguntou:

— Vamos pela entrada dos fundos?

— Na verdade, é uma entrada separada — respondi, passando da pousada e seguindo para o quartinho.

Eu o senti recuar quando toquei na maçaneta.

— Ah, querida, acho que preciso de uma cama desta vez.

— Aqui dentro tem uma.

Deixei que ele entrasse na minha frente. O lugar era pequeno o suficiente — tudo bem, *minúsculo* o suficiente — para que James visse tudo de uma vez só, mas a cama era espaçosa, tamanho queen, e, apesar de ocupar quase o cômodo inteiro, Vicki conseguira espremer um armário e um banquinho lá dentro. O banheiro, adicionado na época da reforma, era espaçoso e luxuoso o bastante para compensar pelo quarto.

Desligando-me do resto do mundo, me apoiei na porta e esperei James me segurar em seus braços. Flashes da noite de sexta-feira passavam por minha mente e afetavam meu corpo. Ao observá-lo, com suas pernas compridas, costas largas e cabelo bagunçado, me senti pronta.

Sem perder tempo, meu marido já retirava sua camisa; então se sentou no banco e tirou o cinto, os sapatos e as meias. Hesitou com a calça e tirou o celular do bolso, que deve ter vibrado contra sua coxa, pois ele o pegou, observou a tela e digitou uma resposta. O aparelho permaneceu em sua mão enquanto virara as cobertas. Depositou o telefone na mesinha com o abajur enquanto se deitava, emitiu um som que podia ter sido de alívio, e rapidamente caiu no sono.

Não. Pelo visto havia mais que apenas sexo entre nós.

Mas eu sabia como ele se sentia. Já estivera em seu lugar, tão cansada que não conseguia nem falar. Fiquei sentada na cama por um tempo, pensando que uma segunda viagem até aqui precisava significar alguma coisa. E o som que James fizera antes de dormir? Era alívio por estar comigo? Por poder descansar? Por se deitar numa cama macia, com lençóis limpos?

Ou era a floresta que embalava seu sono? Meu marido devia estar sentindo o cheiro de pinho e terra; os aromas tomavam conta do ambiente. Por outro lado, eu mesma havia demorado até conseguir apreciar os cheiros novamente. Na minha primeira noite ali, estivera exausta ao ponto de não sentir nada.

Lembrei-me de como Vicki cuidara de mim, então fui até a pousada enquanto James dormia e ataquei a geladeira. Voltei com bebidas e um sanduíche; mal havia — furtivamente — aberto a porta quando o vi sentado na beira da cama.

— Onde foi? — perguntou ele, parecendo rouco e nervoso.

Mostrei a comida.

— Está com fome?

Ele permaneceu imóvel.

— Diga que aquele cara estava na cozinha.

Tendo passado algum tempo distraída com o cara que estava *ali*, demorei a entender.

— Jude? Quer dizer Jude?

— Estava?

— Não. — Fiquei na defensiva. — Como sabe que ele voltou?

— Não sabia. Foi um chute. Mas não me importo. Venha aqui.

Coloquei a comida sobre o banco e me aproximei da cama, chutando meus tênis para longe e, enquanto meu marido me observava, tirando o restante das roupas. James já estava em cima de mim antes de o último item cair no chão, puxando-me para baixo dele e me beijando com vontade.

O que aconteceu então foi ainda mais intenso do que na floresta, e não apenas pelas reações dele. Eu estava imersa no cheiro e na textura familiar do seu corpo, insaciável. Queria tudo que podia e mais um pouco. Concluí que ele me devia por não ter retornado minhas ligações.

James estava arfando alto quando acabamos. Ele me aconchegou debaixo de seu braço e me apertou.

— O que foi *isso*?

Demorou um pouco até eu conseguir responder. Finalmente, com minha bochecha apoiada no ombro dele, falei baixinho:

— Ar fresco. Saudade. Sensibilidade à flor da pele.

— Sentiu minha falta? — perguntou ele com um sorriso em sua voz.

— Senti.

James exalou o ar lentamente.

— Então. Quero saber sobre ele.

Aconcheguei-me mais perto do meu marido.

— Agora não.

— Preciso saber. Há quanto tempo ele voltou?

Minha resposta poderia ter seguido a linha do *Jude não importa*. Mas aquilo fazia diferença para James, e ele chegaria a conclusões erradas se eu não explicasse.

— Uma semana — disse.

O corpo do meu marido não se moveu — não ficou tenso nem se esquivou de mim — nem mesmo *congelou*. Só permaneceu imóvel.

— E isso é uma coincidência.

— Sim. Quando saí de casa, não planejava vir para cá.

— Você sabia que ele voltaria?

Eu me inclinei sobre ele então, querendo que seus olhos encarassem os meus.

— Quer a verdade, James? Ele escreveu dizendo que voltaria no fim do mês. Pensei que poderia vir para cá e ir embora antes de Jude aparecer. Ele não sabia que eu vinha. Só apareceu mais cedo que o esperado.

— E por que você não foi embora?

— Mas por que eu faria isso? Não vim atrás dele.

— Certo. Veio pela sua amiga. A irmã. — Meu marido parecia descrente.

— Foi mais do que isso — disse, porque o James que estava ali comigo agora... *me ouvia*. Escutava e pensava a respeito. — Aquele verão foi diferente. Eu havia acabado a faculdade e ia estudar direito. Não estava preocupada com minhas atividades extracurriculares. Eu era livre aqui. Não havia limites, ninguém esperava nada de mim. Fazia o que queria, quando queria, e meus pais não se preocupavam comigo porque viera com Vicki. Não havia responsabilidades. Preocupações. Exigências. Foi por *isso* que voltei. Para conseguir *respirar*.

James pensou nisso e disse, hesitante:

— Tudo bem. E os sonhos não eram sobre Jude?

— Só me lembro do coiote. Eu disse mesmo o nome dele?

— Não — admitiu meu marido. — Foi sua mãe quem o mencionou. Depois disso, fiquei ouvindo o nome na minha cabeça. Imaginando coisas.

Toquei seu rosto.

— Você não precisa se preocupar. Confie em mim. Por favor?

Ele colocou uma mão atrás da minha cabeça e chegou meu rosto mais perto, mas o beijo foi suave, tão gentil quanto o sussurro que se seguiu.

— Nunca foi assim entre nós antes.

— Foi sim — analisei, deitando a cabeça sobre o peito dele. Os batimentos de seu coração eram regulares. — No início.

James ficou em silêncio por um minuto, depois disse, amargurado:

— Vá em frente. Não sei se vou gostar, mas você tem uma teoria.

— Eu estava anestesiada na cidade. Aqui, me sinto viva.

Ele tornou a ficar quieto, e então respondeu:

— Realmente, não era o que queria ouvir.

Sem olhar, James esticou o braço. Quando voltou, sua mão segurava o telefone. Depois de ler a tela, pressionou vários botões. Quis acreditar que estava desligando o aparelho, mas a tela continuou iluminada. Ele o jogou sobre a cama, na altura do quadril.

— Não posso sair de Nova York, Em. É onde tudo que eu sempre quis está.

— Tudo o quê?

— O trabalho. O dinheiro.

— Não me importo com o dinheiro. Dinheiro não faz diferença.

— Faz se quisermos morar em Nova York.

— Estamos gastando o dinheiro? Nós o usamos para fazer as coisas que gostamos? Não. Nunca temos tempo. Você gosta de correr, mas não faz isso há meses. Tudo bem, vamos falar sobre o trabalho. Pode dizer, com sinceridade, que está pegando os casos com os quais sempre sonhou? Porque eu não estou. — Apoiei-me num cotovelo, precisando olhá-lo nos olhos. — Sim, sei muito bem que temos empregos e muitos outros advogados, não. E, sim, sei que temos uma hipoteca e empréstimos, e que precisamos do dinheiro. E, *sim*, estamos tentando crescer. Mas veja só o Walter. Ele é um sócio majoritário. Estamos falando de estabilidade, nada de empréstimos e uma renda *enorme*, mas o homem continua vivendo na mesma correria que a gente.

James fez um som desdenhoso.

— Esse é o caso de Walter.

— É o caso de advogado bem-sucedido que conheço — insisti.

A resposta de James foi me puxar até eu estar em cima dele, cercando meu rosto com as mãos. Seus olhos saíram dos meus e foram para os lábios. Quando me beijou desta vez, sua boca foi eloquente.

Sabia que o objetivo era me silenciar. Mas meu marido também fazia com que me sentisse amada, e eu estava tão sedenta por isso — e satisfeita, tranquilizada, *com a cabeça nas nuvens* — que não reclamei.

Mas, depois que fizemos amor novamente, voltei a me perguntar se sexo era a única coisa com a qual concordávamos. Mas então ele já roncava baixinho.

Também dormi, mas meu sono não foi tão profundo quanto o de James. Qualquer movimento do outro lado da cama me acordava, temendo que ele estivesse fugindo no escuro, enquanto ainda precisávamos conversar.

No fim das contas, as únicas conversas que aconteceram naquela noite foram na floresta. O quartinho era o melhor lugar da casa para assistir ao espetáculo daquele show, e meus coiotes eram o evento principal. Ouvi latidos e ganidos acompanhando um dueto de uivos. Durante uma melodia mais longa, abri a janela, torcendo para que os sons acordassem James, mas não foi o caso.

Ele acordou com o celular.

Eu acordei com meu marido xingando enquanto procurava pela origem do toque no meio das cobertas. Olhei por cima do ombro e o observei atender.

— Bom dia. — Parecendo sonolento, ele olhou para o relógio e xingou novamente, baixinho desta vez. — São 9h. Sei, Mark. Sinto muito. Não acordei com o despertador — mentiu, baixando a cabeça e coçando a parte de trás do pescoço. — Sim. Às 8h. Como foi? — Enquanto James ouvia, esfregava os olhos com o polegar e o indicador. — Certo. Posso fazer isso, mas não hoje. Não estou... me sentindo bem. É, deve ser. Parece uma virose. — Ele ficou em silêncio. — Não. Nenhum outro problema. Não, Emily está ótima. Sim. Entendo. Vou estar aí amanhã.

Quando terminou a ligação e se jogou de volta na cama, eu me voltei para James. Ele ficou olhando para as vigas no teto por um minuto, antes de virar a cabeça no travesseiro. Seus olhos azuis pareciam cansados.

— Perdi uma reunião às 8h.

Eu me recusava a dizer que sentia muito.

— A ideia era você estar lá?

— Ia fazer uma chamada em conferência. — James cobriu os olhos com um braço. — Minha semana foi a mesma porcaria. Muito obrigado, Emily. Não consigo dormir. A casa está um chiqueiro. Quando estou no trabalho, não consigo me concentrar. — Meu marido exalou o ar.

— Mark é um cara esperto. Sabe que algo está acontecendo. E contaria a ele o que é se eu soubesse. — Sem mover o braço, disse: — Encontraram um coiote no Central Park semana passada.

Fiz um som de espanto.

— Não o mataram, não é?

— Não. Deram a ele um tranquilizante e o levaram embora. Quem sabe o tenham trazido para um lugar perto daqui. Acham que ele se perdeu, foi parar na cidade e não sabia como voltar.

Lembrando-me das coisas que Jude me contara, entendi o fim da história.

— Então o deixaram em alguma floresta onde poderia conseguir comida para sobreviver, mas ele não vai ficar lá. Coiotes são muito territoriais, e o território dele devia estar lotado. Então deve ter saído vagando até encontrar um vago. — A analogia era incrível. — Já vi minha coiote aqui, James. Quero dizer, de verdade, eu a vi. Ela me deixou observar seus filhotes brincando.

Ele entendeu o que eu queria dizer. Moveu o braço e olhou para mim.

— Não posso morar numa cidade pequena, Emily. Cresci em uma. Não posso voltar.

— Nem estou pedindo para que faça isso. Não quero morar aqui.

— Mas algo a fez voltar.

Tentei explicar:

— Foi o refúgio, com "R" minúsculo. É isso que Bell Valley significa para mim. Aquele verão também foi uma fuga. Das provas, das entrevistas, dos trabalhos... tudo foi se acumulando. Quando cheguei aqui, passei três dias dormindo.

— Antes ou agora — perguntou ele, exausto.

— Das duas vezes. Bem, não foram três dias de verdade, mas você entendeu.

— Com certeza. Não há nada para fazer em lugares assim.

— Claro que tem — argumentei baixinho, mais paciente com James do que fora com meu pai. — Há livros, bicicletas, trilhas na floresta. Há feiras todo sábado, em julho e agosto. E, sim, há o Refúgio, que sempre precisa de ajuda. E amigos. Eu tinha *bons* amigos aqui.

— E Jude.

Respirei fundo.

— E Jude. Foi meu primeiro relacionamento sério. Como tudo naquele verão, ele era diferente. Se perguntasse o que ele queria fazer da vida, riria da sua cara. Tudo naquele homem era rebelde. Isso me deixava fascinada. Eu nunca fui rebelde.

— Tirando agora — disse James com os olhos tristes, a voz ficando mais baixa. — Não sei como agir, Em. E estou tão, tão cansado.

Eu me inclinei e o beijei suavemente. Fiquei observando James dormir até meu estômago roncar. Desejando um café, me vesti e saí. A cozinha estava lotada. Vicki e Charlotte brincavam com adesivos na mesa, Rob estava sobre uma escada, analisando uma faixa de mofo, e Lee mexia no forno.

Todos os olhos se voltaram para mim, curiosos e cheios de expectativa, porém, por mais que fosse gratificante saber que se importavam, eu não queria falar sobre o assunto.

— Ele parecia exausto — disse Vicki quando toquei seu ombro ao passar por ela.

— James está se matando — concordei, e entrei na sala de jantar.

Peguei uma bandeja da pilha e a enchi com café, suco, ovos cozidos, frutas, muffins de chocolate com cereja, pães doces e bolinhos de aveia com bordo.

— Uau! — provocou Rob enquanto eu voltava pela cozinha. — Café na cama?

— Quando ele acordar — cantarolei, e saí.

Ele acordou ao meio-dia e comeu tudo que eu deixara, bebendo até o café gelado — sem nem se levantar da cama. A Raposa Vermelha não era um hotel de luxo como o que nos hospedáramos em nossa lua de mel, em Nantucket, mas café da manhã na cama ainda era café da manhã na cama.

— Ela fez tudo isto — concluiu ele.

Fiz que sim com a cabeça.

James voltou a se deitar, se esticando.

— Ela é boa. Podia ganhar uma fortuna se abrisse um lugar.

— Era isso que queria. Ia realizar seu sonho com o marido.

Ele dobrou as mãos sobre a barriga, mas elas estavam tensas.

— Nós íamos fazer isso também. E agora você está aqui com Jude.

— James — protestei, calma. — Eu escolhi *você*. E sabe do que mais? Mesmo aparecendo aqui que nem um zumbi, eu *continuo* escolhendo você. Nunca me arrependi do nosso casamento.

— Você me abandonou.

— Abandonei nossa vida. Não aguento mais bater cartão, o trânsito, a superficialidade, o *barulho*. Amo você, mas nunca nos vemos. Não estou rejeitando a advocacia, só a forma como trabalho. Não estou rejeitando você, só a forma como nossas vidas nos forçam a ser.

Deitando-me ao lado dele, pressionei o rosto em seu ombro. James me levou mais para perto. Reconfortada pelo gesto, esperei que ele falasse alguma coisa, mas sua respiração ficou mais pesada.

— Deve ter algum sedativo no ar — sussurrou, e voltou a dormir.

Não dormi, apenas fechei os olhos. Não precisava ver para apreciar o calor de sua pele, a sensação de seu corpo junto ao meu, mas não era um desejo sexual que me invadia, apenas prazer pela familiaridade das nossas posições. E me senti grata por meu marido ter vindo, por ter se importado o suficiente para me ouvir. E respeito; sim, respeito por uma ética de trabalho que o fazia se sentir culpado por perder uma reunião. Além disso, também havia a esperança. Ele perdera *mesmo* a reunião e nem hesitara antes de dizer a Mark que não iria trabalhar hoje.

Resumo da ópera? Se James me pedisse para escolher entre me divorciar e voltar para Nova York, eu voltaria para Nova York. O que nós tínhamos era bom demais para desistir.

Dito isso, não gostava dessa opção. Tinha de existir outra melhor.

Eu não estava nem perto de encontrar uma resposta quando James acordou novamente. Já eram quase 14h. Enquanto ele tomava banho, fiquei sentada no banco sob a janela, odiando o momento em que meu marido entraria em seu carro alugado e voltaria para o sul. Estava pensando que ele nem perguntara sobre a BMW, que isso era um bom sinal, quando outro sinal surgiu.

James apareceu vestindo uma calça jeans com cós baixo, sem camisa e sem sapatos, esfregando a toalha no cabelo.

— Eu devia aproveitar para conhecer sua amiga Lee — disse. — Quero escutar a história antes de ligar para Sean.

Os fatos não mudaram. Lee contou a história basicamente da mesma forma que me contara. Naturalmente reticente, ela não fez longos discursos, apenas respondia as perguntas na ordem que eram feitas. E James foi ótimo com ela, paciente e concentrado, como eu sabia que seria. Interagir com pessoas, fossem elas clientes, testemunhas ou jurados, era seu ponto forte. Até mesmo o tom de sua voz dava um ar diferente à conversa. Ao observá-lo, escutá-lo, fiquei mais convencida do que nunca que seu trabalho atual — *nosso* trabalho atual — não era a escolha correta.

Em determinado momento, quando Lee ficou tensa ao discutir sua ficha na polícia, ele a fez relaxar, dizendo:

— Você não aprendeu a cozinhar na prisão. Aqueles bolinhos estavam deliciosos. Os que eu encontro geralmente são duros feito pedra, mas os seus, não. Por que a massa é tão leve?

— Coalhada — respondeu ela, tímida. — Gosto de brincar com as receitas. Só preciso acertar as proporções.

— Bem, Sean adora comer, então leve aqueles bolinhos e ele será seu escravo para sempre. É um cara legal. Um dos amigos de escola dele passou um ano preso por ser acusado de homicídio quando era inocente, então leva essas coisas para o lado pessoal. Trabalha para um escritório que lida com direitos sobre propriedades, mas já verificou e não há conflito de interesses. — James olhou para mim antes de se voltar para Lee, falando numa voz ainda mais gentil: — Sean vai precisar de uma comissão. É a política do escritório. Tem alguém que possa pagar?

— Eu posso — disse Amelia, da porta.

Eu não sabia há quanto tempo estava ali, mas presumi que, se estava disposta a aceitar a recomendação de meu marido, devia ser bastante. Provavelmente vira seu profissionalismo, percebera sua capacidade.

James levantou-se. Após apresentar-se, disse:

— O nome dele é Sean Alexander, trabalha na Henkel e Ames. Já ouviu falar deles?

— Não — respondeu Amelia, direta.

— É um escritório pequeno, que faz um pouco de tudo e tem grandes recursos e clientes importantes. Pode acessar o site.

— Faremos isso — disse ela num tom que mostrava que não aceitaria apenas a palavra *dele*, o que me irritou.

É *claro* que ela verificaria; uma mulher de negócios bem-sucedida não agiria de outra forma, mas não precisava ser tão agressiva quanto a isso.

James, para seu crédito, permaneceu inabalável. Ciente de quem pagaria a conta, não ignorou Amelia totalmente. Mas voltou sua atenção para Lee, agora com o celular na mão, buscando sua agenda de contatos. Anotou o número de Sean, então o seu, entregou o papel à confeiteira e explicou algumas das coisas sobre as quais precisaria conversar com o advogado.

— Ele está esperando sua ligação — disse, finalmente. — Se houver algum problema, pode falar comigo.

— Brincar com as receitas — comentei um tempo depois, quando chegamos ao carro dele. — É disso que preciso, sabe. — Quando meu marido pareceu não entender, expliquei: — Os bolinhos de Lee. Ela brinca com a receita até acertar as proporções. É isso que quero fazer, James. Não se trata de abandonar minha vida, mas de ajustar os ingredientes. E você tem razão — continuei, vendo a situação com clareza agora, mas, mais importante, sentindo confiança o bastante em James para confessar: — Jude já foi importante para mim. Tudo que fiz depois que saí daqui era o *oposto* do que ele faria. Ele era um extremo. Mas nós também somos. Quero algo no meio do caminho.

Meu marido abriu a porta e jogou sua mala lá dentro. Depois, apoiando os braços no teto do carro, baixou a cabeça.

— Você gostou de Lee — argumentei. — Sei que gostou. Vi algo diferente lá na cozinha. Uma calma. Uma satisfação breve, mas profunda.

— O que você viu — ele inclinou a cabeça para me olhar — foi eu me concentrando, porque, para variar, consegui dormir esta noite.

— Talvez, mas não foi só isso.

— Ela passou por momentos bem difíceis — disse James. — Eu precisaria ser um bloco de gelo para não me comover.

— Uma satisfação breve, mas profunda — repeti. — É engraçado como ajudar as pessoas faz você se sentir assim. Seu trabalho também causa essa sensação?

Cedendo com um suspiro, ele se esticou.

— Volte e encontraremos um meio-termo.

Envolvi os braços ao redor do corpo.

— Se eu voltar, vou ser engolida por aquela loucura de novo. Começo a tremer só de pensar.

— Bem, não posso ir embora — insistiu James. — Talvez possa mudar meu trabalho, e venderemos o apartamento para comprar algo menor no Brooklyn, com um quintal para as crianças... mas as crianças ainda não existem. Tem pensado sobre isso?

Senti uma pontada.

— Estou fugindo disso também.

— O que estávamos fazendo não funcionou.

— Eu sei.

A próxima etapa envolvia remédios cujos possíveis efeitos colaterais causariam dores de cabeça, enjoos, cólicas e até ondas de calor, de acordo com o que lera na internet — e, sim, sabia que esses eram *possíveis* efeitos colaterais. A maioria das mulheres não sentia nada. Mas como não se preocupar depois de ler isso?

Engravidar devia ser a parte fácil. O corpo de uma mulher é *feito* para isso. Esse sempre fora meu *sonho*.

Porém, fisicamente, agora eu estava aqui e James estava lá. *As coisas acontecem por um motivo*, pensei, sem me dar conta de que dissera isso em voz alta, até James responder, irritado:

— E qual motivo seria esse? Nós não devemos ser pais? Nós estamos tentando demais? Não temos *tempo* para filhos? Isso é um monte de besteiras, Emily, e você sabe.

A intensidade da resposta dele era reconfortante, na verdade. James queria filhos tanto quanto eu. Mas como fazer isso acontecer? Eu apertei os braços ao meu redor.

Meu marido me encarou, encarou a floresta, encarou o carro que não era dele. Então, com um grunhido, tirou o celular e as chaves do bolso.

— Preciso ir. Vou trabalhar enquanto dirijo. — James estava praticamente dentro do carro quando voltou. Seus olhos demonstravam sinceridade. — Já vim aqui duas vezes. Ofereci trocar de emprego. Agora é sua vez. No que está disposta a ceder?

Não sabia. Idealismo, amigos, marido, advocacia, tempo, paladar, diversão — me parecia que já cedera tudo. O que manter daquela existência? O que jogar fora? Se a vida se tratava de acertar a receita, precisava descobrir quais eram os ingredientes antes de brincar com as proporções. O problema, é claro, era que eu não podia passar uma tarde na cozinha, testando os resultados.

— Pense nisso, Emily.

Desta vez, quando ele entrou no carro, foi pra valer. Um minuto depois, o veículo dava a volta na praça. Eu o observei até virar a curva e sumir de vista.

Foi quando Amelia se aproximou.

Capítulo 16

Eu teria dado qualquer coisa para evitar Amelia naquele meu momento de vulnerabilidade. Mas não podia dar as costas e ir embora. Além de covarde, eu estaria sendo *mal-educada*. E imprudente. A mulher fora respeitosa com James, e era ela quem pagaria as contas de Lee.

A matriarca estava elegante em sua blusa xadrez e calça cáqui. Na juventude, seu cabelo foi do mesmo tom louro que o de Vicki e Jude, e, apesar de estar misturado com branco agora, continuava cheio. Desde que a conhecera, sempre foi curto, penteado para trás das orelhas num estilo apropriado para uma executiva. Suavidade não era uma de suas prioridades. Até mesmo hoje, sob a sombra de uma nuvem que aplacava o sol da tarde, ela parecia severa.

E arrogante.

— Problemas no paraíso? — perguntou com aquela voz grave e audaciosa.

— Na verdade, não — respondi, sem mentir. Nova York não era, nem de perto, o paraíso.

— Ele não parecia muito feliz com você — insistiu. — Nem um beijo? Nem um abraço?

— Só está dizendo isso porque não nos viu ontem à noite.

— Realmente — concedeu ela. — Foi mesmo gentil da parte dele vir até aqui.

Gentil? Que tal amoroso, leal ou preocupado? Até mesmo *excitado*? Amelia escolhera a palavra mais insossa, então a joguei de volta para ela:

— James é assim. Ele se importa com as pessoas. É o homem mais gentil que conheço.

Gentileza era a última palavra que alguém associaria a Jude, que precisava ser o motivo para aquela conversa. Minha presença mexia com Amelia; ela deixara isso bem claro na nossa última conversa a sós.

— Seus pais devem estar chateados com isso.

— Com ele ser gentil?

— Com sua separação.

Havia um brilho no olhar dela. Não queria acreditar que fosse malícia, mas não podia culpar a bebida desta vez. Amelia estivera com Charlotte antes do nosso encontro, o que significava que não bebera, e não segurava um copo agora.

Lancei-lhe um sorriso confuso.

— Não estamos separados. Ele está ocupado com o trabalho, e eu precisava descansar.

— Estão testando passar um tempo sozinhos então?

— Não do jeito que você quer dizer.

Pensei em ir embora — dar uma desculpa qualquer, dizer que não me sentia bem —, mas, se Amelia queria dizer alguma coisa, ela faria isso agora ou em outro momento. Agora era melhor, enquanto estávamos sozinhas.

— Jude diz que você o está evitando — começou.

Sorri, curiosa.

— É mesmo? Não. Não estou. Simplesmente não temos muito que conversar.

— Sinto muito por isso. Esperava que as coisas fossem ser diferentes.

— Eu sou casada, Amelia.

— Mas não é feliz — disse ela, levantando uma mão para impedir que eu respondesse. — Você pode falar o que quiser, mas sinto que estão com problemas. E isso é normal. Todo casamento passa por dificuldades. Você e Jude também teriam momentos difíceis se tivessem se casado.

Admirada, ri.

— Jude e eu não conseguimos durar nem *um* verão.

— Sinto muito por isso também. Eu torcia para você ser a mulher certa.

Fiquei lisonjeada, mas não surpresa. Amelia gostara de mim naquele verão. A antipatia viera depois, quando eu fora embora e ela precisara de um bode expiatório.

— Ele provavelmente estaria melhor com outra pessoa.

— Quem? — perguntou a matriarca, menos serena. — Ele sempre dá um jeito de estragar tudo. *Por que* filhos desapontam os pais?

Nem precisei pensar muito na resposta.

— Talvez porque os pais esperem demais deles.

— Se você espera pouco, recebe pouco.

Ela andou até o local onde o carro de James estivera estacionado, agora uma vaga vazia ao lado da van de Vicki. Depois de remexer o cascalho com o pé por um minuto, Amelia analisou o veículo, passando a mão pelo logotipo, antes de se encostar nele.

Pensativa, olhou para a floresta.

— É complicado ter filhos. Você os cria para ser uma coisa e eles acabam virando outra. Faz o melhor que pode, mas nada é garantido. Vicki foi fácil. Mas meu filho? Foi um desafio desde o início. Ele sempre soube como tornar as coisas mais difíceis.

Pensei em algumas das coisas absurdas que Jude fizera — como a aposta com os amigos sobre futebol, em que o perdedor teria de correr pelado pela praça, uma história que eu só escutara, mas que adoraria ter presenciado, já que Jude perdera e achara tudo muito divertido, conforme Vicki contava — e precisei sorrir.

— Em alguns aspectos, isso é fofo.

— Só para você, que não é a mãe dele. — Amelia voltou a olhar para mim. — Nem esposa. Mas me conte, onde James nasceu?

— Maryland.

— E o que os pais dele fazem da vida?

— Trabalham para o governo.

— Com política?

— Não, são funcionários públicos. Têm uma carreira estável.

— E têm casa própria?

— Uma pequena. Por que tantas perguntas?

— Só quero entender por que o escolheu e não Jude.

— Amelia — enfatizei com uma risada —, Jude me deu um pé na bunda. Ele escolheu Jenna.

— Bem, eu sei disso — cedeu. — Mas você acabou ficando com alguém tão diferente... Só quero entender. Qual foi a atração?

— James não é diferente. Ele é tudo que eu sempre quis. Jude era a anomalia. Meu marido apareceu quando eu precisava de um lembrete, de um *sinal*, de como minha vida deveria ser.

— Não acredito em sinais — afirmou Amelia.

Sem querer mencionar carros quebrados e uivos de coiotes, permaneci em silêncio.

— As coisas simplesmente acontecem — continuou ela —, e nem sempre da forma como planejamos. — Lançou um olhar irritado em direção à praça. — Não planejei viver *aqui*, isso é certo.

Ressentimento?

— Mas você ama esta cidade — protestei.

— É mesmo? Estou aqui porque me casei com Wentworth Bell. Não imaginava que ele ia morrer com 48 anos, nem que eu ia acabar administrando o Refúgio, mas, quando não resta mais ninguém para fazer o trabalho e você precisa dormir com as vozes de todos os antepassados Bell dizendo que o Refúgio precisa continuar na família, não pode simplesmente largar tudo. Só assumi os negócios depois que Wentworth morreu porque era a coisa certa a fazer.

— Mas você *ama* aquele lugar — insisti. Para mim, essa sempre fora sua força. Ela era possessiva, se envolvia em cada detalhe do funcionamento. O Refúgio prosperara sob sua direção. — E é *boa* no que faz.

Amelia suspirou:

— Bem, é só isso que tenho, e não faz sentido fazer as coisas pela metade, mas esse nunca foi meu sonho.

— E qual era?

— Você conversou com Lee. Não consegue adivinhar? — Ela cruzou os braços. — Nós duas não crescemos juntas. Ela é bem mais jovem; sua mãe era a irmã mais nova da minha. E meu lado da família não tinha problemas com a polícia. Mas éramos pobres. Arrumei meu primeiro emprego aos 10 anos. A única coisa que queria era não precisar trabalhar nunca mais.

— Uma mulher desocupada? Nem consigo imaginar isso.

— As pessoas se adaptam. Você me vê como sou hoje. Mas nem sempre dei ordens. Quando estava no ensino médio, trabalhava num asilo, e fazia de tudo. O salário não era muito, mas era melhor que nada.

— Onde conheceu Wentworth?

— Na faculdade, Oberlin. Eu recebia bolsa. Nem preciso dizer que a família dele não ficou muito feliz. — A boca de Amelia se entortou. — Parece a história de Lee, não é?

Parecia mesmo, porém era difícil me desvencilhar da ideia que eu tivera da matriarca por tanto tempo.

— Bretton é um nome aristocrático.

— É bonito, não é? Amelia Bretton Bell. Eu teria mudado, mas soa tão bem.

Ela me encarava, seu olhar desafiador, mas um pouco... diluído. Seus olhos castanho-claros me pareceram desbotados, com seus traços dourados menos notáveis do que eu me lembrava. Mas, é claro, olhos dourados eram uma característica dos Bell, e ela nascera uma Bretton. Só por isso, naquele momento, parecia mais humana.

— Por que estou lhe contando isso — disse ela, mas sem realmente fazer a pergunta.

Da minha parte, continuava esperando a conversa alcançar seu objetivo.

— Talvez porque queira que você saiba que, às vezes, tenho meus motivos para ser amargurada. Vicki acha que eu bebo demais, mas não é o caso. Cresci com bêbados. Sei das armadilhas. É claro que me dou ao luxo ocasionalmente. Uma bebida pode melhorar a situação quando você pensa que está fazendo a coisa certa e as pessoas jogam seus esforços de volta na sua cara.

Era absurdo, já que não éramos amigas de verdade, mas me parecia que Amelia estava desabafando para mim — como se quisesse compartilhar algo e não estivesse se saindo tão bem. Fiquei esperando.

Com outro suspiro, ela se afastou da van, e, por um minuto, pensei que a conversa acabaria ali. Então tropeçou, e senti que sua humanidade aumentava.

— Jude me achava ridícula. Zombava da minha casa, do meu carro, das minhas joias. Será que não percebia o quanto isso me magoava?

Tudo bem, ele não queria viver como nós, isso dava para entender, mas se mudar para uma cabana suja? Sabe como é pra uma mãe ser rejeitada dessa forma por seu filho adulto?

— Jude só queria fazer as coisas do jeito dele — tentei gentilmente, apesar de não ter certeza de que ela me ouvira.

Parecia que tudo que estivera guardado dentro de Amelia estava prestes a explodir. Ela continuou a falar imediatamente depois de mim:

— Mas como eu poderia ter reagido? Uma mãe se importa. Os filhos acham que somos imunes, que somos intrometidas, mas a vida *exige* isso de nós, e temos sentimentos. Toda mãe tem. Você não faz ideia de como é ver seu filho se destruir aos poucos, quando sempre podia ter optado por coisas melhores. Mas ele não escuta. Você mostra os fatos, e ele ri. Você tenta convencê-lo a ser sensato, mas ele parece surdo. E aí você grita e, pela primeira vez na vida, deixa a emoção tomar conta, e o que ele faz? Vai embora!

— Ele está aqui agora — disse suavemente, e senti pena daquela Amelia diferente. Seus olhos pareciam atormentados. Nunca a vira daquele jeito antes.

— Daqui a pouco irá embora de novo. Não se sente confortável comigo.

— Achei que as coisas estavam indo bem.

— Para ele, talvez — disse, e se embolou com as palavras: — Por que não iriam? Ele faz o que quer e ignora todo o resto. Mas já vi tudo. Jude vai embora novamente, a menos que alguém como você se meta no caminho dele. — E lá estava, o motivo da conversa. Seus olhos me perfuraram. — Você poderia salvá-lo, Emily. Tem certeza de que não há esperança para vocês?

A única razão para me sentir levemente mal foi o tom de súplica que ouvi, que era estranho — *triste* — vindo de uma mulher tão majestosa quanto Amelia. Mas não havia nada que eu fosse capaz de fazer.

— Não posso — disse, fazendo minha própria súplica de que ela não me pedisse aquilo. — Nosso momento já passou. Mas o de vocês, não. Se Jude não quiser cuidar do Refúgio, pode fazer outras coisas.

— Tipo o quê?

Tentei pensar em algo que pudesse funcionar.

— Crie um cargo para ele. Torne-o um embaixador itinerante. Vice-presidente a distância ou algo assim.

— E esse já não era o cargo dele?

— Não oficialmente, e não havia a promessa de que ele teria de voltar e se tornar presidente um dia. É disso que tem medo.

— Também tenho — argumentou Amelia, sua voz ficando mais alta. — E o que vai acontecer quando eu morrer? Quem vai assumir os negócios? Noé? Ah, maravilhoso. Ele tem 9 anos. E, se herdar o cérebro da mãe, estou lascada.

— E Charlotte?

— Ela tem 3 anos.

— Os dois são primos...

— A obrigação deveria ser de Jude! — Baixando a voz, ela tentou novamente: — Ele ama você, sabe?

Eu poderia ter argumentado que ela própria negara isso havia menos de uma semana. Mas, de repente, um outro detalhe devia ser mencionado.

— Jude ama o que não pode ter.

— Ele voltou por você.

— Não. Ele não sabia que eu estaria aqui. Jude voltou por *você*. Ele quer... — me interrompi, considerando a resposta.

— O quê? Diga. Eu faria qualquer coisa.

Na mesma hora, me vi de volta à mercearia com meu pai.

— Meus pais dizem a mesma coisa. A única coisa que eu quero é ser amada como uma pessoa adulta que tem direito de seguir seus próprios sonhos.

— E não amo Jude assim? — argumentou Amelia. — Eu o deixei viver onde queria, mesmo achando que era um buraco, e se vestir como queria, mesmo achando que se parece... como as pessoas com quem cresci e passei a vida tentando evitar. *Deixo* ele fazer essas coisas.

Assim como meu pai "deixara" que eu ficasse aqui.

— Mas ele sente que não aprova suas escolhas.

— Porque suas escolhas são *erradas* — insistiu.

— Talvez para você, mas Jude não pode viver de acordo com suas preferências.

— Preciso que me ajude, Emily. Se você se importa com Vicki, vai fazer isso, porque sou a mãe dela. Amo meu filho. Quero conviver com ele. Perdi dez anos. Não aguentaria passar por tudo aquilo de novo.

— Ah, Amelia — disse, sentindo pena pela incapacidade dela, não de Jude, de aceitar a verdade. — Não posso controlá-lo. Minha vida é em outro lugar, e é tudo que ele detesta. Não tenho qualquer influência.

— Tem sim. Você foi a melhor namorada que Jude já teve. Meu filho diz que você é a consciência dele.

Bem, eu sabia disso. Mas o fato de Amelia também saber sugeria que Jude poderia ter armado nossa conversa.

— Converse com ele — insistiu. — Tente convencê-lo. Diga que *deve* pedir a guarda de Noé. Diga que poderia revolucionar o Refúgio, que poderia deixar sua marca, que o transformaria num lugar especial para seu filho herdar. — Amelia respirou fundo. — Preciso que me ajude, Emily. Seria tão *difícil* assim?

Não respondi, e ela me deixou logo depois. Uma semana e meia antes, quando minha cabeça ainda estava cheia de sons de estática e não me restava mais energia alguma, eu teria feito as malas e ido embora. Já tinha problemas suficientes. Mas as semelhanças entre os dois casos não podiam ser ignoradas. Eu era para meu pai o que Jude era para Amelia — um filho rejeitando o sonho de seus progenitores. Se eu conseguisse me ajudar enquanto o ajudava, nós dois sairíamos ganhando.

Pelo menos esse foi meu argumento para não sair de Bell Valley naquela mesma hora.

E aí algo mais aconteceu para firmar minha decisão. Na sexta-feira, Lee saiu da cama só para descobrir quatro pneus furados na caminhonete que usava para ir e voltar do trabalho. O veículo era velho, mas os pneus, novos, e o ato fora executado de forma que não aparecia nas filmagens. Alguém, encoberto pelas árvores, o fizera dando tiros, provavelmente usando um silenciador para Lee não escutar.

A polícia foi conversar conosco na cozinha da Raposa Vermelha — três agentes da força de Bell Valley que se empanzinavam de bolinhos de damasco enquanto Amelia insistia que eles tinham um assassino para perseguir, o que nada ajudava a paz de espírito de Lee. A polícia prometeu vigiar a casa, mas, além de registrar o tipo de bala que fora usada, não havia mais nada a ser feito.

Lee estava com os nervos em frangalhos, e não podia culpá-la. Porém, enquanto ela afirmava que aquilo só provava que não deveríamos criar confusão, eu rebatia que era exatamente ao contrário. Demorou um pouco — e Amelia teve de insistir bastante — antes de conseguirmos convencê-la. Deixamos a matriarca com a polícia, solicitando o que precisaríamos dos arquivos deles, e fomos para o pequeno escritório de Vicki, onde Lee poderia fazer sua ligação com calma.

— Segunda às 10h? — repetiu o que Sean dizia, olhando para mim. Quando fiz que sim com a cabeça, ela adicionou: — Sim. Obrigada. Sim. Às 10h. Até lá.

Ainda me observando, Lee desligou. Com uma mão trêmula, afastou a mecha de cabelo que cobria um de seus olhos, revelando o dobro do medo.

— Então não posso ir — gemeu, tímida. — Vou perder a hora do café da manhã, porque teria de sair daqui às *7h* para chegar lá na hora, o trânsito vai estar uma porcaria, e não sei nem onde vou poder *estacionar*.

Segurei os braços dela.

— Você pode deixar tudo pronto na noite anterior, e Vicki só vai precisar colocar as coisas no forno. Isso é importante, Lee. Alguém se deu ao trabalho de atirar no seu carro só para evitar as câmeras. Ele está achando graça disso tudo, o que significa que não vai parar. E você não pode desistir da sua vida. Se não gostar de Sean, você não é obrigada a usar os serviços dele. E também não sei onde estacionar, mas vamos descobrir. E, se ficarmos presas no trânsito, ligaremos para o escritório e avisaremos que nos atrasamos.

Não era só por Lee, Sean ou Amelia que eu insistia. Era por James e eu. Ajudar Lee era algo que estávamos fazendo juntos, o que significava muito.

James também devia achar isso, pois mal havíamos chegado ao escritório do advogado em Boston, na manhã de segunda-feira, quando ele ligou para Sean, que parecia cada vez mais animado — sorrindo, fazendo anotações — conforme o tempo passava. Já estava começando a me perguntar o que meu marido tanto falava quando Sean colocou a chamada em espera e me chamou para a mesa de reuniões no fundo da sala.

— Quer conversar com ele enquanto pego as informações com Lee? Queria. Puxei uma cadeira e atendi.

— Como você está? — perguntei, baixo o suficiente para não atrapalhar os outros.

— Ótimo, querida — respondeu ele, e essas duas palavras pareciam mais animadas do que qualquer coisa que eu o ouvira dizer em meses. — Você não vai acreditar. Um dos meus colegas de trabalho vem de uma família importante de Boston. Geralmente não trabalho com ele, mas, só para ver no que ia dar, mencionei o nome do fiduciário do fundo de Lee, Albert Meeme. A reação foi instantânea. A família dele usava os serviços de Meeme até os relatórios do fundo começarem a ficar estranhos... várias cobranças, detalhes que foram chamando atenção. Meeme disse que era inocente, mas, quando começaram a perguntar por aí, descobriram que ele tem um histórico de fraude.

— Isso foi provado? — perguntei, animada. Aquilo seria a solução para o caso de Lee.

— Não, só umas infrações pequenas que não foram levadas a juízo. Registros desleixados, dinheiro movimentado misteriosamente, atitudes evasivas.

— Evasão fiscal.

— Certo. Mas, e isto é o que conta para Lee, também tiveram alegações de fundos sendo alterados para favorecer um ou outro beneficiário, com Meeme ganhando uma porcentagem. Ninguém conseguiu provar nada, e o escritório dele encobre tudo, então apenas quem está envolvido com a situação sabe. Sean já tinha escutado os boatos, mas clientes insatisfeitos reclamam o tempo todo. Mas não é o caso de Lee. Não está insatisfeita. É só uma vítima inocente, e a história dela dá base para suas alegações. Além disso, é um incentivo para Sean. Se finalmente conseguir incriminar o cara por alguma coisa, isso vai ficar bem no currículo dele. Mas não é só isso, Em. Consegui um caso fantástico hoje cedo.

— É mesmo? — perguntei, ainda animada por conta de Lee.

— É *pro bono*, mas pode ser interessante. A cliente é uma mulher, Denise Bryant, que foi presa por homicídio. Atropelou um garoto andando de bicicleta. Ela não tem ficha criminal, mas a perícia provou que estava acima do limite de velocidade para ultrapassar outro carro. A ultrapassagem era permitida no trecho, mas o tempo estava ruim. O garoto tinha 15 anos. Ele e os amigos estavam fazendo manobras numa pista que dava na rua. Ela quer processar a família do garoto por permitir que ele andasse de bicicleta sem usar um capacete. Não é fantástico?

— Interessante — disse, porque a questão moral realmente era.

Mas, apesar de estar feliz por James, não estava tão feliz assim por mim. Se eu considerava o trabalho como o inimigo, um bom caso não ajudaria muito.

Meu marido ouviu minha hesitação.

— Eu sei, Em. É um começo. Mark sabe que me sinto frustrado com o trabalho. Derek Moore é o sócio encarregado, mas ele anda tão ocupado que tomarei conta do caso. Vou até Bedford Hills entrevistar a cliente. Vou ao tribunal. Vou estar em contato com o departamento penitenciário, o juiz, a promotoria... pessoalmente. Isso vai ser bom para minha carreira, ao mesmo tempo que ajudo uma pessoa. Um caso assim pode me ajudar a aguentar até as coisas melhorarem.

Era isso que me deixava preocupada, em parte porque não confiava nos motivos de Mark. Temi que James estivesse sendo tratado com condescendência, ou que acumular trabalhos fosse um teste para ver até onde ele aguentava. Mark sabia que meu marido não recusaria um caso *pro bono*. Bem, nem eu recusaria. Ajudar alguém que estava sendo punido quando a vítima também compartilhava um pouco da responsabilidade? Eu ficaria feliz de trabalhar em casos assim para sempre. Infelizmente, isso não pagava as contas, e Mark com certeza estava ciente disso.

— Você vai ter tempo para isso? — foi só o que perguntei.

— Dou um jeito. Como está indo com Sean?

— Acho que bem. Ele está conversando com Lee agora.

— E como foi a viagem?

— Tranquila.

— Nada de claustrofobia? — perguntou ele, seco o suficiente para indicar o que queria dizer. Eu fugira de uma cidade. Por que aquela era diferente?

— Na verdade, estava tão concentrada em entrar nas saídas certas e estacionar logo o carro que nem prestei atenção no restante — disse.

— Depois lhe conto como foi a volta. Obrigada pelas informações, James. Você foi ótimo.

Desliguei o telefone dizendo a mim mesma que ele tinha direito de se perguntar sobre meu estado de espírito, mas que o interesse em Lee era algo positivo, que o caso *pro bono* podia não dar em nada, e que, de toda forma, eu estava feliz por James ter pedido para falar comigo. Nós costumávamos ligar um para o outro o tempo todo para discutir casos novos, casos antigos, casos onde um colega não estava fazendo sua parte. Era um lembrete de que havia um *nós* acima de tudo aquilo.

— Estamos terminando a história — explicou Sean quando me juntei a eles.

Ele era um cara bonito, com cabelo ruivo curto e óculos de armação metálica, e fazia uma enxurrada de perguntas, parando para reformulá-las apenas quando Lee parecia não entender. Concluí que seus clientes geralmente eram mais entendidos do assunto, e com certeza mais ricos.

Enquanto escutava a parte final, fiz uma pergunta ou outra a Lee quando achei que havia se esquecido de mencionar algum detalhe. Ela entregou os boletins de ocorrência que documentavam o assédio, assim como as faturas do fundo que indicavam a queda drástica de valores desde a morte do marido. Estes últimos fizeram as bochechas de Sean ficarem vermelhas.

— Um advogado ruim só complica a vida de todo mundo — disse ele, claramente irritado. — Incriminar Albert Meeme por algo seria um serviço de utilidade pública. — Para Lee, explicou: — Temos vários especialistas em inventários aqui. Eu lido com a parte do julgamento, tenho experiência com esse tipo de caso. O primeiro passo é pedir uma análise contábil do fundo para um juiz.

— E do que precisamos para isso? — perguntei.

— Apresentaremos um resumo do caso, esses documentos, talvez uma declaração legal com o testemunho de Lee. Podemos fazer essa última parte agora. Dou entrada no requerimento como urgente, usando o assédio como justificativa.

— E isso vai fazer com que parem? — perguntou Lee, tímida.

— Deveria — respondeu ele com cuidado. — Se alguém sabe que está sendo observado, pensa duas vezes antes de continuar.

— Eu não precisaria estar presente, não é? No tribunal?

— Sim. Você é uma ótima testemunha.

— Não sou *não*. Nem sei o que *dizer*.

— E é por isso que é ótima — insistiu Sean, e me incluiu novamente na conversa. — Já consegui aprovar petições com menos provas, então não estou preocupado, e conheço o escrivão da Vara de Família e Sucessões, o que significa que podemos apressar a audiência. Depois que o pedido for aprovado, o tribunal pode indicar um contador, mas, se eu sugerir alguém que já seja conhecido, vão aceitar. E conheço a pessoa ideal. Ela é rápida e inteligente.

— E o que acontece depois disso? — quis saber Lee.

— Ela examina os livros contábeis.

— Onde? — perguntei.

— No escritório de Meeme seria mais fácil.

— Mas aí os irmãos de Jack vão descobrir — afirmou Lee.

— Eles vão descobrir de toda forma. Serão notificados pelo tribunal sobre a audiência. Vão enviar um advogado para argumentar contra. Seja lá quem for, não vai adiantar muito. Como eu disse, poderíamos ganhar até com menos provas. E Lee será uma ótima testemunha. — Sean olhou para ela. — Então é hora de decidir. Quer seguir em frente?

Lee não parecia feliz, e, por um segundo, me senti tão mal quanto no momento em que conversara com Layla em Nova York. Tomar uma atitude seria assustador, mas não fazer nada seria pior.

Eu não precisei argumentar. Lentamente, a relutância dela se transformou em aceitação. Para Sean, murmurou:

— Sim.

Prestei atenção enquanto saíamos de Boston. Sim, havia trânsito. E, sim, eu odiava aquilo. Sim, havia prédios. E, sim, eu odiava aquilo também.

Mas me sentia claustrofóbica? Enquanto ficava fazendo comparações com Nova York, começamos a atravessar o rio Charles. Ainda havia trânsito do outro lado, ainda havia prédios, ainda havia barulho. Mas sabia que tudo ficaria para trás quando alcançássemos a estrada e a paisagem se tornasse mais plana.

O que isso significava?

Significava que Boston era uma cidade mais tranquila, mas que eu estava tão ansiosa para voltar para lá quanto Lee. Nós duas teríamos de fazer isso, pois a Vara de Família e Sucessões ficava ali. E a situação seria suportável enquanto eu soubesse que poderia partir a qualquer momento.

Mas o que *isso* significava?

Significava que eu e James ainda tínhamos muito chão para correr antes de chegarmos a um acordo.

Capítulo 17

❧

Lee fora ótima em Boston, mas o que me deixava mais feliz era o envolvimento de James. Então liguei para ele no caminho de volta para contar as novidades. Meu marido atendeu imediatamente, tanto nessa hora quanto quando liguei novamente às 22h, apesar de soar meio sonolento. Eu o acordara.

— Ah, oi, desculpe. Volte a dormir.

Ele fez um som de quem estava se espreguiçando.

— Não. Preciso trabalhar.

— Está no escritório?

— Em casa. Na cozinha. Devo ter caído no sono.

— E deitou na bancada. — Seu laptop estaria afastado para o lado, seus braços sobre o mármore, o pescoço duro. — Ah, James. Você precisa de uma cama.

— Preciso de você — disse meu marido, e bocejou. — Preciso... preciso de um dia mais longo. — Ele xingou. — Certo, vou para a cama. Falo com você amanhã.

Mas fui eu quem ligou na terça-feira, logo depois de ter falado com Sean.

— Nossa audiência será sexta-feira à tarde.

— Lee vai testemunhar? — perguntou James.

— Sim. Vamos instruí-la por telefone, mas ele não quer exagerar. Acha que a falta de malícia dela vai ajudar. Palavras dele. Lee está apavorada de si, mas concordou.

— Houve mais algum incidente?

— Não. Estão a deixando de molho. O suspense faz parte do terror. Como estão indo as coisas por aí?

— Ahn. Tudo bem. — James não soava tão animado quanto ontem. — Mas tem algo estranho. Hoje de manhã fui a Bedford Hills entrevistar Denise Bryant e, quando voltei, Mark veio me perturbar para adiantar três relatórios diferentes. Ele... ele fica dizendo que meu trabalho está atrasado porque tenho faltado, e... eu digo que o trabalho está atrasado porque não tenho ninguém para me ajudar, e ele insiste que daria conta de tudo se... se me concentrasse mais, o que significa que não estava falando de Denise Bryant, mas de *nós*. O que vou dizer?

Eu tinha uma resposta, mas ela não era muito educada.

— Acho que alguém está no pé dele também — refletiu James. — Provavelmente o escritório não faturou muito este mês, mas... será que está sendo pior do que no primeiro semestre? Se a gerência está ficando nervosa, a situação deve ser ruim.

— Mas muito ruim?

Se James fosse demitido, estaríamos com problemas sérios. Ou não, de acordo com a teoria de que tudo tinha um lado positivo.

— Boa pergunta. Os funcionários sempre são os últimos a saber. Suspense também é um problema aqui. Assim ficamos sempre atentos. Como Lee.

— Sinto muito, James — disse, baixinho.

— Bem. É assim que as coisas funcionam. É por isso que preciso virar sócio. A votação é em outubro. Consigo aguentar até lá.

Uma hora depois, mandei uma mensagem para James dizendo que estava pensando nele, e fiz isso de novo no meio da tarde. Nas duas vezes, passamos um tempo nos falando. Foi divertido, mas fiquei imaginando James digitando com o telefone embaixo da mesa, onde Mark não veria.

Mas Vicki viu. Eu estava ajudando a colocar a mesa para o lanche depois de insistir para que ela ficasse sentada. Minha amiga parecia cansada. Assim como James, Vicki precisava de mais ajuda, mas o faturamento da Raposa Vermelha não permitia isso, e eu estava feliz em contribuir. Deixei o celular no bolso, enviando mensagens enquanto ia da cozinha para o salão.

— O que aconteceu com a mulher que odiava tecnologia? — perguntou ela enquanto eu digitava.

— Estou equilibrando as coisas — expliquei, devolvendo o celular para o bolso —, já que também estou organizando saquinhos de chá, lavando panelas e comendo biscoitos. James ficaria com inveja.

— Ficaria?

Ela tinha razão.

— Provavelmente não. Ele anda tão obcecado com o trabalho. Mas estamos nos comunicando, e não quero perder isso mais uma vez. Meu dia fica melhor quando nos falamos.

— Você parece muito dependente.

— Não. É uma escolha. — E agora isso estava bem claro para mim. Minha fuga já teria sido válida apenas por essa conquista. — Gosto de ouvir a voz dele. Gosto de contar as coisas. Talvez me sinta culpada por estar aqui enquanto James se preocupa com o trabalho. Mas, se ele precisar desabafar, quero poder ajudar.

— Você quer que ele seja dependente de *você* — provocou Vicki.

Antes eu do que Naida, pensei, mas disse:

— Só quero mesmo ter esperança. Se conversamos, isso significa que ainda temos chance, *nós*, como um casal. Significa que temos algo em comum além de trabalho, algo que ninguém pode tirar. Antes era assim. Gosto que as coisas estejam voltando a ser como no início.

— E isso significa que vai conseguir encarar Nova York de novo?

Pensei nisso.

— Significa que amo meu marido. Significa que quero estar com ele.

— Mas e Nova York?

— Não sei. — Senti o peso da decisão. — Eu devia estar pensando nisso o tempo todo, não é? Devia estar fazendo coisas que me ajudassem a tomar uma decisão. Mas talvez seja isso que tenha mudado. Sempre soube o que eu queria. Nunca me deixei levar. E sinto que preciso fazer isso agora. Não posso forçar uma decisão. Ela vai aparecer por conta própria.

Quando meu celular tocou, o tirei do bolso, certa de que seria James. Fiquei surpresa ao ver que era um número local. Jude? Amelia?

— Alô?

— Emily? Aqui é Katherine, do Refúgio.

— Katherine — disse. Não teria reconhecido sua voz. Parecia tensa. — Algum problema?

— Sua gatinha não está muito bem.

— Não está muito bem. — Fui instantaneamente inundada pelo medo.

— Pode vir aqui?

— Agora? É claro.

Depois de passar mais dois minutos arrumando as coisas, saí correndo da Raposa Vermelha. Eu estava indo a quase cem quilômetros por hora numa reta, algo que não era muito inteligente, mas senti a urgência que Katherine não expressara em palavras. Nuvens ameaçadoras enchiam o céu, como se refletissem meu medo. A recepcionista estava de folga, então entrei direto.

Minha gatinha não estava na Reabilitação. Não a vi em lugar algum. Ainda estava procurando feito uma louca quando Katherine chegou e me levou para uma sala pequena, onde havia um rapaz, obviamente um veterinário. Maravilhosa estava deitada de lado na mesa. Seus olhinhos estavam abertos, mas não pareciam estar registrando nada.

— Ela caiu? — perguntei, querendo acreditar no problema mais fácil.

Poderia cuidar dela até se recuperar. Katherine sabia que eu estaria disposta a ajudar, por isso ligara. Levaria a gatinha para casa. Não havia nenhum perigo para ela no quartinho do jardineiro.

Mas a mulher parecia abalada. Foi o veterinário quem explicou:

— Ela não quer beber nem comer. Seus órgãos estão parando de funcionar.

— Mas ela estava bem ontem — argumentei.

— Só que cada vez mais fraca. Você mesma notou.

— Mesmo assim — insisti. — Parando de funcionar? Não pode fazer alguma coisa? Dar algum remédio?

— Ela não vai absorver nada — disse ele, pesaroso.

Não gostei nada daquilo. Assustada, olhei para Katherine.

— Na melhor das hipóteses, podemos conseguir que viva mais uma ou duas semanas — disse ela. — Mas acho que seria uma pena deixá-la sofrendo.

Olhei ao redor, desesperada, tentando pensar numa solução, mas tudo que vi foram as duas seringas. Meus olhos ficaram cheios de lágrimas.

— Ela não vai sentir dor — prometeu o veterinário. — A primeira dose é um sedativo. Será rápido. Ela já está quase lá.

Minha garganta ficou ainda mais apertada, mas, mesmo se eu pudesse argumentar, o que ele dissera fazia sentido. Sim, eu fora informada de que Maravilhosa poderia viver uma vida longa, mas, no fundo, sempre duvidara disso.

— Posso segurá-la? — perguntei, sabendo que fora por isso que me ligaram.

Assim que ficamos sozinhas, encostei meu rosto no focinho dela, tão pequenino, sentindo os pelos macios, o calor que se esvaía. Ignorei os odores de antissépticos da mesa e me concentrei no cheiro que eu conhecia.

— Estou aqui, querida — sussurrei, tocando sua cabeça.

Os olhos dela se fecharam, abriram, focaram nos meus. Era esse o sinal que estava esperando. Eu a ergui com cuidado, aconcheguei-a em meus braços e me sentei na única cadeira da sala. Era de metal, com o assento e o encosto acolchoados, mas eu teria me sentado em carvão em brasa por aquela criaturinha que nunca tivera chance de sobreviver.

Inclinei-me sobre ela e sussurrei palavras amorosas enquanto balançava meu corpo para a frente e para trás. Ela esticou uma patinha, roçou a cabeça contra a minha e ficou imóvel. Foi quando eu soube. A gatinha estava esperando por mim. Esticando um pouco a coluna, toquei suas orelhas aveludadas que nunca cresceriam. Enquanto observava, a pele rosa foi ficando mais clara; suas veias não tinham mais sangue. Eu a apertei contra mim, preservando o calor que se esvaía de seu corpo até Katherine e o veterinário voltarem.

O estetoscópio dele confirmou.

Nenhum de nós falou. Eu a segurei em meus braços por mais um instante antes de enterrar meu rosto em seus pelos e dizer que nunca me esqueceria dela. Então, observei enquanto o veterinário a levava pelo corredor.

Katherine parecia abatida.

— Obrigada por vir.

Sem conseguir falar, eu fiz que sim com a cabeça, me despedi com um aceno e saí. As nuvens despejavam um dilúvio. Corri para o carro, mas estava ensopada quando o alcancei, e, uma vez lá dentro, me debulhei em lágrimas. Não sei por que estava me sentindo tão emotiva — se era porque aquilo me lembrava de outras perdas, como as dos meus cachorros, ou se, assim como minhas papilas gustativas, minhas emoções de repente estavam voltando a funcionar, ou, ainda, se era porque eu ansiava loucamente por ter outro ser vivo para amar.

Mas fiquei sentada ali no carro, chorando com as mãos sobre o rosto. Cinco minutos se passaram, talvez dez, antes de a porta do passageiro se abrir. Mal tive tempo para reagir — só consegui tirar as mãos de cima dos olhos — antes de Jude se enfiar lá dentro e bater a porta.

— Uau — disse ele, inclinando-se para a frente para olhar pelo para-brisa. — Não vejo uma chuva assim desde que estive em Seattle. Não está acostumada a dirigir na estrada molhada, garota da cidade? — perguntou, brincando.

Quando não respondi, Jude se virou para mim. Minhas mãos ainda cobriam o nariz e a boca, mas meus olhos estavam expostos.

— Está chorando? — perguntou, parecendo nervoso.

— Minha gatinha morreu — respondi. Mesmo abafada pelas mãos e pela chuva batendo no teto, minha voz soava anasalada.

— Você quer dizer uma gatinha daqui? — Quando confirmei com a cabeça, ele esticou a mão e tocou a parte de trás do meu pescoço. Seus olhos dourados pareciam compreensivos. — É assim que a natureza funciona, Emmie.

— Eu sei. Só os fortes sobrevivem. Mas ela *podia* ter ficado forte. Por que não teve a *chance*?

Os olhos dele permaneceram gentis, e seus dedos acariciavam meu pescoço.

— Alguns não têm. Eu sempre admirei as pessoas que conseguem encarar isso todos os dias. É uma coisa triste de se ver.

— Demais.

— Ela está num lugar melhor — ofereceu.

Minha garganta estava apertada. Só consegui assentir com a cabeça.

— Vocês vão se encontrar de novo um dia — adicionou ele.

— Só está dizendo isso para que eu me sinta melhor. Você não acredita no céu.

Ele sorriu, encabulado. Depois de um instante, disse:

— Quer dar um passeio? Fugir disso tudo?

Eu soltei uma risada esganiçada.

— Achei que já estava fazendo isso!

— Não. Um passeio rápido.

Pensei na minha gatinha. Gostava da ideia de reencontrá-la um dia, mas não podia estar com ela agora. A pobrezinha estava sozinha. E eu não queria isso para mim.

Saímos correndo do meu carro para o Range Rover que Amelia comprara recentemente e sobre o qual Jude não fez comentários, apesar de ter rido da minha BMW. Com os limpadores funcionando na velocidade máxima, ele deu marcha à ré e saiu correndo. Não falamos muito. Eu estava me recuperando depois de ter chorado tanto, e Jude — bem, não faço ideia do que estava pensando nem tinha forças para perguntar. Saímos da cidade sob a chuva intermitente.

Depois de dez minutos, ele entrou em uma estrada de terra que eu jamais teria notado. O carro aguentou os buracos bem melhor que a minha BMW poderia, mas, mesmo assim, enquanto sacolejávamos montanha acima, segurei a alça do teto do carro como se minha vida dependesse daquilo. Várias vezes escorregamos na lama ou em folhas molhadas, mas Jude facilmente recuperava o controle. Divertindo-se, ele parou apenas quando pedras bloquearam o caminho. Então, deu a volta ao redor do carro e abriu minha porta.

— Eu ofereceria um guarda-chuva — disse, pegando minha mão —, mas estamos relembrando um momento, e estávamos sem um naquele dia.

Eu estava me esforçando para enxergar através da chuva.

— Momento? Acho que não. Nunca estive aqui antes.

— Esteve sim. Vai ver.

Eu fui cambaleando atrás dele, mas, menos de um minuto depois, escorreguei e parei ao seu lado, junto a um muro de granito. E lá estava — a queda-d'água de Jude —, uma cachoeira enorme, caindo de uma altura de três metros e batendo no rio em jatos estrondosos antes de se juntar à corrente.

Se não estivesse chovendo, teria ouvido a queda-d'água antes. Mas minha incredulidade agora tinha um motivo diferente.

— Você *dirigiu* até aqui?

— Sim.

— Sabia que existia uma *estrada*?

— Sim.

— Então, da última vez, todas aquelas vezes, por que passamos três horas nos embrenhando pelo mato, escalando pedras, para chegar aqui?

Uma gota de chuva bateu no sorriso dele.

— Porque essa é a parte divertida da montanha. Prometi um passeio rápido hoje, então viemos de carro.

— A questão não é *essa*. — Eu me lembrava das mãos e dos joelhos arranhados, e das pernas que passavam dias doloridas. — Era perigoso. Eu arrisquei minha *vida*. Você nunca disse que tinha uma estrada.

— Você nunca perguntou. Mas chegar aqui não lhe dava a sensação de ter conquistado algo?

— Era *difícil*.

— Como a maioria das coisas boas da vida — disse ele com um olhar breve e revelador, mas, antes que eu conseguisse pensar numa resposta, Jude tirou a camisa. — Vou entrar.

Eu teria reclamado se ele tivesse resolvido arrancar a calça junto, mas isso não aconteceu — já estava tudo ensopado, de qualquer forma —, e Jude caminhou cuidadoso sobre as pedras escorregadias até chegar embaixo da cachoeira. Apesar do volume absurdo de água, ele virou a cabeça para cima. O céu permaneceu escuro, mas seu rosto estava iluminado de alegria.

Como continuar com raiva? Aquele era o melhor lado dele — era fantástico observá-lo em seu habitat. Jude podia ser o homem mais insensível do mundo, mas era a definição de uma pessoa vigorosa.

Depois de um tempo, abriu os olhos e se afastou da cachoeira, entrando num nicho estreito. Fui me equilibrando pelas pedras até lá.

Quando cheguei, fechei os olhos. Os aromas eram limpos, o som, alto, mas natural. Havia algo primal ali, algo emocionante que não tinha nada a ver com coiotes.

Estávamos sentados com nossas coxas molhadas encostadas uma na outra, as costas contra a parede, quando Jude perguntou:

— Você lembra?

— Lembro.

— Também não quis entrar na cachoeira naquele dia. Do que tem medo?

— De me afogar. Não ia conseguir aguentar aquela água toda batendo na minha cabeça.

Mas eu gostava de me sentar ali na borda. Estava ensopada, mas segura. E havia um homem desbravador ao meu lado, perfeitamente capaz de me proteger.

— E de mais o quê? — perguntou.

— Cobras.

— Ainda? — Os olhos de Jude estavam relaxados, propensos a conversar.

— Sempre.

— E de mais o quê?

Não precisei pensar muito.

— Perder meu emprego. Perder meu marido. Perder meu futuro.

— Como poderia perder seu futuro?

— Perdendo James.

— Ele é bom assim?

— Para mim, é.

— Isso foi uma indireta?

— Não. Só um fato.

Jude me analisou por um instante, antes de apoiar seus braços nos joelhos e a cabeça nos braços, olhando para a queda-d'água e a floresta através dela. Ficou em silêncio por algum tempo, e então sua voz quase não se fez ouvir sobre o estrondo da cachoeira.

— Tenho medo de ser um fracasso.

Era surpreendente ouvir uma confissão assim de Jude. Olhei para ele, mas seu olhar continuou distante. Gentilmente, disse:

— Nós todos temos.

— É diferente para mim. Quando você resolve ser invencível, arruma um problema.

— Que perspicaz.

— Está sendo sarcástica?

— Não. Eu entendo. Você gosta que os outros acreditem que é assim. E com o que tem mais medo de fracassar?

— Com a família. Sou péssimo com essas coisas.

— E isso o incomoda?

— Agora realmente está sendo sarcástica.

— Talvez, mas você nunca se incomodou com isso antes.

Ele olhou para fora de novo.

— Sempre fiz as coisas que sabia fazer melhor... coisas físicas, coisas que outras pessoas não conseguem fazer. Eu seria um *ótimo* capitão de um barco de pesca. Séria um *ótimo* alpinista no Everest. Se me oferecessem, seria o primeiro da fila para passear na lua.

Não duvidava disso. E também faria isso com primor.

— Mas relacionamentos são algo diferente — continuou Jude. — Não sei como fazer as coisas darem certo. — Lançou-me um olhar encabulado. — Ninguém entende por que ainda não fui visitar Noé.

O que eu podia dizer? Também não compreendia.

— Estou tentando pensar no garoto — explicou ele. — Devo mesmo entrar na vida dele se vou acabar sumindo de novo?

Parecia que Jude queria uma desculpa para não tentar, o que era diferente.

— Na última vez que conversamos, você estava pensando em pedir a guarda.

— Ainda estou. Eu acho. Mas não consigo fazer isso sozinho. Preciso que me ajude, Emmie.

Eu me afastei, assustada com o pânico em seus olhos.

— Ah, com o quê?

— Vou conhecê-lo amanhã. Não sei o que fazer. Seria mais fácil se você fosse junto.

Eu tinha as minhas dúvidas. Além do mais, não fazia questão nenhuma de me misturar com Jude, Jenna e a criança que eles geraram.

— Por que eu?

— Apoio moral. Você é meu talismã.

— Da última vez, eu era sua consciência. Sou só uma parte do seu passado. Não posso ser seu futuro, Jude — afirmei.

— Estou falando do presente.

— Sei. Com você, é sempre o presente.

— Tudo bem. Mereci essa. Mas o que quero dizer é que este é *seu* presente. Houve um motivo para você precisar sair de Nova York agora. Não acha que é uma coincidência incrível nós dois virmos parar aqui, ao mesmo tempo, dez anos depois? Você está aqui por minha causa.

— Que ideia egoísta.

Jude fez que não com a cabeça.

— Há um propósito.

— Que seria?

— Oferecer ajuda. Olhe, eu sei que você é casada. Já entendi. É casada, ama seu marido, e ele provavelmente a faz mais feliz do que eu seria capaz. Mas ainda há a questão de que você está aqui e James está lá. E que tipo de cara ele seria se achasse ruim você ajudar um velho amigo?

— Esqueça James — rebati. — Estou falando de mim e do seu filho. Eu também não vou fazer parte do futuro dele. Então, por que deveria ir junto?

— Porque ele vai *gostar* de você — disse Jude, nervoso.

Medo não era algo que eu associava a ele, nem mesmo quando o próprio usara a palavra. Mas o sentimento transbordava por sua fala agora. Jude tinha medo de Noé.

— Preciso de um incentivo — implorou. — É apenas isso que estou pedindo. Você nem precisa falar nada. Só quero apoio moral.

— Ah, Jude. — Eu me sentia em cima do muro, sem querer ser sugada pela vida dele, mas também não querendo ser a pessoa responsável pelo fato de um garotinho não conhecer o pai.

E então ele teve a audácia de dizer:

— Era você quem devia ter tido um filho meu, sabe. Se tivesse engravidado naquele verão, minha vida seria diferente.

E a minha também, mas não para melhor.

— Não comece — avisei, baixinho.

Quando Jude pegou minha mão e mexeu na minha aliança, repeti o aviso:

— A não ser que queira elogiar o anel, não diga nada.

Os dedos ficaram imóveis. Depois de segurar minha mão por um instante, ele a baixou com cuidado. Aquele era um divisor de águas. Assim como Jude aceitava que não conseguia mudar, eu aceitava que não queria mudar. A pessoa que estava ali comigo não exercia nenhum controle sobre mim. Em vez disso, o que nos controlava agora era a vida ao nosso redor. Essa era a beleza única daquele lugar.

Quando finalmente saímos do nicho, a chuva havia parado. A queda-d'água continuou a cair com força, mas o som já era inaudível quando chegamos ao outro lado do muro de granito; pouco depois do Range Rover, uma clareira entre as árvores exibia o solo coberto por folhas cinza-escuras e vermelhas, dando um ar dramático ao local.

— Os coiotes foram embora — observou Jude enquanto admirávamos a vista. — Não são vistos desde que parti.

Eu poderia tê-lo corrigido se não estivesse pensando na minha gatinha, que combinaria tão bem com aquele cenário, cambaleando até um lugar onde encontrasse o equilíbrio.

Naquela noite, quando os coiotes voltaram a fazer sua serenata de uivos, latidos e ganidos, Jude estava em qualquer outro lugar, e não era da minha conta.

Porém, eu fui ao jogo de Noé no dia seguinte, apesar de minhas ações serem mais para o bem de Amelia do que de Jude. Não poderia ajudá-la com o filho da forma como a matriarca gostaria, mas aquilo já era alguma coisa. E quem era eu para conseguir prever o comportamento de Jude? O homem era volúvel o bastante para dar uma olhada no garoto e decidir ser o melhor pai do mundo.

Nenhuma das cidades nos arredores tinha crianças suficientes para formar um time, então as equipes eram regionais, e as partidas aconteciam num campo ao sul de Bell Valley. Já que Jude estava em Concord novamente, eu fui sozinha, uma vez que ele estaria dirigindo da direção oposta.

Quando cheguei, as equipes estavam se aquecendo. Imediatamente, encontrei Jenna. Com o cabelo louro praticamente branco à luz do sol, ela se destacava na multidão, e parecia pequena contra a grade de metal onde se apoiava, perto da terceira base. Sua expressão ao me ver era de surpresa.

— Jude pediu que eu viesse — expliquei, parando ao lado dela. — Ele não contou?

Claro que não. Ainda pensaria em mim e Jenna como rivais, apesar de eu não me sentir mais dessa forma.

— Só vim observar — garanti. — Ele queria apoio moral.

— Por que será? — murmurou a mulher. Jenna não parecia feliz, mas achei que isso tinha mais a ver com o fato de Jude querer conhecer o filho do que com minha presença. Quando um homem surgiu ao seu lado com um copo de café, ela o apresentou: — Este é meu marido, Bobby Horn. Também veio para dar apoio moral.

— E para assistir ao jogo do meu filho — acrescentou Bobby, possessivo. Olhei para os meninos no campo.

— Quem é ele? — Todos usavam uniforme e boné, parecendo idênticos.

— O número 14 — disse Bobby, apontando para um grupo perto do treinador.

Depois de ser direcionada, eu o reconheceria mesmo sem saber o número. Ao me deparar com o rosto de Jude em miniatura, o mesmo choque que sentira ao ver a foto na mesa de Jenna no Refúgio me abateu.

O aquecimento acabou. As equipes se reuniram perto de seus bancos. Olhei para os carros, buscando Jude, mas ele ainda não chegara. Depois de usar meu boné para prender o cabelo e refrescar meu pescoço naquele ar quente e úmido, devo ter ficado parecida com as mães na plateia, pois, quando Noé sorriu para os pais, nem pareceu me notar.

— Ele sabe que Jude vem? — perguntei a Jenna.

— Não.

— Ele sabe que Jude é o pai dele?

— Sim.

— Seus outros filhos vieram?

— Não.

Noé jogava como interbases, e era impressionante. A estrutura física do garoto era igual à do pai e, mesmo tendo 9 anos, sem nunca conhecer o homem, seus movimentos eram idênticos. Quando ele se destacou mais uma vez no jogo, comentei:

— Ele é um bom atleta.

Jenna não respondeu. Estava olhando para os carros.

— Trânsito — sugeri.

Mas ela não ia engolir essa, e com razão. Talvez, apenas talvez, houvesse um congestionamento na saída de Concord, mas ele não encontraria problemas depois disso.

A primeira entrada passou, depois a segunda e então a terceira. Noé lançou a bola uma vez com um giro poderoso, típico de Jude, mas, quando a pegou — o que aconteceu na terceira base —, foi um *home run*. Bobby gritou um encorajamento e o cumprimentou batendo o punho no do menino quando ele passou pelos pais.

Jude perdera aquilo. Verifiquei se havia alguma mensagem no telefone. Tentei ligar para ele. Nada.

— Que bom que não contei a Noé — disse Jenna, sem entonação.

— Ele vai vir — respondi, apesar de estar começando a duvidar. A quarta entrada passou, depois a quinta. Então, comecei a me desculpar: — Sinto muito, Jenna. Ele disse que queria estar aqui. Já deveria ter chegado.

Os olhos dela permaneceram no campo.

— Tudo bem. Eu não o quero na vida de Noé, de toda forma. Só concordei porque Amelia ajuda a gente. Ele é meu filho — ponderou ela. — Quero que tenha tudo que puder ter.

Observei o estacionamento, imaginando que Jude poderia estar assistindo ao jogo a distância, com medo de se aproximar, mas não havia nenhum Range Rover, nenhum espectador alto, nenhum pai biológico louro.

Quando o jogo acabou, com o time de Noé ganhando por seis corridas, o garoto veio até a mãe.

— Você viu a última jogada? — perguntou animado, e a imitou jogando terra no ar com a luva.

Jenna o abraçou.

— Você foi ótimo. — Mas ele já corria na direção dos colegas de equipe.

— Ele é um bom menino — comentei.

O orgulho na expressão dela diminuiu.

— Eu me preocupo. Sabe, que ele tenha herdado algumas coisas.

— Tipo?

— Bem, o corpo dele é igual ao de Jude. É alto para a idade e é um bom atleta. Mas às vezes é arrogante. Gosta de ser popular na escola. Houve um... problema com bullying. Não acho que ele estivesse envolvido, e conversamos sobre como deve ser legal com as crianças que não conseguem fazer as mesmas coisas que ele. Mas é meio assustador.

— Talvez seja apenas a idade.

Jenna me lançou um olhar incrédulo.

— Não quero que Noé seja assim. Amelia pode nos dar dinheiro, mas não vou deixar que o crie. Veja só como Jude ficou. É uma pessoa completamente irresponsável. Veja só o que fez nos últimos dez anos. Veja só o que faz hoje. Noé acha que o pai mora longe. Pode imaginar como seria se tivesse aparecido? Quero dizer, sabia que isso aconteceria. Não dá para confiar em Jude.

Jenna nunca falara tanto comigo antes, e obviamente estava emotiva. Observei o estacionamento mais uma vez, mas parte de mim achava que seria pior Jude aparecer agora do que não vir.

— Ele não teve coragem — disse ela com desprezo. — Estamos melhor sem ele, certo?

Eu teria concordado se a mulher ficasse ao meu lado tempo suficiente para escutar a resposta, mas ela partiu assim que as palavras saíram de sua boca, indo se juntar a Bobby e Noé. Voltei para o carro. Desta vez, quando liguei para Jude, deixei uma mensagem:

— Ou você tem uma desculpa fenomenal, ou está certo sobre ser um pai terrível. Cadê você, Jude? Eu vim, Jenna veio, Bobby veio. Noé foi ótimo no jogo, mas o convidado de honra não apareceu. E você ainda se pergunta por que eu disse para não pedir a guarda?

Jude não retornou a ligação. Desta vez, ele tinha ido para Burlington, e Amelia alegava que *não* fora a trabalho pelo Refúgio. Da mesma forma que sentira pena da matriarca antes, também sentia agora. A mãe não tinha controle algum sobre ele, e Jude continuava a desapontá-la. Poderia até ter argumentado que ela errara ao insistir num encontro com Noé — mas que homem não gostaria de conhecer o próprio filho?

Falho. Essa era a única forma como poderia descrever o caráter de Jude, mas não precisava dizer isso em voz alta. Vicki o fez por mim, argumentando ferozmente quando Amelia veio visitar naquela noite. *O que houve com o cérebro dele? O que houve com o* coração *dele? Se é que tem algum. Como podemos ser parentes?* Com a gravidez cada vez mais aparente, suas emoções pareciam se intensificar com a barriga. Compreendi isso, mas Amelia não era tão generosa. Lançou acusações de volta para a filha — *E você por acaso já tentou ajudá-lo?* —, até as duas saírem irritadas da cozinha, me deixando sozinha com os resquícios de sua raiva.

O ressentimento continuou no ar no dia seguinte, com Vicki permanecendo mal-humorada, Amelia, irritada, Jude reaparecendo como se nada tivesse acontecido e Lee se esgueirando pelos cantos, com medo de um agressor armado.

Mas o agressor armado nunca veio. Desta vez foi um incêndio, e o alvo não era a casinha de Lee em Bell Valley, mas a mansão desocupada em Massachusetts. A ligação veio na noite de quinta-feira, cedo o suficiente para Lee entrar em pânico, mas tarde demais para registrar o incêndio criminoso antes da audiência no dia seguinte.

Capítulo 18

❧

Vicki me acordou com a notícia na manhã de sexta-feira. Dentro de minutos, eu estava na cozinha com Amelia e Lee, e, após me contarem o resumo da história, só consegui pensar que precisava saber a opinião de James.

Alguém tentou queimar a casa de Lee em Massachusetts, escrevi. *Ligue quando puder.*

O celular ainda estava na minha mão quando começou a tocar. Menos de um minuto se passara.

— Oi — atendi, e saí da cozinha para a varanda dos fundos da Raposa Vermelha.

— O que aconteceu?

— Houve um incêndio ontem. A casa tinha alarme, então os bombeiros chegaram antes de o fogo tomar tudo, mas, mesmo assim, houve alguns danos. Lee está surtando.

— Como ela descobriu? Achei que o banco tivesse tomado as posses dela.

— Não foi o banco — disse, contando o que acabara de descobrir. — A hipoteca foi assumida por uma empresa chamada Imobiliária Mar do Leste.

— Que é dos irmãos? — perguntou James.

Sorri.

— Também foi a primeira coisa que pensei. Os irmãos iriam querer o dinheiro do seguro. Mas não. A Imobiliária Mar do Leste é uma empresa bem grande, na verdade. Algumas de suas propriedades são bem antigas, e nem todas ficam na costa. Algumas são no interior, chegando até Bell Valley.

— Amelia — deduziu ele, como eu sabia que faria.

— Ela achou que Lee não iria querer morar lá de novo, mas diz que a casa tem valor emocional e os irmãos não deviam ter o poder de decidir o que fazer com ela. Amelia é bem enfática quanto a isso. Diz que é o princípio da coisa. Não sei se Lee concorda. Ela não é muito de discutir. Mas Amelia jamais iria querer danificar a casa. O lugar é mantido bem-cuidado para o caso de Lee querer voltar.

— Isso é legal da parte dela, mas é uma pista óbvia. Os irmãos devem ter descoberto. Caso contrário, não haveria motivo. A polícia tem certeza de que foi criminoso?

— Ainda não, mas a forma como o fogo se espalhou foi bem suspeita. Vão começar a investigação hoje. Querem conversar com Amelia e Lee, mas eu quero falar com eles antes. A cidade é pequena. Acha que conseguem lidar com esse tipo de coisa?

— Estou olhando o site deles — disse James, parecendo distraído enquanto lia. — O departamento tem mais de vinte policiais. É bastante gente, mas duvido que se deparem com muitos incêndios. Talvez seja melhor perguntar.

— Vou fazer isso. E imagino que não poderemos mencionar isso no tribunal hoje.

— Não. Incêndios, vandalismo, cartas ameaçadoras... Isso é outra história. Hoje, vamos lidar com o fundo. Sean talvez consiga mencionar algo sobre a intimidação. O outro advogado vai protestar, mas o juiz ainda assim vai ouvir, e, se Lee for uma testemunha tão comovente quanto penso que será, esses problemas podem influenciar a decisão. Ligue para ele.

— Agora mesmo. Mais alguma coisa?

Eu tinha uma lista de perguntas, principalmente para Amelia e referentes à seguradora dela ajudar com a investigação do incêndio. Mas James era bom nessas coisas.

Ele parou para pensar. Finalmente, disse:

— Sim. Pode me encontrar lá?

— Onde?

— Na casa em Massachusetts. Quero ver o estado dela. E também quero parar na delegacia para conhecer seja lá quem estiver investigando o caso. Na verdade, tenho uma ideia melhor. Não sei a que horas consigo sair daqui, mas, se a audiência é às 15h, consigo pegar a ponte aérea e estar lá às 17h. Podemos ir juntos. — James sorriu; isso era audível em sua voz quando completou: — Eu dirijo. Sinto falta do meu carro.

Não me ofendi. Gostei do plano. Poderia ter comentado que ele perderia horas preciosas de trabalho, que Mark não ia gostar nada daquilo, que ele estaria morrendo de cansaço no dia seguinte. Mas não fiz isso. Talvez eu fosse impulsiva às vezes, levemente irresponsável ou covarde ao extremo, mas não era burra. Um incêndio em Manchester-by-the-Sea era um presente.

Saímos de Bell Valley em dois carros no final daquela manhã. Eu estava planejando levar Lee de toda forma, mas Amelia insistiu em ir, e Jude também; foi então que decidi contar que encontraria James depois, e, enquanto não haveria problema nenhum em Lee ir conosco, a ideia de todos os cinco juntos na BMW não me parecia divertida.

Então Jude foi com o Range Rover. Eu não fazia ideia de por que ele resolvera ir — se estava torcendo para sua presença o fazer parecer menos irresponsável ou se só queria participar do agito. Mas sabia que desejava conhecer James.

Dito isso, torci para que se perdesse no caminho, mas lá estava ele, esperando conosco no lobby do tribunal às 14h30. Lee, que parecia nervosa ao observar as pessoas ao redor, emitiu um som involuntário quando um grupo novo se aproximou.

— Qual deles é Albert Meeme? — sussurrei.

— O gordo careca — sussurrou ela de volta.

Não tinha como não identificá-lo. Estava olhando diretamente para nós. Assim como os três homens com ele.

— Conhece os outros?

— O de terno escuro é o advogado da família. O de blazer azul-marinho é Duane, irmão de Jack. Não conheço o terceiro.

Mas Sean conhecia. Juntando-se a nós, disse:

— O cara alto já foi xerife, atualmente trabalha como detetive particular. Veio junto para mostrarem que a lei está do lado deles.

— Mas se ele não é mais xerife... — comecei.

— A questão é a imagem que passam. São a equipe dos sonhos, formada por pessoas importantes.

— E isso vai influenciar o juiz?

— Não deveria. Mas esse tipo de coisa ainda acontece.

Eu estava pensando que Sean parecia nervoso, e torcia para Lee não ter reparado, quando Jude disse:

— Eu conheço aquele cara.

— Qual? — perguntei.

— O detetive. Ele esteve no meu barco uma vez.

— Ah, Jude...

— É sério. Nada como levar alguns turistas para passear no mar e filmar tudo; eles pagam tanto por isso que cobrem os custos operacionais da viagem, então é lucro puro. Todos os caras querem brincar de *Pesca Mortal*, e aquele sujeito realmente entrou no clima. — Para Sean, ele disse: — O nome dele é Billy DeSimone, não é? Não me esqueço do nome. Adora falar de si mesmo na terceira pessoa.

— Isso mesmo — confirmou Sean.

— Era um bom jogador de pôquer. Não vai me reconhecer com esta cara limpa, mas passei muito tempo olhando para ele. Costumávamos jogar por horas. Se quiserem, posso distraí-lo.

Amelia parecia horrorizada, mas foi salva de ter de responder por Sean, que avisou:

— Se fizer isso, eles vão dizer que estamos tentando intimidar uma testemunha. No momento, Lee é a vítima. Há certa pureza nisso.

Jude pareceu irritado, mas Lee mudou o foco.

— Duane está me encarando — disse ela, assustada. — Ele deu em cima de mim depois que Jack morreu, e não gostou quando o rejeitei. Não sei por que precisa estar aqui.

— Ele tem direito — explicou Sean. — Também tem algo a perder.

— Tem mesmo — resmungou Jude. — Billy DeSimone sabe como usar o sistema ao seu favor. O homem só precisa de umas cervejas para começar a se vangloriar disso. Ele vai fazer picadinho do seu caso, Sean. Você não tem provas que liguem a família do marido de Lee ao que está acontecendo com ela agora.

— Mas a audiência não se trata disso — disse Sean, virando-se para o elevador de repente.

Segui o olhar dele e me deparei com James vindo em nossa direção. Ele parecia confiante, lindo e extremamente profissional com seu terno azul e gravata verde-acinzentada. Com um olhar animado, me observava.

Se eu já não o amasse, teria me apaixonado perdidamente de novo. Só depois de me beijar, ele cumprimentou os outros.

Tenho certeza de que sabia exatamente quem era Jude, mas, por incrível que pareça, o encontro deles não foi nada de mais. Mal trocaram um aperto de mãos quando James nos apresentou ao homem mais velho que o acompanhava. Seu nome era Lyle Kagan.

— Trabalho com o filho dele em Nova York — explicou James. — Mas Lyle mora em Boston e conhece Albert Meeme. Concordou em testemunhar.

Lyle Kagan era uma testemunha poderosa. Dono de uma construtora importante, sua presença era tão impressionante quanto a de Billy DeSimone. Enquanto Lee agia com timidez apropriada, relatando com simplicidade os casos de cheques que voltavam e perguntas ignoradas, Lyle descreveu um padrão consistente de irregularidades em seu próprio fundo que ele nunca conseguira provar. Talvez tivesse demorado até o homem conseguir justiça, mas fiquei pensando, satisfeita, que Albert Meeme mexera com o cara errado.

Declarações legais com testemunhos foram apresentadas como provas, assim como a documentação de Lee. O outro advogado arguiu — de forma condescendente, como se Lee fosse uma golpista ou pateticamente ingênua — que ela simplesmente esperava mais do que um mercado instável poderia render. Mas, quando o juiz analisou o extrato do fundo e não ficou satisfeito, o homem não soube justificar os dispêndios.

Nosso pedido foi concedido. E Sean conseguiu que sua contadora examinasse o fundo. Teria sido uma vitória completa se o cunhado de Lee não tivesse sussurrado ao ouvido dela quando voltamos para o lobby:

— Pode pintar seu cabelo o quanto quiser, mas sabemos onde você está. Minha oferta ainda é válida. É só aceitar que a protejo.

Em plenos pulmões, para nosso benefício, ela repetiu a ameaça. A reação de Duane foi fazer uma careta e dizer:

— Da onde tirou isso? Só perguntei se estava bem. — Demonstrando estar irritado, ele partiu.

Lee estava tremendo.

— Não devia estar fazendo isso. As coisas só vão piorar.

— Mas agora tudo está registrado — assegurou Sean. — Se eles tentarem mais alguma coisa, vão se dar mal. Primeiro, vamos provar a fraude no fundo. Até lá, teremos um relatório afirmando que o incêndio foi criminoso. Tudo vai se encaixar.

— E eu vou ser a isca — adivinhou Lee.

Mas Amelia estava um passo à frente.

— Aquele homem não vai protegê-la. Nós vamos. — Ela se virou para o filho. — *Você* vai. Pode mantê-la segura, Jude. Esse é o tipo de coisa que faz bem.

Ele parecia encurralado.

— Não. Jude. — Amelia estava decidida. — Preciso que faça isso. Ninguém seria melhor que você.

Fomos embora logo depois — Amelia e Lee com Jude, eu e James sozinhos. O plano era Jude nos guiar até Manchester-by-the-Sea, mas, numa demonstração típica de masculinidade, ele saiu cortando o trânsito de um jeito impossível de seguir. Depois de tentar sem muito entusiasmo, James olhou para mim e, com um sorriso satisfeito, ligou o GPS.

Eu estava mais interessada nas ações do meu marido naquele dia do que no nosso destino. Entusiasmada, segurei a mão dele.

— Você ganhou o caso. Foi maravilhoso.

— Não — disse James naquela voz grave que eu amava. — Só dei sorte com Lyle.

— Mas ele não quis processar Meeme quando se tratava do próprio fundo. Por que agora?

— O tempo passou. Lyle agora é uma figura mais importante do que na época. E sentiu pena de Lee. Nós estávamos conversando desde terça-feira, mas ele só concordou em testemunhar hoje. E aí resolvi pegar um voo mais cedo.

Um voo mais cedo era algo interessante.

— Acharam ruim você sair do escritório assim?

O queixo dele se inclinou um pouco para a frente.

— Não sei. Não perguntei. Simplesmente saí. Passei metade da noite acordado para terminar um relatório para Mark. Já cumpri meu horário.

— Você não parece cansado.

— É estranho como é fácil se esquecer do cansaço quando seu caso vai bem no tribunal. Além do mais, minha cara tem de estar boa para fazer jus a você. Está fantástica, querida. De onde tirou essa saia e essa blusa? — A blusa era branca, e a saia, vermelha e curta. Minhas sandálias eram pretas e de salto.

— Do armário de Vicki. Bem melhor que uma blusa azul e calça preta, não acha?

James pareceu admirar a roupa mais uma vez.

— Poderia usar isso no trabalho.

— Claro que não.

— Bem, então devia. Ou talvez não. Está bonita demais. — Depois de apertar minha mão, ele retornou a sua para a direção do veículo. O trânsito da hora do rush estava ruim, mas James não parecia se importar. Apertando o volante, ele soltou um suspiro profundo e satisfeito: — Nossa, como é bom dirigir.

Homens e seus carros, pensei. Mas percebi que poderia ter sido qualquer outro carro. James estava tão ocupado que só dirigia para ir a Bell Valley.

— Liberdade! — exclamei.

Ele repetiu a palavra com entusiasmo, para apenas depois perceber a admissão e adicionar rapidamente:

— Não tem motivo para eu dirigir em Nova York.

— Mas você adora dirigir. E adora seu carro.

James mexeu os olhos como que para dizer que eu tinha razão.

— E adora seu trabalho — adicionei.

Ele riu com ironia.

— Você sabe que não. Adoro o caso Bryant, mas o resto é um saco. Só estou aguentando, fazendo o que tenho de fazer, para conseguir virar sócio em outubro. Depois disso vou poder escolher o que faço.

— Mas você disse que o escritório está com problemas. E se não der certo?

— Vai dar certo.

— Mas e se não der? O que faria?

— Procuraria outro emprego.

— Sairia de Nova York?

— Você está sendo óbvia, querida.

— Sairia? — Eu queria saber se aquilo ainda era um problema.

Em vez de responder, James resolveu falar sobre o único assunto que sabia que eu não ignoraria.

— O seu Jude realmente é uma figura. O que viu nele?

— Depois eu é que sou óbvia — disse, mas aceitei mudar o foco da conversa. No geral, James fora extremamente educado com meu ex-namorado. — Hoje em dia, nada. Dez anos atrás? Era tanta coisa. Eu era jovem e boba. E ele era tão experiente.

— Experiente de um jeito Neandertal.

— Jude não é tão ruim assim — afirmei, apesar de James não estar completamente errado. — Ele diz que amadureceu. Mas ainda não entende o conceito de responsabilidade. — Contei sobre Noé e o jogo de beisebol. — Jude sabe o que deveria fazer, mas não faz. Tem algum problema no meio do caminho.

— Ele ainda ama você.

— Não tenho nada com isso — respondi.

— Enquanto estiver naquela cidade, tem sim. Conheço o tipo dele. Vai continuar tentando.

— Ele pode tentar o quanto quiser. Não estou disponível.

— E se nós nos separássemos?

Meu coração parou.

— É isso que você quer?

— Claro que não. Mas, se fosse o caso, voltaria para ele?

— Por que faria isso? Não sinto nada por Jude. — E eu obviamente já tivera oportunidade de fazer isso, mas contar ao meu marido seria pedir por uma cena de ciúmes. — Dez anos é muito tempo. Ele não mudou. Mas eu sim.

Essa deve ter sido a resposta certa, pois James pegou minha mão novamente e a segurou enquanto seguíamos para o norte. Conversamos um pouco, mas o silêncio entre nós era confortável. Às vezes, ele mexia na minha aliança; não da forma como Jude fizera, mas como se aquilo significasse que deveríamos estar juntos. Quando o som de algo vibrando veio do seu bolso, James o ignorou. Respondeu a um segundo toque, mas também desconsiderou o terceiro.

A cidade ficava a cerca de trinta quilômetros de Boston, mas só chegamos à casa de Lee depois das 17h. Apesar de ser surpreendentemente perto da estrada, era baixa e comprida, algo bastante positivo dado o que aconteceu. Um incêndio se espalharia para cima com mais facilidade, causando mais danos. Em vez disso, a destruição ficara limitada aos quartos da casa, que pareciam abalados e chamuscados.

A porta da frente se abria para uma sala que deveria estar exatamente como Lee deixara. Com uma decoração apropriada para uma casa de praia, tinha tons de bege e muito vidro. Janelas enormes cobriam todas as paredes que davam para o mar, e as obras de arte eram escassas, mas espetaculares, uma coleção de pinturas grandes refletindo a natureza, com molduras de madeira envelhecida. Porém, por mais bonitas que fossem, eu me senti mais atraída pelas fotos pequenas e emolduradas de uma Lee mais feliz e com cabelo claro, sorrindo com o marido, que, embora não fosse bonito de uma maneira tradicional, exsudava bondade.

Apesar de a casa inteira cheirar a fumaça, o odor estava mais concentrado nas partes que queimaram. O quarto principal era a pior parte. Alguém soubera exatamente onde começar para criar o pior impacto. Armários embutidos, divãs, uma cama tamanho king, que um dia fora coberta por lençóis suntuosos — tudo estava perdido. O que o fogo não destruíra fora danificado enquanto os bombeiros tentavam controlar as chamas. Para piorar a situação, o ar salgado da maresia entrava pelos buracos antes ocupados por janelas enormes.

Fiquei enjoada com tudo aquilo, mas Lee parecia bem pior. Quando ela decidiu sair da casa, fui atrás. Os outros não demoraram muito a nos seguir. Amelia já vira o suficiente e queria ir embora; eu suspeitava que, por mais que se arrependesse do seu destino, a matriarca achava Bell Valley um lugar tão reconfortante quanto qualquer outra pessoa. Jude, parecendo irritado enquanto remexia as cinzas no quintal, juntou-se a ela no carro, mas Lee foi a primeira a entrar, fugindo da casa que um dia amara.

Depois que eles partiram, James e eu caminhamos pela costa íngreme. Na praia, a maré estava baixa, exibindo a areia molhada, algas retorcidas, pedras escuras. Por um tempo, nos sentamos de costas para o sol, com os ombros encostados, aproveitando a brisa refrescante que vinha do Atlântico. Nossos dedos estavam entrelaçados. Era um momento especial; eu me sentia mais próxima do meu marido do que nunca.

— Senti falta disto — disse, chegando ainda mais perto dele.

— Foi você quem escolheu ir embora — sussurrou James contra minha testa.

— Quero dizer no geral. Não agimos assim há anos. — Virei minha bochecha no ombro dele para ver seu rosto. Tudo era atraente: seu cabelo ao vento, os olhos azuis, a barba que crescia em seu queixo. — Não sente falta dessas coisas?

— É claro que sinto — respondeu ele. — Sinto falta disso, de beber com meus amigos da faculdade, de jogar basquete... mas as coisas mudam.

— Não coisas assim — insisti. — O que temos aqui, agora, é um relacionamento próximo. Pode até não ser tão fácil de manter quanto era quando estávamos na faculdade, mas precisamos ter tempo para isso.

— E quanto às nossas responsabilidades? O seu Jude não tem nenhuma, pelo que você disse. Bem, eu tenho.

— Demais até. Deve existir um meio-termo. É como falei antes, não quero ser um extremo. Não quero *viver* num extremo. Por que precisei fugir da minha vida para entender isso?

Meu marido não respondeu, mas sabia que não fora convencido. Ou era isso, ou ele era ainda mais teimoso do que eu. Ou mais cego.

Não ficamos ali por muito mais tempo. James precisava pegar o voo dele. Nós paramos na delegacia no caminho de volta, e, apesar de poucos funcionários estarem trabalhando, o incêndio era o grande acontecimento local. Ninguém sabia de nenhuma informação nova, mas James conseguiu se apresentar e deixar um cartão de visita. Os policiais ficaram impressionados com ele, e essa reação das pessoas ao meu marido sempre me surpreendia — o atendente não era nem mulher. Era um cara usando um boné dos Red Sox; apesar de James não ter tempo para assistir aos jogos, ele era capaz de conversar sobre beisebol. Eu teria me focado na questão imediata, mas meu marido era capaz de lidar com negócios e fazer amigos ao mesmo tempo, garantindo que o cara do boné telefonasse para ele assim que houvesse uma novidade. O homem ainda recomendou uma lanchonete fantástica bem do lado da delegacia, e até mesmo ligou para lá para fazer nossos pedidos para viagem.

— Você é bom demais com esse tipo de coisa — comentei enquanto esperávamos por nossos sanduíches de lagosta. — Ele é seu melhor amigo agora.

James estava analisando o lugar.

— É fácil ser simpático com pessoas simpáticas. Você é assim também. — Seus olhos encontraram os meus. Parecia cauteloso. — Conseguiria viver numa cidade assim?

— Num piscar de olhos. — Era perto da cidade, não havia trânsito, nosso atendente parecia conhecer todo mundo na lanchonete.

— Eu não. Viveria me sentindo sufocado.

— Como eu me sinto em Nova York? — Eu não queria estragar o dia quando as coisas estavam indo tão bem, mas esse fora meu maior erro. Precisava aprender a me expressar. Persistente, me inclinei para a frente. — Você não entende, James? Esta é a melhor parte... de nós, da nossa *vida*. Mamãe costumava dizer que os mortos não deixam empregos para trás. Deixam suas famílias: irmãs, esposas, mães. Esqueça o resto das coisas; agora quero recuperar a parte de ser *esposa*. — Esticando a coluna, balancei um dedo entre nós. — Eu, você, a floresta, a praia, almoço juntos... é *isso* que eu quero. Posso ter essas coisas em Nova York?

— Sim — disse ele sem hesitar. — Eu mostro a você. Volte comigo, Emily. Aproveitaremos este fim de semana. Vamos relaxar, nos divertir, conversar.

— E o trabalho? — perguntei, porque, para nós dois, Manhattan era sinônimo disso. — Ele ainda vai estar esperando por você.

— Eu trabalho nos intervalos das coisas que queremos fazer.

Eu me apoiei no encosto da cadeira e o observei. Ele parecia sincero, vulnerável.

A parte mais engraçada é que eu pensei que me convenceria com suas palavras. Mas foi sua expressão que surtiu efeito. Eu deveria ter voltado a Bell Valley para pensar. Deveria ter passeado pela floresta e passado um tempo com minha coiote. Deveria ter analisado os prós e contras.

Mas três semanas haviam se passado sem o estresse de Manhattan, e, se eu quisesse decidir que caminho tomar, precisaria testar minhas forças.

— Tudo bem — disse.

Ele piscou e se esticou na cadeira.

— Vai mesmo? — Parecia estar ansioso. — Simples assim?

— É só uma visita — alertei, mas James parecia aliviado o suficiente para não implicar com a palavra.

— E suas coisas em Bell Valley?

— Posso ficar sem elas. É bom ser espontânea.

— Rá! — ladrou ele, mas de brincadeira. — Só estou tentando me precaver.

Eu sorri.

— Porque eu teria de ir até lá para pegar as coisas? Talvez eu simplesmente queira voltar. Ainda tenho uma semana antes do prazo de Walter para voltar ao trabalho.

Não pensei em Walter durante a volta para o sul. Enquanto o sol se punha, faróis eram acesos e o trânsito melhorava, pensei no que dissera a James: *Mortos não deixam empregos para trás. Deixam suas famílias: irmãs, esposas, mães.* Enquanto lidava com a parte de ser esposa, a parte de ser filha surgiu. Precisava ligar para meu pai e contar que eu estava tentando, mas queria mais privacidade para isso do que conseguiria no carro.

Além disso, havia outra ligação mais urgente, ou Vicki ficaria preocupada. Não apenas ela era minha melhor amiga, como também meu canal direto com as notícias de Bell Valley. O relatório daquela noite me informou que Jude estava acampando no quintal de Lee, mais para escapar de Amelia depois da volta angustiante de carro do que para protegê-la.

* * *

Se o momento tivesse sido outro, talvez eu ficasse mais nervosa com meu retorno. Mas era o início do feriado de Quatro de Julho, e mais pessoas estavam saindo de Nova York do que chegando. Entramos na cidade depois de meia-noite. O trânsito estava tranquilo no nosso bairro, com poucos pedestres e a escuridão escondendo as coisas que eu não queria ver.

E também havia James, que me grudou ao lado dele depois que deixamos o carro na garagem, me encostando num poste para me dar um beijo empolgado, uma preliminar que nos fez correr pelo último quarteirão até chegarmos em casa. Jogando as roupas pelo caminho, fizemos amor no hall de entrada e depois na cama. Já eram 2h da madrugada a esta altura, e ele acordou às 4h30 para trabalhar — pelo menos foi o que contou quando acordei às 9h. Logo quando eu ia dizer *Viu, nada mudou*, James me mostrou que estava enganada.

Fomos tomar o brunch. Passeamos por Gramercy Park e subimos a avenida Park. Fizemos compras. Quando reclamei do calor, meu marido me lembrou da sauna que era Bell Valley naquele primeiro dia na floresta. *Não estava tão quente assim*, insisti, ao que ele riu e me arrastou para a sorveteria mais próxima, e quando falei que entre Bell Valley e os sorvetes estava comendo demais, James afirmou que eu nunca estivera tão bonita.

Ele tentou. De verdade. Meu marido me lembrou do quanto nós nos divertíamos em Nova York. Mas havia aqueles momentos em que os sons da cidade penetravam as janelas fechadas, e o toque do celular dele me afetava e deixava meu estômago embrulhado. Não havia ninguém para quem quisesse ligar. Ninguém que eu conhecesse nas ruas. Eu me sentia solitária.

Além disso, na manhã de domingo, já estava preocupada com James. Ele trabalhava sempre que estávamos em casa, mais escondido quando eu estava por perto, mais óbvio enquanto eu lia, dormia ou tomava banho. Era uma atitude extremamente gentil e louca. Não poderia manter esse tipo de vida. Ele dizia que estava tudo bem, mas, quando a animação de sexta-feira começou a passar, seu discurso foi se tornando mais cansado.

Usando isso como prova de que precisávamos mudar nossas vidas, adiei a ligação para meu pai. Ele argumentaria que nós tínhamos bons empregos, ao contrário da maioria dos advogados, e estaria certo. Com o jornal de domingo aberto na mesa da cozinha, estudei os classificados. Não encontrei nada interessante, então procurei na internet por vagas em Stamford, Newark, até mesmo Filadélfia. É claro que eu encontraria oportunidades melhores consultando uma empresa de recrutamento, mas tudo que vi foi desanimador.

Mais grata pelo que eu tinha, mandei um e-mail para Walter. Como poderia agir diferente, com a culpa batendo à porta enquanto observava James se matar de trabalhar?

Só queria dar notícias, escrevi. *Estou melhor, mas vou precisar da última semana que me deu. Escrevo antes de sábado para ver como vai ser na segunda-feira.*

VER COMO VAI SER? foi a resposta imediata de Walter. *É segunda-feira ou nada.*

Só de pensar senti meu estômago revirar. Liguei para Vicki, que me deixou desabafar de uma forma que James não faria, mas, apesar de me sentir melhor, nada foi resolvido. Fiquei parada diante do meu closet por um bom tempo, observando as blusas azuis e as calças pretas, sem querer usar nenhuma delas, mas sabendo que seria inevitável caso voltasse para a Lane Lavash.

Sonhei com a coiote naquela noite, e ela não estava sozinha. Trazia seus filhotes e vários outros adultos, nada menos que oito pares de olhos animais me observando com uma expectativa estranha. Rápido demais, sumiram pela floresta. Desta vez fui atrás deles, apenas para escorregar numa pedra e acordar abruptamente.

James não soube do sonho. Meu braço sentiu seu lado frio na cama, e, quando o encontrei trabalhando na cozinha, contar sobre meus devaneios parecia bobo. Para me deixar feliz, ele voltou para o quarto e rapidamente caiu no sono, mas eu permaneci acordada por um bom tempo. Quando o sol nasceu na segunda-feira, já me sentia enjoada — sabendo o quanto James estava tentando e querendo agradá-lo, mas sentindo minha vida antiga à espreita, pronta para me atacar.

Então assei pão de milho. Alguma vez na vida fizera isso antes? Não. Sabia o que estava fazendo? Não. Mas, nas minhas manhãs em Bell Valley, eu adorava comer o pão de milho de Lee, e não consegui pensar numa distração melhor. Achei uma receita na internet, fui ao mercado comprar os ingredientes e, enquanto James trabalhava numa piscina de papeis por perto, brinquei de cozinheira. Os dois pães estavam no forno, e eu abria e fechava a porta o tempo todo, esperando o momento em que ficariam dourados, quando meu celular tocou.

Ao ver o código de New Hampshire, fiquei apreensiva. Da última vez, fora minha gatinha. Agora, temi por Lee, e, se não fosse ela, por Jude. Mas o problema era Vicki.

— Ela está no hospital — avisou Amelia. — Começou a ter contrações ontem à noite. Os médicos disseram que ela está bem, mas vai ficar em observação. O problema é que podem recomendar repouso pelos próximos quatro meses, e Vicki está entrando em pânico, o que só piora as coisas. Não escuta o marido dela, não me escuta, mas talvez você possa ajudar.

Liguei imediatamente para minha amiga, e Amelia não estava exagerando. Pânico era a única causa possível para a enxurrada de palavras que saía da sua boca. Prometi que estaria de volta antes do anoitecer.

— Nãããão — gemeu James, desmoronando sobre a mesa quando contei a ele.

— Tenho de ir. Ela me ajudou quando precisei, e agora a situação é inversa. É disso que estou falando, James. É isso que quero.

— Mas você acabou de chegar. O feriado é hoje.

— E você precisa trabalhar. — Eu o beijei, mas sua boca permaneceu imóvel. — Não estou indo para sempre. Só quero ajudar minha amiga. Sei que você não gostou muito, mas isso é importante. É essa a pessoa que eu quero ser.

— A esposa fujona.

— A amiga confiável. E se fosse com a gente? E se *eu* estivesse grávida e houvesse um problema, e precisasse de alguém para me ajudar?

— Nós daríamos um jeito.

Suspirei.

— Então acho que só as mulheres precisam desse senso de comunidade, e, para mim, Vicki agora é uma prioridade. Quero dar apoio a ela. Vai continuar me amando mesmo assim?

Ele riu, irônico.

— E eu tenho opção?

Sorri e o beijei novamente.

— Não.

Num instante, eu estava no quarto. Tecnicamente, não precisava de nada, pois minha mala ficara em Bell Valley. Mas, só para poder variar, peguei algumas coisas. Meu laptop. E meus brincos de diamantes.

Como sempre precisava de prendedores de cabelo, estava vasculhando um armário no banheiro quando me deparei com uma caixa de absorventes internos. Eu a peguei, pensando em levá-la, porque minha última menstruação fora antes de sair de Nova York, então já devia estar na época.

Na verdade, se ela não viera desde então, eu estava atrasada.

É claro, uma mudança de vida drástica pode afetar o corpo de uma mulher.

Mas eu *nunca* ficava atrasada.

Meu coração acelerou. Cautelosa, guardei a caixa de absorventes e peguei outra. Como qualquer mulher que tentava engravidar, eu tinha um estoque deles, mas já me condicionara a associá-los a decepção. Quando o primeiro teste deu positivo, joguei-o fora e tentei novamente. Quando o segundo apareceu igual, minha mão começou a tremer.

— James! — gritei numa voz nervosa. Ajeitando as roupas, saí do banheiro. Meu corpo inteiro tremia. — James!

Com os olhos distantes, ele olhou por cima da tela do computador. Eu mostrei o segundo teste. Meu marido encarou o objeto, confuso, antes de perceber o que era.

— Positivo — sussurrei, com medo de dizer em voz alta para o caso de não ser verdade.

Mas era. James viu o mesmo resultado. Eu estava *grávida*.

Capítulo 19

❧

James estava tão chocado quanto eu. Nós com certeza *não* estávamos tentando. Eu fugira!

A expressão dele foi de surpresa para alegre para louco de felicidade. Meu marido me levantou do chão, passando um braço sob meus joelhos, e me apertou com tanta força que eu teria reclamado caso não tivesse afrouxado logo depois. James deixou minhas pernas voltarem para o chão, deixando braços possessivos ao meu redor.

— Quando? — perguntou, animado.

— Naquela noite na floresta, talvez? — Aquilo *realmente* fora especial. — Ou depois, no meu quarto?

— Você não suspeitou?

— Eu estava me recusando a *pensar* nisso. Fazia parte da minha fuga.

— Sabia que você parecia diferente — gabou-se ele, e quem era eu para dizer que uma mulher não pareceria diferente depois de duas semanas.

Também não imaginava que sentiria náuseas tão cedo, mas que outra explicação havia? Nunca fora de enjoar muito.

— Ai, meu Deus. — Coloquei uma mão sobre a barriga. — Não esperava por isso.

Os olhos de James brilhavam.

— Isso muda tudo.

— Não é?

— Não quero que volte para a Lane Lavash. É muita pressão.

— Eu não voltaria nem se *não* estivesse grávida — declarei, vitoriosa.

— Grávida. — Ele testou a palavra. — Tem certeza?

De repente, tive certeza *absoluta*. Tudo parecia exatamente como deveria ser, começando pelo fato de que o bebê não fora concebido de acordo com um cronograma.

— Fiz dois testes. Os dois deram o mesmo resultado. E os sintomas batem.

— Se aconteceu há duas semanas, quando o bebê vai nascer?

Tentei fazer as contas, mas com tantas outras coisas na minha cabeça, James foi mais rápido:

— Março. É a *melhor* época. Vou virar sócio em outubro, meu salário vai aumentar em janeiro, e você não vai *precisar* trabalhar.

— Mas eu quero trabalhar, só que não na Lane Lavash — alertei, porque, no instante em que imaginei minha carreira acabando, senti falta dela. Eu adorava a advocacia.

— Vai à médica esta semana?

— Não tem motivo. Ela ainda não vai ter o que dizer, e já tenho as vitaminas.

James lançou um olhar triunfante para o céu e, voltando-se para mim, sorriu.

— Vamos comemorar. Jantar no Cipriani hoje?

— Assim que eu voltar.

— Voltar? — De repente, ele pareceu confuso. — Não pode ir agora.

— Por que não?

— Você está grávida.

Eu podia até não ter sido capaz de calcular quando o bebê nasceria, mas, ao analisar as origens dele — por que engravidara agora, e não antes —, tudo ficou claro.

— *Exatamente* — disse, quando os fatos se encaixaram. — Você não entende? O fato de eu engravidar em Bell Valley é o maior sinal de que devia mesmo ter ido para lá. Jamais teria engravidado aqui, porque nossas vidas não permitiriam isso.

Os braços dele ainda me envolviam, mas menos apertados agora, e a voz de James soou calma:

— Eu quero você aqui.

— Volto assim que ajudar Vicki.

— Sou o pai do bebê. Não tenho direito de opinar para onde ele vai? Puxei a camisa dele, brincando.

— James. Não é como se eu fosse fazer um rafting pelas corredeiras nem como se fosse estar completamente isolada da civilização. Bell Valley é um lugar tranquilo e seguro.

Ele ficou em silêncio por um instante. Então, sua voz ficou mais grave e veemente:

— Não vou morar naquela cidade de jeito nenhum.

Em outro momento, talvez eu fosse paciente, mas minha vontade era ser feliz, não ficar batendo na mesma tecla.

— Eu *também não*, mas precisaremos discutir onde é que *vamos* morar. Se estiver mesmo grávida, precisamos tomar uma decisão. Nova York não funciona para mim — declarei. — Não posso morar aqui. Certo, você não quer viver em Bell Valley, mas eu não quero viver aqui. Então, para onde *vamos*?

Ele parecia surpreso com meu discurso. Na verdade, eu também. Sempre pensara que seria James a me dar um ultimato. Mas não me arrependia por tê-lo feito. Já estávamos evitando essa conversa há dias.

— Precisamos resolver hoje? — perguntou ele.

— Foi você quem tocou no assunto — esclareci, mas então meu tom ficou menos ríspido. — Ah, James. Bell Valley não se trata de nós dois. É só a cidade onde minha amiga mora, e ela precisa de ajuda.

— Mas não pode esperar um pouco?

— É uma emergência.

— Eu a quero aqui.

— Você quer que eu escolha — afirmei. Nós nos encaramos no silêncio que se seguiu. Finalmente, disse: — Só vou ficar por alguns dias.

— Da última vez foram três semanas.

Eu levantei as mãos.

— E, se desta vez for igual, que diferença faz? Acabou de me dizer para não voltar para a Lane Lavash, e não posso procurar outro emprego agora, já que não sei para onde vamos e estou grávida, enquanto *você* vai passar o tempo todo trabalhando. Não é como se eu pudesse levar um bebê microscópico para passear no parque.

— Você pode perder a criança.

— Não vou.

— Não sabe disso.

— Sei sim. Eu sinto. Esta gravidez é *real*.

James não estava tão convencido. O fato de ele se preocupar comigo — com o bebê — era um bom sinal. Mas ficou irritado o bastante para voltar ao trabalho mesmo antes de eu terminar de pegar minhas coisas. Odiando a distância entre nós num momento em que deveríamos estar extremamente próximos, fui até meu marido quando terminei e passei os braços ao redor dos ombros dele.

— Tudo vai dar certo — disse.

Ainda digitando, ele grunhiu.

— Ligo quando chegar à estrada. Vai atender?

— Claro que vou.

— Amo você, James.

— Eu sei.

Quando ele não disse mais nada, beijei sua bochecha e saí.

Sozinha no carro, tentei processar o fato de que estava grávida. Apesar da minha certeza, tudo aquilo parecia surreal. Eu fizera outro teste antes de sair, e dera positivo, mas estava levando outros dois na bolsa. Queria ver aquele pequeno + de novo. E de novo. Mas também queria contar a novidade para alguém — estava *louca* de vontade —, mas minha melhor amiga estava no hospital com seus próprios problemas de gravidez, e nenhum outro amigo me veio à mente. Se ligasse para minha mãe, ela me encheria de perguntas. Seria a mesma coisa com papai. Se contasse para Kelly, ela telefonaria para os dois.

Então, reprimi a vontade. Aquele ser microscópico pertencia somente a mim e James. Era nosso segredinho, e seria melhor continuar assim até eu entender tudo que estava acontecendo.

Depois de uma hora, liguei para meu marido.

— Você está bem?

— Estou. — Mas parecia irritado.

— Quero que fique feliz.

— Eu poderia estar, se você tivesse ficado — disse ele, e descarregou todos os seus sentimentos amargurados. — Mas saiu correndo daqui, como se não pudesse perder tempo. Então fiquei sozinho com nossos problemas. Que droga, Emily, não sei o que fazer. É como se você tivesse mudado as regras no meio do jogo. Eu não era o único que queria morar... que queria morar aqui. Você também quis. Certo, se você precisa sair da cidade, podemos comprar uma casa de veraneio em algum lugar, mas, se quisermos ter dinheiro para isso, não posso trocar de emprego. Jamais ganharia tanto em outro lugar. — James parou para respirar. — E a questão é esta. Se sou eu quem tem de sustentar a casa, como isso vai acontecer se nós... se nós nos mudarmos? Vou ter de fazer tudo de novo. Passei sete anos criando contatos aqui. Se formos embora, terei de começar do zero. E isso supondo que não vou precisar fazer o exame da Ordem novamente para trabalhar em outro estado. Já pensou nisso, Emily?

Não pensara. Estava considerando os aspectos gerais, de uma forma até egoísta, talvez. Mas não podia ceder. Estava lutando por dois agora.

— Estamos falando de prioridades — argumentei. — Quando estávamos na faculdade, nossa prioridade era tirar as notas mais altas para conseguirmos os melhores empregos. E fizemos isso. E talvez tenha dado certo por um tempo, mas estou cansada de ouvir piadas sobre advogados na minha cabeça. Seu emprego é tão ruim quanto o meu. Você não está feliz, e não me importa o que acha, mas isso não vai mudar da água para o vinho quando virar sócio.

— Pelo menos vou poder decidir o que fazer. Onde você quer morar? Diga.

Pensei por um instante. Não sabia os detalhes específicos, mas os pontos principais estavam claros.

— Em algum lugar mais íntimo. Onde possamos conviver com seres humanos. Não quero que meu melhor amigo seja uma máquina.

— E você acha que é a única a pensar nisso? — rebateu ele. — Será que não considerou que pelo menos *algumas* das oito milhões de pessoas que vivem aqui querem as mesmas coisas também? E que algumas delas *conseguem* ter isso?

— Não se trata de Nova York. É o estilo de vida.

— É possível viver aqui de uma maneira diferente.

Mas eu não acreditava nisso nem por um segundo. Aquela vida era viciante. Não fora o que sentira naquele fim de semana — a tensão surgindo aos poucos no instante em que baixei minha guarda? Continuar vivendo ali seria como pedir a um alcoólatra para trabalhar num bar.

James suspirou.

— É por isso que você precisa estar aqui. Temos coisas importantes para discutir e não podemos fazer isso enquanto dirige. Preste atenção na estrada, por favor. Não está na faixa da esquerda, está?

— Estou na faixa do meio, a 90km/h. Estão me ultrapassando dos dois lados.

— E isso é seguro?

Precisei sorrir. No meio daquilo tudo, a preocupação do meu marido era tocante.

— Sim, James, é seguro. Estou indo no contrafluxo. O restante das pessoas está voltando para a cidade.

— Tudo bem. Certo, então desligue e não telefone para mais ninguém. Por que não temos bluetooth?

— Não sei. O carro é seu. Por que não?

— Por que é um modelo antigo. Talvez seja melhor comprarmos um carro novo, quem sabe uma van.

— Para um bebê? Acho que não.

— Vou desligar — avisou James. — Preste atenção na estrada.

Ele me ligou uma hora depois para perguntar como eu estava. Não contei que, apesar das nuvens cinza e dos chuviscos ocasionais, me sentia cada vez mais relaxada.

— Comendo pão de milho — respondi com a boca cheia, e engoli.

— Pão de milho não é nutritivo.

— O meu é. Usei leite e ovos orgânicos. James, mudando de assunto, estava pensando em Lee e em Denise Bryant. Você mesmo disse que adora trabalhar nesses casos porque gosta de interagir com pessoas. Interagir com pessoas é fundamental. Eu precisei sair de Nova York para me dar conta disso, porque estava imersa demais nas nossas vidas para perceber. Mas agora tenho essa perspectiva. E acho que seu caso é igual ao meu. Quer ser um bom advogado, mas sempre falou sobre tudo que faria quando fosse pai. Será que consegue ser as duas coisas com a vida que nós levamos? — Quanto mais eu dirigia, mais minha mente se enchia de argumentos. — Veja Jude, por exemplo — disse. — Ele sempre quer o que não pode ter. A graça é ser proibido. Mas você não é assim. Você *pode* ter o que quer. Só precisa perceber o que é. — Ajudá-lo a perceber isso era minha nova missão.

Meu marido passou tempo demais em silêncio.

— James? — perguntei, cautelosa.

— Estou aqui. Sabia que comer junk food durante os primeiros meses de gravidez pode aumentar o risco de perder o bebê? Acabei de ler isso. Você não vai comer junk food, não é?

Mudando de assunto? Tudo bem. Não poderia exigir que ele se rendesse imediatamente. Mas não ia desistir.

— E quando é que eu como isso?

— Você bebe vinho.

— Socialmente.

— E café.

— Vou diminuir.

— Obrigado.

Ao desligar, me perguntei se James estava sendo evasivo sobre os assuntos que não queria discutir ou se estava sendo neurótico. Cheguei a outra conclusão enquanto dirigia. Meu marido estava fazendo a única coisa que podia, e, apesar de eu gostar de estar no controle, compreendia. Os homens se sentem impotentes em momentos assim.

Sabendo que o horário de visitas terminaria logo e que eu precisava ver Vicki antes disso, fui direto para o hospital. Presa ao soro, minha amiga estava tão branca quanto os lençóis, e, apesar de a minha presença não mudar nada disso, seu alívio foi imediato.

— Ahhhhh — sussurrou ela. — Não sabia se você vinha mesmo.

— Rá, rá — brinquei. — Já aprendi minha lição sobre *isso*.

— Então agora estou me sentindo culpada, porque você finalmente estava passando tempo com seu marido, mas não sei o que aconteceu, Emmie. Não é como se eu estivesse levantando colchões ou trocando os pneus da caminhonete. Só estava agindo como sempre, e não tive nenhum problema da outra vez. Estou começando a dilatar... e só estou com 16 semanas! Isso é muito ruim! Estão me dando remédios para melhorar a situação, mas provavelmente vou precisar ficar de repouso, e isso não vai dar certo. Não com uma filha de 3 anos e uma pousada para gerenciar!

Eu me sentei ao lado de Vicki na cama e peguei sua mão.

— Você tem Rob. E ele sabe o que fazer.

— Ah, por favor. Homens só conseguem fazer uma coisa de cada vez. Rob consegue cuidar de Charlotte ou da Raposa Vermelha, mas nunca ao mesmo tempo, e, se isso está acontecendo agora, pode acontecer em outra gravidez também, então posso arriscar mais uma?

— Achei que você só queria dois filhos.

— Mas e se eu resolver que quero três? Ou quatro? Rá! Três ou quatro? Talvez não consiga chegar nem no *segundo*. O que fiz de errado?

— Você não...

— Minha mãe não teve problemas, a mãe *dela* não teve problemas, não é como se nossa família tivesse um histórico disso, e todas elas faziam mais esforço físico do que eu. Todos os exames mostram que o bebê está bem, sou *eu* quem está estragando tudo.

— Shhhhh...

— Eu o vi, Emmie. Fizeram um ultrassom antes, e o bebê estava agitado, com suas mãozinhas e pezinhos e tudo o mais. É uma *pessoinha de verdade*, e estou colocando tudo em risco. — Seu cabelo louro estava desordenado pelo travesseiro, mas as mãos na barriga permaneceram firmes. — Preciso que ele fique aqui por pelo menos mais 12 semanas, senão vai começar a vida numa incubadora e ter problemas de pulmão, fígado, sono e digestão.

Eu poderia tê-la interrompido para dizer que os médicos sabiam como lidar com essas coisas, mas, ao ouvir tudo isso, comecei a me sentir mal — me perguntando se James tinha razão no fim das contas, se eu estava minimizando a fragilidade de uma gestação, se não deveria estar em casa, com os pés para cima, pesquisando as primeiras semanas de gravidez no Google.

— E o repouso causa uma série de outros problemas, como fraqueza, tontura e coágulos — dizia Vicki. — Mesmo que eu não tenha um coágulo, vou estar péssima quando o bebê chegar. Então, se estiver fraca e lidando com todos esses problemas, *além* de Charlotte e *além* da Raposa Vermelha, como vou conseguir fazer isso?

Ignorei meu estômago embrulhado. Vicki precisava que eu permanecesse calma.

— Já acabou?

Os olhos dela encararam os meus. Minha amiga ficou em silêncio por um instante, antes de sussurrar um desamparado:

— Sim.

— Respire.

Ela respirou fundo.

— Em primeiro lugar — disse, gentilmente —, você está sendo pessimista, quando há várias chances de tudo dar certo, mas tem direito de ficar preocupada. Isso tudo foi muito inesperado, mas a vida é assim, e você, Vicki Bell, é uma pessoa sensata o suficiente para conseguir aguentar *qualquer coisa*. Vai amar esse bebê, vai se recuperar do repouso, se for isso que precisar fazer, vai aprender a deixar os outros cuidarem da Raposa Vermelha e, quanto a Charlotte, ela sabe comer sozinha, usar o banheiro e falar. Se o máximo que você puder fazer por ela for ler historinhas, já vai ser melhor do que muitas mães por aí.

— Mas ela só tem 3 anos — insistiu ela. — Amelia pode ajudar, Rob pode ajudar, mas sou eu quem a leva para brincar com outras crianças e fica com ela nas festinhas. Essa é uma idade crucial. Charlotte precisa passar o tempo com outras crianças, e, tudo bem, outra pessoa pode levá-la, mas o que acontece se ela pedir por mim e eu não puder ajudar? — Vicki estava quase chorando. — Vai odiar o bebê antes mesmo de ele nascer!

— Não vai não. Charlotte só vai amar você mais pela atenção que puder dar a ela.

— Ah, Emmie — as lágrimas começaram a escorrer —, você faz tudo parecer tão fácil, mas não *sabe* como é criar uma criança.

— Logo vou descobrir — deixei escapar.

Talvez eu devesse ter esperado, mas Vicki precisava de uma distração, e, apesar de ter concluído que deveria manter aquilo entre eu e James por enquanto, estava *louca* para contar para alguém.

Agora chorando de verdade, minha amiga me encarou.

— Está querendo me contar alguma coisa?

Fiz que sim com a cabeça.

— Estou com mais ou menos duas semanas, e não ia contar, só que...

— Então aconteceu aqui? — perguntou Vicki, fungando, mas percebi que estava orgulhosa.

Concordei com a cabeça novamente.

Ela abriu os braços e, enquanto me abraçava, riu através de suas lágrimas.

— Essa é a *melhor* coisa que poderia ter me contado.

— Ninguém mais sabe, só você e James.

Vicki se afastou com os olhos arregalados.

— E ele deixou você vir?

— Não ficou muito satisfeito.

— Vou ligar para ele. Vou ligar e dizer que não deixarei nada acontecer com você ou com o bebê. Você é uma amiga tão boa.

— É mesmo — disse Jude, da porta.

Eu não fazia ideia de há quanto tempo estava ali, mas, o brilho travesso naqueles olhos dourados me dizia que fora mais do que eu gostaria. Vicki parecia irada, o que não era bom.

— Descanse — mandei, forçando os olhos dela a voltarem para os meus. — Pense no bebê. Pense em Charlotte. Pense em *nós*. — Com Jude ali não havia mais nada que pudesse dizer para insinuar que nossos filhos seriam próximos, uma ideia que eu adorava.

Sem esperar por uma resposta, saí para o corredor, olhando para Jude apenas depois de fechar a porta.

— Você é uma boa amiga, voltando tão rápido — disse ele. — Um bebê, hein?

— Não era para você ter ouvido isso. Não conte para ninguém.

— Por que não?

Sem paciência para gracinhas, respondi:

— Porque estou pedindo.

Jude soltou uma risada irônica.

— Que resposta horrorosa. Contou a Vicki para ela se sentir melhor? Não está inventando?

— Só você perguntaria uma coisa dessas.

— Que cínico da minha parte.

— Por que, Jude? Você costumava ser tão otimista. Por que esse cinismo agora?

Ele se apoiou numa parede e observou uma enfermeira passar.

— A vida não correu bem como eu queria.

— Como é? Você teve todas as oportunidades do mundo! — gritei, porque a autocomiseração dele era inaceitável enquanto estávamos naquele hospital, cheio de pessoas lidando com questões de vida ou morte. — Já conheceu Noé?

— Eu o vi de longe. Ainda não nos falamos. Não sei que diferença faria. Noé não precisa de mim. E eu preciso de agito. Não sou bom nesse tipo de coisa, Emily. Por enquanto, estou ficando na casa de Lee, mas talvez eu morra de tédio antes de o vilão aparecer. Você realmente acha que alguém seria burro o suficiente de tentar machucá-la agora que abriu um processo? Se alguma coisa acontecer a ela, todo mundo vai *saber* quem foi.

— Não sem provas — argumentei. — Ela é a autora da ação. Se desaparecer, o caso some. E, sim, acho que, se a pessoa for gananciosa a esse ponto, seria burra o suficiente.

Eu teria me sentido mais preocupada se os efeitos soníferos de Bell Valley não tivessem me afetado assim que atravessei a ponte coberta e me deparei com a praça. Os chuviscos que passaram por mim na estrada haviam se transformado numa tempestade. Já eram quase 22h, e, dado o dia que eu tivera, deveria ter ido direto para a cama.

Em vez disso, me sentei no banco do lado do quartinho virado para a mata. A noite estava quente, e o ar, abafado, me deixando cada vez mais sonolenta. Fiquei ali, com as pernas dobradas e segurando um guarda-chuva, que era mantido num armário para os hóspedes. Mas o tamborilar da chuva sobre o nylon foi facilmente eclipsado pelo som mais suave, estranhamente ressonante, da chuva batendo na floresta.

E então, quase cinco minutos depois do momento em que eu me sentara, os coiotes apareceram. Um uivo seguiu o outro, o segundo soando mais próximo, e um terceiro bem perto. Observei, ouvi, me perguntei o quanto os animais se aproximariam, mas o chão molhado da floresta anulava qualquer ruído de movimento, e não havia visibilidade alguma. Na ausência da lua e das estrelas, a floresta estava escura, e os únicos brilhos de luz vinham das gotas de chuva que refletiam a iluminação do quartinho.

Senti medo? Nenhum. James chamaria aquilo de correr um risco desnecessário, mas eu conhecia aqueles coiotes. Não me atacariam. E eu queria contar as novidades.

Então mentalizei as palavras — *grávida, grávida, grávida* — várias e várias vezes. Sorri quando os latidos e ganidos vieram, analisando a escuridão, mas os animais não se aproximaram. Não precisavam. Nós estávamos nos comunicando por pensamento.

Por muito tempo houve silêncio. Sabia que eles estavam ali, mas não se moveram. Apesar de a chuva continuar a cair, o ar era quente, eu continuava seca sob o guarda-chuva, e tudo no mundo da floresta parecia calmo. Então, a voz dos coiotes surgiu de novo, melodiosa, como se estivessem se afastando. Mas eu me sentia aquecida por dentro só de saber que meu filho ouvira sua primeira cantiga de ninar.

Passar um tempo com os coiotes era uma das coisas que eu queria fazer. Havia outra, mas só aconteceria ao meio-dia seguinte, e, enquanto isso, eu tinha uma pousada para gerenciar.

Capítulo 20

Eu estava no salão, arrumando a mesa para o café da manhã, quando Lee chegou. Ela também viera mais cedo. *Só estou cobrindo Vicki*, explicou, mas, pela forma como ficava olhando pela janela quando achava que eu não estava vendo, desconfiei que se sentia mais segura ali.

Nós duas lidamos com a situação surpreendentemente bem; porém, terça-feira era sempre o dia mais tranquilo, o que ajudou. Depois de Rob me orientar, consegui fazer os check-outs, e, no que dizia respeito à limpeza, a moça que geralmente ajudava Vicki levou uma amiga para trabalhar. Só tive de informar quais hóspedes iam ficar e quais iam embora.

— Você está se divertindo — comentou Amelia, me observando enquanto Rob terminava de vestir Charlotte.

Eu mexia no computador do hall de entrada, verificando quais os hóspedes que chegariam naquele dia. O programa era bem fácil — e inteligente. Era só digitar um nome e logo aparecia o histórico da pessoa na Raposa Vermelha, juntamente com quaisquer informações que Vicki e Rob decidiam adicionar. Por exemplo, uma mulher que chegaria amanhã adotara dois gatos durante a última visita; perguntar como estavam os bichanos a deixaria extasiada.

— E é boa nisso. Quero contratar você.

Eu ri, e então percebi que falava sério.

— Ai, meu Deus, não, Amelia. Estou só de visita. Não posso ficar. Além disso, Vicki vai ficar bem.

— Vai? Ela vai receber alta hoje, acabei de falar com o médico. Não querem que ela passe mais de meia hora em pé. Vai precisar de ajuda.

— Deixe Lee ter mais responsabilidades — sugeri. — Se ela estivesse mais ocupada, se preocuparia menos.

— Eu sou mais ocupada e mesmo assim me preocupo. Lee está em perigo agora, com o processo em andamento, um piromaníaco à solta e dois irmãos com uma equipe de advogados atrás dela.

Olhando para a cozinha, coloquei um dedo sobre a boca.

Amelia soltou uma risada irônica.

— Não disse nada que ela já não saiba.

— Mas ouvir de você só confirma tudo — sussurrei.

— E é por isso que a Raposa Vermelha precisa de você. Não só está se divertindo com o trabalho, mas sabe usar um computador e é sensível aos sentimentos dos outros.

— Parei de ser egoísta? — Não consegui resistir.

Ela acenou com a mão.

— Bah, estava irritada quando disse isso. Você fazia eu me lembrar de Jude, que, aliás, foi a Hanover de novo. Sinceramente, não sei o que ele tanto faz lá, porque a ideia de qualquer pessoa envolvida com Dartmouth se interessar pelo meu filho academicamente incapaz é hilária.

— *Sex appeal* é uma coisa universal.

— Não. Ele só está lá porque quero que fique aqui. *Você* não me decepcionaria dessa forma.

Aquela mulher realmente era ardilosa, mas eu não iria cair na dela.

— Vou ficar por uns dias — ofereci. — Mas Vicki precisa de ajuda em longo prazo, e não posso virar gerente de pousada. Sou advogada.

— Que não trabalha há três semanas.

— Eu sou advogada — insisti.

Aquela conversa ficou se repetindo em minha mente, principalmente minha insistência de que era advogada. Fora um reflexo? Provavelmente. Ser advogada fora minha única identidade nos últimos dez anos. Era algo que sobressaía o fato de eu também ser esposa, filha, amiga. Quando você tenta construir uma carreira numa área extremamente competitiva, foco é uma vantagem.

Mas minhas necessidades haviam mudado. Na lista de prioridades da vida, ser advogada havia descido algumas posições. As questões pessoais estavam no topo agora, e foi por isso que, assim que Vicki se acomodou em casa, eu saí da pousada e fui até o Refúgio.

Os enterros sempre aconteciam às terças-feiras, geralmente ao meio-dia, quando o sol estava mais alto, espalhando esperança. A chuva da noite anterior se fora, e, apesar de algumas nuvens cinzentas continuarem próximas das montanhas mais altas, o céu sobre o cemitério estava claro. As cinzas da minha gatinha não seriam as únicas a serem enterradas, mas eram as que tinham me levado até ali. Cada pequena lata continha um nome. Enquanto o homem que cuidava dos jardins enterrava duas delas, segurei a que dizia *Maravilhosa* próxima ao meu coração. Quando chegou a hora, ele deixou que eu a colocasse no túmulo.

Foi terapêutico. Não havia lágrimas hoje, apenas uma profunda sensação de paz.

Permanecei ali depois que todos foram embora, sentada no chão, estudando a terra recém-remexida, e pensei que a vida de todo mundo também precisa ser remexida às vezes. Isso envolvia enterrar as coisas ruins, como uma mentalidade pequena demais e um emprego opressivo. E também deixar surgir coisas boas, como o amor de uma gatinha e minha própria vontade de ter uma vida.

Sentada ali, sobre o túmulo de Maravilhosa, eu me perdoei pelos últimos dez anos. Seguira o caminho errado? Não. Tudo que eu fizera fora em boa-fé, tomando as atitudes que pensava serem certas. Mas o certo, agora, era perceber que minhas necessidades haviam mudado.

E uma dessas necessidades agora estava clara: queria um animal de estimação. Não me importava o que seria; James podia escolher. Ou não. Meu marido não gostaria da ideia, mas, quando eu pensava no bebê e no mundo no qual gostaria que ele crescesse, isso era essencial. Um lar era diferente com um animal de estimação. Não era tão limpo e arrumado, e o cheiro era diferente. Durante minha juventude, sabia disso, mas a vontade de ter um fora esquecida no meio do caminho. Mas, agora, sentada na paz do cemitério, ela voltou. Um bichinho era um ser vivo com necessidades muito básicas e uma capacidade ilimitada de amar.

A analogia de revirar o solo para expor terra fresca era boa. E de ordenar as coisas numa lista de prioridades também. Pensei numa terceira, então. Na ideia de pintar um quadro com minha nova vida, uma pincelada por vez. Sentada ali, me lembrando de uma gatinha que fora cambaleando até mim sempre que eu ia visitar, adicionei uma pincelada peluda.

Não falei sobre isso com James quando ele ligou à noite. Tivera um dia ruim no trabalho. Não era o momento para discutir sobre um animal de estimação. E, apesar de a voz dele continuar cansada quando telefonou na quarta-feira, meu marido tinha novidades:

— Nós temos um suspeito.

Olhei imediatamente para Lee. Estávamos todas na cozinha — Lee, Vicki, Amelia, eu e até mesmo Charlotte, que se recusara a tirar sua soneca no quarto para o caso de a mãe sumir de novo, e caíra no sono no colo da avó. Vicki, sentada com os pés para cima, também não devia estar ali, mas, teimosa como a filha, se recusava a se deitar. Em vez disso, estava me ensinando a melhor forma de cortar galhos de rosas frescas — na diagonal, sob água morna — quando meu celular tocou.

Nós temos um suspeito. Nós. Manchester-by-the-Sea. Incêndio.

Animada, repeti a notícia em voz alta enquanto secava as mãos. Apertando o telefone, perguntei:

— Está sob custódia da polícia?

— Sim. — Eu confirmei com a cabeça para as outras, e James continuou: — O lado bom de cidades pequenas é que todo mundo percebe quando alguém diferente aparece. Juntando isso com a história do incêndio, as pessoas começaram a telefonar para a polícia. Houve muitas ligações sobre terem visto uma van branca no dia do incêndio. Ninguém nunca a vira antes. O motorista passou um tempo na cafeteria; ou estava com muita fome ou queria parecer indiferente, como se estivesse trabalhando na região e... e fazendo um intervalo.

— E deixando as pessoas verem a *cara* dele? — perguntei, surpresa.

— Pois é. Conversou com a garçonete, comprou cigarros na farmácia. É uma abordagem diferente.

Fazendo sinal de positivo para as outras, perguntei a James:

— E alguém o viu perto da casa de Lee?

— Um vizinho. Estava voltando de um jantar. Na noite de quinta, viu a van na frente da garagem dela. Não achou estranho a princípio. Uma casa daquele tamanho precisa de manutenção, então sempre tem alguém diferente por ali. Mas prestou atenção dessa vez, porque a van era de uma empresa de janelas, e ele está precisando arrumar as dele. Anotou o número de contato.

— Não me diga — disse. — O vizinho tentou ligar, e a empresa não existe.

— Ah, a empresa existe. Mas a van foi roubada da fábrica, que fica em... — Ele pausou para fazer suspense.

— Connecticut — chutei, sorrindo.

— Isso aí. Lar dos cunhados de Lee. Foi a placa de Connecticut na van que chamou atenção.

— Então um dos irmãos contratou o cara?

— Ainda não sabem. Acaba que a empresa de janelas sabia quem tinha roubado a van. O nome dele é Rocco Fleming, e já havia feito isso antes, mas os donos nunca tiveram coragem de ir à polícia. Fleming é um ex-funcionário. O tio dele ainda trabalha lá. Além disso, sempre devolve a van. Desta vez, o tanque estava vazio e tinha percorrido quilometragem suficiente para ir e voltar de Manchester. Ele está preso em Hartford.

Repeti isso para as outras. Lee pressionava o peito, parecendo sentir medo de acreditar.

— Podem mantê-lo na cadeia? — perguntou Amelia.

— Pelo menos até o mandarem de volta para Massachusetts e um juiz julgar o caso. — Para o telefone, disse: — Extradição?

— Ele está lutando contra isso. Mas pelo menos está preso por enquanto.

Repeti esta última parte.

— Estou segura então? — perguntou Lee.

Amelia, sempre tão cheia de tato, declarou:

— Se considerarmos que ele era a única pessoa envolvida.

— Duvido muito que fosse — disse James. — Não consigo imaginar Albert Meeme ou aqueles irmãos sendo burros o suficiente para usar apenas um cara tão limitado. A pessoa que estava em Bell Valley foi bem discreta. Além disso, aí é um lugar tão pequeno quanto Manchester. Alguém teria notado uma van de uma empresa de janelas com a placa de Connecticut.

Não repeti essa parte. Lee já parecia bem assustada.

— Já é um início — tentei acalmá-la. — Vão interrogá-lo para descobrir onde esteve, o que fez, com quem trabalhou. E vão enviar uma foto para a polícia de Bell Valley, que vai mostrá-la pela cidade para ver se alguém o reconhece.

— Mas e se houver *mesmo* uma segunda pessoa? — perguntou ela. — E se ele tentar me incendiar aqui?

— Qualquer um que chegar perto da sua casa vai acionar as câmeras e as luzes.

— Vou ter medo de dormir.

Amelia disse:

— Jude vai ficar vigiando.

Vicki deve ter acreditado nisso tanto quanto eu, pois ofereceu:

— Você pode ficar aqui. Sempre temos quartos livres.

Isso seria um benefício mútuo, pensei — Lee ficaria escondida e Vicki ganharia alguém para ajudar o tempo todo.

— Mas gosto da minha casa — insistiu a confeiteira.

— As coisas podem andar mais rápido se Amelia quiser pagar um detetive — sugeriu James. — Meu escritório usa um cara bom. Ele vai descobrir as respostas mais rápido que a polícia.

— O pessoal do escritório não vai gostar disso — alertei.

Empresas grandes — como a de James e a Lane Lavash — faziam contratos de exclusividade com os melhores detetives. A competição era acirrada, e esses caras estavam sempre cobrando cada vez mais.

— Não tem problema — respondeu ele com tanta impaciência que o que escutei foi *Não me importo se o pessoal do escritório não gostar*, e isso chamou minha atenção.

— Está tudo bem? — perguntei.

Houve uma longa pausa, e então um relutante:

— Não. Saí do caso Bryant.

— *Oi?* — Quando todas na cozinha me olharam nervosas, acenei uma mão para tranquilizá-las e fui para o hall de entrada. — Por quê?

— Mark diz que o escritório não pode arcar com os custos. Querem que eu pegue casos que paguem os honorários integrais. Então vão dar o *pro bono* para uma advogada nova que cobra menos pela hora, e eu... eu vou perder o trabalho mais interessante que tive o ano todo.

Minha opinião sobre aquele caso era meio indefinida — suspeitava dos motivos de Mark, queria que James odiasse *tudo* em seu trabalho. Mas era impossível não sentir a dor dele agora.

— Sinto muito — disse, batendo a porta de tela atrás de mim enquanto atravessava a varanda. — Quando soube?

— Hoje cedo. Mal tinha entrado pela porta quando Mark apareceu na minha sala.

— Devia ter me ligado.

— Você só diria que já imaginava que isso aconteceria. Mas está errada, Emily. Foi... foi uma decisão econômica. Mark não tinha escolha.

Surpresa por ele ainda defender o escritório, disse:

— É claro que tinha. Uma advogada nova pode cobrar menos pela hora, mas não vai ser tão eficiente quanto você. Ou vai fazer um trabalho ruim, ou vai perder o dobro de tempo no caso, fazendo com que o escritório fique com um funcionário a menos. Além disso, Mark sabia o quanto você estava empolgado. Podia ter argumentado a seu favor.

— É um problema de dinheiro. Olhe, não sou o único com problemas.

— Mas isso não torna a decisão dele certa.

O silêncio do outro lado da linha não foi tão longo desta vez:

— Sabia que você diria isso.

— Porque é a verdade.

Outro período de silêncio se seguiu, e depois James disse, ácido:

— Onde você está?

— Na frente da pousada.

— O que está vendo?

— A praça. Árvores, bancos.

— Minha vista é diferente. Estou vendo dezenas de prédios, cada um cheio de empresas que estão cortando gastos que nem a minha.

— Isso ainda não torna a decisão dele certa.

— E o que eu deveria fazer? — perguntou ele, frustrado. — Bater de porta em porta, reclamando com todos os sócios? Organizar um protesto com os outros advogados? Diga, querida. O que eu deveria fazer?

Capítulo 21

❦

Eu não tinha uma resposta para as perguntas de James, nem naquele momento nem quando liguei mais tarde para ver como ele estava. A conversa foi rápida. Meu marido continuava no escritório. E eu fiquei desanimada. Com ou sem o bebê, a distância entre nós voltara a aumentar. Já começava a me perguntar se deveria ceder, voltar de vez para Nova York e simplesmente fazer o que ele queria. Minha fuga não teria sido em vão. Eu agiria de uma maneira diferente caso voltasse. Isso era certo.

O bebê mudava as coisas. Não podia ficar longe de James agora. E eu o amava.

Mas não poderia forçá-lo a mudar. Se ele fosse chegar ao mesmo ponto que eu, teria de fazer isso sozinho.

Mas havia uma luz no fim do túnel. Meu marido continuava interessado no caso de Lee. Não sabia se James simplesmente estava irritado o suficiente para desafiar sua empresa, ou se simplesmente precisava de uma vitória, mas insistiu que ela contratasse o detetive.

E o cara era bom. Na manhã de quinta-feira já encontrara uma ligação entre Rocco Fleming e Duane Cray, o irmão mais novo do falecido marido de Lee. Não havia telefonemas incriminadores entre os dois; isso teria sido óbvio demais. Mas o celular que Rocco levava consigo no momento de sua prisão estava registrado no nome de uma pequena construtora cujo dono era Duane. Era uma prova concludente? Não. O criminoso poderia ter roubado o telefone. Mas seria muita coincidência.

* * *

Era tarde de sexta-feira, às 14h40. Eu havia acabado de fazer um check-in e estava entregando um mapa da cidade para um casal de recém-chegados quando meu celular vibrou no bolso da calça jeans. Enquanto os hóspedes se afastavam, peguei o telefone.

Os primeiros sons que ouvi foram buzinas e James xingando.

Então, ele murmurou:

— Desculpe. As pessoas são impacientes demais. Podem buzinar o quanto quiserem, mas, se eu não consigo andar e o carro da frente também não, que diabos querem que a gente faça?

— Onde está indo? — perguntei.

Sair para almoçar era uma resposta que nenhum de nós dois daria, a menos que fosse para uma reunião de negócios, o que presumi que seria o caso.

Ouvi outra enxurrada de buzinas.

— O que está acontecendo, James?

Ele bufou.

— Quer saber? Estou irritado demais para explicar. Vou lhe mandar um e-mail.

Meu marido desligou antes mesmo de eu conseguir processar seu estresse, e fiquei me perguntando se estaria com raiva de mim, do trânsito, da cidade ou até mesmo do taxista.

O e-mail que me encaminhou era um que ele recebera duas horas antes, da gerência do escritório. Precisei ler duas vezes. Embasbacada, liguei de volta.

— Estão congelando a nomeação de novos sócios? Mas este é *seu* ano. — Qualquer advogado entenderia a relevância disso.

— Explique isso a eles — murmurou James.

— Nomearam *doze* sócios no ano passado. Como pode não ter nenhum agora?

— Você leu o e-mail. Dizem que não podem arcar com as despesas. O que não disseram é que poderiam se congelassem os lucros deles, mas é claro que não vão fazer isso, aqueles idiotas egoístas.

Eu estava lívida.

— Mark concorda com isso?

— Mark? Ah, escute só esta. É genial. Recebi o e-mail e a primeira coisa que fiz foi ir até a sala dele, mas o homem tirou folga. Pelo. Fim. De. Semana. Todo. Rhine, Hutchins e McAdams também. — Esses eram os três sócios majoritários com quem James trabalhava. — Então, tentei ligar para o celular dele. É claro que não atendeu. Continuei ligando de dois em dois minutos, e quando finalmente consegui que atendesse, listei todos os argumentos sobre como haviam me prometido a sociedade, como eu me *matei* de trabalhar por aquilo. Até contei que minha esposa está grávida. Sabe o que ele disse? Não deu um pio sobre a gravidez. Nada de parabéns, nada de *Que ótima notícia, James*. Falou que, se eu continuasse trabalhando bem, com certeza viraria sócio ano que vem. Mais uma droga de ano sendo pressionado desse jeito?

Ouvi mais três buzinadas que pontuavam suas palavras bem demais para terem sido feitas por um taxista.

— *Você* está dirigindo? — perguntei, de repente percebendo isso.

— Pode apostar. — O tom de meu marido ficou agressivo. — Estou caindo fora. Preciso de um tempo.

Déjà-vu, pensei, mas para James agora.

— Onde está indo? — perguntei, sentindo um gosto do nervosismo que ele devia ter sofrido quando recebera meu bilhete quatro semanas antes.

— Visitar minha esposa. Aliás — adicionou —, Rocco Fleming teve uma audiência uma hora atrás. Ele desistiu da extradição. Vai ser transferido na manhã de segunda-feira.

O trânsito estava ruim, o que não melhorou o humor de James. Ele me ligou de tempos em tempos para desabafar, e eu fui completamente solidária. Não comentei que era o início de um fim de semana no auge do verão, e, quando ele passou uma hora parado, esperando a estrada abrir depois de um acidente, não mencionei que alguém podia ter se machucado. James sabia de todas essas coisas. Sua raiva com o trabalho estava afetando tudo. Eu compreendia isso.

Quando meu marido finalmente chegou a Bell Valley, eram quase 22h. Eu estava sentada no escuro, na escada da varanda da Raposa

Vermelha, olhando na direção da ponte coberta. Quando os faróis finalmente apareceram, levantei. Já estava no estacionamento, ao lado da porta dele, quando o carro estacionou.

Não consegui decifrar sua expressão, mas, quando James saiu do carro, ficou um bom tempo me abraçando. Depois, se afastou e tocou minha barriga. Nós não conversamos. Imaginei que, se ele tentasse, acabaria se repetindo. Meu marido pegou sua mala, passou um braço pelos meus ombros, e seguimos para o quartinho do jardineiro.

Não fizemos amor. Num piscar de olhos James estava dormindo. Fiquei acordada e o observei dormir, pensando que ele estava me imitando, me perguntando o que essa reviravolta significaria. E então caí no sono também.

Juro que os coiotes sabiam o que estava acontecendo. Os animais nos deixaram dormir por várias horas, apenas o suficiente para nos acalmarmos, antes de começarem a uivar. James deu um pulo na cama.

— Coiotes — sussurrei, explicando.

Os olhos dele foram para a janela.

— Onde?

— Um pouco depois da trilha na floresta.

Deitando novamente sobre o travesseiro, ele ficou ouvindo. Os uivos não continuaram por muito tempo, apenas o suficiente para se certificarem de que estávamos acordados o suficiente para fazermos amor, e foi tão doce, até mesmo extraordinariamente romântico, dar prazer um ao outro ao som daquela serenata. Não havia nenhum tipo de intensidade carnal agora. James manteve tudo devagar e controlado, mas eu não sabia se o motivo para isso era o bebê ou a necessidade dele de parar o mundo.

Os últimos ganidos estavam sumindo a distância quando, nos espasmos finais da paixão, nós desabamos novamente sobre a cama. Mais uma vez, não conversamos. James simplesmente me puxou para perto dele e me abraçou até voltarmos a dormir.

Eu teria dado qualquer coisa para dormir até tarde. Não estava me sentindo muito bem, e a presença de James ao meu lado era reconfortante.

Mas eu precisava comer alguma coisa para acalmar meu estômago, e, além disso, Vicki não ficara melhor simplesmente porque meu marido aparecera. A pousada estava lotada no fim de semana. Ela precisava de mim. E James continuaria dormindo por um tempo.

Então, fui correndo para a cozinha e mordisquei uma torrada enquanto ajeitava as coisas para o café da manhã. Já que não havia check-ins marcados para a manhã de sábado, fiquei por ali para repor os pratos e conversar com os hóspedes. Quando finalmente voltei para o quarto com uma bandeja de comida, já eram quase 11h. Meu marido estava sentado na cama, lendo alguma coisa no celular.

Se eu tivesse uma câmera, teria tirado uma foto, apesar de que isso jamais poderia retratar a realidade com precisão. O lençol estava amassado ao redor dos seus quadris, e eu sabia que James estava nu debaixo dele. O cabelo escuro caía sobre suas sobrancelhas e cobria o topo de suas orelhas; pelos se enrolavam no peito. Seus ombros não eram musculosos, mas naturalmente largos. Mãos fortes, dedos longos, lembranças de onde haviam me tocado horas antes — fiquei sem ar.

— Olá — disse ele, olhando para cima.

Sorri. Depositei a bandeja na parte reta do colchão e servi uma xícara de café. Então, tomando cuidado para não virar a bandeja, sentei ao seu lado. Nossos braços se tocaram, pele com pele. De onde eu estava, conseguia ler a tela do celular.

— Alguma notícia interessante?

— Tony está ameaçando entrar com um processo. Samantha quer pedir demissão. — Ambos, assim como James, esperavam ser promovidos em outubro. — Tom McKenna quer saber onde eu estou. Ele é um sócio importante. Acabaram de me colocar num dos casos dele.

— Você respondeu.

— Claro. Disse que vou passar o fim de semana fora. E a advogada que colocaram no caso Bryant está implorando por ajuda. Não faz ideia do que está fazendo. Disse que fui afastado do caso e que ela deveria conversar com Derek Moore.

Eu me encostei mais nele.

— Muito bem!

— Não se eles me mandarem parar com essa palhaçada — disse ele, deprimido. — Foi diferente quando você largou tudo. Podemos nos manter com um de nós desempregado, mas os dois?

— Podemos conseguir outros empregos, se quisermos.

— Nenhum escritório está contratando.

— Não em Nova York, mas talvez em outro lugar, e talvez não num escritório. Precisamos começar a pensar em novas possibilidades.

— Com você grávida? — O celular apitou. Ele clicou no ícone da caixa de mensagens com o dedão e sorriu. — Seu pai.

— *Meu* pai? — perguntei, assustada.

— É. Andamos trocando mensagens. O coitado está preocupado com você. Não quero nem ver quando souber da minha situação.

— Não conte! Ele vai ter um ataque do coração!

James soltou uma risada irônica.

— Não seria o único. Meus pais nunca se rebelaram contra nada na vida. Bem, mas não é como se eu estivesse largando tudo. Só tirei um fim de semana de folga.

Meu marido olhou para mim. Eu poderia ter argumentado que um fim de semana não era suficiente, não para o tipo de reflexão que precisávamos fazer, e que nada mudaria se ele estivesse de volta à sua mesa na segunda-feira.

Mas fiquei quieta. Ali, naquele momento, nós éramos um casal novamente. Eu não arriscaria outra briga, não desperdiçaria tempo precioso.

Então, nos divertimos. Como James já conhecia o centro da cidade, fomos passear nos arredores pitorescos — um desfiladeiro cheio de tremoceiros azuis, uma trilha no meio da mata que subia até um topo cheio de pedras e com uma vista de tirar o fôlego. Solícito, meu marido me ajudou nos trechos mais escorregadios, acreditando em mim quando dizia que o bebê estava bem. Depois de um tempo, acabamos indo parar num café numa encruzilhada ao sul de Bell Valley, numa mesa para seis pessoas, desesperados por alguma coisa gelada para beber depois de caminhar até um mirante a vários quilômetros da estrada.

— Diga a verdade — afirmou James, depois que o pior da nossa sede tinha sido saciada. — Da última vez que veio aqui, foi com Jude.

— Foi mesmo. — Sorri, me recusando a ficar na defensiva quando se tratava desse assunto. — Ainda bem. A maioria das pessoas não conhece este restaurante. Nem o mirante ou o desfiladeiro. Ele era um ótimo guia. Agora, nós só precisamos deixar nossa marca nesses lugares.

— Só neste fim de semana — avisou ele, tranquilo.

Eu fiz que sim com a cabeça.

— Isso mesmo.

— Nós dois não podemos ficar desempregados ao mesmo tempo.

— Eu sei.

— Preciso voltar...

Coloquei a mão sobre sua boca.

— Vamos continuar fugindo? Só mais um pouco?

James usou o celular duas vezes naquele dia. A primeira foi para falar com Sean, que enviou uma mensagem da contadora. Depois de achar uma série de depósitos do fundo numa conta bancária no Panamá, não conseguiu encontrar mais nada. Sean pediu para que continuasse procurando, mas a mulher avisou que poderia ser demorado.

James não estava com muita paciência, o que levou ao segundo uso, para falar com o detetive, que possuía outras formas de obter informações.

O que acontecera no escritório o fizera se sentir desamparado. Suas ações eram uma forma de compensar o problema, mas a frustração continuava ali. A ruga entre suas sobrancelhas aparecia e desaparecia, aparecia e desaparecia. Eu a via, mas não comentava. Queria mesmo que aquela fosse nossa fuga.

Ouvimos os coiotes novamente naquela noite. Os uivos deles embalaram nosso sono, mas acordei ao nascer do sol, pensando no som. Coiotes também ganiam e latiam, mas uivos, contara Jude, eram uma chamada. Talvez eu estivesse louca, mas não conseguia me livrar da sensação que chamavam por nós — que fuga poderia ser melhor que essa?

Era uma bela manhã de domingo — seca, clara, fresca —, e James dormia desde as 21h da noite anterior. Então o acordei, passei um moletom pela sua cabeça enquanto ele vestia a calça, e o levei pelo velho portão de madeira, além do poste apodrecido e através das samambaias. Seguimos o antigo muro de pedra, passamos pelo carvalho enorme e pelo arco de pedras.

Entre nosso caminho e a luz que demorava a se espalhar, a floresta começava a acordar. Corpinhos corriam sob as plantas; pássaros voavam para procurar por sementes. Percebendo um breve movimento, parei, mas demorei um pouco até encontrar uma corça e dois cervos, cuidadosamente camuflados enquanto mastigavam um arbusto. Em silêncio, eu os indiquei para James. Os três nos observaram por um belo instante, antes de saírem correndo.

Quando finalmente ouvimos o riacho, o sol já passava pelo topo das árvores. Joguei a cabeça para trás e inalei. De todos os ricos aromas terrosos, o mais forte é a serenidade. Não olhei para trás para ver se James também sentia. A mão que segurava a minha estava relaxada, os dedos quentes de uma forma que iam além de motivos físicos.

A água corria refletindo tons azuis, dourados e marrons. Nós nos sentamos à margem do rio, observando o outro lado e ouvindo os sons acima do gorgolejo. Com o tempo, como se estivessem esperando pela nossa presença, eles apareceram.

— Você sabia que viriam? — sussurrou James.

— Eles sabem quando eu estou aqui. Nós nos comunicamos por pensamento.

Meu marido me lançou um olhar bem-humorado, que eu senti mais do que vi, já que estava voltada para a margem oposta do riacho.

— Veja — disse, baixinho. — Os filhotes. Estão cada vez maiores. A toca deles deve ser aqui perto.

— Isso não é perigoso?

— Estarmos aqui? Claro que não.

— Eles não vão atacar?

— Não. Os coiotes me conhecem. Além disso, não comem pessoas. Não comeriam nem um gato quando podem encontrar coisas como ratos, esquilos e coelhos. Para onde você acha que todos esses roedores vão? É só uma questão de cadeia alimentar.

— E os coiotes mais velhos?

— Ursos.

— Se um criador de ovelhas não atirar neles antes.

— Os coiotes só comem ovelhas quando não têm opção. Também comem insetos e frutas.

— E lixo. Foi assim que aquele outro foi parar em Manhattan.

— Não é a refeição favorita deles. Mas precisam se adaptar. Fazem o que é necessário para sobreviver.

— Então, é isso que precisamos fazer — disse meu marido. — Encontrar um jeito de sobreviver em Nova York.

— Ou nos mudarmos para algum lugar que se adeque mais às nossas necessidades.

Ele fez uma pausa.

— Vamos conversar sobre isso agora?

— Não — respondi. — Mas me identifico com o coiote.

— Um coiote é um animal selvagem. Nós somos domesticados. Ou pelo menos é isso que achamos.

— Talvez um pouco demais. — Voltei o olhar para o pinheiro gordo onde nosso bebê talvez tivesse sido concebido. — Um pouco de selvageria é bom.

Quis acreditar que em parte meu marido concordava comigo, mas ele parecia atormentado enquanto continuava a observar os coiotes.

— O que foi? — perguntei. Eu me sentia segura ali, protegida da realidade.

— Olhe só para eles, brincando. É uma vida simples. Invejo isso.

— E por que a nossa precisa ser complexa?

— Porque somos humanos. Porque nossa cadeia alimentar é complexa.

— Não por uma questão de sobrevivência — argumentei. — Mas de ego.

Outro coiote apareceu. Levemente maior que a mãe, ele se sentou ao lado do tronco de uma árvore, nos observando. Devia ser o pai.

— A família inteira veio passear — brincou James.

— Como a gente — disse, e beijei o queixo dele.

— Sobre a questão do ego, querida. . está dizendo que é isso que me impulsiona?

— Estou questionando, mas não é só com você, James. Eu também sou assim.

— Mas ego tem a ver com autoestima, o que é positivo.

— E sua autoestima melhora com seu trabalho? A minha não. Ela melhora com as amizades que tem em Nova York? — O silêncio dele foi resposta suficiente. — Algu mas pessoas usam tecnologia para ajudar com isso — continuei. — Se elas conseguem dominar seus aparelhos, acham que conquistaram o mundo. Mas não é o meu caso. Se tem uma coisa que aprendi sobre mim mesma neste mês foi que *isso* não me traz felicidade. Eu amo você, James. Amo *você*. Mas o restante das coisas que me cercavam... como as aulas de spinning, por exemplo. Fico sentada numa sala com trinta pessoas que não conheço, pedalando rápido para manter o ritmo, mas, quando acabo, não saí do lugar. Certo, pelo menos fiz um exercício, mas isso faz com que eu me sinta feliz? Não. — Tomei fôlego e continuei num tom mais gentil, suplicante: — Mas ajudar Vicki me faz sorrir. Ajudar Lee me deixa contente. E o Refúgio... Eu me sinto tão bem lá. E quero que você veja isso com os próprios olhos quando puder.

Deixei a questão em aberto. Se James fosse embora hoje, queria que escolhesse o que fazer. Já era suficiente tê-lo convencido a entrar na floresta para conhecer meus coiotes.

O Refúgio era minha prioridade. Dormir era a dele. Meu marido passou várias horas descansando enquanto eu ajudava com a hora do brunch na Raposa Vermelha. No final da manhã, voltei para o quartinho com uma bandeja, e ele estava saindo do banho. Imaginei que vestiria sua calça social, se arrumando para voltar ao trabalho. Mas não. Uma camiseta e jeans. Isso era um bom sinal. O fato de ter levado a bandeja lá para fora, para comermos enquanto observávamos a floresta, também.

Foi James quem sugeriu que visitássemos o Refúgio — talvez para me apaziguar antes de partir, mas ele realmente parecia curioso. Vi o quanto ficou surpreso com o tamanho do lugar, percebi que inclinava a cabeça para sentir o cheiro de cavalos e feno quando saímos do carro.

— Quem são todas essas pessoas? — perguntou ele, estudando a folha de assinaturas na qual adicionei nossos nomes.

— Voluntários. Nos fins de semana, eles praticamente são donos do lugar. Alguns vêm de Concord e Portsmouth para passar o dia. Outros apenas fazem uma parada no caminho para algum outro destino. Os hóspedes da Raposa Vermelha ficam por mais tempo.

James parou para observar o grupo de placas tortas e pareceu assustado quando um zurro soou de repente, parecendo próximo, mas o levei até os gatos primeiro. Queria que visse o local onde passara tanto tempo, mas também senti vontade de encontrar com meus amigos, e juro que eles me reconheceram. Vieram imediatamente até nós, sedentos por carinho, apesar de haver outros voluntários por perto. O ego é mesmo algo impressionante. O meu estava inflado. Quando lancei um sorriso satisfeito para meu marido, ele riu.

— Seu coração é muito mole — comentou, bem-humorado de uma forma que nunca, *nunca* aconteceria duas semanas antes. E foi a mesma coisa quando visitamos a Reabilitação. — Quanto tempo passou aqui? — provocou quando os gatos nos cercaram.

— Não muito — garanti, acariciando o *Maine coon* enorme que se acomodou imediatamente na minha coxa, sem uma perna, mas infinitamente mais firme do que minha gatinha fora.

Contei a James sobre ela, sobre como ia cambaleando na minha direção, como morrera em meus braços, e, apesar de não ser possível que sentisse a profundidade das minhas emoções, ele acariciou meu braço quando terminei de falar.

Sentindo minha afinidade com aqueles gatos em específico, meu marido me deu tempo, indo passear lá fora enquanto eu trocava a água dos animais. Não ficou aparecendo de cinco em cinco minutos para saber se eu já queria ir embora. Nem mesmo ficou esperando ao lado da porta. Precisei procurar por ele nas cabanas, perguntando se alguém vira um homem alto de cabelo escuro usando uma camiseta azul.

Finalmente, o encontrei atrás de uma das cabanas dos cachorros, apoiado na grade que cercava um pátio grande ao ar livre. Entrelaçando meus dedos aos dele, parei ao seu lado e observei os animais.

— Nunca tive um animal de estimação — disse James.

— Queria um?

— Toda criança quer. Mas meus pais diziam que a casa era pequena demais. Não tínhamos um quintal. Os dois trabalhavam. Fazia sentido. Só fui descobrir a verdade quando os visitei durante férias da faculdade. Estava na calçada, conversando com uns vizinhos que haviam acabado de se mudar. Eles tinham um filhotinho de cocker spaniel. Era pequeno e agitado. Minha mãe saiu correndo para dentro de casa.

— Ela tem medo de animais? — perguntei, surpresa.

— Pavor. Disse que, quando criança, foi perseguida por um dálmata. É triste ter uma fobia por causa de uma experiência ruim. Quer dizer, olhe só para esses cachorros. — Vários deles tinham se aproximado de nós. James baixou a mão para tocar nos focinhos. — Não são nervosos. Só não têm um lar. Como é possível não sentir pena?

Eu me apoiei nele.

— Ah, não — avisou. — Não fazemos nem ideia de onde estaremos morando em seis meses. Agora não é o melhor momento para ter um cachorro.

— Eu sei — disse, pesarosa. — E eles vão ser adotados. O Refúgio encontra centenas de lares todo ano.

— Olhe aquele ali.

Segui seu olhar para um canto distante do pátio, onde um cachorro se sentava sozinho. Tinha um tamanho médio e era bem peludo, com o corpo preto e manchas brancas no peito e no focinho.

— É um pastor australiano — disse James. — Um amigo meu tinha um desses. Precisam de muito exercício, mas já estou aqui há quinze minutos e ele nem se mexeu. Está assustado. Veja só os olhos dele. — A expressão do animal ficou ainda mais apavorada quando um homem saiu da cabana. — Foi maltratado. — Quando o homem se aproximou, o cão se afastou e então saiu correndo. — O que acontece com um cachorro assim?

— Cuidam dele — disse. — Vai ficar aqui o tempo que precisar, mas vão encontrar um lar adequado.

— Terão trabalho com esse.

— Hum. Mas o trabalho vale a pena quando finalmente dá certo.

* * *

James não ia começar a querer um cachorro instantaneamente. Mas nossas conversas sobre revelações, satisfação e autoestima deviam estar fazendo efeito, porque ele não fez as malas e foi embora para Nova York na noite de domingo — apesar de ter ajustado o alarme do celular para tocar às 4h da segunda-feira. Porém, quando isso aconteceu, ele desligou o aparelho, me puxou para perto e continuou a dormir.

Eu o deixei descansando enquanto trabalhava na pousada, mas voltei para o quartinho às 9h. Meu marido havia acabado de enviar um e-mail para Mark avisando que não iria trabalhar. Pelo menos não no escritório em Nova York. Rocco Fleming ia chegar a Manchester-by-the-Sea ao meio-dia, e seria interrogado na delegacia de polícia. Nós queríamos estar lá.

Capítulo 22

❧

Primeiro, dirigimos até a casa. Nos dez dias desde nossa última visita, os buracos haviam sido cobertos com tábuas, e, apesar de a fita de isolamento da polícia ainda cercar a maior parte da ala dos quartos, era de esperar que todas as provas já tivessem sido recolhidas.

A delegacia estava agitada. Fleming ainda não chegara, o que deu a James a oportunidade de conversar com o detetive encarregado do caso. Egoístas, estávamos mais interessados no que Rocco poderia saber sobre as tramoias contra Lee do que com a investigação do incêndio. Nós não poderíamos entrar na sala de interrogatórios, mas o detetive anotou nossas perguntas.

Rocco tinha o cabelo raspado e uma barriga saliente, mas eram seus olhos, pequenos e maldosos, que chamavam atenção. Parecendo sentir-se seguro demais, nem piscou quando três moradores locais diferentes o identificaram como culpado. Depois de lerem seus direitos, o homem abriu mão da presença de um advogado e foi para a sala de interrogatórios com o detetive e o delegado. Admitiu ter estado em Manchester naquele dia, insistindo que fora até lá para fazer um trabalho. Disse que o líquido inflamável encontrado no seu carro era um produto usado na instalação de janelas.

Era verdade. Havíamos procurado isso no Google. Mas restava o fato de que a empresa, parecendo assustada com a gravidade dos crimes dele desta vez, negava tê-lo enviado para lá e ter autorizado o uso da van.

Mesmo assim, o homem continuou insolente. Negou ter sido contratado para incendiar a casa e desafiou a polícia a encontrar o dinheiro do pagamento. Alegou nunca ter ouvido falar de Duane Cray ou de sua empresa, afirmou ter encontrado o celular na van e que a pessoa que o colocara lá com certeza era a culpada, tentando incriminá-lo. Até mesmo concordou em fazer o teste do polígrafo — mas James, ouvindo o depoimento na sala adjacente, estava incrédulo.

— Gente que passa a vida mentindo começa a acreditar tanto na mentira que nem reage — observou ele.

Eu concordei. Também chegara a essa conclusão.

Rocco continuou a se fazer de difícil. Quando o detetive perguntou se já ouvira falar de Lee Cray, ele negou. Quando o delegado perguntou se conhecia Bell Valley, ele negou. Os dois explicaram as penas por incêndio e sugeriram que a sentença poderia ser mais branda caso colaborasse com informações. Ele insistiu que não sabia de nada e que estava sendo incriminado.

Foi quando seu advogado chegou, um homem de cabelo branco chamado Sam Civetti, e o interrogatório terminou na mesma hora.

James imediatamente mandou o nome do advogado para o detetive em Nova York. Já estávamos na estrada quando descobrimos que Civetti trabalhava no mesmo prédio que Albert Meeme. Contudo, o edifício era um arranha-céu de 32 andares, com dezenas de escritórios de advocacia. Qualquer um que precisasse de um advogado poderia encontrá-lo lá. E não havia pistas óbvias mostrando que Meeme usava os serviços de Civetti. Mas havia uma mais discreta.

Liguei para Lee e Amelia para contar as novidades, e então telefonei para Vicki.

— Certo, Vicki Bell — disse em um tom um pouco brincalhão —, chegou a hora do teste. Já conversei com sua mãe e com Lee, e elas vão cuidar de tudo por aí. Preciso saber que você vai se comportar enquanto estou fora, e que vai deixar que elas ajudem. Rocco Fleming não vai ser acusado formalmente até amanhã de manhã. Pensamos em ficar por aqui enquanto esperamos.

— James não está ansioso para voltar para Nova York?

— Ainda não.

Meu marido não avisara ao escritório. Mas fora ele quem sugerira outra noite, só que não estava pensando em Manchester. Queria ir a Boston.

Foram as férias que nunca teríamos nos permitido se James não descobrisse sobre o congelamento da nomeação de novos sócios. Não levamos roupas para passar mais de um dia, então, depois de fazermos check-in no Four Seasons, fomos às compras. Sim, gastamos mais dinheiro do que deveríamos. Não, eu não precisava das pulseiras que James comprou para mim. Mas gostei delas? Sim. E nós dois gostamos de nossas roupas novas? Sim. A mesma coisa valia para nosso jantar em Bristol, apesar de eu suspeitar que o *kobe beef* só estava bom daquele jeito por causa do momento, do ambiente, da companhia.

Não bebi vinho. Mas o vestido que comprara era justo, o que tornava o gasto desnecessário. Mesmo que o tecido cedesse um pouco, em dois meses eu não caberia mais nele.

Estávamos vivendo o momento.

James usou uma gravata na manhã de terça, e a saia que eu vestia era azul e realmente minha desta vez, assim como as sandálias de saltos agulha, resultados de nossas compras. Pelo menos na aparência éramos um casal poderoso. Meu pai teria ficado feliz.

Rocco Fleming estava se lixando para isso. Julgado na Suprema Corte de Essex, em Salem, alegou que não era culpado, como já esperávamos. Conseguiu ser solto por fiança, mas não conseguimos perguntar quem pagara, pois notícias mais urgentes chegaram antes.

O detetive de James, usando seus contatos internacionais, encontrara ligações entre Duane Cray e a firma de investimentos panamenha para a qual os depósitos do fundo tinham sido enviados.

Também encontrou uma troca de e-mails entre Duane Cray e Albert Meeme. Os dois tinham todo o direito de conversar, já que Meeme era o fiduciário do fundo da família, mas as últimas mensagens chamavam atenção. Era uma discussão sobre os danos que Lee poderia causar e sobre como encorajá-la a desistir do caso, mas pareciam conversar em código. Lee era mencionada como "a esposa". As referências a dinheiro — *ela quer uma padaria* — eram feitas com Duane dizendo que preferia engasgar de tanto comer antes de lhe dar um pãozinho sequer; era o pior trocadilho que eu já vira. Ele disse que sabia onde Lee morava. Disse que sabia quem a estava protegendo. A única resposta de Meeme fora: *Fique calmo.* Se havia uma ameaça ali, era discreta.

Sentados no carro, do lado de fora do tribunal, pedimos que o detetive repetisse as mensagens várias vezes. Quando finalmente desligamos, James parecia cauteloso. Soltou a gravata, desabotoou a gola da camisa.

— Não dá para ter certeza — disse ele, finalmente.

— Porque não mencionam nomes? — Eu podia ser do contra. — Essas mensagens não podem ser coincidência. A situação bate com a história de Lee. Duane Cray contratou Rocco Fleming. E ele não vai parar por aí.

Meu marido me lançou um olhar bem-humorado.

— O quê?

— Está certa disso? — perguntou.

— Sim.

Ele pensou por um instante.

— Acho melhor contarmos a Lee. Mas pessoalmente. Ela vai ficar assustada.

Voltamos para Manchester-by-the-Sea para compartilhar nossas descobertas com a polícia, e, quando já estávamos novamente na estrada, telefonei para Lee. Prometi que contaria tudo que acontecera no tribunal quando nos encontrássemos na pousada, às 18h.

Havia mais uma ligação que eu precisava fazer.

— E aí, Emmie? — cumprimentou Jude, com uma intimidade que era melhor James não escutar.

Meu marido sabia que eu e Jude não tínhamos nada um com o outro, mas também sabia do nosso passado. E isso fazia a intimidade soar mais ameaçadora.

— Onde você está?

— Para falar a verdade, estou em... Schenectady. — Parecia que precisara consultar uma placa para saber disso.

— O que está fazendo aí? — perguntei, mas imediatamente perdi o interesse. Não fazia diferença o que ele estava fazendo lá. Amelia dissera que o filho vigiaria a casa de Lee, e isso era impossível se estivesse em Schenectady. — Quando vai voltar para Bell Valley?

— Amanhã. Vou dormir aqui.

— Lee precisa de proteção.

— Lee sempre precisa de proteção, mas nada acontece.

— Isso pode mudar, Jude. Estamos chegando perto dos culpados. Agora encontramos e-mails suspeitos. Quando eles descobrirem, as coisas mudarão de figura. — Albert Meeme, Duane Cray e seu irmão... logo descobriram que estávamos investigando, assim como já deviam saber que Rocco os entregaria para salvar a própria pele. — Lee é a peça-chave. Tudo que ela precisa fazer é dizer que se enganou, que entendeu errado tudo que o marido dissera, que o fundo é legítimo. Se Lee desistir do caso, eles ficarão bem. E vão fazer de tudo para isso acontecer.

— Você anda vendo muita televisão.

Essa observação me irritou.

— Na verdade, eu não assisto à televisão *nunca*, mas entendo de direito penal. — E Jude, não, o que só tornava seu descaso mais ofensivo. — Esses assassinos que alegam insanidade? Não é insanidade. É ciúme, raiva, medo. Quer mesmo deixar Lee exposta a essas coisas?

— Não posso ser guarda-costas dela — rebateu ele, mal-humorado. — Amelia precisa contratar outra pessoa. Não há *dinheiro* no mundo que compense isso. Ficar sentado esperando não é para mim.

Eu fiquei mais calma.

— Mas, agora, você é tudo que temos. Por favor? Vamos nos encontrar na Raposa Vermelha às 18h. Pode ir?

— De jeito *nenhum*. Deixe disso, Emily. Você sabe que minha presença em Bell Valley nunca ajudou ninguém.

Eu teria de ser surda para não ouvir o tom de derrota em sua voz. Tentando persuadi-lo, implorando, disse:

— Esta é sua chance de mudar isso, Jude. Às 18h na pousada. Até logo.

No silêncio que se seguiu, James empurrou as mangas para cima.

— Ele vai? — perguntou, por fim.

Continuei olhando para a estrada.

— Quem sabe? Ele está tentando descobrir o tipo de pessoa que é.

— Você não pode fazer isso por ele.

— Não, mas posso ajudar. — Virei-me no banco para encará-lo. A expressão de meu marido era dura, seus olhos não piscavam, seu queixo estava inclinado para a frente. — Ele tem potencial, James, de verdade. Mas é... *incapaz* de ficar em Bell Valley. Associa os problemas emocionais dele à cidade.

— E você é um desses problemas.

— Não. Isso começou muito antes de eu aparecer. Não sou o motivo. — Passei uma mão pelo cabelo, levantando-o da cabeça. Eu o usara solto naquele dia, mas, agora, parecia pesado. — Não quero discutir sobre isso, não com você. Jude não é problema nosso. É um problema de Amelia, e, neste momento, de Lee. Seria ótimo se as ajudasse, mas não podemos contar com ele. — Sorri. — Ao contrário de você.

James demorou um instante antes de parecer mais tranquilo.

— Puxa-saco.

— Mas é verdade. — Segurei a mão dele. — Já lhe disse o quanto valorizo isso? O fato de ser confiável, paciente, inteligente... Você é o pacote completo, James. Obrigada por estar aqui.

Ele ficou quieto. Depois de um instante, disse baixinho:

— Vou voltar hoje à noite.

— Eu sei.

— Tenho muito trabalho para fazer.

— Eu entendo.

— Talvez diga a eles que vou tirar duas semanas em agosto. Não posso continuar me matando pelo escritório. Até onde eu sei, podem congelar as sociedades no ano que vem também.

Fiquei em silêncio.

— Walter deu notícias?

— Ah, sim. — Eu ligara na segunda-feira, mas ele estava de férias, então enviara uma mensagem. — Aqui. — Fui descendo as mensagens na minha caixa de entrada, passando por e-mails dos meus pais, da minha irmã, da minha professora de ioga. — Nada de "Querida Emily" — disse, e li o texto em voz alta: — "Sabia que ia dar nisso, então seu cubículo já foi ocupado. Encaixotamos seus pertences e os enviamos pelo correio. É uma pena. Você é uma boa advogada e tem futuro, mas não aqui. Isso é o máximo que poderei escrever numa carta de recomendação." — Larguei o celular e olhei para James. — Acho que fechei essa porta.

— Tudo bem — disse ele, por fim. — Você está fazendo algo mais importante.

Quis pensar que meu marido realmente acreditava nisso.

Chegamos a Bell Valley às 17h, e encontramos Rob todo agitado. Lee não aparecera para o lanche da tarde e não atendia ao telefone, então Vicki estava trabalhando. O homem tentava tomar conta de tudo que a esposa começava a fazer, enquanto ela falava sem parar sobre como Lee estava nervosa por Rocco ter sido solto, algo que Amelia descobrira por Sean e contara sem pensar nas consequências. Vicki estava convencida de que a mulher fugira para um novo esconderijo.

Eu não acreditava nisso. Quando conversara com ela, parecia bem. Não teria mentido de forma tão convincente se estivesse considerando ir embora. Além disso, ela possuía família ali. Amigos. Quis acreditar que Lee confiaria em mim o suficiente para me ligar caso Amelia realmente a tivesse assustado tanto.

— Onde está sua mãe? — perguntei, tirando Vicki de perto do lava-louça e obrigando-a a se sentar numa cadeira.

— Numa reunião no Refúgio, então não pode ajudar. Mas a questão é onde está Jude, porque era ele quem deveria tomar conta de Lee... e eu consigo colocar pratos no lava-louça, Emmie. Os médicos disseram que posso passar meia hora de pé.

— Ela cronometra o tempo — murmurou Rob enquanto jogava pó de café usado no lixo. — Trinta minutos de pé, quinze sentada.

— Onde está Charlotte?

— Na creche — respondeu Vicki, apoiando os pés na beirada da mesa. — Rob precisa ir buscá-la.

Eu o obriguei a sair da cozinha.

— O lanche da tarde já está quase terminando. Posso lidar com o pessoal que ainda está comendo.

Parecendo extremamente grato, Rob obedeceu.

Além de reabastecer as frutas e os biscoitos, não havia muito o que fazer no salão. Na cozinha, tentei ligar para o celular de Lee enquanto terminava de encher a lava-louça, mas ela não atendia. Tentei três minutos depois, e três minutos depois disso.

— Ela não dorme no meio do dia — anunciou Vicki. — E, se estivesse tomando banho há tanto tempo, já teria virado uma ameixa enrugada. Nunca desaparece assim, ao contrário do meu irmão, que *jamais* está aqui quando se precisa dele. Será que não existe uma gota de responsabilidade naquele corpo lindo dele? Quer dizer, e se ela estiver doente? *Realmente* doente? E se teve um AVC ou coisa assim?

— Eu posso ir até a casa dela — ofereceu James. Ele estivera bebendo uma xícara de café num canto, tentando não atrapalhar. — É só me explicar como chegar lá.

Mas Vicki gesticulou, como que querendo deixar o clima mais tranquilo.

— Não. Esqueça tudo que eu disse. Estou emotiva demais, e este não é meu melhor momento, então fico inventando coisas. Lee é saudável, é forte. Ela pode cuidar de si mesma.

Olhei para James. Meu marido não parecia tão certo disso.

Continuei ligando para o celular dela em intervalos cada vez menores, e estava quase desistindo quando Lee finalmente atendeu.

— Alô? — disse, baixinho.

— Lee! Ai, meu Deus, estamos tentando falar com você há horas. Está tudo bem?

— Sim — respondeu, mas sua voz era estranha, indiferente. Ela não era de falar muito, mas as coisas que dizia geralmente eram mais expressivas.

— Está doente? Estava dormindo? Achamos estranho você perder o lanche da tarde. E nós tínhamos combinado de nos encontrar às 18h.

Ela limpou a garganta.

— Ah, é. Desculpe. Não vou poder assistir ao filme com vocês. Não me sinto muito bem. Estou com dor de cabeça.

Olhei para James.

— Dor de cabeça. Quer que eu leve alguma coisa para você? Talvez um pouco daquela sopa de lentilhas que fez ontem.

Vicki ficou mais atenta. Não havia nenhuma sopa de lentilhas.

— Ficou salgada demais — respondeu ela. — Só quero dormir. Pode avisar a Vicki?

— Claro. Tudo bem, Lee. Melhoras. — Desliguei o telefone e olhei para os outros. — Tem alguém lá. Alguém devia estar escutando a ligação.

— Ela tem um namorado? — perguntou James.

Vicki fez que não com a cabeça.

— Talvez um irmão? — perguntei.

A família de Lee era grande e, como ela mesma admitira, de moral duvidosa. Se alguém da sua vida antiga tivesse aparecido — querendo fazer uma visita, querendo se *esconder* —, talvez ela estivesse atordoada o suficiente para falar bobagens.

Vicki entendeu onde eu queria chegar.

— Ela tem vários irmãos, mas nunca contou a nenhum deles onde está morando. Talvez tenham descoberto. Talvez tenham vindo atrás de dinheiro.

Mas minha amiga não acreditava nisso de verdade. Percebi que estava preocupada.

Eu também.

Quando James foi em direção à porta, segui logo atrás dele, me desviando apenas para deixar Rob passar, carregando Charlotte no colo.

— *Cadê Jude?* — gritou Vicki atrás de nós.

Em Schenectady? Na estrada? A não ser que estivesse indo para a casa de Lee, não fazia diferença.

Capítulo 23

Lee morava a cinco minutos de distância da Raposa Vermelha. A casa ficava no fim de uma estrada estreita. Pequena e simples, parecia uma caixa com um telhado. Era mais modesta que as outras que passamos pelo caminho, mas era a cara de Lee, com sua fachada cinza-amarronzada e cortinas marrons, como se quisesse se misturar com a floresta. Ficava muito afastada do vizinho mais próximo, e grande parte dessa distância era arborizada, oferecendo bastante privacidade. O lado negativo, obviamente, era que ninguém ao redor nunca via quem batia à sua porta.

A caminhonete era o único veículo na garagem. Se alguém estivesse com ela, ou pegara uma carona até ali, ou estacionara em outro lugar e viera andando pela floresta. Nós paramos diante da casa para anunciar a nossa chegada, apesar de James querer que eu não saísse do carro.

Eu me recusei. Aleguei que não tínhamos provas de que Lee estava em perigo, que saberia interpretar suas reações e seu tom de voz melhor do que ele, já que era eu quem a conhecia. Não ia ser deixada de fora. Lee era minha amiga.

Enquanto andávamos até a porta da frente, observamos sinais de movimento no interior, mas, apesar de as janelas estarem abertas, estavam obscurecidas por cortinas. Não vimos luz pelas frestas, não escutamos conversas, música. O ar do início da noite estava abafado e silencioso, e os únicos sons que ouvíamos era o coaxar de sapos na floresta.

Toquei a campainha. Quando Lee não atendeu, James bateu. Chamamos o nome dela. Nada.

As câmeras ainda estavam no lugar, parecendo fazer parte das calhas na beirada do telhado, mas, já que não forneciam imagens em tempo real, não seriam úteis agora. Porém, não havia sinal de violência ou luta — nenhuma cadeira virada na varanda, nenhuma janela quebrada, nenhuma tranca quebrada. A única coisa remotamente estranha era o cesto de roupas no quintal dos fundos. Nele havia apenas uma fronha molhada e amassada, enquanto o restante dos lençóis fora pendurado nas cordas.

— Talvez a tenham surpreendido enquanto estava aqui — sussurrou James.

— Ou sua dor de cabeça ficou tão ruim que não aguentou mais ficar de pé. — E também começou a ter dificuldade em pensar e falar.

Agarrando-me àquele último fio de esperança, liguei para o celular de Lee. Ela atendeu depois de um toque.

— Lee. Aqui é Emily. Estamos na sua casa. Só queremos ter certeza de que está bem. Pode abrir a porta?

— Ah... — Houve uma longa pausa. — Ah, tudo bem. Só um minuto.

E demorou isso tudo mesmo. Quando finalmente abriu a porta, seu cabelo escuro estava despenteado e ela vestia um robe, mas não parecia doente. Não apertou a vista, como faria se tivesse uma enxaqueca. Seus olhos castanhos estavam arregalados, arregalados demais, e seu cabelo não escondia nenhum dos dois.

— Estou bem — respondeu. — Só preciso dormir. Vejo vocês amanhã.

Lee tentou fechar a porta, mas o pé de James bloqueou o movimento.

— Tem alguém aí? — perguntou ele, baixinho.

— Não. Estou sozinha. — Ela nem piscou. — Obrigada por virem.

Meu marido deixou a porta se fechar e, segurando meu cotovelo, me guiou de volta para o carro. Assim que entramos, ele ligou o motor.

— Ligue para a polícia.

— Ele ainda está lá dentro, não é? — perguntei, pegando meu celular enquanto James fazia o retorno.

Confirmando com a cabeça, meu marido começou a descer a rua.

— Como achou que ela estava?

— Assustada.

— Certo. Ligue para a polícia.

— Lee é uma pessoa meticulosa — disse. — Ela não deixaria uma fronha molhada na cesta de roupas. Além disso, é muito tímida. Precisaria estar muito apavorada para olhar você nos olhos por tanto tempo.

— Ou doidona com alguma coisa.

— *De jeito nenhum.* — Fiquei furiosa por ele sequer sugerir uma coisa dessas. — Ela nunca usou drogas. Não faria isso.

Mas outra pessoa poderia ter feito, alguém que tentasse forçá-la a fazer algo que não queria. Seria mais uma forma de abuso.

— Ligue — mandou James. Quando entramos na estrada principal, ele parou o carro num canto. Eu mal dera as informações quando meu marido tirou o telefone de minha mão. — Peça que estacionem longe da casa — disse ele à telefonista. — Não queremos que ninguém se assuste com uma viatura aparecendo.

Meu marido desligou o telefone, me devolveu o aparelho e abriu sua porta.

— Onde está indo? — perguntei, assustada.

Havia presumido que esperaríamos ali até a polícia chegar.

— Vou dar a volta e ver se encontro alguma coisa. — Ele me encarou — Volte para a pousada, Emily. Quero que fique lá.

— Fazendo o quê?

— Estando segura. Não quero que se arrisque.

— Mas e você? — choramiguei. — Você está se arriscando.

— Não sou eu quem está grávida.

— E o que é que ele vai fazer? Atirar *em mim*? Você precisa de alguém para o ajudar.

— Mas não vai ser você.

Meu marido saiu do carro.

— Então os policiais! — gritei, me inclinando sobre o painel. — Espere até eles chegarem, James. Você não é treinado para fazer esse tipo de coisa.

— E a polícia de Bell Valley é? — perguntou ele, inclinando-se para olhar para mim. — Aposto que já interroguei mais criminosos que eles.

Era provável que eu também, mas fiquei imaginando os olhos maldosos de Rocco Fleming, que devia ser uma pessoa sem nenhum tipo de consciência. Assim como a pessoa que o contratara.

— E se ele for um criminoso? E se estiver armado? Como vai se proteger?

— Eu tenho bom-senso e, pelo que você sempre me diz, jeito para lidar com as pessoas. — O tom dele era tranquilizador. — Emily, não vou fazer nada arriscado. Estarei seguro, mas, se você voltar para a pousada, vou ter menos uma coisa com que me preocupar.

Ainda assim, insisti.

— Quando fomos à casa dela, foi justificável. Mas agora, se você voltar, vai parecer suspeito. Acho melhor esperar a polícia.

James ficou impaciente de repente:

— Você falaria para Jude esperar?

— Não comece com essa história de Jude. Jude gosta de se arriscar. Jude não *consegue* viver sem perigo.

— E você acha que eu não sou capaz de lidar com isso?

— O que eu acho — disse, me esforçando para falar com clareza enquanto meu coração ia parar na boca — é que você lidaria bem com a situação, mas é muito, muito mais precioso para mim, e, se alguma coisa acontecesse, eu ficaria arrasada.

James me encarou por um instante, então se inclinou mais para a frente e me deu um único beijo, intenso.

— Também amo você, Em — sussurrou contra meus lábios, e se afastou. — Vá. Nós nos encontramos na Raposa Vermelha.

Eu não tentei impedi-lo enquanto ia embora. Mas também não liguei o carro. Meu estômago estava embrulhado. Já fazia um tempo que não comia, mas não ia voltar para a pousada para pegar um biscoitinho enquanto James estava em perigo. Além disso, havia uma barra de cereais na minha bolsa. Então, fiquei ali sentada, mordiscando e com um braço apoiado na barriga, analisando a estrada na direção pela qual meu marido desaparecera.

O enjoo continuou. Abri minha porta e coloquei os pés no chão, tentando me controlar, mas a única coisa que a exposição ao ar causou foi perceber a chegada da polícia mais cedo. Não que eu não teria escutado com as portas e janelas fechadas. Eram duas viaturas com as sirenes ligadas.

Quando passaram por mim, desligaram o som, mas não desaceleraram. Com o chiado de pneus queimando, fizeram a curva. Sem querer ser deixada para trás, fechei a porta, pulei para o banco do motorista e os segui. Os policiais pararam bem na frente da casa de Lee. Eu estava estacionando, procurando desesperadamente por James, quando ele saiu correndo de trás da casa, entrou na floresta e então chegou à rua.

Aparecendo a uns cinco metros de distância de nós, lançou-me um olhar irritado, e também não estava muito satisfeito com a polícia.

— Isso foi bastante discreto — disse meu marido com as mãos nos quadris, e deu aos homens um resumo das nossas preocupações. — Ela pode estar sozinha lá dentro ou não, mas tem algo estranho acontecendo — terminava de contar quando meu celular tocou.

Lee começou a falar no instante que atendi:

— Por que a polícia está aqui? Eu... eu... eu não pedi que vocês viessem, não quero a polícia, isto é... um problema pessoal, e vocês precisam... me respeitar e ir embora.

Alguém estava dizendo a ela o que falar. Eu ouvi a voz entre suas pausas.

— É alguém que você conhece? — perguntei.

— Por favor, vá embora.

— Ele está ameaçando você?

— Quero ficar sozinha.

— Certo — disse, fingindo colaborar. — Mas ligue se precisar de ajuda.

Ouvi um clique, e Lee desligou o telefone. Olhei para James.

— Ela está sendo ameaçada.

— Tem certeza?

— Sim.

Mais dois carros estacionaram. Um era o veículo cinza-escuro que passara tanto tempo na praça. O outro era do delegado de polícia.

Estávamos reunidos no meio da rua, com as viaturas entre nós e a casa, e isso devia ser um dos motivos para James não voltar a insistir que eu fosse para a pousada. O outro era seu foco.

— Vou entrar — anunciou meu marido quando os outros dois homens chegaram até nós. — Acho que alguém veio aqui para tentar assustá-la, mas a situação saiu de controle... e a culpa disso é nossa. Esse cara sabe que estamos aqui — continuou. — Não podemos simplesmente ir embora. Ele sabe que estamos observando. Sabe que vamos segui-lo quando partir. Posso conversar com ele. Fazer um acordo.

— Isso não é algo que eu deveria fazer? — perguntou o delegado.

— Senhor, sei o que estou fazendo. Já passei horas conversando com caras assim na prisão. Sei como a mente deles funciona. Talvez se sinta menos intimidado comigo do que se sentiria com um policial.

James também era mais jovem e inofensivo, talvez menos ameaçador que o delegado, com sua calça cáqui e seu distintivo.

— Que tipo de acordo?

— Não vou saber até começarmos a conversar, mas confie em mim — adicionou ele, seco —, sou especialista em negociações.

— Não vou deixar que ele simplesmente vá embora — avisou o delegado. — Protejo as pessoas que vivem na minha cidade.

— Compreendo. Mas a segurança de Lee deve estar acima de tudo. Precisamos convencê-lo a sair daquela casa.

— E quem diabos *é* você? Nunca o vi antes.

James inclinou a cabeça na minha direção.

— O senhor a conhece. Somos casados. Sou advogado e estou no caso de Lee. Trabalho num escritório em Nova York.

A parte de Nova York decidiu tudo. Percebi a forma como o olhar do delegado mudou assim que as palavras saíram da boca de James. Talvez ele achasse que advogados só causavam problema, mas Nova York era Nova York — e eu podia não gostar disso, mas era um fato.

A voz do homem agora parecia mais respeitosa:

— Tudo bem. Pode ir tentar.

De repente, senti uma pontada de medo. Negociar numa sala de interrogatório na cadeia, com um guarda, era bem diferente disso. James estava certo: a presença da polícia colocava as coisas em outro nível. Não queria que ele chegasse nem *perto* daquela casa.

Mas meu marido me encarou enquanto se virava. Seus olhos estavam azuis e ávidos, cheios de determinação — cheios de *animação* —, e eu entendi. Como poderia não entender? Aquilo era como uma tempestade depois da seca.

Além disso, como poderia impedi-lo se tudo que dissera fazia sentido? Se alguém poderia melhorar a situação, essa pessoa era James.

Ele começou a andar na direção da casa com uma mão no bolso, mas, no meio do caminho, a tirou, levantando as duas mãos para mostrar que estava desarmado. Ao vê-lo se afastar, senti um nó no estômago. O bebê também não estava gostando nada daquilo.

Meu celular vibrou enquanto ele batia à porta. Pensando que poderia ser Vicki, o tirei do bolso. *James*. Compreendi imediatamente o que ele fizera, e atendi. Quando bateu à porta mais uma vez, o som ecoou no meu ouvido. Coloquei a ligação no viva-voz para todos nós conseguirmos ouvir. Eu podia até odiar meu telefone tanto quanto detestava Nova York, mas ele estava sendo de grande ajuda agora.

Nós observamos, escutamos.

— Sou eu, Lee — disse James com a cabeça baixa e a voz grave abafada pelo telefone. — Abra. Posso convencer os policiais a não entrarem se você fizer isso. — Ele fez uma pausa. — Abra, Lee.

Depois de mais um minuto, a porta se abriu um pouco. O robe sumira, deixando apenas o moletom e o short que ela devia estar usando por baixo. Através do telefone, sua voz era distante:

— Vá embora. Estou bem.

James esticou sua postura e olhou para a frente.

— Quero entrar e ver isso por mim mesmo.

— Ele... ele é um cara que conheço. Nós... nós estamos... você sabe.

Fazendo sexo? Não parecia provável.

James também não acreditou, porque disse:

— Quero falar com ele, Lee. Se eu conseguir convencer todo mundo lá fora que você está bem, vamos embora. Mas ninguém vai sair daqui até eu conhecer o cara. Vamos acabar com isso e seguir em frente.

Ela não se mexeu. Enquanto o sol descia no horizonte, ficava cada vez mais difícil distinguir detalhes, mas imaginei Lee o encarando como se sua vida dependesse disso. Depois de um longo momento agoniante, a porta se abriu mais, apenas com espaço suficiente para James passar. Ouvi o som dela batendo e, então, pelo telefone, um vulgar:

— Quem é você, cacete?

Meu marido disse seu nome, adicionando:

— Sou um amigo.

— Não meu. Ela lhe disse para ir embora, e aí você resolve voltar com uma multidão. Que parte de *não* é difícil de entender?

— É uma cidade pequena... — começou James, no que presumi ser uma explicação para a preocupação da polícia, mas suas palavras foram abafadas pelo barulho do motor de um carro.

Olhei na direção do som e encontrei o Range Rover preto estacionando na frente da primeira viatura.

A cavalaria havia chegado.

Nervosa, me esforcei para ouvir James.

— ... nos preocupamos com ela — dizia ele. — Por que a arma?

— Tenho permissão. Viva livre ou morra e tal.

— Você não precisa de uma arma. Eu estou desarmado. Pode guardá-la?

Jude se empoleirou no meu ombro, olhando para o telefone.

— O que está acontecendo, querida?

Eu sinalizei para que calasse a boca, mas era tarde demais.

— O que foi isso? — gritou o homem lá dentro, obviamente tendo escutado uma voz no bolso de James. — Mãos para cima! — Segundos depois, murmurou: — Seu *merda*. — Então, berrou pelo telefone: — Vocês não têm mais o que fazer além de ficarem parados no meio da rua brincando de *Havaí 5-0*? Estão fazendo essa mulher passar vergonha. Tenho todo o direito de estar aqui. Ela me convidou.

O telefone ficou mudo, foi desligado. *Ligação encerrada*, dizia minha tela.

Olhei para Jude com raiva, e ele parecia mais assustado com minha reação do que com suas ações.

— Como é que eu ia saber? — perguntou. — Ninguém me disse que a situação era tão séria. Amelia só falou que vocês estavam aqui.

Eu não sabia nem por onde começar. Jogando as mãos para cima, guardei o celular e encarei a casa, deixando a polícia contar o que estava acontecendo. Jude era um deles, parecendo ainda mais importante pelos lugares onde estivera.

Ele parecia estar se sentindo culpado quando se aproximou de mim.

— Os policiais não acham que o cara seja daqui. Não tem sotaque.

— Ele sabia o lema do estado. — *Viva livre ou morra.*

— Isso está nas placas dos veículos. — Jude olhou ao redor. — Cadê o carro dele? Vou procurar.

— Jude... — Mas ele já se fora, correndo pela rua e entrando na floresta.

Provavelmente atravessaria a mata até chegar à rua paralela, onde encontraria um carro ou um cúmplice. Mas não podia culpá-lo por querer tentar ajudar. Jude não era de ficar sentado esperando.

Nem eu. Estava morrendo parada ali, no suspense de saber o que acontecia, com James naquela casa.

Cinco minutos se passaram, depois dez, e a única pessoa que apareceu foi Amelia. Mais discreta que o filho, estacionou atrás de todos os veículos. Vicki estava com ela, e as duas já haviam saído do carro quando as alcancei.

— Jude ligou — explicou minha amiga. — Alguma novidade?

Neguei com a cabeça e a guiei até a viatura. Lado a lado, nós observamos a casa. Dois dos policiais haviam entrado na floresta para observar os fundos do local, mas afirmaram que não viam nada anormal. Jude encontrou um carro abandonado no lado mais distante da mata. Informou o número da placa para o delegado.

Mais quinze minutos se passaram. Só podia imaginar o que James estava fazendo ou dizendo — ou, pior, o que estava sendo feito ou dito a ele.

Vicki me abraçou.

— Ele vai ficar bem.

— Nós não damos valor às coisas. Quem teria imaginado uma situação dessas aqui, em Bell Valley?

O delegado de polícia parecia concordar. Sem nunca ter tido uma experiência dessa, ligou para a polícia estadual.

— Equipe da SWAT — foi o que murmurou quando voltou a se juntar a nós.

— Equipe da SWAT? — perguntou Jude, ofendido. — Posso resolver isso. É só um cara.

— Ele tem uma arma — argumentei. — E meu marido. E Lee.

Também não gostava da ideia de uma equipe da SWAT, mas só porque isso queria dizer que a situação era tão grave quanto eu imaginava.

— Posso *resolver* isso — insistiu Jude.

O delegado tentou controlá-lo:

— Espere. Só faz uma hora.

Mais trinta minutos se passaram. A polícia estadual chegou à paisana, em dois carros, seguidos por uma van da SWAT. E então vieram os jornalistas. E os vizinhos.

Já passava das 20h e escurecia rapidamente. Obriguei Vicki a se sentar na viatura. Depois de alguns minutos, me juntei a ela.

— Como está se sentindo? — perguntou minha amiga, baixinho.

— Mal.

— Você parece meio enjoada.

— Estou me sentindo assim mesmo.

— Precisamos de comida.

— Precisamos que isso *acabe* — observei.

Jude ouviu essa parte. Inclinando-se para dentro do carro com uma mão no teto, disse:

— Posso dar um jeito nisso.

Ah, claro, ele invadiria a casa num instante, se deixassem. Mas a que preço?

— Ainda não — disse, quando vi um movimento na porta.

Empurrei Jude para o lado e saí do carro, observando James vir na nossa direção. Sério, porém sem um arranhão, ele segurava o telefone para cima, indicando que o homem lá dentro ouvia a conversa.

Isso não era ruim. Significava apenas que ele queria ouvir o que nós estávamos falando.

Câmeras clicaram e lançaram flashes sobre ele. A polícia local afastou os curiosos, mas os jornalistas esticaram seus gravadores para conseguir pegar qualquer coisa que fosse dita enquanto a polícia estadual cercava James. Eu era pequena o suficiente — determinada suficiente — para me aproximar o máximo possível.

— Ele a está mantendo como refém? — perguntou o capitão da polícia estadual.

— Sim — respondeu meu marido, olhando para os homens com uniforme da SWAT. — Mas não é burro. Não está fazendo exigências absurdas. Só está nervoso. — James falava no mesmo tom baixo, tranquilizante que devia ter usado no interior da casa. — Lee está bem. Ele disse que não vai machucá-la se fizermos o que pedir.

— Quem é ele?

— Um amigo do falecido marido dela — disse James, lançando-me um olhar que dizia que duvidava disso. — Não sei seu nome.

— John Laughlin — afirmou o delegado de Bell Valley, querendo que o sequestrador soubesse que eles tinham informações. — O carro foi alugado em Nashua. Ele deu um endereço de Durham. — Balançou a cabeça para indicar que o nome e o endereço deviam ser falsos.

— Quantas armas ele tem? — perguntou o capitão.

— Uma. Não vi mais nada.

Agora em silêncio, o capitão apontou para duas bolsas perto dos homens da equipe da SWAT.

James fez que não com a cabeça. Nada de bolsas com mais armas.

— Ele não está com a arma contra a cabeça de Lee. Acho que não pretende machucá-la. No momento está mais irritado comigo, com todos nós.

— O cara é grande? — perguntou Jude, e juro que, naquele momento, parecia igualzinho a um gato no Refúgio, todo eriçado e pronto pra briga.

James pareceu refletir sobre como a pergunta seria interpretada do outro lado da linha. Finalmente, chegando à mesma conclusão que eu, preferiu se manter aos fatos e disse:

— Ele deve ter 1,80m, talvez 1,90m, 90kg.

— O que ele quer? — perguntou o capitão.

— Que todo mundo vá embora. Disse que só vai começar a falar depois que isso acontecer. — James observou as viaturas, o Range Rover, nossa BMW. Seus olhos encontraram os meus antes de voltarem para o capitão. — Eu disse que daria um jeito nisso.

A credibilidade dele estava atrelada a esse fato. Não era necessário explicar isso. Baixando o telefone, meu marido se afastou e, sob o brilho dos flashes, voltou para a casa.

Os policiais conversaram rapidamente e apontaram para os carros. Segui os outros, dirigindo até um ponto mais abaixo na rua, o suficiente para parecer que íamos embora. Duas viaturas continuaram seguindo para fazer o som se afastar. Estacionariam na rua paralela e voltariam pela floresta.

Na minha mente surgiu a ideia de que, se John Laughlin, ou seja lá quem fosse ele, realmente se animasse com essa história de sequestro, poderia resolver levar James e Lee até seu carro, com a arma na cabeça dos dois, e ficaria furioso quando descobrisse que não estava sozinho.

Mas os policiais vigiando os fundos seriam discretos. Fiquei dizendo isso a mim mesma enquanto voltava a pé com os outros. Paramos num local onde a mata era mais densa, mas o cair da noite já nos manteria escondidos. A equipe da SWAT estava se equipando — máscaras, coletes, armas. A possibilidade de violência abriu um buraco no meu estômago.

Havia luzes acesas na casa, traços vagos de iluminação em cada janela. A polícia estadual tinha binóculos, mas não conseguia enxergar nada através das cortinas.

— Você está aguentando firme aí? — perguntou Jude, baixinho, parando ao meu lado.

Fiz que sim com a cabeça.

— Sua mãe levou Vicki para casa. Toda essa tensão não faz bem a ela.

— Nem a você.

— James é meu marido. Onde mais eu estaria?

— Ele sabe sobre o bebê?

— Claro.

— E está arriscando a vida lá dentro? Que coisa idiota.

Meus olhos encontraram os dele.

— Não é idiota. James é bom nesse tipo de coisa.

Jude olhou para mim, para a casa, para a equipe da SWAT. Estava se afastando quando meu celular vibrou.

— Emily — disse James. — Estamos tendo um probleminha aqui. Ele está assistindo à televisão e sabe que vocês ainda estão aí. Então temos um plano B. Primeiro, me coloque no viva-voz. — Fiz isso. — O capitão está aí?

— Bem aqui — respondeu o homem.

— Ele acha que a situação está fora de controle. Não deseja machucar ninguém. Só quer ir embora.

— Basta sair da casa com as mãos para cima, então.

— Ele está escrevendo uma declaração. Disse que, já que a imprensa está aqui, quer que o mundo inteiro escute.

Os jornalistas começaram a murmurar.

— Tudo bem — disse o capitão. — Podemos ler o texto.

A ligação terminou. Mais dez minutos se passaram. As viaturas voltaram para a frente da casa. Eu estava apoiada em uma, com os braços ao redor da barriga, quando Jude se aproximou e perguntou:

— O que você acha que ele está fazendo lá dentro?

Era exatamente isso que eu me perguntava nos últimos cinco minutos.

— Provavelmente ajudando a escrever a declaração.

— E por que é que ele ajudaria esse cara a fazer qualquer coisa?

Suspirei, cansada.

— Jude, queremos acabar logo com isso. Se o homem precisa de ajuda para escrever uma declaração, deixe que James colabore. Até onde sabemos, o cara nem sabe escrever.

— E por que está demorando tanto? São quase 21h e nada aconteceu. — Batendo com uma mão no teto da viatura, ele se afastou.

Eu também me sentia frustrada. A espera parecia interminável. Quando meu celular tocou novamente, dei um pulo. Com o coração acelerado, encostei o telefone na orelha.

— Bem, temos outro problema — disse James, sem se preocupar com o viva-voz. — Ele acabou de receber uma ligação de alguém que está assistindo tudo pela televisão e o proibiu de fazer a declaração.

— Quem...

— Então o convenci a sair comigo e se entregar. Garanti sua segurança, mas ele está nervoso. Quero que diga à polícia que... — Ouvi o barulho de algo quebrando ao fundo, e um alarmado: — Mas o quê... Jude, *espere*... Não...

A voz do meu marido deu lugar a barulhos de luta, e então veio o estouro de um tiro e um grito que era rouco o suficiente para ter vindo de James, mas eu não poderia afirmar isso com certeza, já que nunca, nunca ouvira aquele som vindo dele.

Capítulo 24

O telefone não desligou. Enquanto corríamos na direção da casa, ouvimos alguém xingando e mais sons de luta, e depois Jude gritando:

— A porta, a porta, abra a porta!

Guiada pelo medo, entrei na casa junto com os policiais. Eu me deparei com Lee congelada de choque e Jude deitado sobre o atirador, mas minha atenção se voltou para James. Ainda agarrando o telefone, ele estava estirado no chão, de lado. Estava completamente ensanguentado — a frente e as costas da camisa, mostrando que o tiro o atravessara —, e o sangramento continuava.

Toquei seu rosto. James abriu os olhos. Desesperada, pressionei o ferimento, na frente e atrás, nem tanto para parar o sangue, mas desejando apenas que tudo voltasse ao lugar.

— A ambulância está a caminho — disse um policial, agachando-se ao meu lado e substituindo minhas mãos por gaze, que ele apertou firmemente, enquanto um segundo homem cortava a camisa.

Limpando as mãos na saia, cheguei mais perto da cabeça do meu marido e toquei seu rosto. Os olhos dele encontraram os meus por um instante, antes de se fecharem.

— Os batimentos estão fracos, mas as vias aéreas estão livres — informou o segundo policial.

Vagamente ciente de que Lee agora estava ao meu lado, aproximei a boca da orelha de James e sussurrei:

— Aguente firme, querido, a ambulância está vindo, e você foi ótimo.
— Quando ele não respondeu, olhei nervosa para os policiais. — Ele está respirando, não é?

— Sim.

— Então por que está inconsciente?

— Choque. Perda de sangue.

Com as mãos emoldurando o rosto dele, continuei falando ao seu ouvido:

— Vai ficar tudo bem, vai ficar tudo bem, eu preciso de você, *nós* precisamos de você.

Fiquei repetindo isso até a ambulância chegar, parando apenas quando colocaram James sobre a maca e o levaram para fora; mesmo assim, continuei segurando sua mão. Apesar de ter dado espaço para os paramédicos, não a soltaria. James precisava saber que eu estava ali.

Depois que a ambulância saiu gritando pela noite, vieram as perguntas sobre alergias, medicamentos, a última vez em que se alimentara. Apesar de conseguir responder tudo, eu me sentia completamente impotente. Eles o prenderam ao soro e ao oxigênio e continuaram a pressionar o ferimento, mas James estava pálido demais, silencioso demais. Durante o trajeto interminável, meus olhos iam do rosto do meu marido para o dos paramédicos, e vice-versa, temendo ver alguma mudança ali que identificasse uma piora.

Mais tarde, me diriam que chegamos ao hospital em tempo recorde e que uma equipe inteira de médicos estava esperando. Mas, naquele momento, tudo que vi foi James sendo levado de mim. Sofrendo na sala de espera enquanto ele era operado, imaginei todas as possibilidades — ele ficaria bem, ele teria sequelas e sentiria dores crônicas, ele morreria — e me senti totalmente culpada. Fiquei pensando que nada daquilo teria acontecido se James estivesse em Nova York, que uma vida mais ou menos era melhor que vida nenhuma, que eu daria tudo, *tudo* para ter aquela antiga existência de volta se isso significasse que meu marido ficaria bem.

Lee estava em silêncio ao meu lado, provavelmente se sentindo ainda mais culpada. Amelia chegou com Vicki, que ameaçara vir dirigindo por conta própria se a mãe a deixasse para trás. Um oficial da polícia de

Bell Valley apareceu para relatar que a arma fora disparada acidentalmente durante a briga entre o suspeito e Jude, e, apesar de isso parecer inocente o suficiente, James continuava sendo operado.

Alguém me trouxe café, mas não bebi. Vicki falou baixinho ao meu lado e, quando não respondi, apenas segurou minhas mãos para mantê-las aquecidas.

— Sinto muito — disse Amelia enquanto os minutos não passavam. Ela parecia desolada. — Torci tanto para que ele mudasse. Sabe, que conseguisse enxergar todas as coisas boas que podia fazer aqui. Ele nunca foi bom em obedecer.

Eu não poderia consolá-la, não com o sangue do meu marido espalhado pela minha saia. A situação estava prestes a acabar quando Jude entrara naquela casa. Talvez, apenas talvez, se pelo menos uma vez na vida ele tivesse sido mais racional e menos impulsivo — se tivesse controlado sua necessidade de chamar atenção ao perceber nosso esforço para sermos cuidadosos —, James estaria bem e intacto.

Mas Jude estava sempre precisando se provar. Para mim? Para Amelia? Para a cidade?

Eu não sabia e, naquele momento, não me importava nem um pouco. Pensar nas possibilidades não adiantava de nada. Era impossível voltar no tempo.

E era um tempo que se arrastava. Eram 2h quando um médico finalmente apareceu na porta da sala de espera e gesticulou para eu me juntar a ele no corredor. Com o coração acelerado, me levantei num instante.

— Seu marido é um homem de sorte. A bala passou de raspão por uma costela, mas não atingiu nenhum órgão vital. Tivemos de limpar o ferimento, mas ele está bem. Está na UTI. Quer vê-lo?

Ele não precisava ter falado duas vezes, mas eu não esperava que fosse desmaiar logo que entrasse na sala. Algo sobre encontrar James cheio de agulhas, tubos e completamente inconsciente — algo sobre a realidade do que acontecera, o medo do que poderia ter ocorrido, o alívio sobre o que de fato *ocorrera* — deve ter causado aquilo. Imediatamente após segurar a mão dele, ouvi um zumbido e não vi mais nada.

Escutei um distante:

— Opa, espere aí, pegue ela.

Quando dei por mim, estava sentada numa cadeira, com a cabeça entre os joelhos e uma mão meio bruta massageando meu pescoço. Uma bolsa de gelo substituiu a mão.

— Respire fundo — disse outra voz. Era feminina e possuía uma autoridade agradável.

— *Desculpe* — sussurrei.

— Não precisa se desculpar. Você não é a primeira a fazer isso, e com certeza não será a última. Ficamos nervosos quando vemos as pessoas que amamos...

— Estou grávida.

Houve uma pausa, e então:

— Bem, então pronto, você está nervosa por dois. Quer se consultar com um médico? Ou se deitar um pouco?

— Estou bem.

Respirei fundo e, segurando a bolsa de gelo, me estiquei lentamente na cadeira. Ainda estava um pouco tonta, mas não piorei, e, quando olhei para James, vi que seus olhos estavam desfocados, mas abertos. Entreguei o gelo para a enfermeira, apoiei os braços na cama e segurei a mão dele.

Na quarta-feira de manhã, logo depois das 7h, meu marido foi levado para seu próprio quarto. Depois que as enfermeiras terminaram de acomodá-lo e foram embora, me deitei com cuidado na cama com ele e dormi.

Quando acordei, meus pais estavam lá. Minha mãe se levantou e parou ao lado da cama num instante.

— Olá — sussurrou ela com um sorriso choroso.

Olhei rapidamente para James, para o monitor de batimentos cardíacos e para o soro. As enfermeiras deviam estar monitorando tudo, mas eu não escutara nada. Tudo parecia certo. Ele continuava dormindo, mas seus dedos agora apertavam os meus, em vez de serem apertados. Lá estava meu sinal.

Sentindo-me mais tranquila, tomando cuidado para não acordá-lo, me levantei na cama.

— Como descobriram que estávamos aqui?

— Vocês apareceram em todos os jornais — reclamou mamãe, baixinho. — É claro que viríamos. Sei que quer ter seu espaço, mas este não é o momento para as pessoas que a amam ficarem longe. — Ela falou as últimas duas palavras com zombaria. — Assim que vimos James, ligamos para os pais dele para contar que estava bem.

— Eles não estão muito felizes — disse papai, parando ao lado de minha mãe com uma expressão preocupada.

— Seu pai quer dizer que estão preocupados. Deve ter sido tão assustador para você.

— Para James — esclareci. Coloquei os pés para fora da cama, ainda segurando sua mão. — Eu fiquei o tempo todo do lado de fora.

— E o que é que ele estava fazendo dentro daquela casa? — perguntou meu pai. — Isso não era trabalho da polícia?

— Roger, pare.

— Só estou tentando entender a situação, Claire. Há muito que a gente ainda não sabe. *Você* não está preocupada? Emily parece que passou por um furacão.

— *Roger. Por favor.* Vamos tratar do que é importante primeiro. — Minha mãe tirou o cabelo da frente do meu rosto. — Como está se sentindo?

Fiz um sinal de mais ou menos com a mão livre. Meu estômago ainda estava embrulhado.

— Roger, precisamos de alguma coisa para comer. Tem uma cafeteria lá embaixo. Colabore.

As pálpebras de James se moveram. Cheguei mais perto.

— James? — Com algum esforço, ele abriu os olhos. — Oi — cumprimentei, baixinho.

O sorriso dele estava um pouco torto.

— Como está se sentindo?

— Com sede — respondeu, rouco. Eu segurei um copo-d'água diante dele, que bebeu com um canudo, mas, mesmo depois de terminar, sua voz continuava áspera. — O que aconteceu?

— Jude entrou na casa...

— Depois disso. Pegaram o cara?

— Sim.

Contei o que eu sabia, mas papai tinha mais informações. Ele havia colaborado com isso, pelo menos usando seus contatos como promotor no Maine.

— Conversei com a polícia estadual. Ele está detido em Concord sob acusação de sequestro. Seu nome verdadeiro é Anton Ellway. A arma estava registrada no nome dele. Por que diabos vocês estavam lá?

Eu estiquei uma mão para que a pergunta ficasse para depois.

— Ele já falou alguma coisa?

— Ainda não. Está esperando pelo advogado. Disseram que o fato de ele estar na casa de Lee Cray tinha a ver com um caso maior. Que caso maior?

— Quem é o advogado? — sussurrou James.

— Não sei.

— Pode descobrir, pai? — pedi. — Isso é importante para o caso de Lee.

— *Que* caso?

De repente me senti cansada demais, enjoada demais para contar. Deitei-me do lado de James, fechei meus olhos e me concentrei na minha respiração.

Ouvi a voz de mamãe:

— Eles podem nos contar mais tarde, Roger. Agora preciso que vá até a cafeteria. Compre alguma coisa doce, como balas de café, e talvez uns biscoitinhos.

Escutei sons descendo pelo corredor, desaparecendo apenas depois que a porta foi fechada. A mão de minha mãe surgiu leve sobre minha cabeça. Abri os olhos e me deparei com uma cara animada e um sorriso satisfeito.

— Você. Está. Grávida. Não tente negar, seu rosto está diferente, e isso não tem nada a ver com o que aconteceu naquela casa. Não vou contar a ninguém, muito menos para seu pai, que está me deixando *louca* com toda essa conversa sobre segurança e responsabilidade, e — ela imitou o tom irritado dele — fazer o seu trabalho, não o dos outros. — A voz dela voltou a soar feliz. — Para quando é?

Olhei para James, cujo sorriso continuava torto, o que podia ser efeito dos remédios. Preferi achar que não era por isso.

— Acho que março. Ainda não fui à médica. E nem adianta me encher por causa disso, mãe, ainda não há motivo para eu ir. Estou tomando cuidado, sei como me sinto, o corpo é meu, o bebê é meu...

— Shh. Eu só fui ao médico quando estava com umas sete ou oito semanas, e você e sua irmã ficaram bem.

— Papai vai interpretar isso como mais um lapso de responsabilidade.

— Seu pai não consegue deixar você viver sua vida.

— Eu tenho 32 anos.

— E está prestes a virar mãe. — Ela ficou radiante, antes de perguntar, irritada: — *Você* vai contar a ele agora? Porque eu não vou. Tem razão. O bebê é seu, o corpo é seu. A vida é sua. Se seu pai não consegue entender as coisas da mesma forma que eu, problema dele. Só conte quando achar que está pronta.

Ela acabou mandando papai para casa. Ele não gostou disso, principalmente porque não conseguira as respostas que queria, mas mamãe ficou do nosso lado e foi firme, insistindo que James ainda estava grogue, eu estava exausta, e hospitais eram a especialidade dela. Quando ele foi embora, mamãe não se fez de rogada, nos paparicando ao extremo; fiquei assustada com o quanto gostava daquilo. Eu podia até ter 32 anos e estar esperando meu próprio filho, mas adorei ter minha mãe ali. Ela fez amizade com a equipe do hospital, garantindo que James recebesse atenção. Trazia água, gelatina e torradas para a gente. Pegou o nosso carro para ir e voltar de Bell Valley, trazendo meu laptop para James conversar com os pais pelo Skype, roupas para eu me trocar, e Vicki Bell, que trouxe chocolates de Amelia e um vaso enorme de hortênsias da pousada.

Lee mandou comida suficiente para alimentar cada enfermeira do andar; não que precisássemos de bolinhos de uvas-passas com noz-moscada para chamar atenção para James. Seu heroísmo já fizera sua fama. Adicione a isso sua beleza e aqueles olhos azuis, que já estavam bem abertos na quinta-feira, e as enfermeiras apareciam no quarto o tempo todo. Quando ele começou a se levantar e caminhar, diminuíram os medicamentos. Eu notei que ele sentia dor quando andava, mas meu marido queria estar lúcido.

Isso serviu para duas coisas. Primeiro, quando a polícia veio interrogá-lo para saber o que vira, fizera e escutara na casa. Eu era sua advogada, preparada para esclarecer suas falas, mas não precisei fazer isso. Ele foi surpreendentemente coerente considerando tudo que passara.

Da mesma maneira na tarde de quinta-feira, quando conversou com Sean. Eu estava encostada nos travesseiros, ao lado de James, nossos ouvidos dividindo o telefone enquanto escutávamos as novidades.

— Odeio quando a imprensa aparece — disse Sean. — É difícil conseguir um júri imparcial quando o mundo todo assiste ao crime se desenrolar. Mas, nesse caso, funcionou para nós. Seu atirador queria fazer uma declaração. Você contou à polícia, a polícia contou à imprensa, a imprensa contou aos telespectadores. Um desses telespectadores não queria que a declaração fosse feita. Normalmente, faria as coisas da forma correta, mas entrou em pânico, pensando que não teria tempo suficiente. Então ligou diretamente para o cara.

James sorriu.

— Albert Meeme.

— A ligação veio do telefone dele. Os policiais estão interrogando o homem agora. Ele vai tentar transferir a culpa para outra pessoa, mas já fez demais isso. Desta vez as acusações são mais graves, e tem gente demais envolvida. Rocco Fleming quer depor. Duane Cray quer depor. E o outro irmão? Aqui vai a melhor parte. Ele afirma que não sabia que Duane estava trabalhando com Meeme. Vai trocar a empresa que administra o fundo e quer fazer um acordo com Lee.

— Siim — sussurrei.

Sean continuou a falar, mas eu estava animada demais para ouvir. Quando meu pai entrou no quarto, dei um pulo.

— Ligação importante? — perguntou ele.

A esta altura papai já sabia o resumo do caso, e, apesar de parecer mais satisfeito, havia um clima estranho entre nós. Ele me era tão familiar, com sua camisa xadrez e a cabeça careca, que essa sensação me magoava.

Mas havia boas notícias para compartilhar. Animada, segurei sua mão e contei o que Sean dissera. Papai estava fazendo que sim com a cabeça quando terminei.

— Que ótimo! — disse. — Fico feliz que você tenha conseguido ajudar. Pelo menos esse probleminha valeu de alguma coisa.

— Probleminha — repeti, pensando, *Aí está, num instante, o clima estranho.* — Foi um pouco mais que isso, pai. Nós ajudamos alguém de verdade. *Você* sabe o quanto isso o faz se sentir bem. Seu trabalho é sempre recompensador assim, mas o meu e de James, não.

— Uma coisa compensa a outra. Você está em Nova York. Só o prestígio disso já supera essa sensação.

— Ah. Eu não acho.

Ele passou uma mão pela careca.

— Ainda está pensando nisso? Achei que ficaria melhor depois que descansasse.

— E fiquei — disse, determinada. — Percebi que estava certa ao ir embora. Não vou mais voltar para a Lane Lavash, pai. Pedi demissão.

Ele olhou para mim e depois se voltou para James.

— Seu marido sabe disso?

— Claro que sabe.

— Mas não me contou!

Eu quase ri. Isso era parte do problema, não era?

— E deveria? Isso não é um problema entre eu e James? Ele é meu marido, pai. Já sou casada há sete anos e não moro com você há mais tempo ainda. Não... sou... sua garotinha. Falando nisso, estou grávida.

Simplesmente soltei essa bomba. Provavelmente não era o melhor momento, mas quando seria? Eu sabia a opinião do meu pai sobre isso. Ele já me dissera o que acontecia com advogadas que tinham filhos.

Mas seus olhos se iluminaram e, por um minuto, pareceu se esquecer. Por um minuto ele foi meu pai, adorando aquela novidade, feliz por se tornar avô novamente.

— Grávida? Mas que notícia *fantástica*, querida! — Então, seus olhos se arregalaram, e seu queixo se projetou. — Ahh. Então *esse* foi o problema. Sabia que havia algum motivo. Faz sentido, acho. Pode tirar uma licença, ter o bebê, arrumar uma creche e voltar a trabalhar. Ninguém mais vai olhar para você da mesma forma, mas, tudo bem, eu entendo, você quer ter uma família. Como eu disse, uma coisa compensa a outra.

Sorri.

— Na verdade, acho que estou ficando com a melhor parte.

— E vai poder trabalhar por meio expediente na Lane Lavash?

— Já disse — expliquei, meu sorriso se tornando curioso. — Pedi demissão.

Papai parecia chocado.

— Para *sempre*?

— Sim.

— E onde vai trabalhar?

— Não sei.

— Quais são as outras possibilidades?

— Não sei.

— Não deveria saber? Essas são perguntas importantes. Precisa ter um plano, Emily. Coisas boas não caem do céu. Você parece perdida.

Eu não estava perdida. Ah, estivera antes. Mas agora, não. Encontrara meu caminho. Podia não saber quais os obstáculos que me esperavam, mas isso fazia parte do meu aprendizado. As opções mudam. As necessidades mudam. Podia ser flexível. A coisa mais importante era ver a situação como um todo. A floresta, não as árvores.

— Pelo menos seu marido não está perdido — dizia papai, confiante. — Tenho certeza de que já pensou em tudo. Ah, James. Saiu do telefone. — Ele foi até a cama, com a mão estendida. — Parabéns, papai. Sua esposa acabou de me contar a novidade. Como está se sentindo?

Foi quando comecei a me perguntar isso também, mas não no sentido físico. Da última vez que eu e James conversáramos sobre o que fazer e onde viver, o escritório dele ainda não congelara a nomeação de novos sócios. Não tocara no assunto desde então. Nós estávamos nos dando bem demais para deixar qualquer coisa entrar no caminho.

Mas não poderíamos evitar a discussão para sempre. O escritório de James sabia o que acontecera nesta semana, mas o esperavam de volta. Eu não queria insistir.

Mas papai faria isso. Sem sombra de dúvidas. Meu primeiro instinto era ficar quieta e ouvir, mas isso também era da minha conta. Quando meu pai achava que estava com a razão, era implacável — uma característica que eu sempre admirara, mas agora temia. Ele não hesitaria antes de tentar nos colocar um contra o outro.

Quando me aproximei, papai sorria, alertando James sobre a emotividade das mulheres grávidas e coisas como desejos e lágrimas inesperadas. Então, ficou mais sério.

— Você parece melhor, filho. Está menos pálido. Mas aposto que as costelas ainda estão doendo. Vai demorar um pouco para passar. Como o escritório está encarando isso?

James pareceu indiferente.

— Eles vão dar um jeito.

— Bem, deveriam mesmo. O que você fez foi impressionante, enfrentando uma arma para negociar com aquele cara. Aposto que está ansioso para voltar.

James abriu a boca para responder, mas papai não deixou.

— Sempre reclamamos sobre a criminalidade em Nova York, mas e aqui? Você podia ter morrido. Mais um centímetro e aquela bala teria acertado algum órgão importante. Teve muita sorte, filho. Não gostaria que isso acontecesse de novo. Nem seus pais. Eles mesmos me *disseram*. Estão loucos para que volte para Nova York.

James abriu a boca de novo, mas papai continuou:

— Tenho de concordar com eles. Você pode até reclamar por seu trabalho não ser relevante, mas um advogado morto não serve para nada...

— Só para as pessoas que escrevem piadas — interrompi, seca. — Papai...

— Isso não tem graça — ralhou ele. — Você teria preferido que o resultado fosse diferente? Porque poderia ter sido. E agora não se trata só de você. Também se trata do bebê, e o pai dele está aqui, deitado numa cama, porque resolveu tomar uma atitude que o fazia se *sentir* bem, em vez de algo muito mais importante no esquema geral das coisas. E acho que você influenciou bastante essa decisão.

Chocada, estava pensando numa resposta quando ele se voltou para James.

— Viu o que eu quero dizer sobre mulheres grávidas e emotividade? É uma droga, mas você vai ter de aguentar isso por um tempo. Mas, preciso dizer, o que aconteceu aqui coloca em perspectiva a civilidade do seu trabalho. Diabos, isso coloca em perspectiva a civilidade da *cidade grande*. Quando foi a última vez que você testemunhou um tiroteio lá? Nunca. Viu o que quero dizer? — Sorrindo, ele adicionou, de homem para homem: — Aposto que está louco para voltar.

James ficou em silêncio por um minuto, sem dúvida esperando para ver se meu pai diria mais alguma coisa. Mas eu sabia que não. Aquele era o momento em que ele queria que meu marido admitisse que sim, agora dava valor à civilidade de seu emprego e estava morrendo de vontade de voltar. James não olhou para mim. Em retrospecto, percebi que nem precisava. Ele sabia como eu me sentia. Não havia nada a ser discutido.

— Está brincando? — perguntou, e eu ainda não sabia que direção aquilo tomaria. Então, parecendo mais forte do que estivera em dias, disse: — Desde que passei no exame da Ordem, nunca fiz nada tão gratificante quanto aquilo. Foi a *melhor sensação*, Roger. Agora eu sei o que você quer dizer quando fala que se sente bem por ajudar as pessoas. Entre uma pessoa como Lee e aqueles idiotas para quem passei os últimos sete anos trabalhando, escolheria representá-la sem nem pestanejar!

Então, foi papai quem ficou pensando numa resposta. Não eu. Eu não tinha nada a dizer. Quando me aproximei de James, ele segurou minha mão e me puxou na direção da cama. Perdi o equilíbrio, o que devia ter sido a ideia, porque meu marido estava pronto para me segurar. Não se retraiu com dor, simplesmente cobriu minha boca com a sua.

Quando nos separamos, papai havia sumido.

Capítulo 25

❧

Voltamos para Bell Valley na manhã de sexta-feira. Aquele abrigo seguro — uma zona de tecnologia quase zero, por assim dizer — era o lugar ideal para James se recuperar com calma antes de precisar lidar com a questão de Nova York. Poderíamos voltar, é claro. Ele tinha um emprego, mas, apesar de não estar com pressa de informar aos sócios majoritários, decidira sair de lá. E sairíamos da cidade também? Ainda não tínhamos decidido. Tudo que James sabia era que desejava acordar pela manhã animado com o dia que teria. Eu achava isso ótimo.

O quartinho do jardineiro era um centro de recuperação cinco estrelas, com café da manhã na Raposa Vermelha, jantar na churrascaria, silêncio suficiente para dormir com a janela aberta e uma esposa gentil e solícita, em vez de uma enfermeira, ao lado dele. Vicki e Rob queriam que ficássemos com o quarto com a jacuzzi. Mas James gostava de se sentar no banco diante da floresta no calor do verão, apenas com seus curativos e vestindo um short. Gostava de se forçar a caminhar cinco minutos pela trilha e depois voltar, então aumentando para oito minutos, e depois dez. Ficava mais forte a cada dia, mas ainda dormia mais do que gostaria, apesar de ninguém saber se isso era por causa do ferimento ou por um cansaço retroativo de anos de privação.

Eu usei esse tempo para resolver tudo que precisava em Bell Valley, o que significava, em grande parte, garantir que Vicki tivesse ajuda e conseguisse descansar como o médico indicara. Quando trabalhava demais, sentia contrações, o que não era um bom sinal se quisesse manter o bebê até o fim da gravidez, e agora eu levava o risco para o lado pessoal. Estava com quatro semanas. Meus seios haviam começado a aumentar, e o estômago continuava embrulhando quando estava vazio, mas o bebê estava bem. Meus conceitos de cuidado com a saúde eram bem cosmopolitas, então, apesar das garantias de minha mãe, eu me sentia culpada por não ir à médica. Ficar paparicando Vicki era minha desculpa para tanta espera.

Lee era um anjo vindo do céu. Além de cuidar da cozinha, lidava com as novas contratações para a pousada e, apesar de não ser boa com computadores, estava disposta a aprender. Acho que teria feito qualquer coisa por Vicki. E por mim. Ainda cozinhava para James sempre que podia, mas só foi na manhã de domingo, quando meu marido insistiu em se vestir e ir tomar o café da manhã no salão, que ela me parou na cozinha.

— Sei que não lhe disse isto ainda — murmurou ela —, mas preciso agradecer.

— Claro que não precisa — rebati.

A cortina de cabelo que a escondera por tanto tempo agora estava presa atrás das orelhas, então eu conseguia ver seus olhos castanhos, ambos inundados de carinho. Só saber o quanto ela estava bem — menos tensa, mais disposta a conversar com os hóspedes — era agradecimento suficiente.

— Preciso agradecer a você — disse Lee, gesticulando para o salão — e a ele, mas é difícil saber por onde começar. Ninguém nunca fez nada assim por mim antes.

— Amelia ajudou bastante.

— Ela tem dinheiro. Isso é diferente de arriscar a própria vida.

Eu sorri.

— Bem, nós também ganhamos algo com isso.

— O quê?

Abri a boca, parei, tentei novamente, e então ri e repeti suas palavras:

— É difícil saber por onde começar. Basta dizer que estamos quites.

Talvez Lee tivesse argumentado, mas a campainha da porta da frente tocou. Falei para ela fazer o check-out desta vez, e até a deixei sozinha quando outro casal apareceu. Queria ver como James estava indo, mas não precisava ter me preocupado. Ele parecia confortável, conversando com os hóspedes, e as pessoas não pareciam se incomodar nem um pouco em lhe dar mais bacon e café.

Observando-o da porta, me senti satisfeita. Não, nós com certeza não ficaríamos em Bell Valley. Primeiro, apesar do caso de Lee, não havia empregos para advogados ali. Depois, em longo prazo, queríamos ter mais amigos e restaurantes por perto. Mas James não parecia tão relaxado desde nossa lua de mel, quando a ansiedade pela mudança para Nova York e para começarmos em nossos novos empregos nos deixara elétricos. Agora grandes mudanças estavam a caminho, o que seria motivo para nervosismo, mas permanecíamos calmos. Havíamos crescido.

Eu queria ver minha coiote antes de partirmos. Não tinha certeza se conseguiria voltar antes de o bebê de Vicki nascer, o que seria no inverno, e quem sabe onde ela e a família estariam então, ou se eu seria capaz de fazer a trilha, com minha barriga enorme e pilhas de neve.

Já era fim de tarde quando comecei o caminho, passando pelo velho portão de madeira, pelo poste apodrecido, através das samambaias. O dia fora quente, mas o céu estava coberto de nuvens e o ar começava a esfriar. Passei por redemoinhos de mosquinhas, mas elas me ignoraram. Os mosquitos também. Isso era novidade. Talvez o bebê tivesse mudado meu cheiro, o que não seria uma surpresa tão grande, já que o aroma dos meus arredores também mudara para mim.

Não. Não mudara. Só estava mais intenso. E isso não fazia meu estômago embrulhar, e só por esse motivo já teria continuado a caminhar.

A trilha ao longo do muro de pedra até o riacho borbulhante era como uma peregrinação para mim. Porém, quando cheguei lá, precisei esperar. Num momento muito imaginativo, pensei naquele momento como uma cena de *Bambi*, com passarinhos, coelhos e ratinhos avisando pela floresta que eu chegara.

Com o tempo o ar da floresta se intensificou com a chegada dos coiotes. Eu os senti, os cheirei, até mesmo os ouvi, enquanto os filhotinhos atravessam a mata entusiasmados. A mãe se aproximou da margem e se sentou. Vários dos filhotes, de repente sérios, se juntaram a ela. Todos me observavam.

E foi isso que fizemos; permanecemos nos olhando enquanto a corrente de água corria entre nós. Eu precisava acreditar que os encontraria novamente — porém, não poderia dizer se aquela mãe cinza e castanho-avermelhada, com focinho creme, confiaria tanto em mim em outra ocasião. Talvez se tornasse mais feroz por algo que acontecesse no meio-tempo. Poderia morrer, como minha gatinha que não mais cambaleava. Poderia simplesmente ir para outro lugar.

Senti um impulso de tocá-la — de atravessar a água, esticar o braço e passar os dedos por aqueles pelos retos de seu pescoço.

Mas isso seria demais. Fugas têm limites.

Então, fiquei na minha margem até os filhotes perderem o interesse e irem embora. A mãe foi a última a partir, parecendo também querer me gravar em sua memória, antes de se virar e desaparecer pela floresta.

Fiquei mais um tempo, deixando a mata me consolar, mas a luz do sol, que aparecia e desaparecia sob as nuvens, indicava mudança. Enquanto descia pela trilha, fiquei pensando que queria que os sonhos com coiotes me seguissem para onde quer que eu e James decidíssemos ir. Se fosse para eu me lembrar de algo, me recordaria das coisas boas. Os sonhos me trariam de volta a esse momento. Eles me transportariam para cá em tempos de estresse, pois eu sabia que viriam, independentemente de como nossas vidas mudassem.

Pela primeira vez, consegui compreender de verdade o fascínio de Jude pelas coisas selvagens. Um dia, milhares de anos atrás, com certeza numa época mais simples, nós fôramos assim.

Como se pensar no nome atraísse o homem, saí da floresta e me deparei com Jude apoiado no porta-malas do meu carro. Aquela era a primeira vez que nos encontrávamos desde o tiroteio, mas eu me sentia calma o suficiente, sentimental o suficiente para não agir com raiva. Era quase a mesma sensação de nostalgia que o riacho me trouxera.

Com o cabelo longo o bastante para começar a encaracolar, ele parecia mais com o garoto que fora dez anos atrás. Sua camiseta era preta, sua calça jeans, gasta. Ele tinha um ar mais truculento agora, como se tivesse desistido de tentar parecer civilizado. A aura de tristeza que o cercava só colaborou para minha nostalgia aumentar.

Ele gesticulou com a cabeça na direção do quartinho do jardineiro.

— O marido está dormindo?

Eu sorri.

— Na verdade, o marido está no Refúgio. Eu já estava indo buscá-lo. Ele ainda não pode dirigir, então tivemos uma pequena discussão por causa disso.

O Jude de quatro semanas atrás ouviria apenas a parte da briga, mas aquele deve ter finalmente aceitado que eu era casada, porque tudo que perguntou foi:

— O que ele foi fazer lá?

— James gosta do Refúgio. Diz que é um lugar tranquilo.

— Foi convertido.

Eu estava dando de ombros quando notei a velha mala verde na grama. Meu olhar encontrou o dele, que ainda era dourado, mesmo que mais diluído.

— Você vai embora.

Jude fez que sim com a cabeça, fungando para tentar tornar a afirmação mais leve.

— Amelia vai ficar chateada — comentei.

— Nós conversamos. Ela sabe que é melhor assim.

Não poderia nem imaginar o que a levara a fazer tal concessão. Estar grávida não me deixava mais perceptiva a esse tipo de coisa.

— Amelia vai desistir do sonho dela?

— Parece que sim.

— E qual é o seu?

— O meu o quê?

— Sonho?

— Não faço ideia — disse ele, sem nem sinal da sua presunção habitual. — Eu conto quando descobrir.

— Conta mesmo? — perguntei. — Vai continuar me escrevendo?

— Você não quer que eu faça isso.

— Quero. Você é meu amigo.

— Seu *pior* amigo.

— Não, Jude. Meu amigo que precisa se encontrar. Meu amigo que me ajudou a me encontrar. — Quando ele pareceu duvidar disso, disse: — Você me mostrou um lado da vida que eu não conhecia. A lembrança disso estava aqui em Bell Valley, me esperando. Agora, preciso voltar para casa e fazer tudo se integrar... o lado esquerdo do cérebro e o lado direito, o lado racional e o lado intuitivo.

Não sei se Jude compreendeu, não porque não tivesse a capacidade, mas porque sua realidade era o extremo oposto da minha. Ele se orgulhava da cicatriz no queixo, porém, para mim, aquilo era mais um sinal de ousadia do que de coragem. Havia uma diferença. Mas não sei se ele entenderia isso também.

Então, assim como Amelia, desisti desse sonho e abri os braços. Eu o abracei e, por um segundo, senti a velha ligação entre nós, me lembrei dos vestígios dos nossos melhores momentos. Segurei a sensação por mais um instante, antes de deixá-la voltar para o fundo de minha mente. E era onde ficaria — as lembranças de Jude e as dos coiotes faziam parte de mim.

Eu quase esperava que James estivesse estirado em um banco no meio do Refúgio. Quando o encontrei, ele estava com os cachorros novamente, desta vez dentro do cercadinho, sentado no chão, com as costas apoiadas num poste. Devia estar ali há um tempo, pois os cachorros haviam se cansado de sua presença e estavam distraídos com outras coisas. O único que continuava por perto era o pastor australiano, que, sentado a uns três metros de distância, o observava.

— Ele ainda tem muito que melhorar — disse James —, mas olhe só para essa carinha. Como não se apaixonar?

O cachorro realmente era lindo, com seus pelos pretos e as manchas brancas no peito e no focinho. E, apesar de eu não sentir a mesma paixão de James, compreendi.

— É difícil — disse, pensando na minha própria atração pelos gatos. E pelos coiotes.

— Eu pedi para me ligarem quando ele estiver pronto para ser adotado.

Olhei para James. Ele olhou para mim.

Finalmente, piscando, olhei para o pastor australiano.

— Vai demorar um tempo até melhorar, e, de toda forma, alguém daqui pode querer ficar com ele. Talvez seja melhor assim. Um cachorro desses precisa de espaço para correr. E ainda não sabemos se vamos ter isso.

Meu marido estalou a língua e esticou a mão. O cachorro não se moveu.

— Esses olhos. Mesmo quando o cara que trabalha aqui apareceu, ele continuou me encarando. Fico me sentindo culpado por ir embora. Sinto como se ele precisasse de mim. Como se tivéssemos uma ligação.

Eu sorri.

— Também me sinto assim com a coiote. Mas é uma sensação diferente da que se tem com um cachorro. É bem mais inatingível.

— Um cachorro é mais fácil.

— Quer mesmo ter um?

— Não — respondeu James. — Quero mesmo ter *este*. — Então sorriu e esticou a mão para eu o ajudar a se levantar. — Um cara pode sonhar, não é mesmo?

Epílogo

❦

Eu estava errada. Nós voltamos a Bell Valley várias vezes nos meses seguintes. Eu nunca vira a cidade em setembro, quando maçãs, beterrabas e espigas de milho eram vendidas em carrinhos pela praça, ou em outubro, quando as folhas se tornavam vermelhas, laranja e douradas. Em novembro, grande parte da vida local passava a ser em lugares fechados, mas as feirinhas de artesanato da igreja atraíam pessoas de lugares bem distantes, algo impressionante para uma cidade tão pequena. E agora, em dezembro? O que eu podia dizer? Bell Valley era a definição de charme.

James e eu não mudaríamos de ideia. Sabíamos que precisávamos de mais do que charme em longo prazo. Mas eu estava ajudando em meio expediente uma advogada que já trabalhara para a Lane Lavash e decidira seguir seu próprio caminho, e James, apesar de não ter mais um horário de trabalho fixo, ainda tinha dias bem longos. Bell Valley era uma fuga de fim de semana. Meu marido passara a sentir aquele mesmo alívio visceral que eu quando passávamos pela ponte coberta e entrávamos na cidade.

Naquele dia, porém, não me sentia nada relaxada. Eu estava segurando o bebê de Vicki na cozinha da Raposa Vermelha, tentando convencê-lo a parar de chorar. Balançá-lo no colo não funcionava. Deixá-lo apertadinho em sua manta no berço não funcionava. Cantigas de ninar não funcionavam.

— Preciso de ajuda, Vicki Bell — implorei. — Estou fazendo alguma coisa errada.

— Você está indo bem — garantiu minha amiga. — Ele está com fome, só isso, mas a hora de mamar é só daqui a pouco. — Charlotte estava acomodada entre seus joelhos enquanto a mãe arrumava os cachos louros da menina em uma trança embutida. O cabelo da minha amiga, por sua vez, parecia ter passado por um furacão, mas Vicki Bell era assim. — Tente passear com ele. Vá até a sala. E fique calma. Bebês sentem nossos humores. Se você ficar nervosa, eles ficam nervosos.

Escute a voz da experiência, pensei e, fazendo um esforço para relaxar os braços, cuidadosamente passei pela porta do salão.

Os últimos hóspedes ali, acabando de colocar seus pratos na bandeja, abriram sorrisos ao verem o pacotinho azul que estava comigo.

— É o bebê de Vicki? — perguntou um.

— Quantos meses ele tem? — quis saber outro.

— Como se chama? — questionou um terceiro.

— É o filho de Vicki, sim — cantarolei baixinho, me mexendo para acalmar tanto o bebê quanto eu. — O nome dele é Benjamin e tem quatro semanas.

— Mas é tão *pequenininho*!

— Devia ter visto como era quando nasceu.

A bolsa de Vicki rompera um mês antes do esperado, e os médicos não puderam mais adiar o nascimento. Lee me ligara e, em menos de uma hora, eu já estava na estrada. Apesar de o bebê ter chegado antes de mim, o segurei na maternidade. *Aquilo* tinha sido assustador. Comprido e magro como o pai, ainda era miudinho. Em comparação, agora parecia rechonchudo.

Não que eu fosse especialista em tamanhos de bebês. Ainda faltavam três meses para o meu nascer. Quando o vimos na ultrassonografia, estava completamente formado, mas ainda tinha um quilo e talvez uns vinte centímetros. Queríamos saber o sexo? Não. Grande parte de nossas vidas fora planejada com antecedência. Desejávamos ter algumas surpresas.

Intrigado pelas grandes janelas da sala, Benjamin pareceu esquecer momentaneamente sua fome. Atravessei a sala, apoiei o joelho no banco embutido na janela e, apoiando-o na minha barriga, deixei que observasse o mundo lá fora. Bell Valley já tivera uma nevasca e, apesar de a neve estar derretendo com o sol, grande parte ainda permanecia ali, brilhando. Benjamin conseguiria ver isso, mas não distinguiria os detalhes. Eu, por outro lado, observei a luz que batia nos carvalhos da praça, as guirlandas nas portas e as vitrines de lojas decoradas para o inverno. A placa da Raposa Vermelha vestia um gorro de Papai Noel, e, ali no salão, enfeites se espalhavam pela lareira, pela mesa de café da manhã e pela pintura da família Bell, e o cheiro de Natal estava no ar.

— Viu só? — disse Vicki quando se juntou a mim, afastando a manta do bebê de seu queixo. Ele parecia ter caído no sono. — É um toque mágico. — Ela me deu um abraço. — Sempre me sinto melhor quando você está aqui. Quis esperar acordada ontem, mas estava exausta, e sabia que Ben acordaria cedo demais para mamar. Como foi a viagem?

— Fácil. É bom fazer isso juntos.

— Alguma novidade com o apartamento?

— Apareceu uma pessoa interessada esta semana, mas não deu certo. Não é a melhor época para vender. Na primavera vai ser mais fácil.

— Com um bebê recém-nascido?

-- Humm. Não é o ideal. — Eu já convivera com recém-nascidos quando minha irmã tivera meus sobrinhos, mas só estava levando isso a sério com Ben. O bebê estivera meio manhoso na última meia hora, mas agora, naquele momento tranquilo, parecia um anjinho com seus olhos fechados e a boquinha que sugava algo imaginário. — Uma das empresas que James está considerando trabalhar compraria o apartamento de nós para termos dinheiro para outra casa.

— É mais uma empresa em Boston?

Fiz que sim com a cabeça. A maioria delas era. Quando Boston começou a parecer uma escolha muito fácil, James expandiu sua busca para Albany, Harrisburg e Baltimore, mas as ofertas não eram tão boas. Graças ao caso de Lee, ele impressionara o escritório de Sean, que precisava de um bom advogado; Lyle Kagan estava contratando um consultor interno; e havia a promotoria de Massachusetts. Houvera uma oferta para ser professor numa faculdade de direito. E outra para trabalhar como advogado voluntário. Era incrível o que algumas manchetes faziam.

— Um empregador que compra seu apartamento — analisou Vicki. — Parece uma escolha fácil.

— Na verdade, nem tanto. Não queremos tomar uma decisão pensando só no dinheiro. Foi o que fizemos antes, e não deu certo. Desta vez o emprego tem de oferecer os tipos de casos que James quer. Agora que sentiu um gostinho do que é bom, não quer voltar atrás.

— E o que seu pai diz?

Comecei a me mexer novamente, mais por mim desta vez.

— As coisas de sempre.

— Não é possível que ele não goste da ideia de você ir morar mais perto dele.

— Ah, é?

— Nossa. Ele *ainda* continua obcecado por Nova York?

Suspirei.

— Ele vai aceitar. Mamãe está se esforçando para isso. — James e eu estávamos tentando nos afastar um pouco deles no que dizia respeito às nossas escolhas. Aquilo precisava ser *nosso* sonho, o que *nós* queríamos.

— Como vão as coisas com Amelia?

Aceitando mudar de assunto, provavelmente porque era um tópico tão parecido com o do meu pai, Vicki disse:

— Interessantes. Ela tem levado Charlotte para o Refúgio, em vez de deixá-la na creche. Você se lembra de Katherine? Está treinando Charlotte para cuidar dos gatos, e ela adora. Mamãe também. Quer dizer, Noé ainda é a estrela, mas Charlotte também está participando. É como se ela tivesse finalmente aceitado...

— Que Jude não vai voltar.

— Sim. Ela recebeu outro cartão-postal dele, aliás.

— Eu também. Do Nepal. Ele quer escalar o Everest.

— O problema é que ele precisa de uma permissão que custa 25 mil dólares. Pediu o dinheiro para mamãe. Ela ficou nervosa. "Não sou rica, o Refúgio suga tudo que tenho, dinheiro não dá em árvores." Mas vai pagar. Ela não resiste.

Olhei para minha amiga e sugeri, baixinho:

— E você não faria a mesma coisa se este garotinho crescesse e resolvesse fazer alguma coisa assim? Ou Charlotte. E se ela decidir que, sei lá, adora patinação no gelo e quer participar das Olimpíadas? Os treinos custariam uma fortuna, mas você faria empréstimos se precisasse.

— Ainda bem que não vou precisar — disse Vicki com um sorriso orgulhoso. — Charlotte vai ser veterinária.

Eu ri.

— E a faculdade vai sair barato? Boa sorte com isso. Além do mais, como sabe que ela vai ser veterinária? A menina só tem 4 anos.

— Ela ama o Refúgio. E nunca tivemos um veterinário na família. Ela vai ser a médica principal de lá um dia.

— E esse é seu sonho ou o dela? — perguntei.

Vicki parou para pensar, lançou-me um olhar envergonhado e pegou o bebê.

— Por enquanto, meu. Mas quando ela tiver idade suficiente, vai ser o dela também. Talvez.

— E se não for? — insisti.

Vicki podia até ser a especialista em bebês, mas era eu quem entendia de sonhos que davam errado. E a história não ia se repetir.

— Tudo bem, já entendi. — Rendendo-se, ela achou um motivo para mudar de assunto atrás de mim: — Lee chegou. Vá dar uma olhada na loja que ela quer comprar. Queremos sua opinião.

Logo depois, Lee e eu saímos com nossos casacos grossos e botas. As calçadas estavam limpas, mas pilhas de neve ainda ocupavam as laterais. O céu estava claro e azul, e o ar era revigorante de uma forma que não se igualava nem às manhãs mais frias do verão. O inverno deixava as coisas mais intensas. Eu respirei fundo, querendo que o bebê também sentisse aquilo.

Quando se aceitava Lee como amiga, como eu fizera naqueles últimos meses, era necessário entender que ela não era de falar muito. Além de me perguntar se estava tudo bem enquanto eu fechava o zíper do casaco sobre minha barriga, caminhamos em silêncio. Quando chegamos ao fim da praça e atravessamos a rua na direção das lojas, ela apontou para o lugar. A loja, localizada entre a livraria e a churrascaria, era pequena.

— O que funcionava aqui antes? — perguntei, incapaz de me lembrar.

O espaço estava vazio e podia ter acabado com a decoração natalina se a vitrine não tivesse sido coberta por um mural que ligava um vizinho ao outro.

— Uma corretora de imóveis — disse Lee, abrindo a porta. Quando entramos, ela começou a apontar para as coisas. — Eu colocaria as estufas desse lado, com a comida na frente, e café e chá ali atrás, e essa outra parede teria um banco comprido e mesinhas e cadeiras. — Mais animada, virou-se para a fachada. Suas bochechas estavam vermelhas, tanto de alegria quanto de frio. Seu cabelo também parecia mais vivo. Sem ter mais motivos para se esconder, Lee lentamente deixava que voltasse a ser louro. — A vitrine não é grande, mas acho que consigo colocar um balcão aqui com três bancos para as pessoas que quiserem olhar para fora. Achamos que deve caber umas dezesseis pessoas aqui, mas nem todo mundo quer se sentar. Muitas pessoas apenas compram a comida e vão embora. Vicki quer decorar. Está pensando em cinza-escuro, creme e verde-escuro. O que acha?

Eu via a combinação de cinza-escuro e creme com frequência na minha vida na cidade grande, mas ali seria diferente. E pinceladas de verde-escuro ficariam bem com os biscoitos com gotas de chocolate quentinhos e café fresco, dando um ar aconchegante e suave.

Sentindo-me mais quente só de pensar nisso, abri o casaco.

— Gostei do espaço, da cor e do local. O dinheiro do acordo já foi depositado?

A demora disso tinha sido um pequeno empecilho. Amelia se oferecera para adiantar o dinheiro, mas Lee recusara. Queria fazer aquilo por conta própria.

— Aos poucos — confirmou ela. — É uma papelada enorme para mudar o fundo de uma empresa para a outra, mas ele está sendo generoso. — Raymond, o cunhado de Lee. — O dinheiro do acordo vai ser adiantado, mas dividido em três parcelas, e aí vou receber mais uma quantia a cada trimestre. Mas isso é para sempre, o que é bastante surreal.

— Era o que Jack queria.

Lee deu de ombros, tímida.

— É o que ele teria recebido se Duane e o advogado não tivessem roubado. Sean disse que recuperaram a maior parte do dinheiro, mas demora até conseguir que volte para o país. — Ela levantou apenas um ombro desta vez. — Na verdade, é um valor alto demais. Sei que Ray só quer ter certeza de que não vou processá-los. Não querem chamar atenção da imprensa. Seria ruim para as batatas fritas.

Sorri para este último comentário, que não era totalmente uma piada.

— Ele também deve estar se sentindo culpado.

Lee, sendo gentil até quando se tratava daquele assunto, defendeu o homem:

— Ele não sabia o que Duane estava fazendo.

— Não, mas sabia que o fundo estava diminuindo, e só ignorou a situação porque não precisava contar com esse dinheiro. — *E porque se ressentia da esposa muito mais jovem do irmão tanto quanto Duane.* Apertei o braço dela. — Mas tudo deu certo para você. Fico feliz. Este é seu sonho.

Parecendo melancólica, Lee ficou em silêncio.

Inclinei a cabeça.

— Qual o problema?

— É um sonho diferente. Não tenho Jack. Mas eu ficaria triste o tempo todo se tentasse imaginar o que iria querer, dizer e pensar. — Seus olhos escuros encontraram os meus e então se afastaram. — Eu me sinto um pouco culpada.

— Mas não devia. Se Jack ainda estivesse vivo, vocês fariam isso juntos. Mas ele não está aqui. Isso é um fato. Você precisa fazer as coisas por si mesma agora. E precisa aproveitar. Caso contrário, vai jogar fora a oportunidade.

Lee respirou fundo e olhou ao redor.

— Bem. Vamos mudar de assunto. Ainda não lhe mostrei a melhor parte. — Ela me guiou por uma porta nos fundos. — Faziam este cômodo de armazém, mas acho que daria uma bela cozinha. Quer dizer, não preciso de um lugar enorme. Não vou fazer jantares. Mas posso ter mais de um forno, e eles seriam altos, o que torna as coisas mais fáceis. E tem espaço para bancadas, uma pia grande e um armário para panelas, pratos e xícaras. E uma despensa. — Lee olhou para mim, querendo minha opinião.

— *Adorei* — disse.

— E a livraria quer mais espaço para vender kits de artesanato, então Vicki poderia acabar com sua cafeteria depois que eu abrir. As pessoas comprariam comida e café aqui, e iriam para lá fazer compras.

— Ou fariam as compras antes e depois viriam comer. Você encontrou um ponto ótimo, Lee. É perfeito.

— Acha mesmo?

— Acho. — Toquei meu estômago. — E o bebê também. Está se virando para conseguir ver tudo.

Lee sorriu, mas com um toque de tristeza.

— Você provavelmente vai passar a vir menos depois que ele nascer.

— Está brincando? O filho de Vicki e o meu serão melhores amigos.

— Se o seu for menina — disse ela, animada —, podem se casar um dia!

— Vamos deixar ele nascer primeiro — avisei. Estava morrendo de medo da hora do parto. Tentava nem pensar nisso.

Lee ajudou, mudando de assunto:

— Amelia está negociando com um corretor em Manchester. Já aceitou que não vou voltar, então vai vender a casa. Tem certeza de que não quer? Ela faria um preço bom para você.

Lee fizera aquela oferta antes. Ela realmente queria que ficássemos com o lugar — e James e eu pensáramos nisso, mas não por muito tempo. Neste ponto de nossas vidas, daria trabalho demais.

— A casa é linda, Lee. É maravilhosa, tão perto do mar. Mas precisamos de algo que possamos bancar e de uma vizinhança com crianças.

Ela pareceu pensativa. Sabia o que diria antes mesmo de pronunciar as palavras.

— James está se sentindo bem então? — Era o mesmo tom envergonhado que sempre usava ao fazer essa pergunta.

— James está ótimo — garanti. — As costelas já estão boas, e além da cicatriz...

— Das duas cicatrizes — esclareceu Lee, antes que eu quisesse minimizar o sacrifício que meu marido fizera por ela.

— Viu só, até me esqueci da segunda. Elas estão sumindo tão rápido.

— Ele tomou o café da manhã, mas depois sumiu. Ainda está dormindo o tempo todo?

— Se estiver é porque fica trabalhando até tarde. — Mas eu não vira o carro quando saíramos da pousada. — Ele deve estar dirigindo por aí. Não pode fazer isso em Nova York. O homem acha que chegou ao paraíso quando encontra uma reta que não seja na estrada.

* * *

E eu achava ruim James sair por aí sem avisar? Claro que não. Adorava estar em Bell Valley com ele, mas meu marido ficaria entediado se passasse o dia me observando montar pulseiras de miçangas com Charlotte ou fazendo Ben arrotar. E, apesar de saber que ele gostaria de conhecer o lugar onde seria a confeitaria de Lee, não ia ficar esperando ele aparecer. O sol continuava brilhando, o vento era mínimo, e eu queria caminhar.

Parei na Raposa Vermelha para pegar um gorro, luvas e galochas forradas com pelo no armário de Vicki, atravessei a neve do quintal até o velho portão de madeira e passei por cima do poste caído. Não havia mais samambaias para atravessar, apenas vários centímetros de neve sobre os quais ninguém caminhara. Tinha algo especial no fato de eu ser o primeiro ser humano ali. Mas minhas pegadas não eram as únicas. Enquanto seguia o muro de pedra, encontrei pequenas marcas de esquilos e outras maiores, de lebres-americanas. Havia pegadas espichadas de passarinhos e os passos singulares de cervos, que botavam a pata traseira onde a dianteira estivera. Procurei por sinais de coiotes, que arrastavam o rabo na neve, mas não vi nenhum. Parei para escutar. A floresta ficava mais silenciosa no inverno, sem o farfalhar que as plantas do verão faziam.

O carvalho velho ainda tinha algumas folhas marrons, cada uma parecendo prestes a cair. O arco de pedras parecia congelado, e, além dele, criada pela luz do sol contra a neve, havia uma floresta de sombras.

Sem as bétulas e faias espalhadas por todos os lados, o lugar parecia mais aberto e sem cor, mas eu continuava achando tudo interessante. Aqui estava outro lado da vida na floresta, com chapins revirando cicutas em busca de pinhas, em vez de insetos. E o riacho — lá estava ele, me guiando com sua corrente silenciosa, com a água passando entre pedaços de gelo.

Sem fôlego, tirei a neve de uma pedra e me sentei do meu lado da margem. Minhas mãos dentro dos bolsos cercaram o bebê, apesar de isso só servir para me aquecer naquele mundo gelado, não ao contrário. Estudei a margem oposta, mas a neve parecia intacta.

Eu vira os coiotes em setembro e outubro, porém já haviam partido em novembro; eu continuava a ter esperança, mas precisava ser realista.

Com a floresta mais minguada e muitos espaços abertos, eles teriam me escutado de longe — se não pelo som das minhas botas contra o solo, por minha respiração, que ficara mais pesada com o peso do bebê.

Com menos plantas para bloquear o som, tudo ficava mais alto, e foi por isso que dei um pulo quando meu celular tocou. Não o senti vibrar — havia muitas roupas entre ele e eu — e o barulho ecoou pela mata.

— Oi — atendi, clicando no número de James.

— Olá — veio sua voz grave, com um ar de animação que eu ouvia com cada vez mais frequência. — Cadê você?

— No riacho.

— Na *floresta*? Pelo amor de Deus, Em. Isso é seguro?

— Os coiotes foram embora, os ursos estão hibernando, e martas-pescadoras só saem à noite.

— Quis dizer ir caminhar sozinha.

— É por isso que trouxe o telefone. — Ah, sim, telefones serviam para algumas coisas. — Se algo desse errado, teria alguém aqui em um minuto.

— Talvez em dez. Estou a caminho.

Comecei a fazer o caminho de volta e o encontrei em cinco, apesar de ter parado bem antes de meu marido me ver. Ainda a distância, ele parecia distraído, alternando entre andar e correr, falando baixinho com alguém — não, com *algo* preso em uma guia. Seu pelo era preto e grosso, e o focinho e o peito, brancos de neve. Seus olhos, que já sabia que seriam azuis como os de James, iam, preocupados, do meu marido para mim.

Apertando as mãos nos bolsos, continuei onde estava. Quando James me viu, ficou radiante, mas sua voz soou baixa e tranquila:

— Não é fantástico? Não posso tirá-lo da coleira, porque pode se assustar e fugir, mas olhe só como progrediu. Ele me conhece. Ele se lembra de mim.

— E deveria — observei, divertida. — Você vai visitá-lo toda vez que estamos aqui. — Quando pareceu que James ia negar, afirmei: — Eu estou fazendo minhas coisas, então aonde mais você iria? Não é como se tivesse muitas opções.

— Ele precisa de um amigo. — Que obviamente era James. O cão agora estava sentado ao lado dele, olhando para cima, esperando uma orientação.

— Então — comecei, cuidadosa. — Isto é um... teste?

James não respondeu.

Então não era um teste. Era pra valer. Ai, ai.

— Você não parece surpresa — disse ele.

E por que eu estaria?

— Você acha que não reparei que estava analisando a mala do carro que fomos ver na semana passada? Que não percebi que anda procurando informações sobre pastores australianos no computador?

— Mas acha que não é o melhor momento — disse James. — Pode até não ser, Em. Mas eu encontrei um treinador que trabalha com cães que foram maltratados, e já conversei com uma pessoa que passeia com cachorros na nossa vizinhança. Sim, nós vamos nos mudar, mas já sabemos que queremos uma casa com um quintal e vizinhos com filhos, e vizinhos com filhos têm cachorros, o que significa parques e pessoas para levar animais para passear.

— E como ele vai lidar com o bebê?

— Vai ser ótimo. Esta é a melhor parte. Um dos funcionários do Refúgio estava passeando no cercadinho com o filho num canguru, e ele foi muito bonzinho. — Assim como os olhos do cachorro não saíam de James, os do meu marido estavam grudados nos meus. — Vai dar certo, Em. Sei que vai.

Testando, andei lentamente na direção deles. O cachorro agora me observava, apesar de ter se aproximado o suficiente de James para seus pelos se encostarem na perna dele. Parei longe o suficiente para alcançá-lo com o braço e me agachei.

— Olá — disse calma, e estiquei a mão. Levou um tempo, mas ele a cheirou. — *Bom* menino! — incentivei. Apesar de o cão não parecer muito confortável, deixou que eu coçasse sua cabeça. Olhei para James. — Ele precisa de um nome.

— Amigo.

— Que brega.

James não se deixou desanimar.

— É curto. É fácil de dizer. E faz sentido, porque ele vai ser meu amigo. Vamos correr juntos. — Sim, meu marido voltara a correr, outra prioridade que agora vinha antes do trabalho. Seus olhos estavam cheios de esperança e azuis como o céu. — Não está vendo? Este cachorro não vai nos deixar esquecer que precisamos ter tempo para coisas assim. Precisamos dele, é nossa garantia. Além do microchip de identificação, não tem nada tecnológico num animal. Se tivermos um cachorro assim, nunca mais viraremos robôs.

— Mas vamos ter um *bebê* — tentei uma última vez.

James nem piscou.

— Crianças precisam de cachorros. Cachorros as ensinam a ter responsabilidade.

Ele se abaixou, enquanto eu continuava a coçar a orelha do cão. Poderia ter jurado que ele sorriu por ter nós dois ao seu lado, assim como sabia que, se um estranho aparecesse, ficaria nervoso. Mas James estava certo. Ele estava bem melhor. E poderíamos lhe dar um lar. Um lar estável. Um lar *bom*.

— Por favor — disse James, baixinho.

Apoiando-me em meus tornozelos, passei os braços pelos joelhos e analisei meu marido. Ele me dera tanto, melhorara tanto nos últimos meses. Não tinha certeza de que poderia negar aquilo, especialmente quando parte de mim também queria. Queria? Estava *desesperada* por isso, agora que a possibilidade era imediata e real. Eu não decidira que essa seria uma prioridade quando enterrara minha gatinha?

Adotar um animal agora, especialmente um com necessidades especiais, talvez não fosse a coisa mais sensata a se fazer, mas sensato nem sempre era melhor. Sentimentos também deviam ser considerados, e, olhando para o cachorro naquele instante, também me apaixonei. Minha gatinha não conseguira ir morar comigo, mas ele poderia ir. Aquele animal precisava de nós. Nós precisávamos dele. Adicionar um ser vivo à nossa família seria algo que nos aproximaria. E isso faria diferença. Não é?

O bebê respondeu com um chute enfático. Meu sinal.

Então, meu sonho passou a incluir Amigo.

Agradecimentos

A ideia para escrever *Fuga* me veio algumas horas após terminar *Not My Daughter*. Este último demorou um pouco para sair, cheio de interrupções maravilhosas na minha vida pessoal, como o casamento do meu filho, mas eu estava num momento de muito estresse no trabalho, e me sentia exausta. Tudo que queria era me afastar do meu computador, desligar o celular e... e fugir de tudo que exigisse pensar muito.

Isso foi em junho de 2009. E eu passei boa parte do verão descansando, enquanto considerava várias ideias para meu próximo livro. Mas ficava voltando para o tema da vida atual, tão corrida e dominada por tecnologia, e a fantasia de uma fuga. Em setembro, escrevi um post no Facebook perguntando aos leitores para onde iriam se pudessem fugir — e as respostas foram surpreendentes, tanto por sua quantidade quanto por seu entusiasmo. Pelo visto eu não era a única a querer fugir.

E foi assim que decidi. Como não escrever uma história sobre isso?

Então, gostaria de agradecer aos meus leitores, que foram a maior influência para este livro. Não me baseei em pessoas reais durante minha pesquisa, como sempre fiz com outras histórias. Esta veio do coração.

Impresso no Brasil pelo
Sistema Cameron da Divisão Gráfica da
DISTRIBUIDORA RECORD DE SERVIÇOS DE IMPRENSA S.A.
Rua Argentina, 171 – Rio de Janeiro, RJ – 20921-380 – Tel.: 2585-2000